YAOWU HELIU

吆五喝六

王诵 著

中国文史出版社

目 录

野　猫

1

　　曾几何时，那对儿生活在春雷机械厂厂院里的野猫夫妻，仍旧过着幸福美满的生活。它们的家隐藏在一堆弃置的大型机械设备的内腔里，家的周围乃至厂院的大部分区域都是它们的领地。它们的家富丽堂皇，仿佛王国的宫殿。懒散是它们的主要特征，因为勤劳毫无意义。懒散让它们变得体态肥胖，毛发光亮，仿佛家猫一样；懒散让它们变得笨拙，反应迟缓。不过，这并未影响到它们什么，起码在那场杀戮降临前，未影响到什么，因为总有一些猎物比它们还要肥胖、还要笨拙、还要迟缓，捕食这些猎物，轻而易举。如此，勤劳又有什么意义呢？它们生育了不计其数的孩子。它们把它们养大成人后，便驱逐了它们，让它们自谋生路。它们确信它们的未来必然也和它们一样，能过上富足美好的生活。而事实上，这些被逐出家门的孩子连活下去都是问题。它们并非无处觅食，无猎可狩，而是从一开始，它们就要面对一种完全不同的，充满竞争、陷阱、惊惧的陌生世界。它们不习惯在垃圾箱里在人类的目光下找寻食物，也不习惯和同类争抢；而猎物相对它们来说，又普遍矫健异常，反应敏捷。它们从父母那里学到的生存技能，难以应对这样的情形。它们中的绝大部分因此而经常挨饿，因挨饿而羸弱，因羸弱而罹患疾病，因疾病而死在某个夜晚、某个阴暗的角落。野猫两口子并不知道这些。它们的关注点永远是下一窝的孩子。它们已经在做准备。它们突发奇想，要让下一代孩子跟家猫一样，在棉絮和破布装饰的更加暖和而非尽是干草的巢窝里出生、长大，它们要给孩子们一个与以往不一样的

1

世界，它们甚至都在考虑是否留下这一窝孩子与它们共享这片天地。问题就出在了这里。

为寻找棉絮和布条，野猫夫妻打破常规，频繁出没在家属区里。就在它们的目标即将实现的那个夜晚，野猫妻子发情了，于是，它们交媾在了一起，和先前一样，只是这次发生在家属院内的一处草丛里。

一个独居多年的鳏夫被它们激情的叫声搅扰，恼怒地打开窗户，对着它们发出声响的地方大声呼叫，驱赶它们，之后又抛出一个刚刚喝净的酒瓶子。瓶子落在了它们身边，但这丝毫没有影响到它们，直到天色熹微，它们才结束了这次幸福之旅。

野猫夫妻回到家里，呼呼一觉睡到中午时分，就当厂房里隆隆的机械声即将停歇，野猫丈夫正考虑是否出门去完成一场狩猎时，忽然一阵反常的吵闹声仿佛潮汐一样，由远及近，涌了过来。野猫丈夫本能地从它们的家——机床内腔里探出脑袋，景象令它大为惊异：它看到一个精瘦的中年男人手持木棍在一群孩子的带领下，正气势汹汹地穿过眼前那片荒芜的草丛向它们走来。它熟悉那群孩子，他们时常在它们的巢窝周围穿梭玩耍，有时也给它们带来食物：一只死老鼠，或者一只死麻雀。它们不吃死物，却视此为友好的表示。那时，他们的脸上散发的是奶水的芳香，洋溢着友善的气息，然而此刻却似蒙着鞭炮的烟尘，仿佛赶赴战场的勇士。尤其是那精瘦的男人，灰蓝色的烟雾笼罩着他，就像魔兽一般。它回头看了一眼它的妻子，而它的妻子也早已通过另一个镗孔看到了这一情景，此时此刻也正在看它。它们交换了一个茫然无措的眼神。

就在猫丈夫决定带领妻子逃离的那一刻，一个孩子的脸堵在了两条逃生通道中的一条上，瞪着眼睛向里观望了一阵儿，之后便兴奋地喊了起来，刺耳的叫声仿佛猫头鹰尖厉的啼鸣，令它们瑟瑟发抖。接着另一个通道口也出现了一个孩子的小脸，精光四射的眼球布满了杀气，后来又变换了一张，接下来又是一张，再下来便是两块浸过柴油的破布堵在了上面。巢穴内一片漆黑，随即烈焰燃起，带着呼呼的瘆人的声响向它们涌来……

野猫丈夫带着伤痛躲在屋顶远望那被火焰吞噬的曾经的幸福家园，怎么也想不明白是什么招致了这场无情的杀戮。它再也没能回到它们的宫殿，没能见到它的妻子，因为它已奄奄一息，它最后的感知是一只硕大肥胖的老鼠出现在它模糊的视线里，并用胡须触碰了它的利爪。

故事没有就此完结。

野猫夫妻消失后，机械厂的老鼠忽然就多了起来，它们咬断电线，偷食机油，多次酿成重大安全事故。厂领导决定开展一次轰轰烈烈的捕鼠运动，布设老鼠夹，投喂老鼠药，甚至设置电网陷阱，然而收效甚微。最后，人们想到了猫。于是，很快就有多只家猫出现在厂院里，只是没多久，它们便消失了，因为它们误食了吃过鼠药的死老鼠。鼠药不单针对老鼠，对猫同样有效。就在人们一筹莫展的时候，两只野猫出现了，它们是那对野猫夫妻的子孙。

2

张昆仑永远记得那次由他引导的，险些酿成大祸，且招致他人生最为严厉的皮肉之苦的杀戮行动。那时他还是刚上小学一年级的懵懂的少年，名字还叫张胜利。那时的春雷机械厂还是一个名不见经传的地方国营厂，厂里的烟囱还冒着黑烟，隆隆的机器声肆无忌惮地向四周倾泻。厂区内无处不是其乐园，抓蜥蜴，逮麻雀，杀毒蛇，甚至趁大人不备摆弄机械设备，顺走机器零件。他不是孩子王，但与孩子王享有同等的地位，因为他的父亲张铁栓是厂里乃至工业局的多年的劳动模范，享有很高的声誉和地位，他因此得利。行动在中午展开，对象是那对躲藏在废弃机床内的野猫夫妻。它们的行踪没人比他更清楚了。

注定在劫难逃。如果护城河里的那只小螃蟹不是那么狡猾，轻易就被他捉获，如果他没有仰望太阳误判了午饭的时间，如果他选择从东围墙上的墙洞回家而不是走正大门，他都有可能和那帮人擦肩而过。但不早不晚，他刚刚回来，迎头就碰见了他们，碰见了那个被怒火烧红了眼的中年男人。他正带领一帮孩子奔赴厂区，擒杀那对野猫。他们叫上了他，但直到进入厂区他才弄明白他们此行的目的。他拉住那个男人的衣襟，提出了一个周密的围剿方案——一个计划了许久却未实施的方案。

他被那帮人围在了当间。

那个男人，也就是那个鳏夫，暂时熄灭了眼中的火焰，浑浊的眼珠

3

子在眼眶内转动了几下，之后停留在张昆仑身上："主意滴不赖，但问题是，它们滴窝窝，在哪里？"

张昆仑双手插在裤兜里，诧异地扭过头，看了看站在旁边一个长相模糊、鼻子下面挂着两行黄绿鼻涕的男孩，脸上满是嘲讽：居然还有人不知道他曾深入猫穴偷走过两只野猫崽儿的事情，简直太匪夷所思了！

"叔，"那男孩说，"他掏过猫崽儿。"

"呃——"那男人手里拄着木棍，站得像电影《小兵张嘎》里的小胡子太君，恍然大悟，不无夸张地点点头，"你滴良心滴大大滴好，我滴弄柴油，你滴前面滴带路。"

火光燃起的一刹那，张昆仑蓦然回头望向他家的门口，一丝惶恐，忽然飘过。也就在这时，他的父亲——劳动模范张铁栓出现在了那里，他对着他们大声地喊道："你们他妈的想干什么？把火灭掉！"但一切为时已晚，一只野猫不顾一切地从烈焰中冲了出来，身上拖着一块燃烧的破布，所经过之处，草木皆燃。也就在那时刻，狂风突起，呼啸着席卷而来。火借风势，风借火威，不一会儿工夫，大火就点燃了大半个荒地上的枯草，眼看就要燃及厂房酿成大祸。所有人都落荒而逃。

张铁栓在第一时间组织起灭火队奔赴火场，及时阻断了火路。经过两个多小时的努力，大火被扑灭。当他还在为烧焦的头发懊恼时，保卫科来人请他过去一趟。

"张师傅，今天多亏了你，不然——"保卫科科长满面笑容地出门迎他，但随即又皱起眉头，"不过，有些事情，我还是有必要跟你通报一声。你知道今天火烧连营的主意是谁出的吗？唉，其实我也不相信这是真的，但这几个人都做证，"保卫科科长回头看了看仍被羁留在保卫科的那帮孩子和那个男人，张昆仑未能逃脱也在其中，"是你家儿子胜利出的。"保卫科科长看看脸色铁青的张铁栓，又赔上笑脸，"咳，我跟你说这事也没别的意思，就是想让你知道一下情况，就这些，真的没有别的意思。"

"知道了。"

张铁栓紧锁眉头，目光如炬，在那帮人身上来回扫过两遍，才在一个稍大点儿的孩子身后，发现了身材弱小、还在瑟瑟发抖的张胜利。张铁栓的嘴唇哆嗦了两下，正要发作，却听那男人带着哭腔忏悔似的说道："张师傅，这事不怪孩子，都怪我，怪我没脑子，咋听了这蚂蚱大的孩子们的话，放了这一把火。我傻呀！我浑呀！我还是个男人吗？我这五十来岁活的是啥嘛！"张铁栓白了他一眼，什么也没说，走过去，揪住儿子的后脖领子，一把将他拎了出来，连拖带拽地出了门。

五十年后，俨然已是人生赢家的张昆仑，提起这段往事依旧黯然神伤。他说当时他想到了死，从楼上跳下去摔成肉饼，或者直接用手指插电门烧成焦炭。他说他爹喝着烧酒，整整打了他两个小时，无论他怎样求饶，皮带依旧像雨点样落在他那被扒光了衣服的身子上。带铜扣的牛皮带沾满了血渍。街坊的阿姨看不下去了，拍着门窗求他放过孩子，而他的亲娘却在屋里无动于衷地奶他的弟弟，似乎被打的不是她的亲孩儿。他说他都不知道自己是昏死过去，还是睡着了，总之，当他独自在墙角处醒来的时候，晚霞照在屋里，映红了一面墙。他失去了痛感，即便伤口上还流着未干的血。他娘就在隔间。他根本不敢奢望娘的抚慰——她那带着咒骂的抱怨时不时如刀子一样传来，刺向心窝，更添疼痛。就在那时，他想到了死。他说，如果不是他爹及时出现在他面前，把两个温热的肉包子塞在他手里，他可能早就在这世界上消失了，真的，真的会消失。

春雷机械厂的阳光

1

春雷机械厂的阳光和地球上其他地方的一样，没有什么特别的：东升西落，冬暖夏热，春天催生万物，秋天万物凋敝。如果非要找出什么不同，也只能说透入人心的程度不同，有的明亮，有的灰暗。就如有些人家时常擦洗玻璃窗，阳光在那屋里便亮堂了起来；而有的人家任凭窗子落满灰尘甚至涂上油漆、贴满窗花，那么，阳光所给予的便是灰暗。

春雷机械厂有三处一字排开的院子，一处是工厂院，在当间，左右东西各一个家属院。三处院子的大门都面南而开，隔着一条马路、一条护城河与残缺不全的古城墙相对而立。家属院很大很深，骑着车子在里面转一圈也要十几分钟，住在靠里面的住户为了出行方便，又在东西围墙上凿出了几个墙洞。起初很小，人们要像狗一样拱进来钻出去；后来扩大了，虽然仍旧是洞，但已可以推着自行车，挺着胸脯直进直出了。工厂院和家属院都由一道墙隔开。最开始的时候，或许没有考虑孩子的缘故，或者也是低估了他们的能力，围墙建得很低，他们可以轻而易举地爬过去，在厂区内展开追逐，甚至损坏机械。不得已厂里加高了围墙，但仍不足以成为身手敏捷的孩子的障碍，他们在墙垛子上找到了突破口——隔一段距离相向敲掉一个缺角，便成为攀爬的梯子。为了杜绝孩子进入，墙上还设置了电网，如同监狱的围墙。东院的卧室窗户基本都朝东，而西院的基本朝西。据传，这是设计师为减少噪声对居民的影响，刻意这样布置的。事实上，效果也显而易见，只要关上屋门，那隆隆作响的机器声便减弱得如同几只绿头大苍蝇在屋里盘旋，但这已不再

6

重要，因为新的噪声已经成长起来——孩子们一茬一茬地长大，追逐的脚步声，嬉闹的呼喊声，被修理的哭号声，歌声，咒骂声，闹出的动静往往不亚于那些机器发出的令设计师头痛不已的声音。他们早已融入了这个世界，自打他们能够感知到声响的那天起。他们似乎更适应这样的环境。

东院的人往往比西院的人起得早，因为阳光最先照进了他们的房间，仿佛另类的起床号，催促他们起床。于是，一年四季，不管刮风下雨、天寒地冻，东院的孩子总是比西院的孩子早一二十分钟出现在走廊上，带着迷离的眼神眺望厂区，或者四处游荡。东院的人习惯看天色决定起居，而西院人习惯由闹钟决定起居；东院人大多不睡懒觉，喜睡午觉，而西院人大多喜欢睡懒觉，却很少睡午觉。好像一切都是颠倒的，东院的人通常下午晒暖，而西院的人通常选择在上午。因为太阳光到下午才照在东院的走廊上，而这时，西院的阳光已跑到背面。东、西院的房子除了朝向，没有太大的差别，都是青砖红瓦的外廊三层仿苏式建筑，所以，阳光对屋顶的关照没有半点儿偏向，同一时间，一下子就都亮了起来，同一时间，一下子又都暗了下去。厂房和办公楼显然遵循了建房科学和规律，一律面南背北。阳光给予厂房的启示，是明亮，是温暖，是热烈，是绚丽多彩，也是上班，下班，再上班，再下班，循环往复，除非星期天，仿佛一切都在它的掌控之中。办公楼掩映在一片小树林下，阳光给予它的感觉是旖旎的，恬静的，偶尔也是雅致的，仿佛一个宠儿，所有的美好都给了它，但不是全部。

张昆仑兄弟四个，他是老大，原名叫张胜利。他爹他娘把握了一个稳健的生育节奏，每隔两年，便有一个弟弟出生。老二叫张国利，老三叫张军利。老四是他们家老头子张铁栓的心头肉，没有按"利"字辈取名，因为前头三个，个个都不如他的意，不是体质不好，就是脑袋瓜不灵，他希望老四能改头换面，延续他的故事。他用了半年时间，把一本《新华字典》查阅了无数遍，取了无数个名字，最后把最中意的三个写在纸片上，采取抓阄的方式，确定老四叫张四海。张铁栓是翻砂车间的工段长，市级劳动模范，工业局表彰大会年年坐主席台。他什么都好，就是脾气不好，在家里就像个暴君。他偶尔透露的温情都带着彻骨的寒意。四个孩子里挨打最多的就数张昆仑，因为他是老大，要给弟弟们做出榜样，因为调皮，因为和街坊的孩子打架，因为没有照顾好弟弟，因为损坏了家什……总之，挨打从来不乏理由。家里有一条带铜扣的电工皮带，永远挂在门后的钩子上，仿佛变相的清规戒律，时时予以警示。张铁栓打孩子从来不叫打孩子，叫"修理"，修理设备的修理。有毛病不及时修理就容易出问题，这是他工作中的态度，也是生活中的态度，尤其在他的孩子身上，已经体现到了一个严苛的程度。他有条不成文的规定，也是为了让要被修理的孩子长记性：修理谁，则由谁把皮带取下来亲自递到他的手上，之后给以颜色。第二个挨打多的是老二张国利，那是个把怯懦当作智慧的面糊蛋，他的哭声永远比皮带来得快，他那仿佛待宰羔羊般的哭声不但能招来好心人的救援，也融化了他爹张铁栓那如钢铁般坚硬的心。但该修理的时候还是会修理，只是程度会有所减轻。他由此赢得了"聪明孩子"的称谓。在这样的情况下，这的确是聪明的做法。老三张军利恪守邻居徐妈妈"惹不起躲得起"的格言，一看形势不对，便溜之大吉，等到没事了才会露面，而且能言善辩，善于把责任推卸给别人。凭着这点儿能耐，他比起两个哥哥少被修理了不少。老四是张铁栓的心头肉，别说修理了，含到嘴里都怕化了。老四性格阴狠，年龄虽小，却没人敢欺负他。一次，老三趁他们爹不在家欺负老四，老四吃了亏，但他没有仰仗他爹对他的宠爱，而是暗藏了一根大号的一头缠着胶布的缝衣针，趁老三不注意，狠狠地扎在了他屁股上，老三疼得几乎晕过去。这种情况一共发生了三次，老三就再也不敢招惹他了。张铁栓知道了这件事，二话不说，便要修理张昆仑，怪他照管不周，但老四拦在了前面，仰着不容置疑的小脸，说："要打打我，和大哥没关系。"如此侠义。老爷子扔掉皮带，抱起老四，怎么看都是自己少年的模样。老四的狠劲儿不但对内如此，对外也一样，加上他天生侠义，自然就成了家属院的孩子头。他们的母亲叫姬梅花，但没人叫她这名字，都叫她"姬大嘴"，因为她确实是个大嘴巴，东家长，西家短，只要睁开眼，她嘴里头就离不开这些事。不过，出于对张昆仑的尊重，叫他娘外号不合适，往下就叫她张妈吧。张妈从来不管打孩子的事，就好像打的不是她的孩儿，是别人的孩子一样。有人说她，她就说，哪一个不是张家的子孙？打死，打残，都是他张家的事。其实，她没有明说，她敢阻拦，连她都要被一起修理。

8

他们的家在东院紧邻机械厂围墙的一栋家属楼的二楼上。从家门外的走廊上远眺，首先跃入眼帘的是翻砂车间的厂房，而后是夹在角落里的机修车间。转向另一边，则是铸造车间和一些低矮的房屋，高耸的烟囱永远吐着青灰色的烟雾，仿佛玉米缨随风飘舞。清晨时分，最显精彩。阳光直照其上，明艳而光亮，与前面住宅楼遮挡出的成片的灰暗混沌的色调恰好形成强烈的反差，显得格外耀眼，就像一幅极具浪漫主义情怀的画卷。张昆仑后来形容其是"日照金山"。在那儿，张昆仑度过了他人生最初的一段温馨时光，在张妈妈丰满的乳房上，在暖阳下。他时常趴在那儿的护栏上眺望，寻找父亲的身影，连带着无尽的遐想。但在他能够承受皮带之苦之后，弟弟们的尿布便占据了那里绝大部分的空间。老四出生的时候，机械厂的围墙还没有加高，张昆仑来去自由，如履平地。冬天，那里有片属于他的天地：一块荒芜的长满枯草的场地，草尖上的草籽在阳光下发出明艳的闪光，而成群结队的麻雀仿佛是这里的主宰，忽地飞起，忽地落下，发出令人惊叹的轰响；午时之后，那里没有一处不沐浴在阳光之下——他在墙根下用干草铺垫出一个类似鸟巢的窝，躺在里面，享受暖阳，眺望远处厂房的屋顶，就在那里，他完成了他的第一幅写生；他时常在那里静静地睡上一觉，不受弟弟们的打扰，即便他娘寻找呼唤他的声音总越过墙头进入他的耳膜，他也可以置之不理，而且还为之窃喜。但不久，这片静谧自在的天地便因为其他孩子的闯入而被打破。一天，他睡过了头，一个巨大的黑影笼罩了他，凉意袭过，他猛地睁开了眼睛，面前是他的父亲，他正在翻看他的画作，腰间的黄铜皮带扣闪着耀眼的光芒。一个跟他交过手的孩子告了密。此刻，这孩子正在三楼的走廊上，趴在护栏上往下看，他确信张昆仑免不了一场皮肉之苦。夕阳照在他狡黠的面孔上，显得异常红亮。然而，结果令他失望。张铁栓只是背过手，而后说了句什么，父子俩便拖着长长的、凌乱的投影穿过荒草中的一条小径，在一堆废弃的机器设备前停了片刻，之后就消失在已然灰暗了的厂房之间。告密者叫小木墩，人长得很结实，张昆仑小他一岁，跟他打架，从没有占过便宜，好在自己兄弟多，一起动手，才没有被他欺负。他爹一路上一句话也没有说，那严肃的样子超越了以往任何时候。他跟在爹的身后，腿肚子转筋，他跟小木墩想的一样，料定逃不过一顿修理。然而，出了厂大门，父亲却把他带往与家相反的方向，在他还莫名其妙的时候，已坐在了春晖饭店的餐桌前。他爹为他点了一笼令无数孩子都垂涎欲滴的小笼包子。

"那可是天底下最好吃的包子！"

张昆仑对待美食向来是无可无不可，再好吃的东西，都像田艳丽做的糊涂面，没有高低贵贱之分，但每当提起春晖包子，他的眼睛便瞪大了，露出上部一圈眼白，直直地盯着远方，仿佛一处荧屏为他闪亮了生命时光里最为明亮的时刻。

他爹是老八级工，收入高，一笼包子不算什么，但却从来没有带他出来吃过，这是第一次，也是最后一次。那天很晚，在虚掩的房门外，他听到了他爹和他娘的一段对话。

爹说："这孩子，画画是个材料。"

娘说："是材料有什么用？顶饥，还是顶喝？"

爹又说："不顶饥，不顶喝，但顶门面。"

娘回呛道："就你老张家这不足三尺的门面还要顶？一根棍都顶起了。"

他爹一连咳了几声，随后，静了下来。张昆仑永远记住了这样一个画面：一线裹着青烟的橘黄色的灯光，穿过漆黑的饭厅，投射在李铁梅的剧照上，曾经令他热血沸腾、横眉冷对的那眼神，此刻却如两把寒光闪闪的钢刀直插心窝。他不由自主地打了一个寒战。

2

1982 年那年，张昆仑顶替接班进了机械厂。其实早在一年以前，张铁栓就已检查出患有严重的肺病，常年的粉尘作业环境加上对香烟的嗜好，他的肺 X 光充满了阴影，呼吸困难。但他谢绝了领导的关怀，坚持工作在一线，直到有一天，忽然倒在了砂堆上。那时，就业仍旧是个大问题，他从孩子的未来考虑，第一次向厂领导提出了个人请求。厂领导充分理解他的请求，一路绿灯，为他办理了退休顶替接班手续，即便距退休还有一段时间，即便儿子的年龄还不符合要求，但他十几年来的荣誉足以弥补这点儿不足。工业局局长亲自签署了批准文件，由局人事科科长偕同机械厂厂长亲自送到他的病榻前。他激动得哭了，再次提出请求，把儿子原定安排在机修车间的工作调换到他工作过的翻砂车间，当一名翻砂工。领导犹豫了。但他的坚持不容动摇，令领导都不得不审视自己的内心而顺从了他的请求。当时还是党办干事的杨科长，为此写了一篇花团锦簇的宣传稿投在局机关刊物上，他的事迹再次闪耀出绚丽的光芒，而杨科长的才华也由此被局领导发现。

那年张昆仑十六岁，人事科为他填写了虚假档案，将他的年龄增加了一岁。他放下本来就不被他娘看好、他也感到并不实惠的美术专业，从艺校辍学，进厂就业。但这份工作既不适合他，也未勾起他的兴趣，他那被他爹激起的豪情壮志随着时间的推移、随着年龄的增长被消磨得干干净净，不到两年时间，他便成了车间里令人头疼的捣蛋分子。他爹的徒弟，一个孔武有力、长着聪明大脑门的家伙，接替了工段长的职务，他叫郝大贵，是逢年过节必然出现在家中的常客，和张昆仑曾经形同兄弟。但不管是师徒情谊也好，兄弟情义也罢，都比不过他那颗炽热的进取之心，他为此不惜清除一切绊脚石。

一天上午，张昆仑又趁郝大贵不在，撂下大铁锹，溜到东山墙的墙头下面，那里是他新近开辟的一处偷懒晒暖的场所。眼前是一片与他家不大相同的场景，荒地上的野草依然兴旺，但雀鸟凋零，起落之间已无昔日的轰响。越过荒地是那堵墙，如今加高了，还安装了电网，电网的后面是房子，房子是灰的，映衬着他家的那对儿褪色的大红对子和邻居家晾晒的衣服、尿片，星星点点，仿佛描画的色块，格外生动。屋脊上的阳光断断续续，有的照过了屋脊，有的还藏在后面，但却照过大半个荒地，照亮了他，照亮了他身后的墙。脚下一队蚂蚁绕过带有余烬的烟灰走向另一边，仿佛远征的战士。上班以后，他开始吸烟，香烟的味道抵消了他对烟尘的反应。他用一根小树枝划断了蚂蚁的行进线路，之后又画了一个圆润的 W，再之后加上了两条腿，于是，一个光屁股蹲坑的画面就出现了，在阳光下。他看着笑了。

一只穿着劳保翻毛皮靴的大脚狠狠地踏在了上面。

来人是郝大贵。他发现张昆仑从车间消失后便找到这里，他已经忍无可忍，因为他认为这是在向他的权威挑战，而权威是领导这个工段唯一有效的方式，他必须不惜一切地予以维护，他深知"千里之堤毁于蚁穴"的道理，他必须消除可能出现的一切隐患。他决定实施预谋已久的计划——杀鸡给猴看。

张昆仑抬头看了他一眼，又低下头。小树枝敲打着他的鞋面，提醒他离开。

"你不干活儿，跑到这儿干啥？"郝大贵问。

"累了，歇会儿。"

"歇会儿。"郝大贵重复了一遍张昆仑说的话，声音发自胸腔，带着彻骨的寒意，"你想歇会儿就歇会儿啦？你以为这是在你家？你给我站起来！"他突然怒吼道。

张昆仑慢悠悠地站起身，嘴角一撇，说："你小点儿声，别吓着我啦！"

郝大贵向前紧逼一步："张胜利，我再给你说一遍，不要敬酒不吃吃罚酒。现在马上回车间，当着大伙儿的面认个错，我可以不追究你。如果我数三下你还不动的话，别怪我翻脸不认人。"

"呵，看不出来你郝大贵还有这个本事。来，我替你数，一、二——""三"还没有出口，张昆仑就被郝大贵揪着衣服领子往旁边一摔，便像风筝一样飞了出去，狗啃屎摔在地上。张昆仑顺手抓起一块砖头，但没等他站起来，屁股上又挨了一脚，他在地上打了一个滚儿就再也起不来了。他看见无数双脚出现在眼前，有的稳稳地钉在地上，有的向后退避，有的来回跑动。他们组成了一道透着阳光的篱笆，分割为条状的阳光投在地上，投在他的身上，那是冰凉的、黑白的无声影像，像刚刚剥下来的斑马皮，清晰的轮廓后面透着血腥。郝大贵仍在愤怒地咆哮着。在张昆仑意识没有完全丧失之前，他最后看了一眼头顶的天空，那是由一圈奇形怪状的脑袋瓜子和奇形怪状的眼神圈出来的天空，一半是红色，一半是蓝色。红色的是翻砂车间的山墙，蓝色的其实才是天空。他仿佛望见那只披着火焰的野猫穿过长满枯草的荒地爬上屋顶，看到那如刀子般落在身上的带铜扣的皮带，看到半映在那抹阳光里哽咽着吞咽包子的自己。他屈服了。

中午下班后，郝大贵押着张昆仑去见师父，他要负荆请罪。他光着肩膀，身负一条开裂的竹竿，竹竿的毛刺划伤了他的脊背，透出丝丝血痕。他一手拎着张昆仑，就像拎着一只绵羊踉跄前行，一手挥舞着，不时在自己脸上扇出一个响亮的耳光。他一声一声呼喊着师父，向围观的群众诉说自己的不敬。张昆仑羞惭得无地自容。

在张家门口，郝大贵扑通一声跪下，高举竹竿请求师父张铁栓无论如何都要惩罚他这个忘恩负义、欺师灭祖的劣徒，否则就将跪地不起。闹出这么大的动静，令张铁栓始料不及。但当他弄明白事情的起因，他的震怒甚至超过了郝大贵，他体谅郝大贵，体谅到维护他的领导力的重要性。剧烈的震颤之后，张铁栓挥起竹竿，抽向毫无防备的张昆仑。三年大病，他已骨瘦如柴，当年挥锹如轮的大手现已无缚鸡之力，即使他使出全力，也还是打偏了方向——竹竿的毛头，划过张昆仑的脸颊，顿时血流如注。

阳光斜着照在了护栏上，照在了护栏的根部，照出断断续续的一条影带，照出凌乱的脚影。一群蚂蚁出没在垃圾桶下。

老四张四海手握一把自制的水果刀守在门口，令所有看热闹的人伸长脖子不敢靠近。即便他只是个十一二岁的孩子，即便他瘦小枯干，但他狼一般的眼神和咬出血渍的嘴唇明明白白地告诉人们：不要靠近，否则，一刀见血。

郝大贵膝行一步，紧紧抱住张铁栓的腿，泪流满面："师父啊，是您这个大徒弟不好，要打您就打我吧！今后，我改，我一定改！我一定把我这个臭脾气给改掉！"人事科科长于东山借机夺掉了张铁栓手中的竹竿。

"改？改什么？你要敢改，我就不认你这个徒弟！"张铁栓手指颤抖，指着张昆仑，"这个混账东西，你给我好好地管，往死里管，他一天没有改过来，你就一天不要撒手。"他大口地喘了几口气，转身拉住于东山的手，"于科长，这孩子就交给你们了，是打，是骂，是罚，不论对错，我张铁栓绝不会说一句不该的话。"

于东山紧紧地握住张铁栓的手，双眼被泪花濡湿："张师傅，您永远是我们学习的榜样。您是一位好父亲、好前辈，胜利有您这样的父亲应该感到骄傲、荣幸。您放心，我们一定遵照您的嘱托严格地要求他，把他培养成一个对国家、对社会、对企业、对家庭都有用的人才，相信我们，我们一定能做到。"

阳光仿佛钟表指针一样走到门框正当间的时候，郝大贵、于东山在张铁栓的执意相送下一前一后走出张家的家门。阳光是那样明亮，照得眼前白茫茫一片，郝大贵生理性地眯起了眼睛。远处翻砂车间的轮廓就像剪纸画一样映入了眼帘，它是那样明亮，那样可爱，仿佛一处亮丽的舞台，等待自己去把握，去利用，令其展现自己不同寻常的出众的才能。无可名状的激情仿佛波涛一样在他心中澎湃，他使劲儿地握紧了拳头。但当他收回视线，恰与僵立在角落的张家老四那冰冷的眼神相撞，他激灵地打了个寒战，手指如过电般，僵硬了起来。

张昆仑不再捣蛋，规规矩矩翻了一个月大锹，郝大贵便兑现承诺，给他调换到一个相对轻松的但却令人不齿、没有技术含量、主要由家属工来从事的铸件打磨清理的岗位上。张铁栓对此一无所知。张昆仑想尽办法阻断了一切可能的信息通道；两个最不好把控、最有可能揭他老底的弟弟老二、老三被他有意无意地收买，他们合伙做倒卖走私香烟的生意，尽管他们经常为分赃不均而大打出手，经常因为他舍车保帅进拘留所，但在这件事上却始终保持了高度的一致。郝大贵无心改造他，只要他不再给自己添麻烦，他爱干啥都无所谓，甚至还充当了他的保护伞，编造各种谎话欺骗张铁栓。张铁栓深信不疑。张昆仑在这个让人耻笑的岗位上"熟悉"了四年工作，直到新工段长山泉水上任。张昆仑把富余的精力和时间都用在了社会上，结交了一帮片区的"老大"，他以善于说和冲突、借力打力而在社会上混得了一席之地，并以此为荣耀。这期间，他最大的变化就是开始刮胡子，把纤细的茸毛刮成又黄又软的胡子。

8

在有关阳光的故事里，有一幅特别的画面曾经令张昆仑困惑了很多年。

那是冬天里的一个星期天，张昆仑和以往这天一样，睡了个懒觉，起床时已近午时。他蹲在便池上闭着眼睛，合计了一番如何打发掉这剩下的懒散又无聊的时间：是去找东街上的扛把子大哥宏魁，还是到西街上找猪腰子？去新区见瘦猴，看他说的去兰州贩烟的买卖还能做不能做？去胡同口地摊上"敲两锅"（打纸牌）？去文化宫混一场电影？厕所间狭小的空间内缭绕着廉价的"花城牌"香烟的烟雾。他已经连续

14

吸了两根香烟，就在他准备续上第三根时，外面响起了他娘姬梅花的咒骂声，接着厕所门也被敲响，她催促他赶紧结束，她要上厕所，昨晚的剩饭吃坏了肚子，此刻已无法忍受。冲水蹲便的哧哧声、厨房水龙头的放水声相继而起，但直到牙刷放进嘴里，冰碴子似的自来水冲刷在手背上，仿佛针扎一般令他肌肉抽搐，他也还没拿定主意。哗哗的水流声引导了他：去健康大澡堂泡大池子，那里朋友多，大冬天光着腚闲扯淡也是不错的消遣。他一边刷牙，一边往外廊上走去。随着他的脚步，随着他从昏暗的门廊里走出，眼前逐渐展现出一幅他已看了十多年的画卷，由窄而宽，及至豁然开阔。他几乎每天都要重复这个过程，只是有早有晚，有快有慢，有长有短，有时清晰有时模糊，有时是享受有时是熬煎。他已习惯了这个过程，习惯令他变得机械、麻木。一串怨愤絮叨的声音在身后忽然响起，那是他娘的声音——为了未洗的碗筷，为了打翻的油瓶，为了一棵烂心的白菜，为了一壶不明原因而未烧开的水，为了空气，为了时间，为了蟑螂。他在某个说不清的成长阶段，生理性地学会了忽略这声音，不论是高亢的还是低沉的。

机械厂东侧的风景已然全部呈现在眼前。

他看到了时间。阳光的亮度，阳光照射在厂房上的位置，甚至温度，都能给他一个大致准确的时间判断；他看到了风，风在翻砂车间旁的那棵大杨树上留下了痕迹，摇曳的树梢是它曼妙的舞姿。他逐个地清理着每一颗牙齿、每条牙缝，他那整齐洁白的牙齿是五官中最让他引以为傲的部分，他要细心打理，细致得仿佛是在完成一件功课。

眼皮下面是那再熟悉不过的围墙，他曾目睹它增高，目睹它布上铁丝网，增添电网，但他往往会忽略它的存在。然而这天，他无意间的一瞥，却将他的目光滞留在了那里，他惊奇地发现，墙头上坐着一个人，背对着他，瘦小的身材蜷缩成一团，一动不动。阳光在他身下的墙体上侧向投射出一条逐渐缩小的三角形倒影。他穿了件褪色的军绿棉衣，墙内那片荒草地上的颜色与其重叠，阳光模糊了他们的色彩，他恍然间觉得那身影就像是变色龙的化身。"咳，哪儿冒出来的神经病！"他又看了看远处的风，在心里好笑地骂道，"大冬天坐在这地方！"但当他再次将目光聚焦到那人身上时，却发现，那人竟然是他们家的老四。

老四这年十二岁，自从他们爹病倒以后，他便越来越沉默寡言，即

15

使跟这个最关心他的大哥也难得说上几句话。他每天上学时出门，放学后回家，偶尔也在外面滞留，看起来和别的孩子没有什么不同。家里头没人过问他在外面的行踪，都做了什么。但他却像一条冷酷的在珊瑚礁丛里游荡的鲨鱼，悄无声息，凶险至极。

张昆仑对着老四的背影一边刷牙一边琢磨，不一会儿，他忽地感觉到了哪里不对，匆忙结束了他的功课。他刻意弄出很大的动静，牙刷敲得搪瓷缸子叮当响，想引起老四的注意，但老四依然如故。

"老四。"他喊道。

没有回应。这阵势把张昆仑弄得有点儿莫名其妙起来，他愣怔片刻，便快步地跑下楼去。楼下，张四海的两个小兄弟伸着小脑袋向上观望，也是寻找他们的大哥，但他们谁也没有看到谁。

他在两双惊愕的目光的注视下，爬上墙头，然后叉开两腿，骑马一样笨拙地凑到了老四身侧。老四跟没有发现他一样，僵坐着，未做出任何反应。即便张昆仑为了和他并排而坐，闹出不少动静，也是如此。前年，工业局下属一家单位的电网出了人命，局机关下发文件，明令废止电网。机械厂的电网虽说没有拆除，却也让孩子们弄得支离破碎，到处都是缺口，松弛的电线悬吊在墙里仿佛残缺的五线谱。老四脚蹬在上面，就像摆上去的一个孤单的音符。张昆仑解嘲地说了句"手脚不利索了"，而后抬起头，却看到老四正在流泪。

"老四，咋了？"他诧异地问。

老四扭头看看他，比起往日，老四眼里多了一丝柔情。老四抬手指了指厂大门口的方向，什么也没说，便又把头扭了过去。张昆仑顺着他指的方向眺望了一阵儿，和以往一样，没有什么特别的，他感到莫名其妙，但对于这个沉默寡言的弟弟来说，这一指，不会是有意应付，必定含有特定的内容。他没有多问，因为他了解这个弟弟：不愿意说的，问了也白问。问不好，还会引起他的反感。他陪着他，一直坐到太阳照在了胸前。

多少年后，当儿子张诗意在钢琴老师的指导下弹奏柴可夫斯基第一交响曲的时候，眼前蓦然浮现出了这个令他困惑了许多年的画面，随即想起当时他唯一忽略的便是，厂区宣传科的那对高音大喇叭一反常态地播放了交响乐，播放的不就是这部曲子吗！低劣音质效果和张诗意的弹奏水平几近相同，恍惚间他已明白，老四那一指，指的竟然是音乐。他站起身，走到书房，关上门，止不住掩面而泣。他回想起当年他亲眼见到的一个场面：老四挥舞着砍刀，单枪匹马闯入对方阵营，砍刀在他手中呼呼作响，时急时缓，左劈右砍，仿佛舞者的道具，就连对手都看傻了眼，成了他的观众。他回忆着，比画了那个节奏，发现跟琴声的节奏竟然高度一致。他再也忍不住，号啕大哭起来。

田艳丽把他揽在厚实的胸前，给予足够的抚慰。

"杨科长说老四是搞音乐的材料。"张昆仑稳住气息，缓缓地说，"原来他早就知道。"

田艳丽拍了拍他的肩膀，嘘了口气："你别听他胡说，他懂个屁。"

"把诗意弹的这首曲子录下来，上坟时放给老四听，老四一定喜欢。"

"行，录下来，你是老大，你说啥就是啥。"

4

田艳丽的家在西院。清晨，张昆仑似梦似醒地站在外廊上开始洗漱的时候，她才刚刚起床，或者刚刚按下闹钟的铃声，但他们会不约而同地睁开双眼。那时，张昆仑面对的是一片熟悉的、开阔的、随四季、随气候变化、时有惊奇的场景，阳光是他追寻的要点；而她面对的则是厨房水池上那个拉着碎花布窗帘的小窗户，阳光被挡在了外面。在这个时段，她很少在意阳光的变化。在她的印象里，阳光只是她家前排房子屋脊上那条橘红色的明亮而参差不齐的线，即使打开窗帘也要弯下腰，绕过房梁的遮挡才能看得到，这很麻烦，也没有吸引力，她懒得去看它。田艳丽也有一口洁白整齐的牙齿，但她对它们呵护的程度却远不及张昆仑。张昆仑可以细致到每一条牙缝，而她最在意的，却只是最易向人展示的上下八颗门齿。张昆仑用时始终保持在十分钟以上，而她不会超过三分钟。他们都用中华牌牙膏。他是机械厂名不见经传的浪荡哥，她则是厂里的三八红旗手。田艳丽家住在一楼，相较于其他楼层，阳光是迟缓的，羞涩的，犹如白炽灯，不到时间轻易不会点亮。但阳光对她的影响却是由内及外的。她的内心就像炙热燃烧的火炉，热烈地向外散发着

17

热量，即便那层钢铁铸成的外表让她装扮出一副冰冷的样子，但就这也对她毫无影响。她的肤色微黑，人送外号"黑牡丹"。相反，阳光对张昆仑的影响却是从外到内的，那层五颜六色的外壳貌似热烈，但缺少温度，因为他的内核是冰冷的，就像从来不曾点燃过一样。

田艳丽家姊妹五个，她是老大。老二叫田艳晴，容貌、性格和田艳丽正好相反，是个皮肤白皙、漂亮文静、性格温柔的女孩儿，人送外号"田美人"。老三叫盼男，是个机灵鬼。老四叫望男，是个腿脚勤快的闷葫芦。老五叫艳楠，一个唯一继承了他爹田初段的聪明基因，且实现了其成为象棋大师凤愿的女棋手，却在事业巅峰时期皈依佛门。她们的母亲韩梅笑，家中实际的户主，是个贤淑、随和的女人，她爱上田初段纯粹是受父亲的影响：父亲和田初段是棋友，父亲的认可，时常流露的赞叹，最终导致她嫁给了他。她也因为他对象棋的痴狂以致不问家务而厌恶他、痛恨他，但她仍以无可比拟的善良接受了这个事实，接手了这个家庭的全部管理职责。她采取过各种疯狂的手段想要迫使丈夫回归家庭，但徒劳无功，反而使他变本加厉，乃至废寝忘食。

田初段有一块自制的胶合板棋盘。冬天，阳光晒暖墙头的那一刻开始，它便追随着太阳，从家门口转到房头，再从房头转到房后；夏季它则逃避着阳光，从房子背影到某棵大树的荫蔽下，从阳光升起到落下。追随着棋盘的，是一张张油光满面但不乏智慧的不同发型和不同长相的脑袋，以及伴随他们始终的争吵声和叫好声、缭绕的烟雾和之后的一地烟头。当然，这也是节假日里才会出现的场景。于是，在田艳丽有关童年的记忆里，似乎总是在追着太阳或逃避阳光，好像总在和两个太阳躲猫猫——一个冬天的猫猫，一个夏天的猫猫。那时候，她经常要由父亲照料，田初段一手揽着她，一手驾驭千军万马。她能在棋子拍击棋盘的啪啪声和忽起忽落的争吵或叫好声中安然熟睡，她也能在短暂的寂静里把一个梦做得美妙极致；她不在意老将、老帅的命运，却在意一只瓢虫、一个忽地飞落的花大姐是否死于非命，而它们往往又会成为她手中的宠物。从小耳濡目染，一段时期里，她的棋艺曾是孩子当中的佼佼者，但很快就被超越，因为她对此毫无兴趣，甚至是反感。她的棋艺最终停滞在上小学前的水平——勉强知道博弈规则。她曾为此挨过田初段的一顿打，也是唯一的一顿。那是因为她背不出田初段布置的一局棋谱，当她把马五进三背成马五退六吃了自己老将后，屁股上就挨了一尺子，当她把老将也走过楚河汉界，田初段便咆哮着打断了那根木尺。断尺飞落到地上又弹跳起来的当口，田艳丽突然爆发出令全家人感到震颤的杀猪般的哭号，之后她便以难以置信的速度将棋谱撕成两半，扔在地上，冲出了家门，消失在夜幕中。

田妈妈发动了所有邻居去寻找女儿。

三个小时之后，田初段终于从愤怒、失望和自尊心巨大的伤害中挣脱出来，他以超常的大脑总结分析了各路反馈的信息，准确无误地定位了田艳丽的藏身之所，即老将过河的那个点上。他二话没说，拿起手电筒就出了门。

那天晚上，张昆仑趴在走廊护栏上目睹了这样一个场景：一柱手电光从远处快速向自己这边移动，最后停止在他搭建草窝的那个位置上。他看得清楚，打手电的人是机械厂历年的象棋冠军，一个不苟言笑的家伙。虽然手电侧光照得他的脸有点儿变形，但张昆仑还是认出了他。那人弯下腰，消失在墙内，再起身时，怀里竟多出一个女孩。女孩尖厉的哭声令他泛起一身鸡皮疙瘩。对此，他留下了毫不含糊的记忆。

5

田艳丽高中毕业那年正赶上她外公退休。在当时的情况下，不论她外公是否属意于她，她都是家庭中唯一符合接班条件的成员，于是她顺理成章，进厂当了工人。因为她是高中毕业，也因为她长了一副貌似头脑灵活的样子，再加上她爹田初段有效的长期布局、人脉疏通，她被安排在了令人羡慕的既有技术含量又很清闲的电工班。紧车工，慢钳工，吊儿郎当是电工，她成了机械厂三个最好岗位里最棒的岗位上的一员。她扎腰带、吊电工包、紧皱眉头的样子，几乎跟宣传画上的女民兵没有什么两样了。她的身影出现在哪里，哪里的求爱信便如雪片般进入她的工具柜、衣服口袋甚至家中某个意想不到的地方。然而，她一向不为所动，因为她只对那些有个性的男青年感兴趣。《追捕》中的日本影星高仓健是她唯一的偶像。每年，她身披大红花的照片都要出现在厂门口的光荣榜上。张昆仑仅在光荣榜前驻足过一次，但那也只是为了对着橱窗玻璃欣赏自己的发型，那里面的内容对他没有任何吸引力，因为他认为那些人是活在另一个与他不相干的世界里，彼此永远交合不到一起。田艳丽比张昆仑晚两年入职，他们第一次碰面时，张昆仑已干了三年的打磨工，他已经麻木于那种按部就班的工作，麻木于与老弱病残的同事、临时工混在一起，麻木于打磨机尖利的嘶鸣声，麻木于扬起的粉尘和金属燃烧所产生的那种怪异的味道，甚至无视自己渐已清晰的青春期反应。唯一能够让他打起精神的，便是拿着同样的工资却干着工段上最省力的活儿，他视此为有本事。

"哎，叔叔阿姨们，停一停好吗？"

那天，田艳丽手握老虎钳，像个更夫样把竹梯子敲得梆梆响。客气但不乏轻蔑的指令连带着显然是装出来的咳嗽声在头顶上响起时，张昆仑当即毫不含糊地把她和那晚在厂象棋冠军怀里痛哭的那个女娃联系到了一起，因为那指令声和咳嗽声与那哭声共有一段清晰可辨的音域。他直起腰，循着声音，透过防尘眼镜和漂浮的烟尘，把目光投在了她的身上。下午的阳光穿过窗户斜照在墙上，照出了一个亮框，她站在亮框里，带着一圈光晕。他审视着她，她也在审视着他。田艳丽侧着身子，一只脚在上一只脚在下，伏在三米多高的竹梯上，皱着眉头，居高临下，仿佛猫头鹰一样盯着这个没眼色的磨蹭到最后才关掉打磨机的家伙。脚下的竹梯发出咯呀咯呀的声响，不堪重负似的。他中断了她与那女娃的联想，因为他始终认为，那女娃必然长着一张如同青蛙一样的大嘴，否则绝不可能发出那样高得令他震撼的哭声。然而，她的嘴看起来并不大，甚至还有些偏小。

得益于防尘镜的遮挡，田艳丽并未注意到他那审视的目光。

"看清楚哈！我还年轻着呢，我可不是叔叔阿姨。"张昆仑把打磨机扔在工件上，抖着肩膀，仿佛占了多大的便宜，不无调侃地说道。青春期逆反的心态，做山大王的嗜好，对异性的藐视，都让他的情绪忽然变得怪异，以至于说出来的话都带着显而易见的挑衅味道。他有意且不无心虚地按动了一下打磨机的按钮，令其重又发出那种刺耳的轰鸣的声音，以此覆盖他发出的部分声音。但身边那些与他一样对那环境、那机械的声响麻木了的真正的叔叔、阿姨们却听得真切，他们毫不费劲地分辨出他那声音里所包含的若干意味，找到了笑点，哄的一声，透过黢黑

20

的口罩，发出一阵儿仿佛从窨井深处产生的空洞的笑声。

"你说什么？"

她停下了手里的活儿，俯视着张昆仑。她懂机械厂的幽默，懂那笑声里所包含的内容。

"我说，快点儿。"

张昆仑低下头，避开了她的目光。

"这位师傅，这玩儿的可是电，弄不好要出人命的。"老虎钳子又敲了一下。

一切都像戏剧中安排的那样，不痛快的开始并不意味着不痛快的结束，这一敲，注定他们要以这种形式将对方收入心底。

"那是你的事情。"张昆仑有力地摆摆手，"干活儿。"他发令道。他是未经任命的班组长，在他的地盘上发号施令，而且还是一个女的，令他很不爽，他必须予以回击。

打磨机又响起来。

多少年后，每当田艳丽回忆起他们这次见面的场景，便会忍不住哈哈大笑起来。"你们不知道他那样子有多可笑，简直跟鬼子兵一样：帽子、眼镜、口罩把头捂得严严实实，袖口、裤口都用麻绳扎起来，而且还扎出朵花来。就那样，那双小眼睛还贼溜溜地乱转悠。你们不知道他有多坏，你不跟他客气还好，跟他客气了一下，他倒上劲儿啦！他本来还是懒洋洋的，就那样，"她比画了一下张昆仑懒洋洋干活儿的样子，"可马上，"她又比画了一下张昆仑卖力干活儿的样子，"一会儿工夫就乌烟瘴气起来，呛得我受不了了。张胜利，你说，是不是故意的？"

逢此，张昆仑总是往上转动一下眼珠子，摆出一副正儿八经的样子，说："当然是故意的啦！"

"你说，你咋恁坏呢？"

"咳，年轻嘛！"张昆仑依旧是一本正经的样子，"会的太少了。要是放在现在，一定先给你道声辛苦，再送一枝玫瑰花，哦，必须是白色的玫瑰。"

"呵，去你的吧！"田艳丽手指张昆仑，"信不信，当时你不跑，我就敢大巴掌呼你。"

"我不跑行吗？"张昆仑也夸张地学了一下她前扑的样子，"好男不跟女斗，况且，你还是那样。"

"你就不要脸吧！"

张昆仑再次把那女娃和田艳丽联系在一起，是在一年后的一个星期天上午。那天春光明媚。张昆仑为了展示自己的才能，也是因为办公楼恰好停电，他把黑板抬到了室外，在一处阳光照耀得特别明亮的墙边，开始他主动争取来的带有明确目的的义务劳动——帮宣传科画板报。此前，宣传科所出的板报都是那种单调的线条分隔的文字版面，很不吸引人，现在添加了图案，立刻就吸引了很多人来围观，即使还只是刚刚开始，却已赢得了一片赞叹。两个显然是他的跟屁虫的角色更是把马屁拍上了天，尽管他们还不会拍此类马屁，弄得驴唇不对马嘴，但气氛却很到位。他愿意享受这种荣耀，欣赏这份荣耀，以至于本来只需要两个小时就可以完成的工作，拖拖拉拉一上午还没有完成。本来照搬照抄的画面，他却要装神弄鬼，摆弄出一番架势后才动手：一会儿抱臂静观；一会儿手插在兜里，单腿抖动，做思考状；一会儿又点上支烟凝神审视，给人摆出一副老宣传员的派头——艺术家与街痞的形象被他完美地组合在了一起。但他面对观众的永远是背影。他忽然发现获取这种荣耀远比社会上的那些荣耀要来得漂亮、自豪、实惠、堂而皇之，他甚至都为那些荒废了的岁月感到痛惜。他看着自己投在黑板上的影子，恍然有种改头换面的感觉。那天，田艳丽加班改造办公楼电力线路，也在围观者之列，她立刻就为张昆仑漂亮的版面设计和绘画技能所折服，也不由得赞叹了几句。她有意转到侧面想窥视这个才华闪烁的青年，但徒劳无获。张昆仑以他无可比拟的敏锐感知到了她的存在。他有意回避她，他不想看到她那张气势汹汹的脸和那结实的身板，因为她曾仗此让他颜面扫地，背对她是对她最恰当的蔑视。然而，中午，事情却发生了扭转。一块已经完成的板面正愁找人帮忙抬进办公楼时，田艳丽适时地出现在眼前。

"哎，要帮忙吗？"

张昆仑白了她一眼："有名有姓的，你哎什么哎？"

"哎，你这人咋不识好歹呢？问你要不要帮忙，你却狗咬吕洞宾……"

"收起你的'好人心'吧，此处不需要。"

"你吃枪药啦？"

"对，就是吃枪药啦！"

两人不欢而散。但下午，田艳丽便调查清楚，这个看似无缘无故怼呛自己的人，其实是一年前她在翻砂车间怼呛过的那个人，而且她还调查清楚，他仍是翻砂车间的翻砂工，而非办公楼上的干部，更非新分配来的大学生，他叫张胜利，浪荡哥，毛遂自荐，利用业余时间来给宣传科帮忙画板报。真是不是冤家不聚头啊！她瞅了一个没人的机会，站在了张昆仑的面前。夕阳西下，阳光以它最温柔的色彩一如既往地投在春雷机械厂的厂院里，投在这对机械厂极有个性的男女青年身上。她代表了正极，他代表了负极，她掐着腰，他手插裤兜，她脚踩石块，用睥睨的眼神看着他，他抖着一条腿斜视她，彼此较着劲，没有回避对方的眼神。

一切都是对的，就连那种怪异、轻佻的眼神也是对的。田艳丽竟然毫不介意，而且回之一笑："怪不得说话跟吃枪药似的，原来你是翻砂车间的那小子。"

"不错，但不是那小子，是张师傅。"

"你叫张胜利？"

"不错，张胜利就是我。"

"看不出来，你还有两把刷子，哈！"

田艳丽事后回想，她去找他的动机其实就是为了想当面夸赞他两句。

"什么两把刷子，是十把刷子。"

"你这人咋给脸就上脸呢？能谦虚一点儿吗？"

"我的人生词典里没有'谦虚'二字。"

田艳丽气得笑了："你这人脸皮真厚，像城墙一样。"

张昆仑回之以嘲笑："存在便是需要，需要更因为存在，正如你认为的那样。"

当爱情降临的时候，爱神指导了一切：浪漫而温柔的阳光，莫名其妙的语言，以及那斜着的不善的眼神。

张昆仑连他自己都为自己说出来的那话感到惊诧——怎么能说得这

样有水平？其实，他都不知道自己说了些什么，代表了什么，即使在他们恋爱后，他也不知道，甚至隔上一段时间，他都忘了他曾说过这样一句有水平的话。田艳丽到吃晚饭的时候还在想那些话究竟是什么意思，但她把脑门想得发热也没有得出个所以然，于是，她向她家最有学问的老二田美人讨教。田美人摘下眼镜平托在眼前，美丽的大眼睛盯着眼镜片左右转动了两下，便有了答案：

"他的意思是说，要脸和不要脸是一个意思。"她把眼镜又推回到鼻梁上。

"他在巧骂人？"

"应该是。"田美人笃定地点点头。

"到底是不是？"

"应该是。"

晚上，田艳丽平生第一次梦到跟恋爱有关的男人，那是个英俊的青年，风度翩翩，引领她在一片开满鲜花的草地上追逐五颜六色的蝴蝶。阳光如春风一般和煦，他们身披异彩，然而他却对她说："存在便是需要，需要更因为存在。"她在惊悸中挣扎着睁开双眼，直到天亮，脑子里萦绕的除了这句话，便是张昆仑那张不招人喜欢的孬蛋脸。她为此而失眠。

正如阳光走过的路径，田艳丽在做梦的时候，张昆仑却在失眠。他的兴奋点也在自己说的那些话上，他觉得说出那些话的不应该是自己，而应该是位哲学家或是某个教授，至少也应该是杨科长那样的人。于是，他认定自己拥有哲学家的头脑、教授的博学、杨科长的素养，他必将会成为不同寻常的人，眼下所经历的一切、所承受的一切，不过是短暂的应有的磨难。他想到有位先贤的话："天将降大任于是人也，必先苦其心志，劳其筋骨，饿其体肤，空乏其身，行拂乱其所为。所以动心忍性，增益其所不能。"他心潮澎湃，难道这不正是为自己而书的吗？他把目光投向灯光零落的厂区，很久很久沉浸在漫无边际的遐想中。就在田艳丽在惶惶中醒来时，张昆仑终于感到了疲倦，他的眼皮开始打架。他的梦衔接着田艳丽刚结束的梦，只是没有主题，散乱不堪。

月光轻柔地洒在春雷机械厂的屋顶上，将其统一为灰蓝的色调。

6

他们恋爱了，但准确地说，应该是田艳丽恋爱了，而不是他们都恋爱了，因为张昆仑对她的感觉还只停留在欣赏她那漂亮牙齿的基础上，旁无他念。而田艳丽已经从那句话的思考中净化出纯粹的思念。她为他的才华所折服，乃至忽略了他那浪荡货的名声，如同爱屋及乌，即便他没有高仓健那高大威武的身材、坚毅个性的面孔，但才华覆盖了一切、代表了一切。于是，她总是借故出现在翻砂车间，出现在张昆仑身边，以此引起他的注意。由她而起的猜测尘埃落定之后，张昆仑浮出了水面，他被恋爱了。但那时张昆仑正在消化工作中再次出现的挫折——他又被调回了翻砂工岗位。这几乎和那次郝大贵给他的难堪一样令他颜面扫地，令他心里残余的那片阳光——享受父辈的荫泽丧失殆尽。如果家里能够离开他这份工资，如果他丧失了家庭责任感，他就可能已经离开了这个令他伤心的地方，甚至离开这座城市。他正处在无所适从的调整期和没有方向的攀爬期，满脑子没有着落的空洞的理想，满肚子不着边际的虚妄大志。他无心恋爱，而且，田艳丽也不属于他喜欢的那种类型。

去年，厂领导班子进行了调整，一位从工业局调来的蓝姓知识分子接替了一把手位子，郝大贵荣升为生产副厂长，他的师弟、张昆仑的二师兄山泉水接替了工段长职位。当张昆仑还在为仍是本门兄弟掌控工段而欣喜的时候，山泉水，他的二师兄已然向他挥起了杀威棒，就像大师兄郝大贵杀鸡儆猴一样，一点儿也没有顾及他的颜面。上午，二师兄通知他到翻砂小组上班，下午，一把大铁锹就塞在了他手里，不容置辩。这次，他没有选择对抗，而是选择了逃避。连续旷工两天后，二师兄把他请到了饭桌上。毕竟是同门师兄弟，他很难痛下杀手。

"这活儿我干不动。"

三两酒下肚，彼此的情绪都达到了一定高度，二师兄便打开了话匣子，从爱岗敬业讲到互相照顾情面，最后也讲到师徒弟兄情义，跟大师兄郝大贵当年所讲的如出一辙。张昆仑打定主意，以不变应万变。

"翻砂车间，翻砂车间，翻砂是老本行。不翻砂，你干什么？还去干打磨工？胜利，你不觉得丢人吗？你不觉得，我可觉得。我不是不能满足你，但那是害你，那是拿着师父的名声当包子喂狗吃。你想想这三年你都干了些什么？上班，下班，和你那些狐朋狗友惹是生非，不学无术，技术技术没掌握，做人做人没做好。我们是师兄弟，我不能眼睁睁地看着你往下滑，我替你着急呀！可我又能怎样？现在，你是我的手下，归我管了，如果还是由着你，任你不求上进，任你胡生野长，那就是对你不负责任，我将无颜面对师父，我觉得我的良心还没有坏到这种程度，我做不到！"

"你说的我都懂，可我这身子板实在干不动咱段上的活儿呀！"张昆仑眨巴眨巴眼，挤出两滴眼泪。

"你干不动？小李怎么能干动？人家比你个子高，还是比你长得胖？你是心里干不动，不是身体干不动，是心病！这话你可以对我说，但对别人说有用吗？谁会听你的？除了让人家看不起你，还能得到什么？即使你想调整岗位，离开咱翻砂车间，但你想过没有，你背着三年打磨工的身份，谁愿意接收你？那是啥人干的活儿？这点，我想你比我清楚。眼下不说别的，就说你找对象这件事，凭这一条，是有个人样的就看不上你。"

"只要还在翻砂车间，我看都一样。"

"怎么一样呢？翻砂工毕竟是正儿八经的岗位，和打磨工可是两回事。"

"二师兄，你就饶了我吧，我是真的干不动翻砂那活儿。"张昆仑带着哀求的声调说道。

"媳妇也不找啦？"

"找媳妇也受气，不找啦！"

经人介绍，张昆仑也见过几个相亲对象，先不说人家条件咋样，单听说他是机械厂翻砂车间的翻砂工便不再和他见面了。他真有点儿破罐子破摔的念头。

"好，有志气，我看我们也没有什么好说的啦。下来，你请便吧！"二师兄站起身，一口喝了杯中酒，"走吧，回家，我把你交给咱师父，从此以后，你走你的阳关道，我过我的独木桥，各不相干。"

"那我该怎么办呀？"

张昆仑抬起头，惊惧地看了眼一脸正气的二师兄，忽然垂头大哭起来。张铁栓这几年身体每况愈下，张昆仑不想惹他生气，所以他最怕他爹知道他干打磨工这件事，二师兄此言正好切中他的要害。张昆仑本来是假哭，可哭着哭着，想到他爹不顾他的感受，好端端地把他从机修车间调到翻砂车间，想到他在翻砂车间受的那些委屈，想到为此女朋友也交不上，不由得真的哭了起来，那哭声之哀伤似乎要倒尽从娘胎里就积攒下来的苦水，令二师兄倍感凄恻。

春晖餐厅老板娘被这哭声吸引，探着身子往他们这边观望了一阵子，而后，就像明白了什么似的，摇摇头，叹口气，到一旁替张昆仑打抱不平去了。张昆仑算不上店里的常客，但他能说会道，花一分钱，能留一毛钱的面子。老板娘跟他也算熟稔。张昆仑带过几个女孩儿来吃包子，她都见过，可之后就又见到人家跟别的小青年在一起了，不用问就知道没他的戏了。

二师兄站起身，踱步到窗前。窗外熙熙攘攘。他等张昆仑哭了一阵子，才嘘出一口气，到他身侧，手搭在他的肩膀上，轻轻拍了两下，语气和缓地说："胜利，哭是没有用的，有用的就是想办法改变自己。"

"怎么改变？"张昆仑哽咽地问。

"你愿意听我的话吗？"

"愿意。"

"好，你冷静一下，我再跟你说。"

二师兄坐回到凳子上，等张昆仑情绪稳定下来后，从衣服兜里掏出一个绿皮小本子放到桌子上，手指却按在上面没有松开。好一会儿，仿佛经历了一场艰难的抉择，终于下定了决心，用并拢的两指很缓慢地将本子推到张昆仑面前："这是咱们区图书馆的借书证，你拿去，有空了就去看看书，你很聪明，应该明白我的意思。"

张昆仑点点头。

山泉水在夜校读专科，他是张铁栓几个徒弟中最爱学习的一个。

"知识改变命运。"

二师兄给的忠告，仿佛一束穿过荫翳的阳光，直射在他心里。

知识确实改变了命运。张昆仑自感调岗无望，脑子也就慢慢地转到了二师兄的忠告上来。他出现在图书馆，开始读书，由羞涩到自然，由断断续续到如饥似渴。他是春雷机械厂唯一去图书馆读书的小青年。一年以后，他的大脑已经受了弗洛伊德催眠式的洗礼，三本励志小说的滋养，一本《唐诗三百首》的灌溉，还有无数本画集、画论的充实，他明显地感觉到自己已非之前的那个张胜利了，已然脱胎换骨。然而生活依旧，甚至没有一点儿改变。直到有一天，他偶然翻阅到一本《黑板报图例精选》的工具类图书，顿然领悟，当晚就迫不及待地拜访了宣传科的杨科长。杨科长家也在东院。杨科长为写那篇宣传稿，和张铁栓有过一段亲密交往，有此缘故，他热情地接待了张昆仑。

"这是好事儿呀！胜利，看不出来你还有这本事呢！之前怎么没有听你说过呢？"张昆仑办板报增加插图内容的想法正中杨科长下怀，"前阵子还计划给局里要这方面的人才呢，没想到，咱厂里竟然埋没着一个，这不是得来全不费功夫嘛！"杨科长高兴得直搓手，"这样，我明天先跟人事科打个招呼，办个借调手续，先来帮着忙，下来再办理正式手续，你看怎么样？"

"这当然好啦！我正求之不得呢！但——"张昆仑忽然高傲地想到，自己凭的是本事，不是开后门，于是又说，"这样，领导，为了证明我确实有这个能力，星期天我先去给你帮一天忙，看看是不是真材实料，之后再办手续，是不是更好？"

"胜利，看不出来，你年纪不大，考虑问题倒很全面嘛！好，那就星期天先亮亮身手，正好也要出下一期板报了，我正头疼呢！"

事情就这样定了下来，于是就有了张昆仑和田艳丽两人在办公楼前的那一幕。

附　言

烹饪小技巧

田艳丽做的糊涂面在圈子里小有名气，凡是去过她家、品尝过她手艺的人都赞不绝口。这是事实。田艳丽是个大大方方、心无块垒的人，从不保守她的烹饪技艺，不论谁向她讨教，她都会和盘托出，而且还总怕人家学不会，往往还要就细节要点当场演示一遍，甚至几遍，那样子仿佛一位执着的布道者，不达目标绝不收手。她是个随时随地都要向外散发热量的人。张昆仑在这方面根本没法和她相比。

做糊涂面有两个小技巧：第一是和面，面要用淡盐水和，面扑要用玉米粉，这样面筋道，面糊也有种特别的香味。和面时也可以加一些豆粉进去，豆粉和面粉的比例掌握在 2∶8 上，豆粉多了，影响嚼劲。第二是调味儿，葱姜蒜末儿炝锅，加熟黄豆粉、少许胡椒粉炒出香味儿，加开水煮沸片刻就可以下面条了。这是汤鲜味美的根本，少一样都不行。其他的想放什么蔬菜、调味料，放多少，都是惯常的，没什么好说的，自己根据喜好自行添加取舍。

田艳丽的特点在于有气力，她擀出来的面条格外筋道，下锅耐煮，入口弹牙，这是面食爱好者最为重视、不可或缺的一个重要标准。所以，即使她毫不保留地公开了她的这些做面的技巧，也没有人能超越她——力气这东西是个性的，不是你想有就能有的。但田艳丽从来都不这样认为，她觉得味道才是最重要的。从这点看，美食的确也是门艺术——具有个性和不确定性。

宏　魁

宏魁第一次去机械厂，便被震撼到了。他回到家就像魔怔了一样，坐在院子里，眼望着墙头，发起呆来就是几个钟头，直到第二天吃午饭的时候，他爹要带他去医院看医生，才恢复过来。但他耳际却一直萦绕着那台仿佛怪兽一样巨大的带得地面都震颤的机器发出的"咣当、咣当"声，眼前时常浮现出一块火红的铁坯被三下五除二锤打成一种形状的画面。这样的状况又持续了几天。这事发生在 20 世纪 70 年代初的某年夏天，那时他还是个八九岁的孩子，那时的工厂还没有完全恢复生产，人们随时都会停止生产闹革命，但即使这样，那种半生产的场面也让这个仿佛活在农耕时代的他大开眼界。他家是东街上的老门老户，生活恬淡，早起牛车上的铃铛、晚上悠远的梆子声是他最深远的记忆。他活那么大，听到的最大的动静就是过节的时候锣鼓、鞭炮、唢呐闹腾出的声响，但那也是在开放的空间发出的，而且也是熟悉、习惯了的，和那"怪兽"发出的声响截然不同，后者就像是把人装在了鼓囊里，听七尺大汉擂鼓，人心都要震出来了。后来，他才知道，那怪兽叫锻床，专治不服气。据此，他还发明了一个新词儿："锻他"。就是上家伙往死里打的意思。他和张昆仑是古城北街小学的同班同学，张昆仑把他带进了机械厂。刚入学那天，他们为争夺年级"老大"，各自带了一帮人马对峙在操场上，他以一个左右旋风脚和连续五个后空翻展示了他的硬实力，而张昆仑则亮出"贾叔"的底牌，展示了他的软实力。"贾叔"是机械厂的民兵小分队队长，也就是后来的保卫科科长贾长福，他以武艺高强、枪法了得、打仗无往而不胜名震八方。他是他们共同的偶像，也是现实生活中他唯一崇拜的英雄。他们握手言和，张昆仑甘居其下，结为了兄弟。

宏魁那时的梦想就是进机械厂当一名工人——机械厂高大而神秘的围墙，三层青砖红瓦带自来水、卫生间的家属楼，令人羡慕的福利和高出常人的购买力，南腔北调的普通话，不同于周边街区的人员气质，机器发出的颇有规律的声响，以及弥漫在空气中的机油的味道都曾使他产生过无尽美好的遐想。他曾无数次和张昆仑一起躺在那草窝里眺望烟囱里冒着黑烟的厂房，无数次躲在破旧的老房子里抽着丝瓜秆吞云吐雾，无数次在厂区里溜达，捉虫、逮鸟、捕蜥蜴，无数次趁摸走可以润滑门轴的机油和引火做饭的柴油。十七岁时，也就是张昆仑接班参加工作那年，他卷进了一宗针对机械厂的盗窃案，盗取了一批价值可观的铜板铜线，他作为主犯被判刑五年零六个月，后减刑为三年。他的梦想也由此破灭。张昆仑为此也受到了为期一周的审查。贾长福怀疑他是他们的同伙、内线。

宏魁出狱后成了东街上的扛把子大哥。

他们的爱情

1

没人相信他们的恋情是从图书馆开始的，因为田艳丽也就去过那一次图书馆，而张昆仑也因为她去过那次后就再也没有进过图书馆，因为他去图书馆的目的正在实现：命运正在发生改变，他也有了对象，即便他当时还不像后来那样地爱她、依靠她。因为无论气质还是言谈，他们都不具备读书人该有的特征——她更像一个早熟的大妈，而他更接近一个江湖人士的形象。在他们早期的家里，除了儿子张诗意的课本，几乎看不到一本像样的书籍，所以，当他们成为继顾阿成夫妇之后又一对模范夫妻，向人们炫耀他们的恋爱史时，人们普遍认为，图书馆之说，只是为了装点门面而杜撰出来的漂亮故事，纯为附庸风雅，就像皇帝的新衣。但他们的爱情的的确确是从那里开始的，图书馆为证，《徐志摩全集》为证，椅子为证，空气为证，良心为证，如果有良心的话。

"这小子神经兮兮的，一到星期天就像失踪了一样，见不到人影。"田艳丽面朝一周前还张贴着高仓健画像的墙壁侧卧在床上，颇为不解地喃喃自语道，"他已经连着两个星期没在宣传科帮忙了，能跑到哪儿去？"老二田美人在书桌上学习，老三田盼男在另一张床上躺着，一个备考电大，一个在家里无聊地打发时间。

"跑得了和尚跑不了庙，去他家找呗。"

田美人撇撇嘴，只盼着两人赶快出门，她已经不堪其扰了。

"去去去，能去他家里还在这儿跟你俩说啥。"

田艳丽翻过身来，面对着田美人。

31

"这事儿交给我了，"老三号称包打听，她骨碌一下坐起身，拍着胸脯说，"明天给你信儿。"

但不到下午三点，老三就打听到了结果。她略施小计，便在张家老二那里得到个重要信息：他们家老大有本区图书馆的阅读证。田艳丽寻思了一下就想明白了，拍拍屁股，洗把脸，围上一条丝巾，二话不说就想出门。这时，田美人拖着长腔叫住了她："你等一会儿，看你猴急的，准备去干啥？"她向上推了推眼镜，一双美丽的大眼睛闪烁着智慧的光芒。

"废话，你说我能去干啥？"田艳丽说着，又想动身。

"回来回来回来。"田美人叫住了她，然后从书桌上的一摞书中抽出一本，高高举起，"带着这个，也不看你要去哪儿。"

田艳丽笑了，她接过书，在田美人脸上拧了一把："我们家老二果然聪明。"旋即脚下生风般一溜烟跑出了家门。

"记住画红线的那几句话，该显摆的时候给他显摆显摆。"田美人对着敞开的屋门喊道。

不费吹灰之力，田艳丽便找见了张昆仑，但她并没有急于和他见面，而是坐在一处距他较近的地方打开那本书，找到画红线的那几句话，默默地背诵了几遍，直到她觉得没有什么问题了，才坐在了他对面。那时，张昆仑已然受到了文学的熏陶，幻想着一场发生在图书馆的传奇而富含浪漫色彩的恋情，幻想着邂逅一位热爱读书、皮肤白皙、文静柔美的文艺女青年，就像书里描写的那样，因书而结缘。当幻想已久的场景真的出现时，却令他大失所望，因为田艳丽的模样显然与他的理想南辕北辙。然而，这毕竟是故事的开端。他放下失望，开始体验，反正体验的只是故事。

"你也来读书？"他说。

"是呀。"

"在这儿我第一次碰见咱们厂的人。"他说。

"以后，会有第二次。"

"你看的什么书？"他问。

书扣在桌子上，还没来得及看书名。她低头看了一眼，机智地把书递给了他。

"《徐志摩全集》，厉害呀，这样的书也看。"这本书借阅率很高，他一直没有借到手，他为田艳丽有这样的阅读高度而感到不可思议，"不过，我早就看过了，挺好的一本书。"他装出无所谓的样子把书还给了田艳丽。

"呵，是吗？你也够厉害了。"

田艳丽双眼闪烁着爱意，在他脸上停留了片刻，竟然发现他的脸不像那天那样令人讨厌了，她甚至还在他的五官里检索出某些高仓健的特征，尤其是牙齿，简直太帅了！

"哪里哪里，小菜一碟。"张昆仑摆起谱来。

不知是张昆仑这种令人不悦的态度影响了她，还是爱神在指引，总之，田艳丽听他说完，便站起身。"轻轻地我走了，挥一挥手，告别天上的一片云彩。"她微笑着对张昆仑挥挥手，像是在向云彩告别。

诗，吸引了他的心；飘动的丝巾，吸引了他的目光。他呆呆地看着她，像云一样飘走了。

"太美了！"直到深夜，张昆仑脑子里萦绕着的除了田艳丽留下的那几句诗，便是那飘动着丝巾的背影，于是，他的梦无可拂逆地雷同了田艳丽之前的梦的情节：先是梦里出现了位美丽温柔的女孩，而后是那诗。他失眠了，想着那诗，想着田艳丽。普通人的爱情本来就是这样的，没有金童玉女之身，没有郎才女貌之缘，但一定有其必然的因缘。田艳丽的火热，正在点燃他冰凉的内心。

星期一，张昆仑以前所未有的高涨情绪投入到工作中，他挥汗如雨，无比认真，他妙语连珠，甚至还对个别模具进行了小小的技术革新，使生产效率提高了将近百分之二十。他不把自己当外人，俨然担起了班组长的角色，令外号"犟驴"的经山泉水任命的小组长退避三舍。这天上午，他所在班组的产量比其他班组竟然破天荒地高出近十个百分点。然而，到了下午，他又干干停停，眼睛眯成一条缝，老是充满期待地瞅着车间大门口。这天下午，必然是他的缘故，他所在班组的产量比其他班组又整整低了十个百分点。上午，下午，两下里正好圆吃圆。即使这样，二师兄山泉水还是在班后总结会上特别表扬了他，把他的革新成果向全工段推广，但他却没有听到，因为他已提前溜了号。他去了图书馆，想借到那本《徐志摩全集》。他不想落在田艳丽的后面。爱神发

33

现了他的企图，令他两手空空。

星期二，张昆仑延续了头天的状态，上午挥汗如雨，下午拖拖沓沓。第三天依旧，只是上午的时候，他打着拉肚子的幌子，溜到厂外逛了一圈。他去人民影院买了两张抢手的电影票，想约田艳丽看电影。

"呵，谢谢！晚上我没空。"

下午下班的时候，张昆仑装出偶遇的样子，在家属院门口截住了田艳丽。田艳丽接住电影票在手里翻弄着看了看，就像摆弄电器零件那样，于颜色中发现了瑕疵。她觉得那电影票应该是红色的，红色代表着阳极，代表着热烈，代表着火热的胸膛，代表着喜庆，代表着真诚；但手里的票却是蓝色的，蓝色代表着阴极，代表着冷漠，代表着敷衍，代表着阴险。于是，她想都没想，就把票退还给了他。

张昆仑不是第一次被女孩子拒绝，但之前他从没有这样认真、这样动心过，也没有像这次这样感到意外。他原想这不过是履行一道工序，像完成一件翻砂件一样，顺理成章，水到渠成，一切都是计划内的。即便如此，当他从衣兜里掏出电影票时，还是免不了紧张、心跳了一阵儿，但那心跳和紧张完全是习惯使然，转瞬他便提醒自己应该自信。他有意无意地拨弄了一下车铃。然而，田艳丽拒绝了他。这难道是主动的错？蓦然间，一种被愚弄的感觉充斥大脑，紧随其后，一腔怒火直灌头顶。难道那些天她频繁出现在自己面前，只是为了给自己难堪？只是为了羞辱自己？这也太过分了吧！这还有江湖道义吗！如果不是同田艳丽先前的较量让他有所忌惮，他定会冒出些风凉话来。

"改天吧，改天我请你。"这时，田艳丽又说道。

她说这话并非因为他无法掩饰、行将喷发的怒火，因为她根本没有在意到那怒火，她从来也没有把他当作缺乏理性的带有火药味的对象来看待，她无视了他产生怒火的本能，她只是后悔不该去注意那电影票的颜色，想把话收回来，她甚至希望立刻跟他走，跟他并肩坐在一起，看电影，嗑瓜子，但现在她必须掩饰自己的想法，不然就要被他小瞧了。

"好吧，那就改天吧。"

颜面得以保全，其他的便不重要了。张昆仑的怒火暂时得以熄灭，他顺坡下驴，赶紧鸣金收兵。他宁肯相信田艳丽说的是真话，因为不相信只能自取其辱。但愿她说的是真话吧，但愿改天不是明天就是后天。

他遥望着夕阳下的树梢，竟然还挤出一个貌似洒脱的微笑。田艳丽回眸一笑，转身就要离去。

"那么——"在那嫣然笑容里，张昆仑仿佛觉察了什么。

"嗯？"田艳丽猛然回头，由于突然和紧张，她的脸一下子红到了脖颈上。

张昆仑惊愕于那回首的速度，惊愕于她脸色的嫣紫，惊愕于她看自己的眼神的热烈，但他解读的却是另一层含义。

"行吧，还是改天的好。"

他们同时转过身，慌乱且漫无目的地各自向着相反的方向走了。

2

直到站在了家门前，田艳丽也没有闹明白，她为什么要拒绝他，而"瑕疵"又究竟是什么东西。她感到，自己犯下了有生以来最不可饶恕的错误。同时，她也为他那副无所谓的样子感到气恼，为他毫不争取的样子感到羞辱，难道在他眼里自己只是一个可有可无的存在？如果……如果他真的死乞白赖地求自己，那又会怎样？那样，她觉得自己会看不起他，他就不是自己心目中的那个自信满满、超有魅力的小伙子了。她茫然地看着家门，看着她娘在厨房里忙碌的身影，忽然产生出一种逃避的念头，那念头无关温暖，恰恰相反，正是因为太温暖了才想逃避。她想到一个凉爽的地方，给滚烫的大脑降降温。她想到了徐二姐。

徐二姐和丈夫两地分居，她丈夫原是厂军代处的领导，"文革"前让上面神秘地抽调走后，再没了音信，现在厂里几乎没人见过他。徐二姐现在一人住着一套一室一厅的房子，深居简出，过着清守活寡的生活。田艳丽跟她同在西院，她在最里面西北角的一栋楼的三楼上住。她们是错了半辈儿的闺蜜，喜欢在一起聊天，也喜欢一起逗趣。田艳丽也喜欢她的房子，尤其喜欢黄昏前夕阳斜照的那个时段，浪漫、温馨，有种不可言状的暖人的感觉。她的房子始终收拾得窗明几净，始终散发着淡淡的幽香，这是田艳丽梦想中的婚房。

徐二姐正在烧饭。一个人的饭做起来好没意思，做好了自己享受，做不好也是自己享受，总之就是让人打不起精神来。她看见田艳丽出现在门口，立刻高兴了起来，她改变了计划，把水煮青菜改为香菇炒青菜。她一边泡发香菇，一边絮叨田艳丽为啥不早点儿过来，再晚来一分钟就要吃水煮菜了。然而，她的话没有得到回应。她后仰身子，伸头看了看径直去到屋里，坐在沙发上生闷气的田艳丽，关上火，解掉围裙，也来到了屋里。徐二姐是个美人，皮肤白皙，有一双会说话的眼睛，身材高挑，三围清晰，虽然四十出头，但因为保养得好，样子就像二三十岁的大姑娘。她原来也在电工班，去年年底才调岗去了劳保仓库当保管员。据说，绿化队队长顾阿成的三根手指头就是因为看她看傻了眼，被冲压机给轧掉的，一瞬的事情，等他意识到疼痛时，那指头已经变成了血淋淋的小肉饼。当然，这故事不乏恶意中伤的意味。你想，顾队长可是全厂公认的模范丈夫，他怎么可能看自己女人以外的其他女人呢，而且还看傻了眼？但那天徐二姐的确在场，在不远处修理配电箱，背对着他，可以想见那身材，那楚楚动人的样子，稍微有点想象力的人都能想得出当时的那种场面。一个生活中最完美的男人和一个现实中漂亮的女人拉扯在一起，本身就是一个完美的组合，一段颇有活力的故事。

"我为什么要拒绝他？我脑子灌水了吗？"

田艳丽一头扎进徐二姐的怀里抽抽搭搭了几分钟，她的头埋得很深，紧贴着徐二姐的胸口，泪水浸透了单衣，湿漉漉的一片。女孩子的眼泪来有来的原因，去有去的道理，徐二姐懂得，所以她并未劝慰，而是用手指轻缓地梳理她的头发，就像打理羔羊的绒毛，显然这是最好的劝慰。田艳丽猛然翻过身子，头枕在徐二姐的腿上，两眼直勾勾地盯着她，突兀地问道。

"死妮子！你是不是发烧啦？"徐二姐在田艳丽的额头上摸了摸，又摸摸自己的额头。

"发什么烧呀！"田艳丽一骨碌坐了起来，盘腿面对徐二姐，"我跟你说，你怎么不明白呢？"

"我明白什么呀？"徐二姐往一侧趔了趔身子，美丽的大眼睛里满是困惑，"你这一榔头砸开门，我知道是为的啥？"

"你就说，"田艳丽想了想，说道，"如果有个你喜欢的男的来邀你和他出去玩，你会不会拒绝他？"

"这要看什么情况。"徐二姐皱起了眉头。

"这还要分情况？"田艳丽一伸腿站了起来，"还要分情况？"

"坐下，坐下。"徐二姐大概明白了一二，拉起她的手，把她又拽回到沙发上，"坐下来说。"

田艳丽气鼓鼓地坐回沙发上，为徐二姐没和她长一颗心而生气。

徐二姐起身到屋门口打开房灯。"哎，死妮子，是不是恋爱啦？"就着亮，她盯着田艳丽红扑扑的脸蛋儿问道。

田艳丽满脸燥热，把头埋在了怀里。

徐二姐乐了，她一旋身坐在了田艳丽身边，抱起她的胳膊摇晃了几下："哎，害什么羞呀！赶紧给我说说，那男的是谁？"

田艳丽扭捏了一阵儿，才说："张胜利。"

"张胜利？"徐二姐想了想，"是不是张铁栓家的那个老大？"

"嗯。"

徐二姐坐直身子，慢慢松开手，合抱双臂，皱着眉头，斜眼看着田艳丽，道："说说，你看中了他什么？"

"我觉得他特有才，会画画，有文化。"

"就这些？"

"就这些。"

"你呀，真不知道眼睛是咋长的！"徐二姐叹口气，"他们家的情况你了解吗？"她还想挑他长相上的毛病，但话到嘴边，多了个心眼儿，收了回去。

"了解，不就是四个光头，负担重，家里有个病号，他妈难缠嘛！我心里有数，能应对得了。何况将来是我们自己过日子，又不是跟他们家过日子，想那么多干吗！"

徐二姐撇撇嘴，深入的话实在没法再往下说了。张铁栓说起来也算是她的恩人，当年史老歪歪着嘴诬陷她偷汉子搞破鞋，张铁栓看不下去，挺身出来说了几句公道话，事态才没有恶化。"捉贼捉赃，捉奸捉双"，他人品正，徒弟多，威望高，说出来的话落地有声。史老歪当即就闭了嘴，成了哑巴。

"张师傅是个好人，可他那几个小子……唉！"她在心里叹口气。一边是恩人，一边是闺蜜，这话真不知道该咋说好，"既然这样了，你在这里发什么愁？"她说。

"如果真是这样了，我还有什么愁可发。"田艳丽把方才发生的事情大致叙述了一遍，"你说，我是不是昏了头？"

　　徐二姐皱起眉头想了想："其实也没有什么不好的。男孩子嘛，就应该追女孩子，而且要像唐僧西天取经那样地追，不然，让他得到得太容易，他就不会珍惜了。你说，我说得对不对？"

　　"对！"田艳丽来了精神，"我说我当时咋拒绝得那么干脆呢，原来我也是想到这上头去了。不说让他唐僧西天取经必须九九八十一难，也得让他有个一难两难的，是吧？"

　　"真聪明！"

　　田艳丽满怀期待地等着张昆仑来追她。然而，直到星期五晚上路灯都点亮了，也没等到他的影子。她开始慌了，在家里猫抓似的来回转了几圈，便跟她娘招呼了一声，去找徐二姐。她的举止令她娘纳闷了好一阵儿：这妮子这两天是怎么了？魂不守舍的，该不会有什么事吧？

　　徐二姐的主意连她自己都坚持不了三分钟，她这边才说过"姜太公钓鱼愿者上钩"，那边看到田艳丽在抹鼻子，立刻就改了口："就怕鱼瞎了，看不到钩儿。不行，你就挂上个钓饵，引诱他上钩？"

　　田艳丽破涕为笑："本来你情我愿的事，怎么到你嘴里就成钓鱼啦！"她抓住徐二姐的胳膊，在她白皙光滑的皮肤上揉了揉，"我要是有你这样漂亮，就天天坐在家里钓鱼，然后，挑肥的给宰了，瘦的都送人。哈哈，你说，那有多痛快。"

　　"去，"徐二姐打掉了她的手，"我说的可不是这意思。"

　　"我知道你不是这意思。"田艳丽笑着说道，"你就说，我现在主动出击，对不对？"

　　徐二姐偏侧过头想了想："也对，也不对。怎么说呢，对了就对了，错了就错了。"

　　"你等于什么也没说。"

　　徐二姐的房子前后各有一棵大树，房前的是梧桐，房后的是白杨，枝繁叶茂，所以不论早晚，阳光投入到房间里的光影都是经过分割后的凌乱的线块，正如她的生活一样，凌乱而没有规律，但这是阳光给予她的，她无法改变。她极少在外廊和窗前停留，因为她不愿穿过凌乱的枝叶探望更远的世界，探望那世界里的喧嚣。她更愿意把自己藏在窗纱后面静静地倾听远方的故事。她早出早归，没事就待在家里。房子的钢制防盗门永远都上着插销，只有在田艳丽敲门时，才会开启，也只有田艳丽到来的时候，她才会开启窗扉，收起一窗白纱。

3

　　田艳丽回到家，饭也没吃，蹬上自行车就去了东院。她敲响张昆仑家的门时，张昆仑其实就在他家下面的围墙里面，正在为工作上的事情猫在草窝子里想心事。懊恼、沮丧、无可奈何的情绪就像一张大网笼罩着他，令他心灰意懒，什么人也不想见，一句话也不想说。他只想一个人待着，好好反省一下，想想下面的事情该怎么办。他这样已经两天了。田艳丽跟他娘的对话，他听得一清二楚，但他没露面。周四，杨科长去翻砂车间找他，告诉他，他的调动申请被人事科给否决了。理由很简单，就是他的人事调查结果不过关，负面问题太多。转干部岗，这是硬杠杠，谁说也不行。他对此一筹莫展。他这两天把翻砂车间的人给扒拉了一个遍，就觉得里面没有一个好东西，包括大师兄、二师兄。他猜测这些人谁都没给他添好言，不然，就自己的能力，也不至于在这上面栽跟头。社会上相当一部分人就是这样，看不到自己的问题，却习惯找客观上的原因，把自身的问题都归罪于他人。结果就是，所有人都对不起他，都是他的敌人，全都是绊脚石。张昆仑此时犯的就是这个毛病。

　　田艳丽的造访不管怎么说都给他荫翳的内心带来了一缕阳光，让他感受到了温暖和抚慰。所以，第二天，当他再次遭受打击，沮丧的心正飘荡不定，想要去借酒消愁的时候，田艳丽骑着自行车停在了他身旁。她单腿点地，命令他上车。张昆仑连个屁都没放，便乖巧地像个孩子坐在了车后座上。他缩成一团，样子猥琐。此时正是下班时间，路上人流熙攘，他的样子立刻招来身后一片笑声。笑就笑呗，反正就是这样了。

　　田艳丽本来要带他去看电影，可出了厂大门便改变了主意。她一转方向，朝西迎着夕阳的余晖疾驰而去。她要带他去新城区，那里有家馄饨铺子，做出的馄饨特别好吃。她经常和她的闺蜜、伙伴们去打零嘴，现在，她要与他分享。至于电影，等他们吃完了馄饨再看也不迟。田艳丽一路上有说有笑，完全没在意闷葫芦样的张昆仑其实并未和她说上几句话。田艳丽的眼睛始终盯着前方一排排楼房或大树后面时隐时现的夕阳，即便那阳光有时也刺得她眯上眼睛，伸手来遮挡，但她认为那是充满希望的浪漫的阳光，和朝阳一样，因为在她的经验里，夕阳才是她最熟悉的，才是最具变化、富有色彩的。田艳丽幻想的最浪漫的场景就是身着白色连衣裙，展开双臂，追逐夕阳——她的衣柜里有好几条白色连衣裙，但她从来没有穿出来过，因为白色的服饰往往会把她勾勒得更加健硕，显然这不是她想要的效果。她在试衣镜前，打个旋儿便把白衣裙又放进了衣柜，但这并不影响她对它们的喜爱。而张昆仑的眼睛却始终盯着完全相反的方向，看着他们身后投在地上长长的影子。那影子忽长忽短，时而又消失在楼房或树木的阴影里。影子中的他俩有时合为一体，有时又分开，成为两个没有完全分开的个体，因为车座把他们黏合在了一起。张昆仑找到了自娱自乐的把戏，暂时放下了下午发生在人事科的令他气恼、不快的一幕。他最大限度地移动身子，想要找到影子中他俩完全分离的点。这时，田艳丽忽然来了个急刹车，停了下来。

　　"嗨，你想干啥呢？在后面晃来晃去，我都没法骑车啦！"

　　张昆仑赶忙从后座上跳下来，笑着支吾了一句，便接过车把。那时，阳光正好照在田艳丽的脸上，为她涂上了一层金色的余晖。张昆仑忽然发现她好美好美，在他眼里她一下子就成了一个女神。这画面永远地定格在了他的脑海，即使多年后，田艳丽变成了胖大妈，她在他眼里依然美丽——这一眼，确定了一个世界的容颜。张昆仑呆站着傻笑，露出了那漂亮整洁的牙齿。田艳丽永远记住了他的这个傻笑，记住了那闪耀在齿尖上的明亮的金色光点。时隔多年，她只要想起这一幕，脸上便露出少女般的微笑。他们彼此凝望，忘记了时间，忘记了空间，那一刻，他俩的眼里只有彼此。这就是普通人的爱，在平常中激发的爱，在日常中发现的爱，但田艳丽似乎更感性一些，而张昆仑更理性。田艳丽侧重理想的一面，而张昆仑则看重现实——她要找爱人，他要找媳妇——目标看起来一致，但实际上却如天壤之别。这种差别最终未形成裂隙，主要是因为他们已然统一起来的美感———一种一开始就让人感到的玄乎，仿佛雾里盛开的花朵，然而，它奇妙而富含能量，即便偶尔也有雾去花现的时候。爱神安排的剧情里总有一些让人看不懂的东西，但没关系，结果不会改变。

一声路人的呼哨，结束了这幅无法用影像记录下来的画面。张昆仑骑上车子，他们说了很多话，他们大概都忘了要去干吗。最后，绕了很大一个圈子才来到那家馄饨铺子。他们吃得很香，因为实在是饿得不行。

"最近这段时间你怎么没有去宣传科帮忙？"田艳丽在张昆仑吃第二碗馄饨时，忽然想起这件令她疑惑的事情，便问道，"我去看了，杨科长一个人忙不过来，而且，他也没你办得好。"

张昆仑囫囵咽下一个滚烫的馄饨，烫得他直拍胸脯。他喘了几口大气才说："人家不要我帮忙。"他看田艳丽满脸惊愕地看着自己，马上一笑，便把事情的原委讲给了她，最后说："他觉得帮不了我，所以也就不好意思再用我了。"

"他不好意思，你就不去啦？"田艳丽摇摇头，"要我说，他不好意思，不代表你不好意思。只管去，一直到他再也离不开你为止。"

这是张昆仑多少天都没有想通的事情，经田艳丽一点，似醍醐灌顶，他立刻理清了思路，在脑门上啪地拍了一下，心里说，就这一个弯弯都绕不过来，还得让人家来指点，不是笨是啥呢！"是呀，我怎么没想到这一层！"他真想立刻返回去找杨科长。

田艳丽看着他那副猴急的样子，笑着劝道："看把你急的，不给你说你不知道急，这一说就急成了这样子。我说，你先安安心心把馄饨吃掉，然后再商量接下来怎么办。我总觉着，只要他离不开你，你就有机会。"

"说得太对了！"张昆仑用赞赏的目光盯着田艳丽，"将来，你一定是我的贤内助。"

"这才哪儿到哪儿呢，你就蹬鼻子上脸啦！"

"对不起，对不起，我错了！是争取让你做我的贤内助。"

"这还差不多。"

4

上午，张昆仑拿出有病乱求医的勇气去找了大师兄郝大贵，请他帮忙疏通人事科的关系，批准他工作调动的事情。自从大师兄那次拿他杀

41

鸡儆猴以后，他们两个几乎就形同陌路，不到必须说话的时候就不说，即使说了也像干仗似的，呼呼啦啦说完了就走。郝大贵升任副厂长后，不是逢年过节几乎不来家里，偶尔碰着了，点个头就敷衍了过去，如今来求人家办事，他都不知道该咋样开口了。他原想找他爹来开这个口，但想想又放弃了，因为他这次调动工作的事情事先一点儿也没有跟他透露，甚至还有意瞒着他，他怕他爹不同意，出面阻拦。他爹的脾气他太了解了，与其这样还不如继续瞒下去。

张家的四个子弟，郝大贵最看不上的就是这个老大张昆仑。他觉得他哪儿哪儿都不行，简直就是一摊烂泥扶不上墙，如果不是看在师父的面子上，他早就给他收拾出个人样来了。郝大贵斜歪在圈椅里，沐浴着阳光，享受着窗式空调机吹出来的清凉，爱搭不理地听张昆仑说明了来意，有好一会儿，他啥话都没说。桌子上一杯刚刚泡上的茉莉花茶袅袅地冒着热气，仿佛农家雨后的炊烟，道不尽的好，说不来的浪漫。是的，他正坠入在浪漫的愁绪中不能自拔。他在想徐二姐。张昆仑的话，他听了个开头便不再往耳朵里去了，不是他不想听，而是他无法听，因为他脑子里萦绕的全是徐二姐。她那脸蛋儿，她那身段儿，还有她那让人筋骨酥软的声音！徐二姐，你个妖精，你个狐狸精，你要把我郝大贵生吞活咽了才甘心吗？

自打郝大贵看到徐二姐第一眼，他的心就无可挽回地融化在了她的身上，融化在她的空气中，融化在有她的梦里。那真是熬人的思念，既不让你好好地生，又不让你好好地死，就像三伏天晒太阳，数九寒天卧冰床，咋不得劲就咋来。无数个夜晚，他顶着蚊虫叮咬、寒风刺骨、骤雨狂风，矗立在她家的房前屋后，以期看到她的身影。他曾试图爬上她家的窗口偷看她撩人的身段而崴了脚，他曾想过只要能和她行那苟且之事，哪怕吃一枪子儿也值得。当年曾为她鸣不平让师父当头扣了一铁锨，曾为她两次砸了史老歪家的玻璃窗，两次把史老歪家的小儿子踹到污水沟，也曾为她一脚把结发十年的老婆蹬下床。他一心一意往上爬，心心念念就是有朝一日把她收入怀中。他当上副厂长后为她做的第一件事，就是给她调换工作岗位，到劳保仓库当库管员。徐二姐呀徐二姐，我郝大贵为你做了这么多，你心里几碗几勺总要掂得清。

上星期，他借检查工作的名义去了趟劳保库，整整在库房里转了三

42

大圈，一会儿挑毛病，一会儿又表扬，把徐二姐弄得就像坐过山车，心里七上八下地不知道咋对付，一会儿，汗水就顺着脖子流了下来。副厂长在她心里可是看得见摸不着的大领导，亲自到库房来给她做指导，她心里别提有多紧张。

张昆仑说完了情况又诉苦，看着大师兄又是皱眉又是笑，还以为他在认真听，心想到底还是师兄弟，关键时候就是不一样。于是，动了衷肠，五脏六腑不知道哪个环节一时没有把握好，竟然嗷的一嗓子哭了起来。自从那次在二师兄山泉水面前哭过之后，他发现自己越来越控制不好自己的眼泪了，那曾经干涸的泪囊在他爹皮带的修理下没有产生泪水，在他娘的咒骂、笤帚疙瘩的抽打下没有产生泪水，跟小伙伴们打架打破了头没有产生泪水，但是为了亲情、为了人生里遭遇的这些看似不公正的待遇，他的泪水却如间歇泉那般，不定什么时候就喷涌了出来，无法抑制。郝大贵正沉浸在替徐二姐打蚊子的那一幕，他已弄不清是真有蚊子还是假有蚊子，反正那会儿他看着那白皙得令他透不过气的胳膊，不碰一下就活不了，于是，就轻轻地拍了一下。啊，那是什么样的感觉，冰凉、丝滑、柔软！仿佛闪电，仿佛飓风，仿佛山呼海啸，他的脑子轰的一下犹如掉进了灾难场，他就觉得整个身子都不是自己的，整个人都像被撕裂了，心被融化了，手被黏在了……现在他真后悔，不，是真恨自己没胆量，为啥不借势把她拥入怀中……这两天再去，不，下午就去！这次说啥都要把胆壮足，不胆怯，不达目的不罢休。给她调动工作的事也该跟她提一提，他可不想当那种做好事不留声的无名英雄。他脑子全在这上面转圈圈，张昆仑忽然哭那一嗓子，把他惊得起了一身鸡皮疙瘩，他屁股底下就像装了弹簧，一下子从椅子里弹了起来。

"哭啥咧?"郝大贵回过神儿来，手指关节在玻璃桌面上敲得当当响，"胜利，这是办公室，不是在家里，赶紧给我闭上嘴。"他眼前又忽闪了几下白胳膊，这才集中起注意力。行政办的小张听到动静，推开门进来打探。郝大贵对他摆摆手，示意他不用管。

张昆仑把头埋在胳膊里号啕了两声，便在剧烈的颤抖中停下来。过了一会儿，他抬起头，仰视大师兄，哽咽地问他该怎么办。

"什么怎么办?"

"我调岗的事。"

43

"这事——"郝大贵想了想，"这样，你先回去，我和你二师兄，还有人事科商量一下再给你回信，怎么样？"

"中，我等你的信儿。"

张昆仑感激得不知道说什么好，关键时候还得靠大师兄。

郝大贵打发走张昆仑后，吸着香烟，理了理思路，但他怎么也弄不明白张昆仑咋会摸上自己的门，平时看他人前人后吆五喝六的样子，都不知道自己是老几了，满身的浪荡气，这副熊样子别说给他帮忙了，见到就想修理他，但不看僧面看佛面，看师父的面子，做做样子也得过问一下。前段时间他才给他家老二的工作解决，局里的人情还欠着没还，现在他又找上门，照这样下去……咳，不说了，谁让自己欠着人家呢。他决定摸清情况后再开口，于是，打电话把人事科干事小刘叫了过来。小刘虽然年轻，却是办公楼里的老人。办公楼里经历的风风雨雨令他历练出一套老到的见风使舵的本领。他看人就像看天气预报，谁能刮什么风，谁能下什么雨，谁能电闪雷鸣，谁能掀起波浪，他心里自有一本账，从来没有含糊过。郝大贵一上办公楼，小刘就看出来这是一片晴天里能掀起风浪又能泼洒甘霖的云彩，他要靠着他，跟着他，好让那甘霖像淋浴头一样泼洒在自己身上。他主动向他身边靠近，但不是无底线地靠近，而是若即若离，仿佛站在磁力的临界点上，差那么一点点，平衡便会被打破。他主动向他献媚，却不是无底线地献媚，而是左右腾挪，貌似是他的人，但让他人看来又不是。徐二姐调动工作的事情就是他给办的。他充分理解了郝大贵关于安全生产的要求和怜香惜玉的情结，积极、妥当、不露声色地完成了领导交办的任务，由此赢得了郝大贵的青睐，将他视为自己人。

"咳，原来是这事，"小刘听完郝大贵叫他的来意，绷得紧紧的神经立刻松懈了下来，"这件事跟别人没关系，是宣传科的杨科长提出的。真有意思，杨科长这人从来不管闲事，怎么会管起他的事来了。哦，我想起来了，是不是您……"

"你想到哪儿去了，我有什么事情还要绕到他那里去。"

郝大贵懒散地斜靠在藤椅里，一只手搭在桌面上，手指配合说话的内容适时地敲击一下桌面。这是他接待下级时的最高礼遇，意思类同于把对方视为了兄弟朋友。他正经起来的样子的确不易被人接受，即使不发脾气也给人一种不怒自威的感觉。

"我说也是嘛,您要找跑腿的咋也不会把我撇到一边嘛。"小刘端正一下身子。

"小刘,你也知道我和他们家的关系,既然找到了我这里,不管也不合适。但前提是,违反了原则,我的面子也可以不给。"郝大贵想到与于东山之间的那种微妙关系,心里多少也有点儿忐忑,所以,他一改以往的行事作风,话说一半,留出回转余地。

小刘白净的脸皮上始终挂着崇敬的笑容,双眼永远闪烁着聪明的心领神会的光芒:"您看您说的,您的面子谁敢不给?"

郝大贵满意地笑了笑,他觉得小刘这孩子真是个不可多得的人才。

"但眼下这的确是个很麻烦的事情。"小刘换上一副谨慎的样子,打开记事本,翻到一页,"6月20号,局机关人事工作会议,就张胜利等几位同志的岗位调整事宜进行了讨论,讨论结果,"他紧张地握了握拳头,"除张胜利外全部通过。领导,这件事我们人事科确实努力争取了,但人调报告真的……"

"这个报告是由哪个部门牵头的?"郝大贵轻轻敲了敲桌面,看着小刘说道,他隐隐觉察到这里面有种异样的味道。

"当然是由我们人事科组织啦,别的部门谁会插手这种出力不讨好的事情。"

"这里面……"郝大贵话说一半,抬手在空气中画了几个圈,之后,便微笑着盯着小刘等他做出回复。

"多少都会有一点儿。"小刘明白他那手势的意思,"但大的方面不会有问题,不行,我把报告拿来给您看看?"

张昆仑的情况,郝大贵再熟悉不过了,即使不看报告的内容,也知道上面都写了点儿啥。他苦笑着摇摇头,就像要赶走只苍蝇:"这小子我带过,知道他那德行。报告就不看了,不该我看的我可不敢看,不然违反了组织原则,你可担当不起。"就此,他已不想多说什么了,"不过,这事总要给他一个交代,毕竟我们还沾着师兄弟的情分,你看怎样处理是好?"

"如果一定要办的话,估计还得劳动您的大驾去局里疏通一下,因为刚刚做出的决定,立刻再纠正过来,恐怕也不好说,或者——"

"你就直说吧。"

"或者跟我们于科长沟通一下，由我们人事科出面去协调，您看行吗？"小刘面露难色地说道。

郝大贵原来也在机械厂家属院住，升任副厂长后搬到了局机关家属院，在那儿学会了跳交谊舞，开门老师便是于东山的老婆，他们现在是关系非同一般的舞伴，跳起舞来这样那样，谁看了都觉得他俩有问题。于东山虽然没有见过，但风言风语却听了不少，他本来对郝大贵就没有什么好感，这样一来就更没有好感了，甚至还生出恨意。但他性格阴柔，明面上装聋作哑，和郝大贵该是啥样还是啥样，其实暗地里处处给他设绊子、使阴招。这次的人调报告就是他指使小刘在上面动了手脚：好的方面拣不重要的放进去，坏的方面专挑原则性的放大了往里面写。他综合了各方面信息，基于郝大贵与张家的那种特殊的渊源，便想当然地认为郝大贵是这事的幕后主使，想不出面又落好，安排杨科长这个老实人来出头唱前台。郝大贵稍微动下脑子便想到是于东山暗中操纵了这个人调报告，不然也不至于到了这种地步，但他却没有想到于东山针对的是自己，因为在此之前他确实对此事一无所知，况且这个张胜利也的确问题一大堆。小刘的话无可挑剔，合情合理，即便他也听出他话里有话，但小刘那真诚的献计献策的样子，让他觉得至少在他身上不会有什么问题。

"这点儿事情就不劳于科长大驾了，你看着处理吧。"

"啊？"小刘露出一副不解的样子，"没有——"他指指人事科所在的方向，"我怎么敢——"

"我知道。"郝大贵理解地一笑，"小刘，你不用紧张。我的意思很简单，就是给他一个交代。"

"好的，明白！"

小刘回到办公室，便把郝大贵过问此事的经过向顶头上司，也是他的师父于东山于科长做了汇报，只是怎样也学不好"就是给他一个交代"那语气，最后只好按照自己的理解，解释为"由他出面把张昆仑打发了"就算是有了交代。于东山不动声色地听小刘把话说完，脸上露出个诡异的笑容，你郝大贵不是想跟我兜圈子吗，好啊，兜来兜去，最终还是兜不过我于东山这一关。他由外向内检视自己，认为自己还是光

46

明磊落的，因为他确确实实认为这个张胜利不适合从事干部岗位的工作，甚至以工代干都不合适，这是由他的组织观念决定的，并非完全个人恩怨。他动着心思，目光沉静，眼前那盆刚刚从窗台上拿下来准备修剪的文竹郁郁葱葱，仿佛一处美妙的风景——他已找见了两片发黄的叶子。

于东山算得上是个美男子：白净的脸面，细长的眼线，高挺的鼻梁，二八分的发型从来不曾散乱过，除了个头稍矮、嘴唇偏薄以外，还真的没有什么大毛病。他静止思考的样子是小刘眼里神的化身。

"小刘，这件事你怎么看？"过了一支烟的工夫，于东山才像是想明白了什么事情似的，忽然问道。

"我——"小刘踟蹰片刻，"我觉得——"

于东山目光和蔼，就像父亲望着孩子，鼓励他把话说完。

"我觉得也没什么吧，只是帮他一个小忙。"

小刘越讲声音越小，那支从不离手的圆珠笔忽然滚落在桌面上。

"你这么认为？"

"我觉得，其实，似乎……"小刘有些语无伦次。

于东山总能在小刘身上找见自己的力量，那是潜在的力量、暗藏的力量、具有征服力的力量，他为自己拥有这种力量而暗自庆幸。小刘就像一面特别定制的镜子，让自己能够看见自己的这种力量，令体内荷尔蒙因子滋生，产生自信和有关性的遐想。他惬意地笑了笑，拿起一把小剪刀，小心翼翼地剪去一片黄叶子，然后说道："下午再说吧。哦，下午我大概要晚一会儿过来，有人找我，就说我去市局了。"

中午下班后，于东山在机械厂附近的春晖包子铺吃了一笼包子、一碗馄饨，骑车十分钟，在远离厂区的一家较为隐蔽的桑拿洗浴中心，三蒸三冰，让血管充分得到据说是丹麦式的复原性锻炼，而后躺在一间灯光旖旎的房间里，等待服务人员的服务。在短暂而有限的时间里，他再次梳理了思路，他确信郝大贵此举的目的就是借刀杀人，找人事科来背黑锅，制造干群矛盾。好吧，既然你想给我挖坑，那也就别怪我抽你的梯子。这时，房门悄然打开，一个身材苗条、身着迷你裙的女子出现在他眼前。他瞥了一眼，是他指定多次为他服务过的、手法精妙的、令他每每想起便欲罢不能的那位技师。那女子面露惊诧，而他却面色凝重，状似被动地顺从于她的摆弄，闭上眼睛，趴在污渍斑斑的白床单上。这是一个放松的过程，她轻柔的手指划过他的肩头、脊背、双腿，掠过他白皙的皮肤，再次令血管膨胀而后舒展，以便让血液流向她拨弄的方向，在他渴望的点位聚集，直到她为他去除身上最后的那条短裤。当那已然湿滑的双手游走于他的双腿间，若即若离地触碰到那焦灼的部位时，他陡然睁开了眼睛，主动抬起臀部，将手放在了她裸露的大腿上……

下午三点钟，于东山带着劣质洗发水的味道，精神抖擞地回到了办公室。他当即做出指示，找张胜利来谈话，他要给他一个明白无误的交代——把皮球踢给郝大贵。按照惯例，一般人员的谈话先由小刘开始。

"张师傅，你的事情其实早就有定论，杨科长可能已经告诉过你，这里我就不多说了。"小刘和颜悦色地说道，"上午你走后，郝副厂长就把我叫了过去，详细地询问了你的情况。他没有别的意思，就是想安排我们把你的事情办好。这不，中午于科长都没敢休息，专门为你的事又往局里跑了一趟，但结果……其实这事吧，你也不要灰心，这次不行，下次还可以再努力。世上无难事，只怕有心人。工转干的事，咱们厂里说了不算，需要局机关批准才行。这一点希望你能理解。不过，也不要灰心，无论什么事情，只要努力了都能改变。世上无难事，只要肯登攀，是吧？"小刘扭头看向于东山。于东山紧抱双臂，望着桌面上铺开的报纸，像个局外人，沉默不语。他需要观察。

"我的问题是很多，但也不是没有客观原因。"满心欢喜，以为大师兄发挥了作用，来到人事科听好消息的张昆仑，听到的却是这样一个结果，他倍感失望。他渐渐把弓着的身子坐直，收起哈巴狗一样的姿态，瞥了一眼一言未发的于东山，断定这是不可能改变的结果，争辩道："不是我不想干，是我实在干不了。我爹在翻砂车间倒下了，我可不想也在这儿倒下了。最近我就咳嗽得很厉害，还没来得及去医院做检查，恐怕跟我爹的病一样。我还年轻，媳妇还没娶到家，这要倒下了，谁给我端茶倒水，谁给我穿衣做饭？这样吧，调不调干这件事先放到一边，我现在正式跟你们提出吃劳保，这总行了吧？我得了职业病。"

于东山把视线移到了张昆仑身上，他产生了一种错觉，觉得眼前的这个年轻人和之前郝大贵连拖带拽弄回家的那个小青年不是一个人，他的伶牙俐齿、他的狡辩能力与那个低头耷脑、丧家犬似的小青年简直判若两人。他不明白，像这样一种人咋会让郝大贵玩得提溜乱转——他认定他敢这样顶着干，背后一定是郝大贵主使。

"你这样说，让我还怎么说呢？"小刘显然缺少准备，没想到张昆仑会说出这样一番话来，"幸好有你这种想法的只有你一个人，如果大家都这样想，那我们机械厂就关门好了，不然就变成养老院了。提到了你父亲，我就想说两句。我到机关工作以后，最令我佩服的就是你的父亲。他守中如一，既为咱们厂培养出像郝厂长这样的优秀干部，也为我们基层打下了坚实的基础。翻砂车间如果没有他的付出和努力，恐怕就不是现在的样子啦！你呀，真要向你父亲好好学习！学习他无私奉献的精神，学习他吃苦耐劳的工作作风，学习他爱岗敬业的职业操守。他永远值得我们学习。张师傅，你想吃劳保是吧？行，你先回去跟你父亲通报一声，看他同意不同意，如果他同意了，你再来找我们。"

于东山把报纸翻了一个面。

"你唱的那些高调我听得多了，没用。只要生产环境不解决，说什么都没用，问题在那儿放着，回避是回避不了的。你也不要拿我爹来压我。我是我，他是他，我是成年人了，我的事我自己能做主。"提到他爹，张昆仑肚子里的气不打一处来，"当初如果不是他境界高，把我从机修工硬生生改成翻砂工，现在我们还有必要坐在这里扯这么多吗？没必要啦！我肯定知足啦！我肯定就像我爹那样，爱岗守业一辈子。于科长，您是当事人，当时是啥情况您最清楚。您说的，干三年就给我调整岗位，这都四年半了，是不是该给我兑现承诺啦？"无望的情绪笼罩着张昆仑，他已不想顾及颜面了。

于东山合上报纸，苦笑了一下，站起身。"我说过的话从来都算数。"他的手指在玻璃桌面上急速地敲击了几下，"这样吧，你先回去，有什么变化随后通知你。"他已不想参与谈话了，因为这种饶舌的谈话毫无意义，也有损形象，把不该暴露的问题暴露出来。该收场的时候就要坚决收场，不会错。

5

于东山吸着烟，面对一丛绿树思量对策的时候，郝大贵正在发脾

49

气，声音透过窗户传进来，听得清清楚楚。起初是针对他的某个下属，好像是对方做错了什么事，被他劈头盖脸地训斥一顿，接着又转移了对象。于东山仔细听了听，断定是刚刚从自己办公室离开的张铁栓的那个大儿子张胜利。"又来干什么？有话赶紧说！"他说。接着，又听郝大贵说："你去人事科干吗？上午怎么跟你说的？叫你等两天再说。你跑人事科干吗？我就问你，你跑人事科干吗？"于东山觉得这是郝大贵故意让他听到的，不然没必要这样大喊大叫。这个郝大贵，只要蓝丁乙不在，他就成了天王老子。"他们叫你去你就去呀！你是猪还是人呢！赶紧滚，我管不了你的事，以后别来找我。"最后，听他骂道："解释个屁呀！我说的话就跟放屁一样，你还跟我解释啥？赶紧滚！"于东山把烟头狠狠地按进花盆里，嘘出一口长气。郝大贵最后这一骂令他有些摸不着头脑。

张昆仑坐上田艳丽的自行车从厂院里出来的时候，他那一肚子窝囊气才消了一半儿。他实在弄不明白自己做错了什么事，就这样让郝大贵给骂了一顿。过去是你的手下，骂就骂了，但现在是去求你办事，咋能也这样，简直太过分啦！其实，别说他了，就连郝大贵也觉得自己做得太过分，不给人家办事也就算了，干吗还要骂人家。说来说去，还不是因为这个徐二姐，还不是因为下午在劳保仓库吃了她一个软钉子才弄得自己上了那么大的肝火。你说电工班的那俩女青年，不好好上班跑到劳保仓库去干啥？如果不是她俩在那里碍事瞎捣乱，说不定事情就会往前推进一大步，摸摸手总是可以的——找个理由，帮她看手相。

劳保仓库的岗位编制是两个人，除去徐二姐，还有个快要退休的丁师傅。丁师傅近段时间家里有事请假没上班，实际在岗的只有徐二姐一个人。郝大贵刻意给丁师傅开绿灯，想来上班就上，不想来上班也可以，丁师傅在不在，没有比他更清楚的了。

下午三点，刻意在劳保仓库门口经过，而后又折回来的郝大贵——那个把心都想掏出来捧在手上的郝大贵，把手放在了门把手上。那一刻，他觉得他握的已然不是实实在在的把手了，而是通向某个奇幻世界的按钮，只要按下去，那枝为他而开放的洁白的玫瑰花就将呈现在眼前。他仿佛已见到了那婀娜曼妙的身姿，见到了那如花的笑靥，见到了那如水流漾的眼神，是的，必然如此。他稳了稳心神，手上用了把力。

始终和张昆仑对不上火的田艳丽，心里七上八下地没着落，中午吃肉都不香，下午干活儿也没精神，最后她索性拉上小崔来找徐二姐，想听听徐二姐有啥好主意。三个脑袋顶在一起才要入正题，库房的大门却突然打开了一条缝，一个脑袋伸进来，一道阳光照进来，一双贼亮的眼睛像猫一样向里默不作声地打探。

　　"谁呀？"田艳丽喊道，"有事进来说。"

　　一扇门豁然洞开，一股热浪裹着机油的味道扑面而来，郝大贵背着阳光肩披光晕站在了门当间儿。"你们在干啥？上班时间也不开灯？"他看了看远角处一盏亮着的白炽灯。

　　"厉行节约从一点一滴做起，郝厂长说的话谁敢违背。"

　　田艳丽用手遮挡门外刺眼的光线，没有看清来人正是郝大贵。但郝大贵已看清了她——三八红旗手，电工班的铁姑娘，女青工田艳丽。他回身在门后找到灯绳，把所有的灯都拉亮。灯光照亮了三个女人，也照亮了他，照亮了库房里的每一个角落。"我是说过这话。但是，该节约的要节约，不该节约的也要节约？小田，领导说的话可以断章取义吗？"他了解田艳丽，去年年底开表彰会，给她发奖状，他用一个有力的既显力量又是勉励的握手与她做交流，而田艳丽却未领情，回敬了他一个蔑视的眼神，加上同样有力的握手。在他的印象里，这是一枝带刺的黑玫瑰，一个不好惹的人。

　　以严厉著称的郝副厂长突然出现在库房里，令三个女人都瞪大了眼睛，像呆子一样直起了脖子，僵硬在了那里。锻造车间锻锤的锤击声从很远处传来，与心脏跳动的声音合了拍，咕咚咕咚的，仿佛在耳旁响彻；电风扇呼啦呼啦地响，但止不住汗湿衣衫。

　　郝大贵的目光扫过徐二姐，扫过赶忙从唯一的一把椅子上站起来的田艳丽，扫过藏在田艳丽身后号称"机械厂二美人"的小崔，最后停留在身旁的货架上，不无找事地拿起一顶安全帽又放了下去。他没有再说话，但比说话还要令人惧怕。

　　"领导，您来检查工作？"田艳丽颤巍巍地跟他打了招呼，但接着又自作多情地为徐二姐辩解，"哦，那堆东西是刚才修理线路的时候弄乱的，还没来得及整理，你就进来了，你可不能冤枉了徐师傅！"小崔赔上笑脸，徐二姐频频点头。

"嗯，"郝大贵点点头，随之一笑，"可我也没说什么呀！只是你们俩不好好上班，跑到这库房里来干什么？不怕你们主任扣奖金？"

"你看，领导，我刚刚不是说了，我们是来帮徐师傅修改线路的，这可算不上串岗哈！"田艳丽看看吓得手足无措的小崔，"是吧，小崔？"

就怕你不说话，但只要张开嘴，她便能接上话。

"是是是。"小崔颤抖着说道。

"串岗没串岗，我问问你们主任就知道了。"

他想三言两语把这两个碍事的小姑娘给吓跑，果然也像是达到了目的。田艳丽做了个鬼脸便往身上束电工皮带，动作麻利得如同整装待发的女战士；小崔却慌得不知道该干什么，像个没头苍蝇，四处找她的工具包；连徐二姐也像被吓着了，她瞪着惊恐的宛若蓝宝石般美丽的大眼睛盯着郝大贵，就像臣服的母狮。是的！是一头母狮，因为郝大贵在她的眼睛里看见的是一头雄狮，毫无疑问，这头雄狮便是自己。郝大贵得意的目光在三个女人脸上扫来扫去，耳听着她们的心脏仿佛鼓乐般跳动的声音，欣赏着她们眼里不同的自己：狮子、厂长、领导，不一而同。尤其是小崔那因慌张而兼带的小鸟依人的样子，让他瞬间找到了一个更加完美的自我。他的目光顺其自然地增添了些许严肃的成分。他发现小崔居然也是个美人坯子，只要这样或那样，照晋淑芳的样子拾掇拾掇，便是……但不管怎样拾掇，在徐二姐面前也都不过是个使唤丫头。徐二姐呀，你知道吗，我郝大贵的心都快被扯碎了，一分一秒见不到你，就像坐在烧红的铁板上受煎熬。他的目光瞬间又注满了柔情。

田艳丽已经收拾利落准备离开，听郝大贵说出这样威胁人的话，便来了气："问不问是你的事，干不干工作是我们的事。郝厂长，您的疑心也太重了，当初你给俺发奖状的时候，想没想过发错了人？我们刚好干完活儿，吹口凉风就准备走，谁想到您就来了。"田艳丽没有在意郝大贵的眼神，如果在意的话，她一定会注意到其中的变化，也一定会揣摩到那变化的含意，那样的话，她说出来的话定然会更加不客气。

"哈哈，我们的三八红旗手说的话，我咋能不相信。好吧，既然活儿都已经干完了，那就赶紧回去吧。我刚才狠狠地批了一顿你们主任，到处都是安全隐患，我要求他三天之内必须全部解决，不然就地免职，这会儿说不好就在找你们呢。去吧，赶紧去吧，别让你们主任瞎着急。"郝大贵是从基层一步一步干出来的，对下面的事了如指掌。田艳丽敢这样说，便说明她有底气，而且主要也想给徐二姐留下好印象，郝大贵便顺水推舟送了田艳丽一个人情。果然，徐二姐的温婉如泛着波光的涟漪忽闪在他眼睛的余光里。

"其实——"田艳丽拉上小崔就想离开，突然感到徐二姐好像在她臀部轻轻地拧了一下，她心里一动，便又改了口，"哎哟！您不说差点儿就忘了，临出来时主任才交代过，让我们顺带对电气线路做全面的检查。你看，领导，你一来把我们都吓着了，活儿没干完就要收兵。小崔，抓紧，抓紧再检查一遍，不然出了问题，可就吃不了兜着走了。"

徐二姐的小动作恰巧落在郝大贵火辣辣仿佛就要燃烧的视线里，他怨愤地瞥了她一眼，之后便把那怨愤转到了田艳丽身上。他相信，只需一眼，就能让那黄毛小丫头夹着尾巴灰溜溜地逃之夭夭。然而，别说一眼，就是两眼，他也未能取得效果，相反，郝大贵却慌乱了起来，因为迎着他的是双无惧无畏、坚毅如《杜鹃山》里柯湘一样的眼神，那犀利的目光明白无误地告诉他：别找麻烦，否则，有你好看的。

如意算盘就这样毁在了田艳丽这死妮子手里。他猛然发现徐二姐眼里的那头狮子消失了，取而代之的是一头狗熊，而且是一头刚刚爬上岸的像落汤鸡一样的狗熊。他已无心滞留，因为再待下去只能自讨没趣："呵，既是这样，你们忙吧，改天我再叫生产科过来检查。徐师傅，你是新手，有什么不懂的多问多请教，尽量不要让科里提意见。"

他为下次登门埋下了伏笔。

郝大贵悻悻地走出门来，没走多远，就听见身后轰的一声笑了起来。他立定身子，任凭似火的骄阳照晒着自己，下死眼盯着库房的大门看了几眼。他认定她们是在笑他，这气还是他在自己管辖的地界上第一次遭受，他怎能咽得下去。他拐了个弯儿，绕道去找了田艳丽的主任，但主任一口咬死是他派的工，连干的什么活都跟田艳丽说得一模一样，语气也像，这可把郝大贵气得肚子鼓得老高，只想照着他的屁股踢上两脚。最后，他就安全生产工作下了指示，如果三天之内不能彻底解决，就等着接受他的严厉处罚吧！

直到见着田艳丽，主任才弄明白这位顶头上司为什么冲他发威。他莞尔一笑，知道这事过两天就会风平浪静，他知道郝大贵的那份儿德行，下来做个样子给他看，气顺了，也就没事了。主任那一笑却把田艳丽弄得晕头转向，不知其所以然。她跟着主任转了半个车间，刨根问底，到最后也没有问出个所以然。不过，她对这类事情向来没有兴趣，扭过头就全忘了，况且她现在最在意的事情还没有落到实处，懒得管他郝大厂长，他想干啥和我田艳丽又有什么关系？她在徐二姐那里已讨到了主意，也是她本来就打定的主意，那就是主动出击。徐二姐在她脸上捏了一把，鼓励她勇往直前。

田艳丽和张昆仑吃馄饨的时候，郝大贵和于科长的老婆晋淑芳也在吃馄饨。他们在同一条街上相距不远的两个馄饨摊子上。田艳丽他俩不辞劳顿来到新区为的是浪漫和对美好事物的追求，而郝大贵他俩为的是避人耳目。田艳丽他们先到，那两人后到，田艳丽他们吃完馄饨骑着车子从郝大贵他们所在的摊位前经过时，郝大贵他俩还没有吃完。一个在明处，一个在暗处。郝大贵看到了他俩，他那背着灯光却散发着幽幽磷光的目光令晋淑芳打了个寒战。但她什么也没有看到，因为那两人她一个也不认识。

晚上，照事先约定，郝大贵和晋淑芳在新区这边的新时代舞场碰了面，跳了几圈华尔兹，郝大贵就嘟囔着肚子饿了，便提前退场出来补充能量。周末这天，他们通常要跳到终场才会尽兴。

"大贵，今天怎么看你心不在焉呢？"晋淑芳收回搜寻的目光，转回身来问道，"是不是又瞄上了哪个，瞧不上我这半老徐娘啦？"

"淑芳，看你说到哪儿去了，我郝大贵可不是那种见异思迁的人。"郝大贵苦笑一声，也收回目光，用勺子在碗里慢慢搅和着，说道。

"是吗？看不出来，你还是个从一而终的好男人呢！"晋淑芳呵呵笑道，"以后我得向你学习，守着我们家老于，本本分分过日子。"

"哼哼，你不嫌弃他的家伙什不管用啦？"郝大贵放下饭碗，在头上抹了一把热汗，"咱谁都别说谁啦，你喜欢我，我也喜欢你。喜欢的时候就多在一起，高高兴兴，快快乐乐，这叫两情相悦；不喜欢的时候，谁也不要找谁的毛病，还是好朋友，不定哪一天又喜欢了，还可以在一起，这样多好！咱不能学那些没见识的人，老想把对方拴在裤腰带上，老想把对方捏在手心里，结果呢，可想而知。这方面咱俩把握得特别好，需要的时候就在一起，不需要的时候各干各的事儿，互不打扰，这叫什么？志同道合。"

"去你的'志同道合'，"晋淑芳笑得咯咯的，"我看你今天又是需要了吧？"

"你不也是？跳舞那会儿我就看出来了。"

"什么呀，我是不舒服。"

"怎么？"

"还能怎么？还不是那死鬼给弄的。"

"老于又打你啦？"

"那还不是家常便饭。前天晚上你们一起喝过酒，他回到家就没头没脑地对我动了手，下了死手，身上现在还疼。往后最好不要跟他一起喝酒，他一直怀疑咱俩呢。"

"他算个什么男人，有本事冲我来。"

"好啦，快点吃吧，今晚得早点回去，估计那死鬼不会在外面待太久。"

晋淑芳的眼神仿佛在色情的梦中刚刚醒来，散发着浓郁的荷尔蒙的味道。

在他们共同营造的出租屋里，郝大贵把对徐二姐的那份焦灼的单相思全部倾泻在了晋淑芳身上，掀起了一轮一轮的风暴。晋淑芳惊骇得骨软筋酥，身体战栗，仿佛应对一头盛年的发情猛兽，既想为其死，又想为其生。他们在激烈的对撞中忘记了时间，忘记了一切，而一旦停止，郝大贵便不由自主地想起徐二姐，想起她那白皙的胳膊，想起她那丝滑的肌肤，于是，又是一轮风暴。

厂长负责制

1

张昆仑听从田艳丽的建议，坚持放弃星期天休息，帮助杨科长出板报，他的付出终于有了回报，他进入了厂长蓝丁乙的视线。杨科长也为张昆仑的付出所感动，不顾两周后就要春节放假，再次向厂部提交了调人申请。通常在这个时间段上，不是特别紧要的事情一般都会暂时搁置，你不过年，别人还要过年。他吸取上次失败的教训，直接向蓝丁乙做了汇报。

"我记得这个报告我已经批过了，怎么到现在还没有落实？"

春雷机械厂连续几年效益滑坡，几乎到了发不下来工资的地步，蓝丁乙临危受命，从生产管理处副处长的职位上空降机械厂当厂长，经过一年多的努力，生产效益大幅提升，如今他是工业局当红人物。蓝丁乙行事雷厉风行，说一不二，自打上任以来已撤换了多名作风拖沓、阳奉阴违的中高层领导干部，机关工作作风大为改观。他是第一个将工夫茶引入机械厂的人。他手持杨科长再次提交的内容相同的报告，颇感不解。

"报告您是批过了，但局人事部门没有通过。因为要转干部岗，搞了个内调报告，问题很多，所以就卡在那儿了。"

"什么问题？"

"大的问题是他社会背景复杂，跟社会上的三教九流交往密切，工作吊儿郎当，拈轻怕重；小的方面就多了，混吃混喝啦，占小便宜啦，泡病号啦，等等。这样的报告，别说局机关了，就是我看了也不敢用这个人。但这小伙子是我看着长大的，说他一点儿毛病没有不可能，但要说他坏到报告上说的那种程度，我看还不至于。他最大的毛病就是他那张嘴，喜欢胡吹瞎扯，拉虎皮当大旗，将自己弄成个浪荡不羁的样子。一般人不了解他，都以为他社会关系复杂，其实根本不是那回事。何况我用的是他那双手，不是他的嘴，所以在这上面做文章真没必要。我不知道这个调查报告是怎么搞出来的，上面所说的，我不同意。改革开放好多年了，用人的观念还是这样陈旧，这怎么能行！我也想用那些又红又专的人才，可是这样的人才去哪里找？我的观点很简单，就是'是骡子是马，拉出来遛遛'，只要你是千里马，我就要做识马的伯乐。"

"哈哈，老杨，你不找我说事就算了，一找我就是一篇新华社社论，我真服了你。好吧，我能理解你求贤若渴的心情，你认为他行，他肯定就行，我同意。其实，我也仔细观察过这个小青年，确实是块材料，做事很认真，而且脑子也很灵活，有几次加班到晚上一两点，这样的同志怎么能说工作态度不好呢？不要管那些乱七八糟的事情，人你尽管用好了。"说到这里，蓝厂长从抽屉里拿出了一份文件交给杨科长，"下来局属企业将全面推行'厂长负责制'，我们厂作为试点单位将要先行先试。宣传口任务很重，要大力宣传，但不能像以前那样停留在口号上、形式上。要深入，要让每个职工都理解到这项改革的真实意义和对他们产生的影响。你一个人单打独斗肯定不行，要有帮手。今天即使你不来找我，我可能还要找你。我只有一个要求，就是要把我们的宣传栏办得生动、有益，人人都能看得懂，真正起到宣传教育的作用。报告就放在我这儿，我安排人事科马上去办理。"

杨科长走后，蓝丁乙的心情一下子降到了冰点。什么上级机关的表彰、群众的赞誉、领取奖金时的快感、新收到的两包香味出奇的铁观音，一概都被打入了冷库。他倒想看看这个平日里温顺有加的于东山肚子里究竟藏着什么货色，居然敢漠视自己的亲笔批示，既不办理也不汇报，他意欲何为。蓝丁乙拿起电话就要拨通人事科，可转念一想，又改为打给厂办，由厂办通知于东山来见他。什么局机关直管干部，不配合就滚蛋。

"咳，蓝厂长，这段时间只顾忙着落实你布置的人才计划，没来得及跟你汇报。不过，你不问，我也要找你说。"面对蓝丁乙的质问，于东山从容地说道，"张铁栓的这个大儿子，哦，就是你说的这个张胜利，群众基础实在太差，几乎听不到有人说他的好，弄得连人调报告都不知道咋写好了。如果实话实说，不留一点儿面子，群众怎么说我们就怎么写，还不知道让局里咋说咱们呢。说我们不负责任，说我们任人唯亲，说我们只知道埋头走路不知道抬头看路……干了这么多年人事工作，像这样的情况我还是头一次遇到，可把小刘难为坏了，翻来覆去改了几稿才算交了差事。就这样，局里这一关也还是没有过去。"于东山说到这里，停顿了一下，做出一个很为难的样子，接着说道，"我个人的看法，此人还是不用为好，不然——"于东山确信，出现目前这种状况只有一种可能，就是郝大贵想通过蓝丁乙来对自己施压，逼自己就范。这都是什么下三烂的手法，也敢在我于东山面前要弄，我是什么人，会吃这一套？

"不然什么？"蓝丁乙靠在老板椅上，冷冷地看着于东山，问道。

"不然，将来我们都要后悔。"

"后悔什么？"蓝丁乙强压着怒火没有发作，"你说清楚，是你后悔，还是我后悔？"

"是我们。"

"好啦，你是你，我是我，不要把我和你拉扯到一起。"蓝丁乙站起身，指关节敲在桌面上，"我就不明白，能有什么后悔的？不拘一格降人才，不就是一个普通的科室岗位，错了又能错到哪里去？机械厂的天能塌下来吗？老于，这都什么年代了，怎么还是这副死脑筋？还把自己圈在老框框里这样那样绕圈子？这样不行，这样是要被时代淘汰掉的。"

于东山在人事科科长的位置上送走了两任厂长，那两任厂长都很给他面子，有关人事工作上的事情，他的意见几乎左右了结果。这基于两个原因，一是他办事向来有章有法，不会轻易授人以柄；二是人事科虽说归厂里领导，却是局机关垂直管理的部门，性质很特别，所以，他在机械厂虽说只是中层干部，却也是个说一不二的人物。他行事低调，不事张扬，对每一位领导都客气有加，反过来领导们也都给他面子。蓝丁乙处理问题的方法显然超出了他能接受的范畴，这样居高临下，指手画脚，对他就像对小跟班的工作方式令他实在没法接受。毕竟自己还是局机关直管干部，虽然级别没你高，但地位并不比你差，你凭什么用"淘汰"这个字眼来威胁人，难道我就怕了你不成！于东山必须做出有力的回击。

"咳，领导，我只是给您提个建议，您若采纳就采纳，不采纳也不至于就淘汰我吧！"他装出一副委屈的样子，半认真半开玩笑地说道，"要是这样，谁还敢给您献计献策呢？"

"别人敢不敢，你不用管。"蓝丁乙再次敲了下桌面，"我现在要的是结果，结果。结果是什么？请你告诉我。"

"这个问题不难解决。"于东山微微一笑，任你风吹雨打，我自岿然不动，"我回去就给局里打个报告向他们要人，我不信咱们工业局就找不到这样的一个人才。"

"这就是结果？我可以告诉你，可能还真没有这样的人才，即使有也未必给你，人家也未必来我们厂，不信，你可以去试试。但，时间有限，我不可能让你没完没了地试下去。宁可放着现成的不用，非要去弄个不了解的，这你就不怕后悔啦？荒唐！"

"或许，"于东山也从椅子上站起身，面对蓝丁乙咄咄逼人之势仍旧是那副谦恭的样子，"我是说或许，或许还有其他办法：局里有几个全脱产培训指标，不过这要您出面跟局里协调，如果可以的话，分配给我们一个，问题不就解决了？"

"呵，你以为培训一个专业人才就像母鸡下蛋一样，扑哧就出来啦？那是要时间的，而且还要看是不是材料。不是材料，再培训也是个废物。"

"咳，怎么能不是材料呢！"

"呃，看来你已有人选？"

"我哪有人选，是计划处杨处长的人选，跟我说了几次，再往后推，恐怕就把人得罪了。他的一个外甥女在咱厂上班，就是供应科那个扎小辫儿的小姑娘。"

历史上计划处是机械厂的衣食父母，现在虽然没有那么重要了，但至少还有影响。听于科长这样一说，蓝丁乙也感到这是该认真对待的一件事，然而转念一想，又觉得不太对劲儿，因为他和杨处长的关系虽说不是很近，但也说得过去，像这样的事情完全可以直接来找他，不至于

59

绕过他这个一把手不找，而去找二把手都不是的人事科科长，这弯子未免也绕得太大了。他想了想，一时半会儿也摸不清头绪，于是又把话题转了回来。

"远水解不了近渴，培训也要时间。行啦，不说啦，你就按我说的去办，局里那边如果真的走不通，我们就自我消化，内部想办法解决。"

"领导一句话，群众跑断腿。"于东山笑呵呵地站起身，他觉得此番较量算是打了一个平手，"局里那边恐怕还得劳您大驾去做一下工作，我这边——"

"好，忙去吧。"

蓝丁乙不耐烦地挥挥手，打断了他。

看着于东山的背影消失在门口，蓝丁乙感到有说不出来的别扭，可他又想不明白别扭在哪儿。他坐下来，喝了两泡茶，可还是没有理顺思路，于是，索性把郝大贵叫了过来，想叫他盯着这件事给落实到底。谁知道，不提张胜利还好，一提张胜利，郝大贵比于东山还要过分，他干脆就是一百个不同意，把张昆仑评价得除了有点小聪明，其他一无是处。自打那晚在馄饨摊上看见张昆仑和田艳丽在一起，郝大贵对张昆仑的看法就直接上升到了一个新高度，给他扣上了一个捣乱分子的高帽子。他已经打听到张昆仑和田艳丽是恋爱关系，既然是恋爱关系又来跟自己作对，那就是有意的。他不相信田艳丽不知道张昆仑跟他之间的关系，他确信张昆仑是背后唆使者，最起码背地里没少说他的坏话，不然田艳丽怎么就敢明打明地跟自己这个机械厂的二把手作对？但事实是，田艳丽的所作所为完全出于天性，跟张昆仑没有任何关系，那天在劳保仓库与郝大贵遭遇之后，她才与张昆仑建立了恋爱关系。郝大贵的心还在颤抖。蓝丁乙怎么也不会知道郝大贵的想法，原本主意坚定的他此时也开始摇摆，但随即又坚定起来，杨科长的动机不会存在问题，而自己对张昆仑的认识也绝对不会是表面的那点儿东西，他相信自己的眼睛，那么……他在心里左右掂量了片刻，似乎就明白了一些。

"你们还有过节？"他忽然盯着郝大贵问道。

郝大贵被问得一愣，但随即又恢复了常态，咧着大嘴呵呵干笑两声，而后做出一个不解的样子，说："领导，你咋能这样看我？我们不但没有过节，而且关系相当好，他爹是我的师父，我们说起来还是师兄弟。但关系归关系，工作归工作，好就是好，坏就是坏，我郝大贵就是这性格，工作上从来不含糊，直来直去，张嘴见腔眼儿。"

"见你个屁呀！"蓝丁乙被他拿腔作势的样子逗得忍俊不禁，"好啦，我跟你说的是美工的问题，不是翻砂车间翻砂工的问题，不要跑题。就说这件事，交给你去办能不能办好吧？其他的废话别说。"

"你要这样说，我还能接受，放心，保证完成任务。"郝大贵滋溜一口喝掉了一盏铁观音，忽然又像是想起来了什么，说道，"其实这件事我和老于都不重要，重要的是我的二师弟山泉水，他那边我最清楚，挖他一个人跟割他一块肉差不多。是不是领导出面跟他谈谈，别这边都说好了，他那边挡着不同意，那我们不是在瞎忙活？"

"到底是郝厂长，考虑问题就是周全。这事是要和山泉水打个招呼。我一会儿正好要去翻砂车间，见到他，我跟他说。"

"行啦，就这么办吧。"郝大贵说完话，却没有起身，东瞅瞅西看看，最后一脸媚笑地说道，"哎，领导，你这是啥茶？喝着真香，就像喝小磨香油一样。看在跟你卖命出力的分上，也体恤体恤下情，给弟兄们分享一点儿。"

"这事你不要操心，我都给你们准备了，只是现在不能给你，因为照你们喝大碗茶那方法，好东西都给糟蹋了。我订了几套茶具，马上就到，到时候一块儿给你。怎么样，我这个老大当得还算够意思吧？"

"谢谢领导，你真是我们的好老大，跟着你上刀山下火海都心甘情愿。"郝大贵双手合拳，拜了一拜，"不过，老大，你说你这样喝茶费劲不费劲？一小瓯一小瓯的，你也真不嫌麻烦。让我说，还是大碗茶来得过瘾，一茶缸子下去，问题就解决了。"

"我是让你解渴吗？这叫文化，懂吗？"蓝丁乙翻了个白眼，"慢慢悟吧，悟透了，你自然就上了一个层次。"

"喝个茶也能上层次？我看，啥都不如拽着你的衣摆子，你上多高，俺就跟着多高，费那脑筋也不知干啥。"

"行啦，去吧去吧。"蓝丁乙摆摆手，"张胜利的事情抓紧去办。"

"放心好啦！"

蓝丁乙清楚翻砂车间的情况，一直缺人手，这种情况已经持续很久了。前段时间，山泉水还打报告向厂部要人，到目前为止还没有解决，这又去向他要人，蓝丁乙都不知道咋给他说才好。他原想要跟山泉水费一番口舌，谁知才说了一个大概，山泉水就乐呵呵地同意了，而且还把张昆仑夸得像花儿一样，什么都是好的。这倒把蓝丁乙搞得心神不宁起来，怀疑山泉水在跟自己耍心眼儿，卸包袱，往外推人。历任翻砂车间的工段长都是厂里的扛把子，扛着厂里最难干的角色，所以，不论哪一任厂长都对他们客气有加，他也不例外。

"既然他这么优秀，还就留在你这里吧，省得将来后悔，说我挖你的墙脚。"

"咳，领导，你看你多心了吧。我说他好，是说他画画方面确实好，可没说他是个好翻砂工。说实在的，我确实舍不得他走。这小子脑子特别好使，前段时间他搞的几项技术革新很有水平，工段上的生产效率为此提高了好几个百分点；嘴也能说，我都想好好地把他培养一下，将来帮我分担一些事情。但他的志向不在这里，翻砂车间盛不下他。如果再这么下去，结果就只有一个——逼他离职走人。与其这样，还不如……我前段时间还在奇怪呢，都说蓝厂长慧眼识人，怎么这么好的一个苗子就看不见呢？话音没落，你就来了。"

"山段长，你还要给我戴高帽子。人好不好都是你说了算，我又不认识他。杨科长跟我要人，你给我推荐，说明呀，这个张胜利确实是个人才，我就听你们的啦！"

"咳，蓝厂长，我只是给你推荐，至于用不用，是你们领导决定的，我的意见只当参考。我可提前声明，用错了，我可不承担责任啊。"

"怎么会让你承担责任呢！而且我也没说就要用他。"蓝丁乙拍了拍山泉水的胳膊，"下班了去我办公室喝茶，我们聊聊，下来有很多事情要跟你聊呢。"

一周过去，于东山和郝大贵谁也没有向他汇报事情的进展，以至于蓝丁乙都认为事情办妥了，便也未作他问。但这天下午，郝大贵却突然气冲冲地闯进他的办公室，屁股还没有坐稳，就开始发泄满腹的不满，那气恼的样子就像是受了好大委屈，什么面子也不顾了。蓝丁乙听了半天才听明白，是于东山在张胜利工作调动问题上使了阴招，搞得他在局机关处处碰壁，甚至主抓人事的司马局长还把他叫去训斥了一顿，被整得灰头土脸。蓝丁乙静静地听他说完，停了一会儿，然后，自失一笑，从老板台下面取出一个袋子递给郝大贵，里面是一包铁观音和一套紫砂茶具，但他什么也没有说，只是看看手表，站起身："行，我知道了。"说罢，便手搭在郝大贵肩头上，一起出了门。

蓝丁乙大学毕业后，便留在工业局局机关工作，是机关的老人，到机关就像到自己家，各部门都再熟悉不过了，哥们儿、姐们儿、老同事、老领导，拉家常，扯闲话，一圈转下来所有情况就都摸得清清楚楚，郝大贵所说的不是没有根据，但也有夸大的成分。他说于东山在人事科做工作让他们在上面顶着不办，实际上只是把人调报告又研讨了一遍，而司马局长训斥之说更是荒唐，和张胜利调岗这件事一点关系也没有，是为他大量违规安插编外人员上岗的事情惹起众怒，司马局长代表局机关找他谈话，他拿着鸡毛当令箭，借机给于东山拍黑砖。但并不排除于东山阳奉阴违的嫌疑，因为蓝丁乙深知机关部门的行事作风，不会就这点事情和下属企业摆龙门阵，只要稍做努力，说明情况，便可以解决。显然，这两人是在跟自己打太极。这种情况令他十分恼火，他认为自己的脸面和智商均遭到蔑视，不能置之不理。他在摸清情况的同时，再次申明：这是他亲自交办的任务。为了彰显其重视程度，他还把几个关键人物叫到一起，出去喝了顿大酒。不用说，经他这番超常规操作，局机关绿灯全开，剩下的只是完善手续的问题了。

第二天上午，于东山接到了两个内容相关联的电话：一个是局人事科打来的，通知他派人去办理手续；一个是司马局长打来的，叫他去局里见他一下，有事情找他，语气十分怪异。于东山敏锐地觉察到了问题，他给他的铁杆朋友——局人事科副科长打了个电话，问明了情况。放下电话，他便陷入了沉思。从某种意义上说，或者说从工作经验角度去看待分析这件事情，他把蓝丁乙的这个举动理解为一场"斗争"，而这场斗争的指向便是自己。面对这样的对手，他必须尽快想出办法，拿出应对措施，否则他将颜面扫地，难以在春雷机械厂立足。他充分评估了蓝丁乙的力量，认为自己并未处于劣势，而且在某些方面还具有压倒性优势。比如自己反对这件事的理由，既能站得住脚，又理直气壮，据此完全可以给他有力一击，让他认清形势，不要固执己见，况且自己也没有明确表示反对。司马局长的电话肯定与此事有关，不然不会这样巧合，也不会一反常态地用那种严肃的口吻和自己说话——山雨欲来风满

63

楼。临到下班的时候，他已拿定了主意，安排小刘给他准备了相关的资料，装在公文包里带在身上，便下班回家去了。

"司马局长，就这件事情，我要先做出检讨。第一，我没有就此事的进程及时向蓝厂长汇报，以至于产生了误解；第二，从情绪上讲，确实受到一些人的影响，产生了一些抵触情绪，以至于在处理问题的方式上显得唯我任性，拖拖拉拉，不够干脆，造成这样一个局面。这很不好，是要纠正的。"于东山中午在家里吃过饭，稍做休息，便赶在局机关上班前见到了司马局长。司马局长如果不外出，都会提前十分钟到办公室，这是一个可以很好利用的不被打扰的时段。在司马局长的办公室，面对司马局长透露的蓝丁乙意图把他调离春雷机械厂的消息，他并未显示出过分惊愕，只是做了个不可思议的表情，算作回应。之后他说："不过，我也想了，作为人事部门的成员，放弃了组织原则，放弃了人事原则，一味服从，恐怕我也做不到。"他从公文包里取出张昆仑的内调报告递给司马局长，"您边看，我边说。报告上的这个人就是蓝厂长要调用的所谓人才，懒、散、奸、滑，还被公安局拘留过，群众反映极坏。我如果不把关，随随便便把这样一个人放到干部岗位，那是不负责任，没有原则，将来挨批评的不是别人，肯定是我。其实，挨批评倒是其次，主要是我明明知道这是一只老鼠，还要把他放进来，最后坏掉了一锅汤，我能说这事跟我没关系吗？您会不问责我吗？"说完，他苦笑着摇摇头。

"这个人是有问题。"司马局长合上报告，掏出一支烟点上，若有所思地吸了几口，"你的想法很好，我也支持，但是，我有必要提醒你，你要看清当下的形势，不要埋头赶路不抬头看路。上个月下发的《关于开展厂长负责制试点工作的实施纲要》你大概也看过了。这次是真刀真枪地干，不是说说就算了的。局里初步决定，这个试点就放在你们厂，正式文件下周就会下发。你要考虑好，这时候是选择继续顶下去，还是选择妥协。"

于东山心里咯噔一下。文件他确实看过，不过，据他分析，实施起来问题很多，不会马上铺开。他已经习惯了现行的机制，从感情和身体的角度出发，他还没有做好面对这一改变的准备，所以他始终抱着消极观望，甚至是抵触的态度。"厂长负责制，顾名思义就是厂长要对厂里的经营管理负全责，但不代表他能一手遮天，什么都说了算吧？"

"基本是这样。所以我才说，你要认清形势。"

"那么，要我们这些机关部门还有什么用？要我们机关领导还有什么用？总不会一个负责制执行下去就什么都不用管了吧？"

"一切皆有可能。"司马局长又点上一支烟，"改革就是'摸着石头过河'，既然是摸着石头过河，那么一切都有可能发生。"

于东山下意识地从司马局长放在茶几上的烟盒里抽出一支香烟给自己点上，有一阵子没有再说一句话。他要理清思路，自己该何去何从。如果还按照来时的想法，坚持己见，死顶到底，那么自己就有可能真的被请出机械厂。抛开感情因素，这样的结果，他根本无法接受。而要就此屈从，就意味着自己在这场斗争中败下阵来，也意味着从此以后或者相当长一段时间里，自己将会被姓蓝的踩在脚下任其摆布。这样的结果不是不能接受，但是很难接受的。他下意识地抽出第二支香烟，手握打火机，正要点火的时候，又听司马局长说道："其实，抛开情绪的部分，你也没有错，只是用力的方向有问题。"司马局长把手中的烟头按在插满烟头的烟灰缸里，"我觉得你的力应该用在小蓝身上，让他认识到他的想法存在的问题。他这个人我还是了解的，很聪明，有时特别任性，但只要道理讲通了，我觉得他还是能够接受的。这个时候切忌死顶硬干。你把他任性的那部分能量激发起来了，别说你了，恐怕我都动摇不了。毕竟他手里握着尚方宝剑，弄不好，是要被砍头的！"司马局长又抽出支香烟夹在手上，却找不到打火机，等到他站起来在身上翻找的时候，于东山才意识到他要找的东西在自己手里，慌忙站起身，帮他点着了火。"好嘛！这还没有开战呢，就把我的武器先给收缴了，这叫什么？'不战而屈人之兵'。小于，你厉害呀！"司马局长半开玩笑地说道。

"好，我就不战而屈人之兵。"于东山拉着司马局长的胳膊请他坐回沙发里，说道。

司马局长摆摆手，让他也坐下，然后又说："小于，你是我看着成长起来的，我最不愿意看到你栽跟头，看到你出现现在的问题，我才提醒你，才把话说得这样直白。其实，意思只有一个，就是希望你能健康稳定地成长。我的要求不算过分吧？"

"咳，这哪儿是要求，这是治病救人，求之不得的呀！"

两人正在说笑，屋门忽然被推开，一把手洪鸣局长出现在门口。

2

"咳，你们两个在熏腊肠吗？"洪鸣局长的声音就像他的名字一样带轰鸣之声，他摆摆手，驱散眼前的烟雾，仿佛才看清了似的，"哎，正好，小于也在，真是说曹操曹操就到了。你们都到我这边来，到我这边说话，这屋里哪还能待住人。赶紧，赶紧把窗户打开，透透气。报纸上不是都在说，吸烟有害健康。照你们这样个吸法，都不是有害的问题啦，是慢性自杀。"

"嗯，你接着说。"在局长办公室，于东山把跟司马局长说的那些话有选择地又对洪鸣局长复述了一遍，洪鸣局长听完，对他已转变了看法。蓝丁乙昨天也找过他，提出调离于东山，理由很简单，思想陈旧，跟不上改革开放的大形势，甚至就人品也给予了不良的评价。洪鸣局长找司马局长就是要商量这件事，正赶上于东山也在，便临时起意，想听听于东山有什么说法。在领导岗位上工作了这么多年，他明白，偏听偏信是工作中的大忌。

"我觉得我俩的问题是缺乏沟通。他性子急，想把问题尽快解决；而我呢，性子慢，想把问题解决得更加细致稳妥。一急一缓，这不就是问题吗！这一点，我还需要改进。作为下级，及时汇报，及时征求意见，这是基本的要求。刚才司马局长已经批评了我，我完全接受。"于东山讲到这里，停顿了一下，看看两位局长，两位局长同时向他点点头，"其实，就这件事我已想好了三套方案：第一套，就是刚才我说的，按照组织原则办理，该怎么办就怎么办；第二套，走以工代干的路子，但这也只是消除了干部们的误解，真正需要理解的广大工人群众并不了解真相，难免会招致非议；第三套，我认为是最稳妥也是影响最小的方案，就是把张胜利从现有岗位调到一个工作轻松、不受时间限制的岗位上去，仍旧是工人岗位，但人归宣传科调用，这样，上面的两个问题便迎刃而解了。咳，现在真后悔，如果上周就和蓝厂长沟通一下就好了，也不至于惊动二位领导。"

"司马，你觉得怎么样？"

66

"第一套方案有原则，第二套方案有思路，第三套方案有方法。我还要谈看法吗？小于已经讲得很清楚了。洪局长，我看这个小于有点了不得啊，居然悄悄地给我们上了一堂组织原则课呀！"

"我看也是，看他一二三说得头头是道，其实肚子里早就打定主意，要采取第三套方案，画了三个圈圈，单等着我们往里面跳呢！"

"咳，领导可不能这样说，不然，往后我还敢在你们面前多说话吗？"

"往后不说还不行，就照这样说，我爱听。"洪鸣局长半带严肃地说道，"回去抓紧时间和小蓝交流，消除误解，尽快把问题解决掉。"

"中，我回去就找他谈。"

洪鸣局长站起身，似要送客的样子，却忽然像是想起来什么，对于东山摆摆手，示意他坐下，又说道："小于，向阳气缸厂的情况你了解吧？我现在忽然有了一个不成熟的想法，想调你去那里当一把手，怎么样？敢不敢挑这个担子？想好，这可是官升两级，而且，我还可以把'厂长负责制'的试点也放在那里，让你先尝尝吃螃蟹的滋味。"

"咳，领导，您还不了解我，升不升官我真没有想那么多，但只要工作顺心，能发挥自己的作用，我就心满意足啦！"于东山对这家企业的情况非常了解，常年亏损，职工工资拖欠将近一年，是个让谁去谁都不愿意去的单位。虽然洪鸣局长给出的条件可谓冒头了，但自己能否受用得了也得想好，若是答应下来，去了干不出样子来，恐怕到时候连这个科级都保不住。"我呀，一直从事人事管理工作，企业管理方面缺乏经验，这样重的担子放到我身上，恐怕就把我压垮了，不过，领导如果信得过我，一定要让我去挑这个担子，我保证，我一定全力以赴。"他紧张地看了看面色严肃的洪鸣局长，又说，"其实呀，我就是咱领导面前的一条看家狗，把我当条狗放在机械厂就行了，非要把我拉出去当牛使，可能牛没了，狗也给搭进去啦！"

"司马，听听，小于都说些什么话。"洪鸣局长被他这话逗得开怀大笑，"别说你不想去，就是你想去，我也未必让你去。你说得很对，你在企业管理方面确实缺乏经验，但这不能作为借口。我给你两年的时间，在这两年的时间里，你必须迎头赶上。否则，小于，你可能就要掉队了。"

"话糙理不糙。"司马局长忍俊不禁，呵呵地笑着说道，"不过，小于，洪鸣局长的话你要牢记，绝对不能掉队了。"

3

于东山在市工业局向正副两位局长汇报工作的时候，郝大贵则在挨骂。蓝丁乙以极为罕见的万钧雷霆之势痛斥了郝大贵所有的不是。面对蓝丁乙的指责，郝大贵摆出一副委屈的样子，不时抹把眼泪，好像他果然做错了什么，但说出来的话却是另一回事，既为自己辩解，又推卸责任，根本没有认错的意思。他甚至要求蓝丁乙跟他一起去找司马局长对质，看司马局长到底为啥批评他。郝大贵心里清楚，找领导对质，除非脑子有问题。蓝丁乙也清楚，但郝大贵这套刚柔并济的组合拳显然具有克化怨恨的作用，几个回合下来，蓝丁乙便被揉搓得没了脾气，最后连自己都觉得这脾气发得实在没意思。他坐在老板椅里，呼呼地喘了几口大气，最后笑着摇摇头："你小子别在我面前耍小聪明！"他已然原谅了他。不管怎么说，郝大贵都是他到机械厂后干活儿最卖力，也最听话的厂级领导，下来还要靠他来制衡那些捣蛋的反对势力，骂两句解解气，让他认识到错误也就行了，不能太过分。不过，这么发发脾气，残留的那点儿酒劲儿也似乎消失了，心情也好了起来，蓝丁乙不由得张开双臂，让筋骨舒展了一下，之后，他踱步来到窗前，望着窗外那几棵在寒风中瑟瑟抖动的光秃秃的梧桐树，心生感慨。他转回身时，已变得泰然自若。他仰面看着老板台后的山墙上悬挂的那幅"惠风和畅"的横匾，不免深有感触。"知道'惠风和畅'是什么意思吗？"他看看还在装着生闷气的郝大贵问道。

"我一个大老粗，咋会知道你们文人那些书袋子里面的学问！"他拧着脖子，装出气呼呼的样子，回道，"我要是知道了，还不得当你的领导！"

"好啊！如果你能超过我，当我的领导，就说明我们机械厂藏龙卧虎、人才济济。那么，你想，这意味着什么？意味着我们将迎来一个大发展时期，这难道不是好事吗？"

"好啦好啦，我的领导大哥，咋啥事到你那儿就都是好事了。我可没有你那雄心壮志，能认识你，能跟着你混，就是我郝大贵八辈子修来的福分，哪还敢去做那当龙做虎的美梦。"

"拿破仑说：不想做将军的士兵不是好兵。你难道就甘愿做一辈子士兵？"

"那都是捣着憨子往前冲嘞！敢听着他的，撞上枪子儿都不知道是咋死的。"

"呵，你的意思是说，我在捣着你撞枪子儿，是吧？"

郝大贵一愣，马上意识到了话里的毛病："咳，你看我这张臭嘴，说不好还要乱说。都怪你，稀里糊涂地就中了你的圈套！"他咧着大嘴嘿嘿笑了起来。

蓝丁乙也被他逗笑了，摆摆手，踱步到沙发旁，坐了下来。茶几上有一套简易工夫茶茶具，他手指灵巧地一阵儿摆弄，一会儿工夫，满室茶香。"《兰亭序》里还有一句话，叫'群贤毕至'。大贵，我不奢望'群贤毕至'，但能做到有贤必举，便尽到了我的职责。"

蓝丁乙的话郝大贵根本听不懂，他懵懂地眨巴着眼盯着蓝丁乙看了一会儿，之后像是明白了似的，坚定地点点头："王友贤这家伙确实不是个东西，背地里就他爱说三道四。收拾他不用你出面，交给我就行了。"蓝丁乙一愣，拿着公道杯的手悬在半空中，愣愣地看着郝大贵，弄不清楚他这驴唇不对马嘴的话从何而来。郝大贵也被他这样子给弄蒙了，噯嚅片刻，又说："你不是说'友贤必拘'吗？咋，我说得不对？"

"去你的吧！"蓝丁乙气得茶也不倒了，放下公道杯骂道。

若干年后，蓝丁乙被迫让"贤"，退出春雷集团管理层，直到这时他才幡然醒悟，他和郝大贵之间的这种奇妙的上下级关系看似都由他来主导，但实际上，郝大贵从开始就把握了主动权，利用了他的自负与清高，利用了他以恶制恶的企图，利用了他不善于与基层联络的缺陷，使他对郝大贵的依赖到了不可或缺的地步。在一定时期内，这可以看作是一种性格上的补偿，但随着时间推移，当这种补偿发展为一种依靠，性质就必然发生转变。郝大贵貌似憨态可掬的样子、无知的表演，其实只是一种表象型的在特殊环境下形成的谋生手段——该龇牙的时候龇牙，该卖乖的时候卖乖，能大能小是条龙，不大不小是条虫，郝大贵视此为人生的信条。如果说是蓝丁乙成就了郝大贵，倒不如说是蓝丁乙的性格成就了郝大贵。当郝大贵接过于东山的帅印稳坐在春雷集团董事长宝座上分享改制所带来的红利的时候，他全然不掩饰对蓝丁乙的鄙夷，即便他也为蓝丁乙超前的思维、先进的管理理念和经营思路所折服，即便他享用的也是蓝丁乙留下的家底，但单就蓝丁乙的性格而言，郝大贵一开始就视其为可以把握的对象。

"你到底啥意思嘛？是拘，还是不拘？"郝大贵眨巴着眼睛，认真地说道，"你一句话，这个年都不让他在外面过。"

"胡扯淡！"蓝丁乙气得半天说不出来话，"不是'友贤必拘'，是'有贤必举'，就是有贤能的人就一定要把他推举出来，让他发挥贤能的作用。"蓝丁乙瞥了郝大贵一眼。

"咳，原来是这意思。"郝大贵想了想，"于东山算不算'有贤'？"

"你算，他就算。"蓝丁乙半开玩笑地说道。

"咳，老板，原来我在你眼里就是这么个角色。"郝大贵心想，他老婆都上了我的床，这副德行还不够腌臜的，怎能和自己相提并论。"如果他算'有贤'，那你最好别把我'有贤'，我可不想跟他一起'有贤'，我们不是一路人。今天我多句嘴提醒你，于东山这个家伙你得提防着，不然有你吃亏的时候。你不用这样看我，看我我也要说。这回这件事如果不是他在中间捣蛋，还用得着你亲自出面？我郝大贵就是再没本事，调动个工人的事情，也能让人弄得天翻地覆？我告诉你，这家伙可是当面一套背后一套的能手，喜欢耍阴谋诡计，不是什么好东西。"

蓝丁乙正在生于东山的气，郝大贵这种显而易见播弄是非的说辞，他居然也接受了，但作为一把手、一厂之主，他不可能也绝对不能随意就此表态。"好啦，注意分寸。"语气听似甚为不满，但眉眼却往上一挑，给予郝大贵一个赞许的眼神，"不利于团结的话以后少说。"

"我也就是跟你说嘛。"

蓝丁乙白他一眼，拿起公道杯给他的茶盏里添满了茶水："知道这是什么茶吗？"

"你这儿净是稀罕东西，我咋会知道。"

"高山乌龙，台湾茶。"

"台湾茶？这可是稀罕东西，你从哪儿弄来的？"

"你猜猜。"

"老板，你手眼通天，我去哪儿能猜出来这个。"

蓝丁乙露出一个神秘的笑容："徐二姐今早给我送来的，不多，就这么一小袋。"他拿出一个茶叶袋子在郝大贵眼前晃了晃，又收了起来，"她爱人在外地工作，和那边有业务来往，说是就弄了这么一点儿给寄了回来。别说，味道还确实不错。"

在蓝丁乙嘴里忽然冒出个徐二姐，令郝大贵十分惊诧。他张大嘴巴，瞪直眼睛，好一会儿才恢复过来。"徐二姐？就是咱厂的那个徐二姐吗？她啥时候扒上你的？"提到徐二姐，郝大贵便乱了方寸。

"什么叫扒上我的？"蓝丁乙对郝大贵这样的问话并未显出不快，他只是淡淡一笑，吊胃口似的说道，"人家是随随便便的人吗？"

"哦，那当然。"

蓝丁乙瞥了郝大贵一眼，发现他像乞怜的小狗一样眼巴巴地看着自己，便觉得有些好笑。他或多或少也知道一些郝大贵的事情，知道他在生活方面不够检点，对徐二姐动没动心思还不能确定，没想到这样试探一下，就露出了马脚。

"你好像对徐二姐很上心呀？怎么，有想法啦？"

"没有，没有。老大，你可不能乱说。"被蓝丁乙一语点透，郝大贵有点儿坐不住了，"昨晚上酒劲儿没有下去，这会儿有点反胃。"

蓝丁乙故意做出一副夸张诧异的样子让郝大贵注意到，而后一笑："又喝多了！今后少喝一点儿，身体要紧。"

"不喝能行吗？"郝大贵就势下坡，貌似很无奈地摇摇头，"昨天是师弟山泉水组织的场，他的面子能不给？哎，老大，俺师弟泉水这边我看也差不多了，该安排的时候总要安排一下吧？"

"什么安排都没用，翻砂车间那边离开他，恐怕谁也玩不转。"

"是呀，确实离不开，能有一个合适的人接替他就好了，不过，哪有合适的人呢？"

"人才需要培养，不是你想要就有的，在这方面，你脑筋动得还不够。"

"老大，这样的批评我可不能接受，山泉水是谁培养出来的？不是我郝大贵？"

"行啦，别往脸上贴金啦！"蓝丁乙站起身，看看稳坐不动的郝大贵，"我马上要出去，你还有什么事情？"

"咳，你慌什么呀，我还有事情要向你讨教呢。"

"讨教什么？"蓝丁乙看看表，又坐了下来。

"你刚才说的那个。"

"什么？"

"徐二姐的事情。"郝大贵嬉皮笑脸地说道。

"你这家伙！我可提醒你，你不要自找没趣，不然，弄得灰头土脸的时候可甭怪我没有提醒过你。"蓝丁乙严肃地盯着郝大贵，"徐师傅虽然没有专业学历，但受她丈夫的影响，英语水平相当高，我想把她调到厂工会负责职工教育这方面的工作，你看怎样？"

"她？"郝大贵张着僵硬的大嘴巴，脑子里急速转了几个圈，怎么也弄不明白蓝丁乙忽然抛出这个话题的意图，"这样，会不会显得调动太频繁了？下面要说闲话的。"

"是吗？"蓝丁乙故作思考状地想了想，"这样就更有必要了。前段时间丁师傅跟我反映，老有人有事没事往仓库里跑，影响很不好，把她调到工会也是出于这方面的考虑。"

"咳，到底是领导，考虑问题就是全面。"郝大贵红了红脸，摆出一副事不关己的样子，解嘲地说道。这个丁师傅，好像也是专门来跟自己作对的，白拿工资休息也不乐意，非要来上班，碍眼误事不说，还到上面告黑状，真是不知道天王老子是谁了，中，咱们下来骑驴看唱本——走着瞧。

蓝丁乙收拾收拾东西，对傻坐着没动的郝大贵做了个指令性的"请"手势，便往外走去。郝大贵这时似乎才反应过来，紧跟在蓝丁乙后面往外走："老大，你可不能冤枉我了，我啥时候动人家心思啦？到底是咋回事嘛，你给我说说。"

"以后吧，有机会再给你说。"蓝丁乙头也不回地说道。

"我再提醒你一遍，"在机械厂那台厂长专用的桑塔纳轿车前，蓝丁乙拉开车门，对跟着出来的郝大贵语重心长地说道，"不要去招惹她，不然，你肯定后悔。"

"他娘的！"郝大贵看着桑塔纳轿车绕过中心花坛，在冬青树的掩映下，从视线里消失，过了好一会儿，郝大贵才像是从梦怔中醒来，悄声骂道。

郝大贵并未听从蓝丁乙的忠告，依然故我地找机会接近徐二姐，直到有一天，没有任何征兆地接到了一纸局机关下发的通知，安排他下乡支农。在乡下，他耐不住寂寞，跟村支书的小姨子搞到了一起，最后让人家告到了局里，如果不是蓝丁乙出面协调，他可能就被撤职处分了。回来上班后，灰头土脸抬不起头，安分了许多。等他当上春雷机械厂一把手想要旧梦重拾的时候，徐二姐却调走了。他费尽了心机也没阻拦得住，留下一处相思，满腹追忆。

第二天，直到中午快下班的时候，于东山才来到厂长办公室，就张昆仑调动工作的问题向蓝丁乙做详细汇报。他刻意选在这个时间段上，是不想被人打扰，能够很好地把自己的想法阐述出来；另外，他也是害怕蓝丁乙还生着气不给好脸看，他可不想让人看到他低三下四的样子。他安排小刘替他盯着，如果厂长要出去就立刻告诉他。但这天蓝丁乙似乎也在专门等他来汇报一样，整个上午都没有离开办公室。屋门敞开着，人员进进出出，仅郝大贵就进出了两趟。

一开始，蓝丁乙摆出一副不耐烦的样子，低垂着眼皮，有事没事在本子上写写画画，好像根本就没听于东山讲话，但随着汇报的深入，便认真起来，乃至重新冲泡了一壶台湾乌龙，请于东山品尝。他对于东山的态度已然发生转变。他发现，于东山其实是个不可多得的人才，至少在人事管理方面是这样的。对人才就要有对待人才的态度，不能与他人等同视之。这就是蓝丁乙，一个真实的蓝丁乙。他很奇怪，为什么来到机械厂快两个年头了才发现这个头脑清晰、办事有条理的下属，而且整天在眼皮子底下晃动。但他并未就此探究，因为他只在乎人才，只要是人才，其他的都可以忽略。

"是呀，你早点儿这样对我说不就什么事也没有了？非要把丁点儿大的事情闹到局里去解决，你说这事怪谁？不怪你，怪谁？"

"我也这样想，只是——"于东山挠挠头，做出害羞的样子，"我实在怕你，害怕找你汇报工作。"

"怕我？怕我什么？"

"我也不知道怕你什么，总之看见你心里就扑腾扑腾的，舌头根子都想抽筋。"

"去你的吧！净瞎说。"蓝丁乙笑得合不拢嘴，这马屁算是拍到了痒痒处，"我看你口齿很流利嘛，哪像你说的。"

"这是急的啦！"

"一急就好啦？看来以后得经常让你急一急，不然，你的积极性就激发不出来。"蓝丁乙开玩笑道，"好吧，你提的方案很好，就照此办理。具体的，还由你去落实。"

"还有三天就过年了，年后再落实，你看——"

"可以。"蓝丁乙如释重负地说道，"不过，杨处长外甥女的事情，春节前得给人家一个交代，此事不宜久拖。"

"明白。"

4

春节后头天上班，于东山秉持多年的老习惯，提前半个小时就到了办公室。新年就要有新气象。等小刘来到，整个办公桌连缝隙都已经抹洗过一遍了，这让提前来了十几分钟的小刘感到很过意不去，他连忙抢过抹布，说什么也不让于东山再动一下手。于东山也不客气，和小刘说笑了两句，便像想起来什么，离开了办公室。厂长室还锁着门，三个副厂长，包括其他几个科室，只有负责营销的郭副厂长的屋门打开着，这和历年的情形一样，他们总是先别人一步到来。他抬手看了看时间，再有五分钟，办公楼便会重新焕发勃勃生机：热烈的新年祝福，多日不见的寒暄，高跟鞋的踏踏声，迟到者疾步如飞带起的旋风……接下来，仿佛时光重叠——茶水在案头飘出袅袅白烟，尼古丁的芳香开始弥漫，电话铃也突然响了起来……他笑了笑，踱步去了郭副厂长的办公室。就像是新年的赠礼，每年的这五分钟只属于他俩，从来无人打扰。郭副厂长是个老同志，今年就要退休，这或许是他们的最后一个五分钟。

"小于，今年努把力，争取再上一个台阶。"

郭副厂长刚刚洒扫过办公室，此刻身披朝霞站在窗前，面对着屋门，准备迎接访客。不出所料，和往年一样，第一个出现在他办公室的果然是这个他看着成长起来的曾经的小伙子。他非常欣赏他，发自内心地希望他进步。所以，寒暄过后，便是这句多年一字未改，甚至语调也未曾变过的老套话，犹如自鸣钟，机械，但却真诚。

"谢谢领导，我一定努力。"

于东山的话也是机械的，也不乏真诚。他俩会心一笑。似乎故意掌握了节奏，就在那笑容即将在脸上消失的时候，祝福声也在门口响起，越过于东山的肩头直达郭副厂长。于东山理所当然地侧转过身子。

"哟，于科长也在呀。新年好！新年好！"

"于科长，年过得好吧！"

"都好，都好！二位也好吧！"于东山客气地回道。

于东山在春雷机械厂是个神秘人物，有人说他是烈士的后代，有人说他是干部家庭的孩子放到基层来接受锻炼，也有人说他就是本市的老门大户，因为得罪了族人被清理了门户。说法各种各样，不过，梳理一下，不难看出，这些说法的落脚点都是基于没人见过除他媳妇以外的他的家人，而且他也从来不对人提起，就好像他是从石头缝里蹦出来的一样。但实际上，他只是一个在孤儿院长大的孤儿，历尽人世凄凉，他不想说，也不愿意说，更没有说的意义；能看到他履历的人不爱说这些事情，爱说这些事情的又见不到他的履历。所以，几个方面凑到了一起，就塑造出这么一个神秘人物。但这样的结果对他似乎也没有什么坏处，起码让那些喜欢想入非非的人对他会产生一些敬畏的感觉，尤其在他升任人事科科长以后，愈发凸显。

年前，由于疏忽，也因为确实没有时间，就张胜利岗位调动解决方案未来得及跟杨科长通气。春节期间，杨科长来家里串门，他去杨科长家里拜年，不是杨科长出去了，就是他出去了，没有碰上面，所以这事到现在等于还是捂着盖子，只有他和厂长蓝丁乙清楚。这多少有违人事工作的惯例，容易产生矛盾，造成不必要的后果，所以得抓紧去见见他——如果蓝丁乙先告诉杨科长了，那就被动了。但从郭副厂长的办公室一出来，于东山却发现蓝丁乙的办公室门已打开，门口熙熙攘攘，仿佛赶早市一样。他犹豫了一下，还是选择了先去见蓝丁乙。见杨科长是工作，见蓝丁乙是程序，工作必须放到程序里去。蓝丁乙刚到，屋里站满了人，有来拜年的，有来汇报工作的，二者兼具者居多。蓝丁乙红光满面，一边整理年前没有来得及整理的散落在桌子上的文件，一边和同志们互动。厂办主任想要帮他整理，被他谢绝了。自己整理的东西，放到哪里自己清楚，再找起来也方便。郝大贵大概是最早进来的，此刻歪坐在沙发里跷着二郎腿与人谈笑风生，嘎嘎的笑声几乎淹没了蓝丁乙的声音，俨然一副二厂长的模样。于东山在门口站了一下就想退出去，这时蓝丁乙看见了他，招呼他赶紧进来。年初三，于东山请蓝丁乙到家里喝了顿酒，话拉扯开了，关系也贴近了。他笑着道声来迟了，之后便在热烈的气氛中和大家一一互道"年过得好吧"。这是每年这天都该有的过场。有必要在这里提一下，于东山的老婆晋淑芳善于烹饪，做得一手好菜，她的"老母鸡扛枪""红烧狮子头"在于东山的朋友圈子里，有口皆碑。蓝丁乙早有耳闻，但迟了两年才吃上，让他抓住"把柄"好一阵埋怨。不过，晋淑芳承诺他只要想吃就来家里吃，吃不穷，喝不穷，就怕老于打翻醋瓶子。蓝丁乙哈哈笑着和晋淑芳喝了一大杯五粮液，最后怎么回家的都搞不清，只记得她抠了自己的手掌心。

"这样，就算都见过面了。一会儿，我和老郭、大贵还有生产安全部门的下去看看就行了，其他部门的就不必都跟着了。哦，怎么没有看见老杨呢？谁去通知一下，让他马上上来。"这时，蓝丁乙说道。

"我去吧，正好我有事找他。"于东山顺势揽下了差事。

有些年，于东山特别重视这个每年一次随同领导到车间慰问的机会，那时他觉得这是件特有意义的事情。他陶醉于那热烈的掌声，好像那掌声有他一半似的。但随着时间的推移，随同的次数多了，便失去了兴趣，尤其是蓝丁乙到来之后，他竟然产生了抵触的情绪，他不想做众星捧月里的那颗星星，即便这想法不是很清晰，但就是这么想了。他原想着要费一番口舌才能推掉的差事，怎么说都想好了，谁想到人家根本就没有叫自己陪同的意思，爽快地就答应了他，弄得他一肚子不得劲儿。不过，正好，也算是遂了心愿。他酸溜溜地出来，以至于和人打招呼都显得心不在焉，甚至把生产科的张科长喊成了杨科长，弄得张科长不住地扭头看他，心里很是奇怪，于科长咋过个年就过糊涂啦？

宣传科在一楼最西头。于东山从楼梯上快步下来，刚转到走道上，便和急急忙忙出来的杨科长撞了个满怀，他正要去见蓝丁乙。于东山没管那么多，拉着他又返回到宣传科。

"一会儿你不跟着一起下去？"看到于东山神神道道的样子，杨科长奇怪地问道，竟然忘了先说拜年的那些话。

“我这有事脱不开身。”于东山笑着回道，“老杨，年过得好吧！”

“咳，你看我这慌的，”杨科长连连作揖，“都好，都好！你也好吧！”

“都好，都好！”于东山也作揖回道，“过节酒没有少喝吧？晚上咋样，再喝一顿？”

“晚上恐怕不好说。”杨科长指指楼上，“今天头天上班，不知道老蓝那儿有什么安排呢。”

“呵呵，那也是。”于东山笑着点点头，“还是你想得周到。呃，节前忘了告诉你，你要的那个小青年叫什么？哦，张胜利，已经说好了，这两天就可以办手续，你这边——”

“咳，老于，你可算给我解决了个大问题。”杨科长高兴地说道，他拿起桌子上的手稿在手上抖了抖，又指指垛在墙边的一打黑板，“这一堆活儿摆在这儿，没个顶用的帮手真是不行。”他连着又说了几声“谢谢”，这才想起自己打断了于东山的话，便忙说：“你说，你说。”

杨科长这副老夫子的样子令于东山感到很好笑，但脸上却是一副很理解的样子。他又就解决这件事遇到的困难和解决方式简单扼要地跟杨科长解释了一下，杨科长表示理解，但按照人事管理的惯例，该问的话还是要问：“照这样，也就是说，你这里没有意见了？”

“没有，没有。”杨科长连声说道，“就等你赶快把人弄来呢。”

“好吧，你这里没意见我就可以往下进行了。一会儿，我叫小刘去把他叫来，我们一起和他谈谈？”于东山看看脸上泛起疑惑神情的杨科长，“你别多想，正常工作程序。”

“咳，该履行的程序就履行，我就没必要参加了吧？”杨科长指指上面。

于东山也不客气，刚想催促他上去，厂办的小张推开门，催杨科长赶紧动身，他们便一同出了办公室。

5

机械厂的惯例，节后第一天上班，全厂要开展半天岗前安全培训。说是培训，其实就是收心会。车间主任、工段长、班组长例行公事地轮番出来说一通类似"今天正式上班了，该收的心都收收，别还像在家那样，出了事情可是你自己受苦，没人能替得了"的话，便万事大吉了，再下来就单等着厂领导下来视察、慰问，视察过后，放羊回家。吃过午饭，下午才算正式上班。十几年来都是如此。但厂领导总是拿捏到十点以后才会在大伙的期盼中出现在某个车间。领导出现在哪里，哪里就是一派热闹骚动的景象，尤其是那些着急回家包饺子的，早就急不可耐了，不等厂领导开始讲话，便带头高呼："领导新年好！"通常，领导还要再讲几句话，但遇到这种热烈的状况也不好再多说了，群众的想法，领导最懂得，于是便说："同志们，年都过得好吧！"

"都好！"大家齐声说。

"好，回家包饺子去吧！"

领导对大家有力地摆摆手，这个过程就算走完了。领导也想早点结束，破五吃饺子，他们也不例外，也想早点儿回家。

翻砂车间当然也是如此，也在等着领导的出现。在炉火烤热的休息间，大伙就像将要烤熟的热狗，脸蛋红彤彤的，处在神色迷离的状态中。他们长着不同的脸谱却有着共同的眼神，他们的语言也很相似，除了语调和所描述的什物不同外，说的几乎是同样的话，传递的几乎是同样的情感。他们紧靠在一起，围成一个圆圈，分享当间焦炭噼啪作响的炉火带来的温暖。翻砂车间的正式工一共有三十八人，这天全员到岗，他们刚刚激烈地唠过一阵儿家常，吹了一阵子牛，显摆了一通自家还没有吃完的卤猪肉，把几天未见积攒起来的话都已倾泻得只余下落下的尾巴，口干舌燥，处在意兴阑珊的地步。张昆仑不屑于参与他们的交流，因为他已经有了自己的高度，他的那身标新立异、鹤立鸡群的服饰就已经说明了问题：长及大腿的人造革仿皮猎装，几乎拖到地面上的黑色喇叭裤，一副黑墨镜卡在了小翻领下的纽扣上。他在角落里眯瞪有一会儿了，任小孙、小李、老宋如何勾引都没有睁开一下眼睛，这时听大伙都不说话了，他才慢慢活动活动身子骨，伸出一个懒腰，站了起来。于是，所有目光都集中在了他的身上。

"啥叫过年？喝了几顿大酒，吃了几口肉，那就叫过年啦？那不叫过年，那叫过了几天好日子。"他边说边往当间走，期间还打了一个哈欠。他的嗓门不大，语调也平淡无奇，但却像工段长似的，每一个字仿佛都带着铮铮之声直达人的心底。他来到炉子旁边，拿起倒在地上的钢钎，在炉膛里捅饬了几下，顿时一股烟火随着上升的气流升腾了起来，仿佛燃放烟花。他看了一眼工段里身形最为瘦小的小孙，小孙便如猴子一样三步两步就跑了上来，接过了他手里的钢钎，杵在地上随时待命，那黄褐色的眸子瞬间便跳动了起来，随着他移动的脚步移动。他打了个响指，忽地歪嘴一笑。"弟兄们，都起来，"他扭出几个迪斯科舞步，"今天，还他妈是年！"立刻，有几个年轻人响应了他的号召，休息间内顿时热闹了起来。

工段长山泉水在外面检查设备，做开工前的准备，听到这边的动静，过来在门口看了看，便笑着走开了，他不想坏了大家的情绪。

"告诉你们，"张昆仑抹去鬓角上的一滴汗水，用一个剑指蓝天的动作宣告结束舞动，而后把人又都赶回到座位上，取下墨镜戴上，"哥们儿春节在'新东方'迪斯科舞厅整了场大事儿，你们听说没有？"他竖起大拇指对着自己，"想知道是啥事吗？"

"啥事呀？"

"啥事？啥事都不知道，我还给你说个啥！"

"说嘛。"工友说。

"初三，我召集了东街上的喜蛋、宏魁，西街上的林子、鞋垫儿，南街上的马钢、崔武，北街上的小和尚、铁门栓喝了一天酒，从中午喝到晚上，几点从圣都大酒店出来的都不知道，出来后就去了'新东方'迪斯科舞厅。姚老板请了多次，不去不行。但这个鳖孙老姚操的心是叫哥们儿去给他镇场子，结果去了就遇上事了。"他又摘下墨镜揣在兜里，"新区来了帮孩子砸场子，掀了桌子，摔了酒瓶子，眼看就不是那么回事了。算我多事，想着都是道上的朋友，多一个朋友多一条路，就去劝说他们。小和尚、铁门栓怕我吃亏跟在了后面。谁知道这帮龟孙不讲江湖道义，没等我把话说完，抢起酒瓶子就开打了。有一个小子，比我高出来快半头，上来就想拿我开刀，就这样，劈山盖顶，一瓶子就砸了下来。"张昆仑边演示边说，"这一瓶子要是让他砸上了，今天恐怕就要和老哥们儿在火葬场见面啦！但，我是干啥的？没有两下子敢去管这种闲事？说时迟那时快，一招，我就给他化解了。"张昆仑扎开马步，摆出一个搏击动作，"就这样，"他比画了一下，觉着不是很到位，便拉过还像侍卫一样站在旁边的小孙说道，"来，小孙，配合一下。"他捡起一根短劈柴交给他，"就这样。"他手把手帮他摆弄到位，吩咐他不要动弹，而后退回原位，摆出刚才的架势，说声开始，便一个箭步扑了上去。小孙没等反应过来，身子就已经失去了平衡。不过张昆仑也没让他倒下，一只手抱住肩膀把他仰面放在自己弓着的大腿上，头差点碰在炉沿上。"看见没有，就这样，我一招就给他撂翻在地上了。"他正比画得带劲儿，工段长山泉水出现在了休息间，皱着眉头，看着他讪讪地收了招式，叫他马上出来，语气很是不耐烦。看到山泉水，张昆仑马上就蔫了下去，好像山泉水身上有股魔力，能够降服他一样。他赔着笑脸，小心翼翼地从山泉水身前走过去，一会儿的工夫，就变了人样。身后一片笑声。

"你什么时候能改了你这吹牛的破毛病？"山泉水是张昆仑的二师兄，又兼着是他的师父，关系非常特殊，所以，他对张昆仑的要求也格外严格，就像对自己的孩子和兄弟一样。他把他带到一处没人的地方，劈头盖脸就是一顿训斥："春节时候是怎么给你说的？少吹牛，多做事。好了伤疤忘了疼，这才过了几天就又忘得干干净净。记住，前车之鉴还在那儿放着呢！"山泉水抬抬手，假装要给他一巴掌的样子。张昆仑配合地躲避着，连说："知道了，知道了，一定改，一定改。"翻砂车间的收入和其他车间都一样，除了每年夏天每月多出来两块五毛钱防暑降温费，其他再无二致，但他们干的却是全厂最累、最苦、最脏的活儿，没有吸引力，留不住人。所以，工段长的领导能力在此就显得格外重要，既要把活儿干了，又要不多出钱，靠的全是个人魅力和脸面。

山泉水思想上比较开放。张昆仑这身服饰，去给师父张铁栓拜年的时候就在家里见过，师父羞愧难当，他还从中说和，大谈时代变了，思想也要变。但穿到单位里显然就有些不合适了，毕竟这是工作的地方，不是娱乐的场所。但好歹也只是这一上午，他本来不想多说什么，可现在人事科来人找他，显见转岗的事情有了眉目，再把这身穿着穿到办公楼上，那可就有大麻烦了。他命令他立刻去换身衣服。山泉水跟张昆仑含含糊糊透露过一些调岗的底细，虽然话没有讲透，但意思却很明了：工作调动的事情很快就要有结果。此时，就着车间大门，张昆仑也看见了站在太阳地里的小刘，心里激灵一下，连声说"中、中、中"，便小跑着去了休息间。再出来时，已是一身整洁的工作服。

小刘一身笔挺的小翻领西服套装，此时出现在生产区，颇有点亭亭玉立的感觉。他或许等得有点儿不耐烦了，手里的圆珠笔快速地敲击着笔记本，发出啪啪啪的响声，直到传达完科长的指示。

春节前，腊月二十九那天，正好是星期天，张昆仑起个大早，骑自行车去到郊区的集市上买了五只红毛黑尾巴的大公鸡、两只老母鸡，兴致勃勃地驮了回来。他计划好了，给田艳丽家里两只公鸡、两只母鸡，算是新女婿第一年登门的见面礼，自己家里留三只大公鸡——红红火火的肥实年。但计划跟不上变化。

"杨科长那边安排了没有？"

春节将至，因无人对弈而待在家中的田初段手握棋谱出现在卧室门口，他翻着倦怠的眼皮，在一局高段位的搏杀中体验到了快感的同时也发现了现实中存在的问题，他像纠正臭棋篓子的一步错棋那样，手指指着地上的那几只鸡问道。他的目光扫过张昆仑，落在了田艳丽身上。如果张昆仑是一匹蹩脚的马，那么田艳丽——他亲手传授过棋艺的这个大女儿、陪他在棋盘前度过无数个春秋的这个大女儿，则是一枚可以直捣龙庭的炮。田艳丽收起了笑容，皱起了眉头。多余的话无须再说，她立刻理会了他爹的意图，随即也拿定了主意：杨科长那边必须有所安排。她没有继承田初段的棋商，但却继承了他难得一见的情商。她二话不说，挑出一只母鸡、一只公鸡塞到张昆仑手里，让他马上给杨科长送去。田妈妈看到大女儿这样安排布置事情，笑得差点儿岔了气——哪有送礼还要公母配对儿的。田艳丽经提醒也觉得确实很好笑，想了想，调整为两只老母鸡。张昆仑却不大想送这个礼，因为他觉得杨科长没性格、说话没分量，对他这件事起不了太大的作用，而且送与不送都无关紧要，他该帮忙的时候还是会帮忙，何况他也觉得杨科长已经离不开他了——事实上也确实如此。他心疼那几样东西，舍不得。田艳丽也没有多说，等到晚上七八点钟的时候，看外面没有什么人了，便把两只老母鸡塞到张昆仑手上。"胜利听我的，现在就送过去，求人办事就要有求人办事的样子，不然没人愿意真心帮你。"她为他整了整衣服领子，"等你有本事了，人家也会给你送，这不就赚回来了，你说是吧？"忽

81

然间一股热血顺着脊柱涌上头顶，令他头脑发涨。他用力地握了握田艳丽的手，使劲地点了点头。没想到，这一去竟然去出了名堂。杨科长客气了一下，就高高兴兴地收下了那两只老母鸡，因为他才为老母鸡的事忙活了一整天。他的爱人这段时间身体不好，需要老母鸡汤补身子，市里的菜市场他跑了个遍，上午还是五块钱一只，嫌太贵没有买，下午就变成十块钱，而且没精打采的，跟病鸡一样，就这样，刚犹豫一下，便让人抢走了。春节前最后两天的市场就是这样，稍微稀罕一点儿的东西都会变得十分抢手。空手回到家，让老婆白他好几眼，说他眼里没有人。这两只肥嘟嘟的老母鸡就像是雪中送炭，让杨科长家里顿时变得一团和气。杨科长打开了话匣子，透露了一些内情给张昆仑：阻力很大，有人从中作梗，顶着不办。杨科长虽然没有明说是谁顶着不办，但长点脑瓜子的人想一想便知道，这顶着不办的人，除了人事科的于东山，没有别人。但他的信息比较滞后，他只知道前半段，不知道后半段。这些天，他没少跟蓝丁乙碰面，可不知为什么，蓝丁乙就此事只字未提。和于东山也碰过面，但他忙得上气不接下气，打个招呼就过去了。他据此认为事情还停留在之前的那个阶段，没有进展。

张昆仑强打欢颜从杨科长家出来，心里乱糟糟的，不知道接下来该怎么应对，于是，想也没想，便又跑到了西院来——现在能给他出出主意、说说话的，只有田艳丽。于东山和杨科长显然不是一类人，拿对付杨科长的那一套对付于东山肯定不行。在张昆仑眼里，于东山是那种高高在上且极具神秘感的人物。他觉得他们之间不仅仅是干部与工人身份上的差异，而是彻彻底底的空间上的差距，就像高山，唯有仰望。那天在人事科看见他站在窗前的背影，是那样宽大、伟岸，闪着金灿灿的光晕。想到他，就心生畏惧——骨子里的自卑感、恐惧感左右了张昆仑，即使在面对人生这样的大问题时，也显得畏手畏脚，放不开。

"姓于的这个王八蛋，他要敢从中作梗，看我不揭了他那张鱼皮！"

田艳丽边炸着丸子，边听张昆仑汇报了情况。当她听到于东山可能从中作梗时，火暴脾气就一下子上来了，简直都要跟刚下锅的丸子疙瘩一样了，噼噼啪啪冒青烟。她扔掉漏勺，瞪着眼睛，一手掐腰，一手指着门口就骂了起来。她的脾气来得突然，把在一旁的田妈妈吓得一哆嗦，一口气叹出半口，就堵在胸口出不来了。田艳丽也不管她娘捶胸、

82

翻白眼地在那里难受，说了声"叫她们来帮忙"，扔下灶勺，就拉着张昆仑来到了外面。她要和他好好商议一下，下来该怎么办。

"正好你拿来的两只鸡还没有杀，你拿去给姓于的送去，这一步，看来省不掉。"田艳丽冷静下来后明确了方向。

"咋送？他家在哪儿都不知道。"

张昆仑确实不知道于东山家的住址，但舍不得花钱的小心思也在作祟。他想，送来的又让自己都拿走了，等于没送，还得再送，而且只能多不能少；拿自己家里的吧，恐怕过不了自己娘的关，不定又是一场哭天抢地驴打滚——东西只要进了家门，想再拿走，难。今年的年终奖加平时攒下的私房钱就这两天便已消耗殆尽，他还想留一点添件新衣服，以及跟小弟兄见面的时候当花销，人前人后不能太窝囊了。他盘算着自己的小九九，插在裤兜里的手就像鬼市上搞价，隔着毛裤在腿上划拉，但表面上却装出一副认真的样子，眼睛珠子一会儿翻上去，一会儿瞅回来。

田艳丽被他这话噎了个半死，她把衣服袖子使劲地往上撸了撸，露出两只粗胖的胳膊，原地打了两三转："你说你，早点儿也不知道是干啥的，到现在了问我咋送。我要知道咋送还站在这里喝凉风？你说你自己的事情都不操心，别人谁还能操得了你的心？"

刚刚尝到送礼好处的张昆仑，非常认同田艳丽的这番话，但认同不代表趋同，因为他还有自己的想法，他装出自责的样子，勾着头，就像做错事的孩子，好一会儿都没有说一句话。不管怎么说，这些话都是为自己好，为自己着想；不管怎么说，这些话的本源都是因为爱，而且比起父母对自己的那份独特的爱，更容易被接受，也透着暖意。田艳丽特喜欢看张昆仑装出的这副熊样子，她从不怀疑他的诚意，怀疑了便意味着他们的爱掺入了水分，傻子才会那样做呢，但她心里依然认为，张昆仑是个难以驾驭的人，就像一匹野马，而降服一匹野马最好的办法，就是驯服他。对他的贬低和训斥并非刻意，但效果却事半功倍——张昆仑在她的调教下确实在发生变化，一些恶习正在悄悄去除，变得阳光起来。

"好了，别生气了，明天咱们再想办法。"田艳丽扎住张昆仑的胳膊，"走，我送你回去。"她想和他一起遛个弯儿，说说话。

"算了，你还忙着呢，我自己回去。"

　　该说的话都说完了，张昆仑便想着赶紧脱身，因为他还有一件重要的事情没有办，时候不早了，得赶紧。他翻翻眼皮，故作镇静地跨腿骑在车子上，在可以听得的短促的呼吸声和焦灼的等待中，他体贴地帮她把衣袖放下来，以便借机抽出被她扢着的胳膊——只要田艳丽松松口，他就可以溜之大吉。下午，他去东街上的一家老字号糖果店买糖果，碰见了那条街上的扛把子大哥史宏魁。宏魁一反大哥常态，放下架子跟他扛肩膀，拉着他到无人的街角处，神秘兮兮地让他猜他怀里掖着啥好东西。他缩着脖子，紧紧地裹起冒牌皮尔·卡丹棉袄的衣襟，胳肢窝夹得絤紧，一看就知道那里面藏着什么不敢公开展示的宝贝。三八军刺、卡西欧、录音带，他能想到的都猜了一个遍，可宏魁的脑袋瓜子都摇得像个拨浪鼓。最后他把他拉到家里，才亮出了真面目——一本中学生的作业本。那作业本勾着他的魂，如果这会儿不去见宏魁，魂儿恐怕都要归西天了，他担心别人抢先给拿走了。那是本名叫《少女之心》的手抄本。他粗略地浏览了几个片段，那上面写的东西他想都没想过，听都没听过，更不要说看到过。他爱不释手，当时就想给拿走。宏魁说自己还没看完，让他晚上过来取。他的心思全在这上面，这会儿都后悔得只想扇自己两巴掌，有啥话明天不能说，偏偏又跑回来找别扭。

　　"咦，你这人咋狗咬吕洞宾不识好人心嘞!"田艳丽觉得他有些反常：平常这时候黏糊得赶都赶不走，这倒好，不想让他走了，他却要走，于是，她没好气地说道，接着一屁股坐在了自行车的后座上，今天就要看看他葫芦里装的什么药。"走!"她抬手在他后背上拍了一下，就像驱使一头拉车的牲口。

　　"家里还有好多活儿没有干，得赶紧回去干活儿嘞。"

　　"你给我说瞎话?"田艳丽又从车子上跳下来，手指点着张昆仑，气恼地说，"你们家上午我还去看过，该干的活儿差不多都干完了，你说你回家要干啥?"

　　"那几只大公鸡还没有杀呢。"

　　"杀鸡? 你编瞎话也不知道咋编嘞，谁家半夜三更去杀生? 你不怕半夜鬼敲门?"田艳丽的话无懈可击，张昆仑又低下了头，田艳丽带着满满的成就感又坐在了后座上，"行啦，你也甭跟我绕圈子了，说吧，你到底想干啥去？"

"我能干啥去？我啥时候能跳出你的手掌心儿？"

张昆仑早就领教过田艳丽的洞察力，只要自己敢瞎说一句，便会被他识破，像这样的情况已经不是一次两次了。他觉得自己就算是孙猴子，也跳不出她的手掌心。年轻人谈对象真的很难说清楚什么叫对，什么叫错，只要结果是对的，错的也是对的，臣服与对抗的意义就在于增强了彼此的吸引力。

"算你明白！"田艳丽特耐烦听他说这样的话，她拧身又从后座上跳下来，扎住了他的胳膊，"你也是，人家想给你宽宽心，你倒好，推三阻四的，好像人家贱得非要求你似的。"

"那你也不能疑神疑鬼地冤枉好人嘛！"

"行，算我冤枉你啦！"田艳丽瞥了一眼看似一脸委屈的张昆仑，"你等一下，我妈刚炸的豆面丸子，可香啦！你给家里带点儿回去。"

天上飘起了细碎的雪花，在灯光下仿佛飘动的灰尘。张昆仑的脸上不知什么时候已经布满了星星点点的雪水。田艳丽用手背替他擦了一把，自己却忽地打了一个寒战，她刚才出来得急，忘了穿外套。

"你老老实实在这儿待着啊！"田艳丽仰脸往天上看了一眼，对张昆仑说道，之后快步跑回了家。再出来时已穿了件蓝底碎花棉衣，手里拎了两个袋子和一件塑料雨衣。她帮着张昆仑把雨衣套在身上，而后打开一个袋子，里面是豆面丸子。"你尝尝这丸子，可香啦！"她抓出两个丸子塞进张昆仑的嘴里，看他咔吧咔吧地吃得倍儿香，笑得咯咯地又打开了一个袋子，这个袋子里装的是一身新衣服，就是前面提到的张昆仑那身奇装异服。她把袋口打开，对着路灯让张昆仑看了看："给你买了身新衣服，往后穿洋气一点儿。当我的男朋友得拿出点儿精神头来。"她一边说着，一边收了袋子，而后竟然钻进雨衣里，又坐在了后座上。她不知道是怎么了，这会儿就想黏着他。

吃人家的嘴软，拿人家的手短，这又吃又拿的，如果没有点儿表示，也太说不过去了。张昆仑心里急得像猫抓一样，可也没敢再多说什么。他驮着田艳丽围着西院，像完成差事似的，兜了一圈又拐了回来。

"你想干啥嘛？"田艳丽掀起雨衣向外看了看，发现是在自己家门口，顿时没好气地问道，"跟你说个话你嗯嗯啊啊，你看你不耐烦的劲儿吧，有啥就说出来，甭闷在肚子里憋死你。"

"你看你又来啦！"张昆仑装出生气的样子，"我心里都是事儿，哪有心思在这儿兜圈子。看来真的是自己的事情自己操心，靠谁都不如靠自己。"兜圈的时候他就想好了要说的话。

田艳丽被张昆仑说得哑口无言，她磨磨叽叽地就想下车，可转念一想，又说道："都这个点儿了，又是大年下，你能去干点儿啥？"

"如果不是刚才耽误那一会儿，我可以去我二师兄家问一问，他肯定知道姓于的住在哪儿。"

"你倒怪起我来了。"田艳丽觉得张昆仑是没事找事，"你刚才明说不就完了，我也不知道你还有正事要办。"

"唉，这不是让你训蒙了嘛！"张昆仑忽然理直气壮起来。

"大年下的，你就这样空着手去？"

"这不是有一兜豆面丸子吗？"

"呵呵，这点儿东西你也能拿出手。"

田艳丽的手插在他的裤兜里，隔着秋裤贴在他大腿外侧那块紧实的肌肉上，这会儿出于某种纠结或者仅是解气，突然狠狠地拧了一把，就像拧结铝芯线头一样，张昆仑疼得汗毛都快乍起来了。两人在男女的事情上都不开窍，虽然确立恋爱关系已经很久了，却还处在掐一下、拧一下的阶段，他们顶多亲下嘴，但那也只是为了奖励他，或是安慰她。田艳丽的经验来自母亲亲吻孩子肌肤的那感觉，而张昆仑似乎连这种经验也没有，以至于他们亲吻时总是紧闭双唇，只有嘴唇的触碰和对贴，因为他们对亲吻的理解仅仅停留在对"亲嘴"一词浅显的理解上，而且也怕不小心磕碰了彼此引以为豪的漂亮的牙齿，他们甚至把开放型亲吻视作不洁的行为。他们视亲吻为一种亲近，一种彼此拥有的象征，就像占领了一片领地，但未深谙其意。其实，他们都想前进一步，只是找不到方向。事有凑巧，一次，他们看完夜场电影，就在他们现在所处的地方，他借着夜色，第一次主动地亲了她，也就在他的嘴刚刚贴上她的唇时，忽然听到背后有人干咳了一声。夜深人静，又是在完全放松的状态下，这一声差点儿把张昆仑的尿给吓出来。他回头一看，昏暗的灯光下站着一个男人，瘦弱的身形，背抄着双手，但却带着找碴儿的架势。张昆仑还没有反应过来，田艳丽就已说了话。那是田艳丽的爸爸——田初段。此时张昆仑也看清楚来人是那个无人匹敌、蝉联多年厂象棋冠军的厂里娱乐圈的名人。田初段刚刚结束了棋局，走到家门口就撞见了这一幕。他觉得马腿被别住了，不能向前，也不能后退，不能向左，也不能向右，被钉在了原地。他背着手，用标志性的深沉的眼神狠狠地审视了这个和自己女儿在一起并且亲她的年轻人，就像审视一盘棋局。张昆仑面对他，一下子想起来那个漆黑的夜晚，那摇曳的手电光和那哭泣的女孩儿。他因此傻呆呆地看着田初段。由此，一个傻呆的形象固定在了田初段的脑海里，以至于多少年后，张昆仑已然发达，田初段背地里仍称呼他"信球"。

"这小子与棋无缘。"仿佛悲叹，田初段给张昆仑下了结论。

去办公楼的路上，张昆仑旁敲侧击地想打探出来一点儿消息，但小刘的嘴紧得就像上了一把锁，任他巧舌如簧，连个能表达含义的微笑都没有，而且上楼梯的时候小刘还特别警告他要注意行为举止，否则回去冷静冷静再过来。小刘那张冷漠而又严肃的不容置疑的脸终于让他闭上了嘴巴。他难以理解这个和自己年龄相仿的小青年何以如此深沉，不免紧张起来。他隔着裤子揉了揉大腿上那块儿被田艳丽拧的"爱"痕，疼痛反而让他精神放松了下来，他也意识到自己的话确实太多了，该收收口了。其实，早知道晚知道，结果都一样，何必纠缠于此呢？但他的小腿还是不听使唤地抽搐起来，尿意也冒了出来，经过卫生间时，他去放松了一下。

张昆仑从小刘以迎客的方式打开的屋门进到人事科办公室时，似乎已经稳住了心神。初春的阳光穿过干枯的树枝照在窗玻璃上，留下一片明亮的眩光，窗台上的那盆榕树盆景，枝繁叶茂，旁逸斜出，释放出浓浓的春意。光像漏斗一样投射进来，把屋子分割出两个灰暗的角落。左侧的光线把于东山分成两半，一半明，一半暗。他在低头看报，报纸上映着他的影子。一只烟灰缸也放在他的影子里，冒着缕缕青烟。右侧的光线把文件柜划在了灰暗的角落里，侧照在淡绿色人造革沙发上的世界地图和中国地图上，格外明亮。空气中弥漫着水蒸气的味道，静谧而潮湿。张昆仑略微犹豫了片刻，便径直向沙发走去。他感觉脚下像踩着棉花套子，左右摇晃。这时，小刘拦住了他："张师傅，坐这边儿。"他语气忽然变得亲切，指了指于东山对面那把原本属于他的椅子。张昆仑按照指引面对于东山，坐了下来。隔着两张桌子，于东山眼皮上翻，瞅着他，直到他坐稳当了。张昆仑面对阳光，嘴角上稀疏细软的胡须在阳光的照射下轻易地突显了出来，仿佛漫画上的老夫子。于东山跟当初一样，不太喜欢张昆仑的这副形象。

屋里屋外温差很大，张昆仑感到面部发麻。他瞅了眼带烟囱的炉子，白铁皮水壶的尖嘴呼呼地吐着白雾，犹如施法的魔术师。小刘模糊在雾气之中。

短暂的沉默后，于东山合上了报纸，轻咳了两下，说道："小刘，局里刚才来电话，让去取份文件。很重要，你辛苦一趟。"张昆仑稀里糊涂"啊"了一声，但立刻就意识到这话不是对他说的，他尴尬地对小刘笑笑。

小刘应了一声，出现在他右侧，手指轻轻地在他腰眼上顶了一下。张昆仑机械地往左挪动了一些，让出一些空间。他看着小刘把笔记本放在快摆满稿纸、工具书的抽屉里面，看着他从空隙中拿出一把挂着红色塑料绳辫花（那个年代自行车钥匙的标准配饰）的钥匙，看着他又锁上了抽屉。他闻到一股淡淡的樟脑丸的味道。小刘似乎并不介意这种窥探，直起身时，对他淡淡一笑。多少年后，于东山蒙难而亡，张昆仑感叹世事无常，用画笔描绘了这个场景：两个身着中山装、大腹便便的男人，分别坐在由两张办公桌拼起来的案子的两边，一个光头，一个二八分头。光头的座在里面，二八分的座在外面（这是张昆仑理解的方位，其实画面上不分内外）。二八分的胳膊下面一个抽屉打开着，隐约可见一个红皮笔记本；一个恭敬、性感、身着一步裙的女子（为了提升视觉效果，他刻意做此变动，而且，他也想把小刘当成女人看）双手端着茶盘站在光头男人的身后，茶碗里冒着白烟。两株牡丹开得正艳，各开一朵，一朵涂红，一朵涂蓝，两只小蜜蜂环绕其上。丑书为序：某年某月某日与东山兄相聚机械厂，品茶、赏花不胜欢愉，以画记之。兄已西去，音容尚在，悲乎，悲乎！张昆仑故伎重演，又画了幅和郝大贵的对饮图，公开展示。郝大贵听说后，安排手下携带两百五十枚一元硬币上门购买。张昆仑以为羞辱，当着来人一把将画作撕得粉碎。

小刘出去后，于东山站了起来。张昆仑迟缓片刻，也站了起来。

"坐吧。"于东山看也没看张昆仑，说道。

他来到火炉旁，用脚尖将炉门踢开些，拎起水壶，挑开炉盖，往炉膛里瞅了瞅，换了一块蜂窝煤，之后重新盖好盖子，放好烧水壶，这才又回到自己的位置上。他披着一件厚实的棉衣，一副不胜其寒的样子。

张昆仑因紧张而表现出的木讷、憨呆、僵硬的样子跟上次的那个饶舌、善辩的小青年相比，简直判若两人。这种来来回回变色龙一样的变化，不免让于东山替杨科长担忧起来，觉得他根本驾驭不了这个人，往后的麻烦一定很多。他不由得想起很多年前的一段往事。那时他刚刚参加工作，被派往乡下搞外调。他在和村支书一边掰玉米一边谈话的时候，一条大黄狗弓背夹尾巴，一步一望地想从他们面前的墙根溜过去。他注意到了这条狗，却并未察觉到什么，但村支书的反应倒让他大为吃惊，村支书跳起来，骂着娘扔掉手里的玉米，抄起一把铁锹，撵上大黄狗，不问青红皂白就是狠狠的一铁锹。大黄狗脑浆迸裂，连哼一声都没来得及就没了性命。事出突然，他还没有反应过来，村支书已经扔掉铁锹，骂骂咧咧到伙房察看去了。他赶忙跟了过去。伙房里散落了一地的白馒头，这是晚上招待他的主食，大黄狗偷嘴，不小心把馒头全部弄翻到了地上。晚上他们就着狗肉吃馒头的时候，他问村支书为什么连看都不看就知道这狗东西干了坏事，村支书嘿嘿一笑，说了句让他记了一辈子的话："妖有妖形，鬼有鬼样。这点儿毛病要是都看不出，我还能当这村支书？"他觉得这是观察事物的最高境界。

张昆仑看着于东山坐下后也坐了下来，看着他拿出一个笔记本在桌面上摊开，之后听他说道："情况你大概都知道了吧？"

张昆仑逆光，视觉一时调整不过来，看到的是于东山一张模糊的脸。

"啥？"

阳光格外刺眼，以至于他要不停地眨巴眼睛，好像在动心思似的。

"你这次工作调动的事情。"

"调动工作？"张昆仑瞪圆了眼睛，想说山泉水跟他透露过些情况，可转念一想，又觉得不太合适，于是又改了口，"不知道呀！"

"真的不知道？"

"真的不知道！"

于东山审视地盯着张昆仑片刻，回到记事本上，好像埋怨似的说："这个小刘，过来的时候也不跟你交个底儿。"

"没有，过来时他啥也没说。"

张昆仑刚才还在为此生气，听话听音，他觉得于东山是在责怪小刘，于是借机就垫上了一砖。

"呵，这个小刘！"

于东山脸上泛出一个满意的笑容，这笑容无关结果，只在过程，他愿意享受这个过程——他并不相信张昆仑说的都是实话，但他要的就是这份心理上的慰藉，这已经足够了。小刘是他的徒弟，也是他的爱将，还是未来最有可能的接班人，他对他的考察和要求往往体现在一些不被人觉察的细节上，即便有时有些严苛，但他认为是有必要的，这样有益于小刘的成长。他更愿意相信张昆仑什么都不知道，这说明自己的用心总算没有付之东流。这是一种舒服的感觉。蓦然，眼前仿佛浮现出那间桑拿房的情景，那个他属意的按摩女正俯身在他身上轻轻揉搓，那游走的手指仿佛已触摸到了他那敏感的触点……他眼神迷离，笑容扭曲。

"强将手下无弱兵，刘干事这嘴真严实，问他啥，都是哼哼哈哈，就像——"张昆仑揣摩着于东山的意思，转着眼珠子说道，但当他还想再说点儿什么的时候，却发现于东山那原本迷离游移的眼神忽然变得冰冷起来，就像两把带着寒光的刀子戳向自己，他讪讪地住了口。

"既然你还不清楚，我就给你交个底。"

于东山点上一支烟。他把第一口烟吹到了阳光里，第二口烟吹到了笔记本上，第三口烟含在了嘴里，老半天才慢慢地吐了出来。张昆仑再次紧张起来，惶恐地盯着烟雾中的于东山，像等待宣判一样，等待着下文。时间慢慢地过去，仿佛要走过一个世纪。多少年后，张昆仑已然拥有了令人羡慕的财富，已然拥有了自己的公司和办公室，以及超大的老板台，但这三口烟给他留下的记忆不亚于那披着烈焰在荒草间奔逃的野猫，不亚于那夕阳下的电门开关，成为他始终挥之不去的梦魇。无数个夜里，他在惊惧中醒来，为梦中与现实不一样的结局而汗流浃背。

"关于你的工作调动问题，折腾了这么长时间，如今总算有了结果，但有了结果并不代表有些事情就可以翻过去了，该给你说的还要说，这是厂里的意见。我受厂领导的委托，来跟你谈谈，希望你能接受。第一件要谈的也是对你这次工作调动影响最大、阻碍最大的事情，可能不说你也能猜出来，就是这个人事调查报告上反映出来的问题。"于东山从桌面上拿起一个档案袋，从里面取出一份至少五六十页的文件，瞥了眼面部僵硬的张昆仑，慢慢打开，翻到最后一页总结部分，把烟头按在烟灰缸里，"这上面显示的问题主要有三个方面：一、群众基础差；二、工作态度差；三、组织意识薄弱。依据规定，别说三条了，有一条想通过都难，这上面我就不多说了，你应该懂的。所以，杨科长打了两次报告，两次都被打回来。但也不能据此就把一个有志的青年埋没了，你有很多优点：头脑灵活，有进取心，业务能力强。这也是我们一再为你争取的主要原因，希望你能珍惜机会，知错必改，迎难而上，尽快达到组织上对你的要求。这是我对你的期望，也是厂部领导对你的期望。"张昆仑认真地点点头，刚想表个态度，于东山摆摆手制止了他："第二，本来按厂部的意见是一次给你调动到位，大家都做了不少努力，但问题是，宣传干事是干部岗，要在局组织部门备案，通不过。原因嘛，前面已经说过了，你要理解。我提出了一个折中的方案，业已经厂领导研究通过，你这事呀，可没少让我和蓝厂长作难。"于东山合上档案，"档案就不让你看了，这不合规。今天我们的谈话内容仅局限在我们两个人之间，不能外传，否则出了问题，我可不承担责任。"

"于科长——"

张昆仑绷着神经把话听完，不知道怎么了，嗓音竟然变得有些哽咽，他再次想要有所表示，于东山再次用手势制止了他。

"我打算这样解决，"他停顿了一下，"绿化队仓库保管员的岗位刚好空出来，本来厂里已经有了安排，但考虑到要解决你的问题，临时变动了一下。不过，这还要看你能不能接受，即名义上是绿化队的仓库保管员，但实际上是宣传科的宣传干事，一身兼着二职，既要干好本职工作，又要干好宣传工作，二者兼顾，均不得耽误，工资只有一份。"

"中，我能接受。我利用业余时间做宣传，和之前一样。"

张昆仑心头翻腾着热浪，一口应承了下来。他感到手脚有些发麻。

"那也不至于。"于东山俯身在记事本上记录了点什么，而后抬起头，带着含意不清的微笑，又说道，"你也不用太紧张了。保管员是个闲差，平时没有什么事情，我之所以这样安排，就是出于这一点考虑：

91

时间上很自由，哪边忙了忙哪边。"

"领导考虑问题真全面。我保证保管、宣传两不误。"

张昆仑特想说一句"你就是我的大恩人"，可话到了嘴边，又觉得不妥，说不出口。

"但愿如此。"于东山平和地笑了笑，"群众的目光是雪亮的，做得好不好、到不到位，都在他们眼里，这方面，你要特别注意。"

"是是，我一定注意。"想起春节时还在咒骂眼前的这位大恩人，张昆仑心里不免一阵儿愧疚，"之前我确实错怪您了，还以为……"

"还以为什么？"

于东山微笑着看着张昆仑。

张昆仑被于东山看得心里激灵了一下，意识到自己说多了话，便眨巴着眼睛把话往回收："咳，其实也没啥，就是事情一直没有结果，心里急，胡思乱想，想偏了，就是这样。"

"你有话没有说。"

"说了，都说了。"

于东山含意不清地点点头，合上记事本，一支黑色的老式英雄牌钢笔压在了上面，仿佛禅杖，带着无形的重压和法力。他长嘘了一口气："其实，你不想说，我也不想问，反正这单位里从不缺那些擅长搬弄是非的人。"

"真的，真的不是这样，真的。"

张昆仑紧张得手足无措，语无伦次。

"好吧，今天就这样。"于东山从嘴角上挤出一丝略带鄙夷的微笑，"这事还要跟蓝厂长汇报。你回去等通知吧。"

张昆仑离开后，于东山在记事本上认真地把谈话内容做了记录，在最后的总结语上，借用了他并不知道是出自何处的一段话，他这样写道：眸子眊焉，不险也诈。"诈"字写得稍大，繁体，笔尖在最后一画末端停留了片刻，浸染出一小块淡淡的墨渍。他觉得这个字用得不够恰当，但又想不出更恰当的字眼儿来。于东山自参加工作以后就养成了记笔记的习惯，他的目的倒不是为了记录清楚某件事，而是为了帮助理清思路，找到关键环节，他于其中受益匪浅。小刘近水楼台先得月，跟着他也养成了这个习惯，但他并未学得精髓，仅仅为了记录而记录。

附　言

老　照　片

张昆仑请我给他画一幅油画像，参考蓝本为他年轻时在机械厂翻砂车间内拍得的一张老照片：他站在车间一片空地的正当间，戴着工作帽，围着白围巾，身着松垮的工作服，手持一把大铁锹，面对镜头露出灿烂如花的笑容；身后是一片热火朝天的工作场景，阳光从残缺不全的玻璃窗上照进来，留下几道清晰的光影；远角处一团炉火发出耀眼的光芒。照片缺了一个角，微微发黄。在他的书房里，像这类的老物件整整有两大箱子，小到玻璃球，大到名人字画，破闹钟、小人书、链子枪、半导体收音机、骨头子儿、军挎包、机枪弹壳应有尽有，我都觉得如果拿他的这些东西去开个个人历史博物馆恐怕绰绰有余。

同样的题材，我一共为他画了三幅。第一幅，我采用的是浪漫主义的表现手法，也就是我在大学时期就掌握的那种手法，用绚丽的色彩渲染，使他看上去是活在一个无比幸福、快乐的年代。我想这也是他想要的。但这种表现手法显然太过于随意，未将他的感受呈现出来，以至于他仅仅看了一眼便放到了一边，说我太敷衍，"最基本的粉尘、烟雾，你都没有画出来，这显然是在应付我的嘛"。我的确是在应付他，因为他没有跟我提及画像的酬劳，但被他一语中的，我多少还是感到不好意思了一阵，毕竟我对艺术还是持有一种非常严谨的态度，拿出这样幼稚的作品，连我自己都感到难为情。为了证明我的实力，在没提酬劳的情况下，我坚持要给他再画一幅让他满意的像，我甚至害怕被他拒绝。经过深思熟虑，我决定采用表现主义的手法来作画———一幅灰调子的作品。这次画作在他手上停留了十秒钟，之后仍旧是放在了一边，他好像不大愿意就作品做任何评价，而是诉说起他与翻砂车间的一些往事，说到动情处，泪水濡湿了他的双眼。最后他请我再画一次，更突出一下他，而且就报酬第一次开了口："放心，我一定会好好酬谢你的。"冲他这句承诺，我作了第三幅画。结合上两幅作品的得失和他的要求，我

93

没费什么功夫就完成了画作，因为想突出主人公的办法其实很简单，就是在灰调子里加入一点儿浪漫主义的色彩，而且这样做效果相当好，这其实也是最好的英雄主义的表现手法。他对作品的评价是"中"，之后也兑现了他那模糊不清的承诺：请我喝了一顿大酒，外加一箱没有牌子的招待酒。这三幅画后来装了框，挂在了他办公室的墙上，有很多人都见过。去年听说他把这三幅画打包给卖了，得了二十万块钱。找人一打听才知道，他把公司交给了儿子打理，自己正式宣布退休，回家搞艺术。那三幅画是否卖了不得而知，可确实已经不在那墙上了。

我纳不过闷来，找高其昌发牢骚。高其昌以他一贯的作态，未置可否，最后说了"愿君结高楼，年年肯登攀"这样一句模棱两可的话，让我自己去悟。我跟高其昌的接触其实已经越来越少了，因为房屋拆迁的缘故，彼此产生了现实的距离，也因为他说的话越来越让我不明白，都要去"悟"，很累。高其昌，包括后面提到的章建歌，都是张昆仑在艺校的同学。

王 二 孬

"都怪这孩子名字没起好，叫水柱，结果就长成了水柱。"他娘为他高大得近乎病态的体态感到羞惭时，也找到了造成这一结果的根源，"当时就不应该听他爹的，按我的意思，叫小壮，又小又结实，这多好啊!"但这种埋怨其实没有太大的意义，因为人们早已习惯叫他二孬，显然，"二孬"比"水柱"要上口，结合他的形象，也颇为喜庆，人们甚至都忘了他还有"水柱"这个名字。二孬是他的小名，是他娘给他起的，随乡下的习惯，名贱好养活。

王二孬住在西院，当阳光还被厂房遮挡着的时候，当田艳丽还在打理她的牙齿的时候，他就出现在了家属院的水泥路上，不论刮风下雨。他是那样匆忙，疾行的脚步，带着呼呼的风声，好像公狗嗅到了发情的母狗，急迫前往的样子，而实际上他只是为了去填饱肚子。机械厂的人都记得他小时候的那副样子：慢慢悠悠，迷糊却闪着精光的小眼睛总在别人的衣兜或是手里的食物上转悠。每当大人下班的时候，他就会出现在路边，等待一次意料中的施舍。有时他会牵一只用细线绑缚的金龟子，金龟子在头顶嗡嗡盘旋，他能用它换来一个或半个馒头，或是一块糖果。他是捕捉金龟子的高手。

他娘至今都没有弄明白是怎样怀上的他，因为在那几个月的时间里她都没有让他爹近过身，唯有一天晚上她睡死了过去，从晚上天黑起一觉睡到第二天日上三竿，连眼都没有睁一下，身子都没有翻一下，后背涸湿的被褥可以做证。她唯一的记忆是她做过一个完整的春梦，梦里那男人没有鼻子没有眼，却十分强壮。她想，要么是那梦里的男人种上的，要么是他爹霸王硬上弓，趁她熟睡时给她种上的，除此之外不会有它。王二孬他娘更愿意相信是前者。她本已失去了生育的欲望，前面的

95

四个女儿已让她备感劳顿，即便她还背负着为王家传宗接代的重任，背着"只会下母仔的老母猪"的污名，但她根本不在乎，因为她已经为自己、为这个家庭规划了一个美好的前景。老大去副食品商店卖肉，老二去粮店卖粮，老三去煤店，老四去菜店，到时候想吃什么、用什么，言一声，都得给送到家里头——只要日子过得好，管别人去说啥。她都想去偷偷地做掉王二孬。

"你敢让俺断子绝孙，俺就敢拧下你的头。"王二孬他爹发现了苗头。

"如果生下来是女娃你也要？"

"没生出来，你咋知道？"

"如果不是你的种你也要？"

"不是，也要！"

四个字、俩符号，他爹说得掷地有声，表达得斩钉截铁，之后，摔上门出去喝酒了。他心里有数，拿不准这点事儿，枉为男人。

王二孬是个低能儿，现在叫唐氏综合征，但这并不影响他在一定时段内给这个家博取的香火有继的无上荣耀，并给自己带来一身宠爱，同时也带来昙花一现的愁绪。

他打小就是大肚汉，一个人的饭量顶上全家的一多半，多亏了邻居奶奶、阿姨们的关照才不至于饿肚子。十五六岁时，他学会了混汤吃泡馍。饭吃饱了，又有营养，以至于原本略显超规格的身子仿佛吹气球一样，呼哧呼哧就发了起来，不到两年时间，竟然长成了一个身高一米八五、体重一百公斤的白胖小子。他的人生内涵就是吃，只有吃饱了肚子，脸上才会露出灿烂的笑容。为了贴补家用，他娘找到厂里，厂里照顾，安排他到绿化队当了家属工。

他能不歇气吞下一笼刚出笼的小笼包，他能用五分钟将一碗烫嘴的牛肉汤连汤带馍连渣都不剩地送进肚里，他能徒手从炉膛里掏出烤熟的红薯，立马吃完，他也能眼都不眨，一口气吃下十根老冰棍、二十个冰激凌、一碗冰块；一年四季，不论白天黑夜，他那条贴身的薄秋裤从不脱下，不论零下二十度还是零上四十度，除非洗澡，从不离身；他不惧酷热，不怕严寒。对他来说，现实的寒暖是模糊的，是一种含混的感受，一种无关紧要的存在。然而，他却能看懂人眼里透露出的那种抽象的温度，无论是冷若冰霜的厌恶，还是温暖和煦的关爱，抑或是不阴不阳的冷漠，都一望便知，他甚至能在心里用诸如刀子、包子、狗屎等等之类的名词定义它们。

"闪电。"

他平生第一次感受到了那如同闪电一样的眼神。那是去年（他始终认为是去年，去年的去年也是去年，因为他所能记得清楚的事情不是发生在昨天就是发生在去年。去年，是他最遥远的记忆）仲秋的一个中午，厂里下班了，绿化队的院子里悄然冒出了一股诱人的红烧肉的味道。他循味站在了库房的门口。二丫的办公桌上摆着两个打开了盖子的饭盒，一盒是米饭，一盒是红烧肉，二丫歪着脖子看着他，挑逗似的夹起一块红烧肉在眼前晃了晃，然后塞进了嘴里。顿时，一溜褐色的油脂从嘴角流出，淌到颏下。那油脂太美了，以至连那沾满油脂的肥厚的嘴唇也让他喜欢上了，后来他为那嘴唇魂牵梦绕，视为最美。之后，王二孬就注意到了二丫的眼神，他无法不注意那眼神，因为那眼神跟他娘看他的几乎没有二样，只是蒙上了一层情色的薄雾。这种情形，令他感到惶恐，于是他躲避地转过头。夏天被雷电劈掉树梢的白杨树适时地映入了眼帘，继之是那个火花四溅的场面，谁也说不清楚他的脑回路发生了怎样的措置、怎样的化学机变，总之就在那一刻，他的嘴里竟忽地蹦出了这个对他来说颇显新奇、意外的词汇。

"闪电？"他的话令二丫摸不着头脑，"什么闪电？"

"就是闪电。"他感到脸上一热。

二丫穿了件低胸鸡心领毛衣，她低头看了看自己的领口，抿嘴一笑。"二孬——"她拖长了话音，"看不出来，你人傻，心不傻，哈！"

"不。"二孬往后退了一步，摆手说，"我没看。"

自从和史老歪苟且过之后，王二孬有事没事都想往二丫身边蹭，虽然他想的不是那事，但他总觉得二丫身上有种东西吸引着他。他在二丫的眼神里看到的虽然不是红烧肉、肉包子、素包子，却也品味出了一点儿油渣的腥味，让他舒服、满足。和二丫相比，史老歪的眼神里全是狗屎，他厌恶它，躲避它。

"你怕啥呢？能吃了你呀？"二丫整整领口，"想吃吗？"她用筷子指了指红烧肉。

"我吃了，你就不够吃了。"他咽了口吐沫，说道。

"你就说你想不想吃吧？"

"嗯。"他在二丫连续不断地"闪电"下，扭捏地低下了头。

二丫挪动了几下椅子，俯下身，把头探出屋外，往空荡荡的院子里瞅了瞅，头几乎顶在他的大腿上。他往后让出一些位置，以免触碰到她。"没人了吧？"她问。

"没人了。"

"行，你去把大门插上。"

"干啥要插门？"

"说你傻，你真的就傻了。"

他不喜欢别人说他傻，却喜欢二丫说。他喜欢二丫说自己傻时的样子，尤其这次。他感觉那是温暖的，像红烧肉一样散发着不一般的香气，但他也有一些恍惚，说不清的感觉，他傻呵呵地立在原地，一动不动。他在史老歪那里获取了插上门的经验。

"我给你红烧肉吃要是让人撞见了，还不得也分一半给他，那样我们都得少吃，你说是吧？"

二孬去插上门，回来再次站在库房门口的时候，二丫已经将红烧肉和大米饭分成了两份，一份多，一份少，少的摆在自己面前，多的放在旁边。二丫的旁边又多出来一把椅子，紧挨着她的椅子。二丫示意他坐下。

王二孬失去了味觉。

他坐下后，二丫便放下筷子，眼睛直勾勾地看着他，光脚丫子在他的脚面上轻轻地磨蹭。二孬紧张得都快窒息了过去。

"嗨，"二丫把手放在他的大腿上，"姐好不好？"

"嗯。"二孬囫囵地吞下一块红烧肉，点点头。

二丫在他大腿上抓了一把，之后往上挪了挪，停在中间。丰满的胸乳几乎搭在他的胳膊上。二孬发现自己下身一点点开始鼓胀，好像全身的血液都在向那里涌。他想关闭它，可又不知道阀门在哪儿。他偷偷向两腿间看了一下，很明显，有个小帐篷正在撑起。他觉得难为情，可又无可奈何。二丫也在看，脸上露出惊奇而又怪异的笑容。"二孬，你是不是动坏心思啦？"她又在他腿上抓了两把，指尖划过帐篷的边缘。

"没有。"他说。

　　一只秋蝉哀鸣着撞在门板上，掉在脚边。二孬偏头去看它那当口，就听二丫说："这是咋回事？老实交代！"她的手迅疾得就像抓小偷一样，隔着裤子一把抓住他那东西。"好家伙！"她惊呼一声，随即便松开了手，惊异的目光在他身上上下游动。他瞅了眼二丫，扑通一声趴在了桌子上，臊得通红的脸埋在两臂之间。他为缺失阀门的自己感到害臊，也为那大得被人笑话为"驴雄"的东西感到害臊。脚下，阳光照射出来的那片光亮消失了，消失的还有那只濒死的挣扎着的秋蝉。二丫关上屋门，插上了门销。二孬不敢抬头，偷眼瞄着二丫趿拉着布鞋绕自己转了半圈，回到她的椅子旁。二孬听到了自己心跳的声音。接下来，该发生的事情都发生了。

《少女之心》

1

通读了两遍《少女之心》后，张昆仑决定转抄一本供自己日后慢慢赏阅。他这样做了，而且还配上了插图。但他并不敢明目张胆、无所顾忌地把那些性爱的场面画得过于真实，因为他清楚这样做的风险，一旦泄露，后果难以估量。张昆仑把想象力发挥到了极致，在缺乏人体参照的情况下，凭着有限的感知和强大的想象力，以及源于内心原始的冲动，竟然创作出了一部对后来、对当地艺术界都颇具影响的十分前卫的艺术作品。只是当时，谁也不这样认为，包括张昆仑本人。及至二十年后，国内一位画家用相同的题材和相同的表现手法创作，红遍大江南北，他还嘲笑人家，说人家狗屁不是，哗众取宠。然而，又过了十年，旧作失而复得，他便幡然醒悟。

春节前那两天，张昆仑就像打了鸡血，亢奋异常。

按照他和田艳丽商定好的，要抓住年三十最后一天的时间，给于东山送礼。他临时起意，叫上了田艳丽。他之所以产生这个念头，一是心里没底，有个人好商量；二是《少女之心》闹的，那上面露骨的毫不遮掩的情爱场景的描写被转化为真实的画面映照在脑子里，令他心猿意马，血脉偾张，到了不去尝试就活不下去的地步。头天晚上，他摆脱田艳丽后，就顶着漫天飘雪跑到宏魁家，取到《少女之心》手抄本的其中一部分。为了便于传阅，宏魁已经把书分为三份。张昆仑拿到的是第二部分，也是整书最刺激的部分。他把头捂在被窝里，借助手电光反反复复地阅读，直到电池耗尽，手电筒再也发不出一点儿光。那些关于性爱的描写引发了他对性的渴望，起初还羞耻地隔着秋裤抚慰，而后便为那强烈刺激所驱使而越过内心的阻碍，把手伸进裤裆，用力而急迫地找寻那书中描写的感受，很快得以实现。他做起了春梦，田艳丽竟出现在面前，与他牵手，徜徉在机械厂那片荒地上，而后，似乎是自然而然的，他们搂抱在了一起，倒在草窝里，翻滚起来。就在那战栗的感觉即将降临时，田艳丽却将手伸向了他的枕头下面。他一激灵，醒了过来。

"你干啥？"他大喝一声。

老三机敏地躲过他强有力的一击后摆拳，退到门口，拉亮了白炽灯。"你一晚上都在床上扑腾扑腾的，还叫人睡觉不？"老三瞪着眼睛喊道。

"胡扯淡！我啥时候扑腾啦？"

"你问他们。"老三指指另一张双层床上的老二、老四。

这时，张昆仑才发现，老二、老四都睁着眼瞪着他。老二在床的下层，裹在被子里，没出来；老四则坐了起来，裸露着臂膀。

"你说一声不中，到我枕头下面摸啥？"张昆仑单臂支撑起身子，指着老三训斥道。

"我看你看的啥！"

"看的啥关你屁事！再捣蛋小心我扇你！"张昆仑觉得下身有种湿凉的感觉，"把灯关了，赶紧睡觉。"

"睡吧。"老四也说，"半夜三更的，折腾个啥！"

老三瞥了一眼老四，心有不甘地关了灯。一阵哗哗啦啦的声响过后，他回到了张昆仑的上铺。

雪光透过未拉上窗帘的玻璃窗映入房间，隐约照亮了房子：大立柜、床架、挂在床头的棉裤，以及水泥地上龟裂的缝隙和一只红色的棉袜。空气很凉，呼出的气体在鼻子和被褥间打个旋儿便凝成水珠，仿佛要结冰似的。张昆仑披了披身侧的被子，然后把头蒙在了被子里头，手伸进了内裤。他在饥渴和战栗中想着田艳丽，而事实上除了她，也无人可想。他整个白天都在想，以至于给于东山送礼都已被视作可有可无的事情，都成了见田艳丽的借口。但他还是装出了一副认真的样子。

办这样重要的事情也叫上她，田艳丽高兴得简直就要蹦起来，尽管这不是个体面的差事，尽管那晚的气温低至零下七度，尽管要错过春节联欢晚会直播，但能和张昆仑在一起，她才不管那么多呢，而且他的事情本来也就是自己的事情，责无旁贷。路上，他们对可能出现的问题做了详细的讨论，甚至详细到了哪一句话该说，哪一句话不该说，哪一句话该用何种语气去说，就连说话的表情也在讨论之列。总之，一定要让于东山收下这份礼物，他收下了这份礼物，事情才算有了眉目。尽管张昆仑脑洞大开，说得头头是道，尽管他非常清楚这件事的重要性，但他的目标却是含糊不清的，甚至是偏离的，那异常活跃的思维只是为了在田艳丽面前显摆自己、表现自己，而事实上，也确实达到了这个效果。田艳丽对张昆仑的认识再次升华，他岂止是个才子，他还是个当领导的材料。田艳丽对他佩服得五体投地——管他别人说啥呢，我就认定了这个男人。张昆仑对田艳丽的认识同样也再次升华，他觉得她的配合和修正能力简直独一无二，她简直就是老天赐予他的好对象，再没有谁能代替她了。如果她能再漂亮一点，哦，不，这样正好，再漂亮了还不知道是谁盘子里的菜呢。张昆仑腾出一只手，握住她搂在自己肚子上的手，为她保暖；田艳丽把身子紧贴在他的后背上，能为他提供多少温暖就提供多少温暖，她倾尽了温柔。张昆仑顿时觉得获得了无穷的力量，把自行车蹬得飞快，溅起的雪水落在了他们的鞋上、裤脚上，即使上坡时，他也没有减速。他想快快完成任务，把更多的时间留给自己。然而，没有想到的是，工业局家属院是个大院子，里面竟然有三十多栋家属楼，而张昆仑掌握的信息只是于东山在工业局家属院住，没有具体的门牌号。张昆仑随机敲开几家住户的门打听，但徒劳无获。因为工业局家属院和机械厂家属院的情况显然不同，这里的住户不限于工业局局机关，还有工业局所属厂矿和事业单位的住户，不像机械厂家属院那样单一，他们之间多数互相不认识，或者认识了也说不清楚确切的门牌号。最后，张昆仑竟然敲开了上一任老厂长家的门。他骑上车子，落荒而逃，就像只受惊的兔子，驮着田艳丽，驮着要送给于东山的两只鸡、十斤粉条。他们离开工业局家属院很远后，张昆仑才口齿僵硬地把自己遭遇到的告诉了田艳丽。幸亏老厂长不认识他。田艳丽乐得只想在他的大腿上再拧一下。张昆仑也乐了，当决定放弃一件令自己纠结，并不情愿去做的事情时，他感到的是一种解脱。

回家的路上，张昆仑沉闷了一阵子，便心猿意马地开始体味田艳丽传递给他的温柔——他借着蹬车，身体向后挪蹭，尽可能地感觉来自田艳丽本意安慰他的搂抱和那柔软的触感。他夸张的摆动幅度很快便被田艳丽发现，她松开手，狠狠地在他背上捶了一拳，警告他老实点儿。接着，田艳丽就又抱住了他，比之前抱得更紧、贴得更紧密，那热乎的程度，自打他们确定关系以来还从未有过。在经过一段漆黑不平的结冰道路时，张昆仑以安全为借口，把田艳丽调到了前面坐在横梁上——当时最时髦，但却会被诟病为"小流氓"的骑车兜风方式，只有最大胆的人才敢与女朋友这样。田艳丽侧着身子，好一会儿才扭蹭得舒服的姿势。她的心怦怦地跳了好一阵子。张昆仑把下巴贴在田艳丽浓密的黑发上，身子紧挨着她的后背，即便隔着厚厚的棉衣，田艳丽的体温也是那样的真实。张昆仑的大腿随着脚蹬的转动有规律地在田艳丽性感（那时张昆仑还没有这样的认识）的臀部刮蹭。她那黑发中散发出的洗发露的清香仿佛兴奋剂刺激着他的感官，让他心里痒痒的，脑海里又自然而然地浮现出《少女之心》的画面。忽然，他感到有点恍惚，身上升腾起一股热量。他加快了速度，在护城河旁的一处小树林里停了下来。不远处有个手握破扫把的雪人屹立在寒风中。他们互相投以惊诧的一瞥。张昆仑单腿点地骑在自行车上，扳过田艳丽的肩头，没多说一句话，就像狗啃骨头似的，在田艳丽的唇上乱吻起来。他迫不及待地要体验亲吻的滋味。田艳丽惊呆了，她从未见过张昆仑如此主动、如此疯狂，她甚至怀疑眼前这人还是不是张胜利。但她喜欢张昆仑这样，她觉得男人就应该这样。田艳丽闭上了眼睛迎合他。起初，张昆仑是在她紧闭的双唇上嗫嚅，后来急不可耐地用舌尖撬开田艳丽为他微微张开的双唇，之后，他们在惊奇中开始体验，难舍难分。不知过了多久，田艳丽发现他的手竟然插进了自己的棉衣，隔着秋衣、胸衣在自己的丰乳上摸索，即便隔着衣服，那手的冰凉也能让她感觉到。她既好气又好笑，惶恐、怡然交织混杂在一起。她很想制止他，可不知怎的，行为上却又顺从了他，甚至主动配合了他，直到张昆仑不大费力地突破了那层内衣的阻隔。田艳丽打了一个寒战，扭动了一下身子，看似是抗拒，而实际上是她温暖的肌肤忽然接触到张昆仑依旧冰凉而慌乱的手所产生的本能反应。她接受了他的抚摸，而且开始享受这抚摸带来的令她心跳剧烈的感觉，直到他的手开始往下伸向她的腰带，她才从这感受中警醒过来。周围漆黑一片，空寂无人，远在河岸对面的路灯透过树枝，在周围的雪地上洒下昏沉沉的光斑，偶尔也洒在张昆仑贼眼转动的脸上。

"你想好了，只要你敢解开，我就是你的人了。"

两只倒挂在车把上的大公鸡在"月里星"烟火偶尔炸响的惊吓中徒劳地扑腾了两下，似乎也在提醒张昆仑：你要想好了。

张昆仑明白无误地掌握了那话的含意，在片刻沉寂的停顿中，他已然做出了选择。他不再犹豫，不再试探，急得像只过不去河的狗，直接把手伸进那紧束的裤腰内，这正符合《少女之心》中的一个细节描写，田艳丽所说的每一个字听起来也符合，就像她业已读过这本书，正在以此诱导他。张昆仑急得几乎要撑断那条田艳丽刚买的红皮腰带。田艳丽几近窒息，抓住了他的手腕。张昆仑以为她要拒绝，可阻碍他的皮带却突然松开来，就像不堪重负的河堤突然崩溃了，而那只紧握着他手腕的有力的手也颓然失去了力量，放开了。田艳丽用她那有力而灵巧的小指隐秘地为他打开了通道，并且调整姿势，为他除去一切行进的障碍。她要牢牢地把他攥在手里。

两人各怀着欲求温存在了一起。在迎接新年震耳欲聋的爆竹声中，他弄湿了手，而她也在他慌乱而急切的引导下弄湿了他的内裤。

2

张昆仑熬过三天惴惴不安的日子，终于等来了调动通知。他从小刘干事的手上接过通知书时，竟然不敢相信这是真的。他竟然忘了致谢，忘了回到车间里跟山泉水打声招呼，就径直朝绿化队而去。他忽然就像做起了梦，晕晕乎乎，连落在坚硬的水泥路上的脚都像是踩在棉花套上，跨过丢失井盖的窨井更像是在两个弹簧上腾跃。天空是橘红色的，路旁的冬青树是钴蓝色的，只有道路是真实的暗灰色，斑斑点点的油渍，仿佛滋生的绿藻。三天里，他有意无意暗中在绿化队门口窥探过多次。那锈迹斑驳的红漆大铁门，幽暗的院落，婆婆摇曳的大树，仿佛一座静谧而神秘的寺院，让他倾慕不已。这里曾经是他久违的儿时乐园，尤其那幢青砖灰瓦的老房子，他曾与宏魁一道在此抓蟋蟀，逮蜥蜴，在房梁下面掏鸟蛋，偷吸丝瓜杆烟，也在屋角里撒过一泡尿，屙过一泡屎，用砖茬子抹屁股，导致感染溃烂。一次，因为看到一条杯口粗的大青蟒盘踞在房梁上而再也不敢越雷池一步。这里曾经破砖烂瓦、野草丛生，四处散发着尸腐的气味，即使在盛夏的白天也让人感受到凉凉的寒气，可谁想到把房子圈上院子，收拾一下，竟然也别有洞天。如今他又站在了这里，站在了这院子的掌管者顾阿成——一个即使工作时也穿着十分讲究的上海小老头——的面前。他全然不是为了玩耍，而是为工作——按惯例本该由女性承担的被人羡慕嫉妒的工作。顾阿成抬眼看了看这个目光游移、个儿不算高的小青年，心里多少有点失望。于东山已经跟他交过底，把他的情况介绍清楚。顾阿成也知道张昆仑，知道他是张铁栓家的大小子，是东院名声在外的孬蛋孩子，但却不知道是这副跟他爹截然不同的形象。顾阿成希望他身强体壮，具有战斗力，他需要这样一个人来改变绿化队失衡的人事关系。他甚至开始担心他会跟史老歪沆瀣一气来欺压自己。张昆仑在顾阿成的瞥视中蓦然清醒了过来，他低头看看自己身上油腻乌黑、松松垮垮的工作服，知趣地一笑，一双紧攥着的手悄然插进了裤兜。他佯装潇洒，流里流气地耸了耸肩，向顾阿成明确传递了"我可不好惹"的信号。顾阿成解读了这个信号，报之以惊奇的注视。

张昆仑没有想到，他接管的不单是仓库保管员的工作，还接管了那幢青砖灰瓦的老房子。他的目光还在那遭遇过青皮蟒蛇的房梁和虫蛀的檩条、透亮的屋顶上游弋的时候，顾阿成已经完成了貌似认真的交接：一本硬皮账本，三个几乎空置的货架，几把老旧的铁锹洋镐，一张三斗办公桌，两把椅子。

"德才这个人——"顾阿成立定在红漆刷面的三斗办公桌前，把绿化队成员介绍完，把仓库钥匙交在张昆仑手上时，不无刻意、语气凝重地强调道，接着却又说，"呵呵，阿拉觉得，人都不错，侬慢慢熟悉啦。"他的手指落在桌面上，轻轻一抹，然后若有所思地放在眼前搓了两下。张昆仑来报到之前，仓库由他暂时代管，他以南方人特有的精细讲究天天打扫，就像打扫他自己的办公室一样。

顾阿成的家在西院，和田艳丽家算是街坊，而且两家私交甚好。他的情况田艳丽已经跟张昆仑交过底了，所以在张昆仑看来，他们两家的关系好就意味着自己也与他的关系好，况且顾阿成的年龄也属于叔叔辈的。顾阿成说什么，他便恭恭敬敬地点头，表示对他的尊重。

"队长，你放心，我会和同志们搞好关系的。"

顾阿成仰头朝屋角上的一个鸟窝看了一阵儿，之后，神秘地一笑，摆摆手，示意张昆仑自便，便背抄着手，出了去。他对这个不解己意的呆头菜鸟已经不再想说什么了，简直气死人啦。但后来，当张昆仑和史老歪开始对峙，并主动挑起纷争的时候，他才发现，其实自己的识人水平才是菜鸟级的。

史德才最大的嗜好就是读报，这嗜好打他中学时期就已养成。每天，他不在读报，便是在找报纸的路上。他是那样地如饥似渴，那样地渴望把自己掉到报纸里、融化在字里行间，以至于说出的话仿佛都沾染上了油墨的味道，带有新版社论的调子。他的理想是成为一名大学文科生，一名记者或编辑，最差也要成为一名优秀的宣传员。但"运动"来了，大学停止了招生，他进到机械厂当了一名生产工人。他的嗜好成为专长，他的第一篇大字报便在工业局系统内产生了轰动，使他一夜之间成了浪尖上的人物。他的追随者、坚定的崇拜者，但长相一般的范银花成了他的妻子。在一次加班加点赶写完第二天凌晨就要贴出去的大字报后，范银花拿出特意为他准备的烧鸡、牛肉和白酒让他享用，他迷失了自我，最终在范银花的逼迫下与她成为夫妻。从那时起，他手中的毛笔变成了带铜扣的牛皮带，回力球鞋变成了带铁掌的劳保皮鞋。他声嘶力竭的咆哮响彻在家里、车间、审讯室和大街上。任何他看不顺眼的人都会成为他专政的对象。也就从那时起，他白净的脸开始扭曲，牙龈萎缩，两颗在一次武斗中被打歪的门牙开始变黄，脊背开始佝偻，脖子歪向一边。他的命运也随着身形发生了转变，他被打成了反革命分子。没人听他的辩解，就像他从来不听他人的辩解一样，等待他的是备受关照的五年牢狱之灾——一位后来升任省局领导、遭受过他迫害的老干部拒绝在有他名字的平反人员名单上签字，直到这位老干部退休。他由此得到的补偿是一份轻松而浪荡的工作——到绿化队当园艺工人。史德才这个只在工资单上出现的名字，在日常生活中早已被"史老歪"所代替，就像给动物命名，人们准确地把握了他的身体特征。

张昆仑到绿化队报到后，遇到的第一个难题便是如何跟他打交道，因为性情温和、胆小怕事、颇有一些小聪明、由机械厂红头文件任命的绿化队队长顾阿成早已沦落为史老歪的附庸，史老歪才是说一不二的发号施令者。张昆仑和史老歪因为都是东院的"名人"而相互认识，但因为不是一辈人，没有交往，没有说过一句话，所以也就没有相互在意过。但当两人终于为工作而不得不面对面的时候，都因仿佛看见了一个自己而在心里暗自提了把劲儿。张昆仑的到来令史老歪不爽到了极点，他像长时间与世隔绝的养尊处优的山大王，忽然遇到潜在的对手，不由得紧张了起来。

绿化队的编制只有五人，除了上面提到的三位，还有王二孬和王大丽。王二孬是照顾进来的家属工，人高马大，能吃能喝，脑子反应迟钝，得益于顾阿成的关照，他才能悠然自得地在绿化队混日子。王大丽常年泡病号，除了领工资那天来露个面，平时几乎不见人影。另外还有两个扛下了绿化队所有力气活儿的时常调换的临时工。

从机器声隆隆、忙得连撒泡尿都要掐着时间的生产车间，来到清静得可以看蚂蚁打架的绿化队，张昆仑有好长一段时间都没有适应过来，即使他宣传科、绿化队两边跑，也有用不完的时间。于是，他主动要求跟顾阿成去现场干活儿，有时候也帮着出出主意，画个施工图，做个美化标识牌什么的。没想到，这竟招致了史老歪的不满。绿化队的小院里弥漫着大战前的气息，就连啥事不管、傻不拉叽的王二孬都觉察出来了，他那永远都睡不醒似的小眼睛忽然明亮起来，在张昆仑和史老歪身上瞄来瞄去，就像看见两只正在试探火力、相互抵近的红毛黑尾大公鸡。

"人别太能蛋啦！"

一天，在顾阿成的办公室，张昆仑有意当着在一旁阅读报纸的史老歪的面，跟顾阿成商量如何加强仓库管理的问题。这触动了史老歪的神经，他认为张昆仑搞的那些东西就是针对他的，是跟他过不去。他先是"哼"了一声，之后猛地合上报纸，站起身，走到门口。就在张昆仑以为他要离开的时候，史老歪却转过头，眯着一只眼，阴阳怪气地来了这么一句，这既是让张昆仑，也是让所有在场的人听的。那腔调拖得老长，仿佛要拖出什么气势来。

"你说谁呢？"

张昆仑接受了田艳丽的建议，初来乍到，能消停就消停些。他已经容忍了太多的冷嘲热讽，此时他不想再忍了。他扑棱了一下翅膀，摆出准备打架的姿势。

"谁能蛋我说谁。"

史老歪的心头震颤一下，但随即又稳定住。通过这段时间的接触和四处打听，史老歪颇为自信地评估了张昆仑的实力，认为他无论哪方面都稀松平常。他把张昆仑的谦让当作软弱，把谨慎当作小家子气，他甚至把张昆仑主动敬烟的举动都当成卑躬屈膝，尤其是在"政治"上，他发现张昆仑还是一只雏鸟——从来不看一眼报纸。他已从心底不把这小子当回事儿了，他觉得只需一击便可以将他打倒，就像他对顾阿成一龇牙，顾阿成便会哈腰弓背一样。

"我看你就很能蛋。"

张昆仑并未退缩，反而紧逼了一步。

"你俩这是要干啥？要打架吗？"顾队长站在了他俩当间，他可不想让人误解是他挑起的纷争，即便他很想让他们立刻分出高下，甚至头破血流，"我可提醒你们了啊，打架打出问题可是你们的事，我老顾不负责。"

两人的第一次交锋在顾队长的干涉下，最终没有发展为激烈的冲突。

"你就这样说你叔吗？你就这样说你师父吗？"史老歪昂起脖子，像老母鸡下蛋那样咯咯嗒地叫唤起来。张昆仑的反应超出了之前的预判，他心有不甘地缓和了语气。

"你还知道是我叔？你还知道是我师父？有你这样的叔？有你这样的师父吗？"张昆仑也收起了羽毛，和缓了语气。他还没有蓄积起足够的能量。

这是张昆仑到绿化队上班后第一周里发生的事情。第二周，为了一把园林剪，他们再次怒目相向。但这一次，张昆仑有备而来。

"你赶快把剪刀交回来。"在绿化队的院子里，张昆仑摆出一副得理不饶人的架势，拦住准备下班回家的史老歪，"跟你说两次了，还要让我说第三次吗？"跟史老歪叫板，这在绿化队的历史上还是绝无仅有的事情。张昆仑的目光扫过顾阿成满是诧异、刮得精光的脸，扫过王二孬挂着哈喇子的嘴角，扫过两个临时工瞪得像大枣一样的眼睛，最后坚定地落在了史老歪的身上，抖了抖肩膀。

如何收拾史老歪，张昆仑和田艳丽商量了两个晚上。按照张昆仑的意思，就是硬碰硬地干，只要再找自己的碴儿，就啥也不管了，毫不客气跟他怼。他们充分评估了对方的实力，对发生冲突后的结果做出了预判——哪方面史老歪都不是对手。按照田艳丽的意思则是寻找机会一招制胜。她劝张昆仑要克制，初来乍到，多一事不如少一事。最后他们中和了彼此的意见，定下原则，只要占住理，就给史老歪点颜色看看。

"我就是不交回来，你能咋样？"史老歪的目光反方向地也从他们身上扫过，最后便死死地盯着张昆仑，说道。

"好办！"张昆仑跟田艳丽早就推演过了这个结果，他歪嘴一笑，"我查了账底，进价十七块八毛五，折旧后十七块八。你看你是把剪刀交回来呢，还是我填个计价单交到财务上，从你工资里直接扣？反正我不能替你填这个坑。"

"咋啦？你小子存心跟老子过不去？"

"谁跟谁过不去呀，你是跟你自己过不去！公家的东西，不是你的，也不是我的，用过，还回来，丢了，就得赔偿，天经地义的事情，何必把话说到这种地步？"

张昆仑没来绿化队前，绿化队就像史老歪的家，他想拿什么就拿什么，想要什么就要什么，站在顾阿成前面发号施令，当家做主惯了，没人干涉他。现在，毫无疑问，他的地位受到了挑战，他要尽快做出回应。

绿化队快有两年没有添过新工具了，原来的那些工具破旧得不成样子，能有多将就就有多将就。史老歪提过无数次，怪话不知道说了几箩筐，顾阿成都像没听见一样，就是不予采纳，或者找理由推托，但张昆仑一来，只提出来一次，他就同意了，当即打了报告，申请了一批资金，不过也有言在先，如果东西弄没了，得自己负责任。所以，张昆仑也格外认真，所有工具进出仓库都做了登记，没有例外。他为此还找到山泉水帮他搞出一个规章制度贴在了墙上，针对的是绿化队的管理乱象，结果却是直接斩断了史老歪伸向仓库的手。既然你要占公家的便宜，对不起，我就只好奉陪了。史老歪太喜欢这把剪子了，喜欢得就像他当年扛过的红缨枪，喜欢得就像看见了徐二姐，不但新，式样也没得说，用起来咯嘣咯嘣忒顺手，老婆娘家的那几棵石榴树正用得着，东西到他手里就不想交回去了。绿化队干活儿用的还是之前的那把旧剪子。

张昆仑的话令史老歪十分下不来台。如果上次的交锋属于自然法则，那么这次就属于社会法则，带有一定的目的性。恍惚间，他仿佛看到了硝烟四起的战场，看到了舞动的拳头，看到了红袖章，看到了洪水猛兽，他视此为迫害的前奏，就像把他打成反革命分子的手段，都是一样的，先放出几颗烟幕弹，然后才发起攻击。他连着咽下去几口吐沫，掂量出争吵下去的后果，于是，转换了口气："剪子交回来还干不干活儿啦？你要说不用干活儿了，那我就给你交回来。顾队长，你甭光做老好人，你也表个态。"伸出的脖子收了回去，歪着的脑袋却扶正了，他想让顾阿成给他找个台阶好下台。

张昆仑没等顾阿成开口，接着史老歪的话又说道："这事我说了算，你别问顾队长，问了也没用。至于干不干活儿，也不是你说了算，是人家顾队长说了算。你只要把剪子交回来就行，别的轮不着你来管。"

"我要是不拿回来呢？"

史老歪咬着牙，尽量让每一个字眼都变得狰狞，尤其在"拿"字上延长、加重了语气，因为拿是主动的，而交是被动的。

"刚才不是已经说啦，该算多少钱就算多少钱。"

张昆仑在街面上混了这么多年，最不怕的就是他这副德行，要打不能打，要骂不能骂，耍个孬样谁怕谁呀！他根本没去计较"拿"和"交"的区别。

王二孬在一旁看得乐开了花，哈喇子哗哗地顺着嘴角往下流。他只见过史老歪收拾人，还从没见过他被人收拾，心里也不知道是解气还是高兴，总之张开嘴就合不拢了。王二孬刚上班的那年冬天，天寒地冻，史老歪为让他把粪坑里的砖头瓦块捞出来，说那里面至少有仨钱包，没有主，捞出来都归他，结果王二孬给粪坑清了底，唯一的收获，是一个五分硬币。王二孬他娘为这事找到史老歪大干了一仗，骂他坑人都不忘拿玉米秆子堵屁眼儿，吃人连骨头渣都不吐。史老歪平时老转着弯儿骂王二孬傻、骂王二孬信球，王二孬虽听不懂意思，却也知道那不是好话，他对史老歪心里总有块儿疙瘩堵在那儿。

张昆仑又臭又硬的态度，令史老歪脑子里豹子、老虎、野猪、大公鸡，你来我去轮番出场又轮番下场，最后上场的却是一只带犄角的老绵羊。他恨得牙根痒痒的，可面对这样一个已经占据了正面优势的对手，必须审时度势妥当地做出选择：可以把剪刀交回去，但不能因此丢了面子；可以认交钱，但不能由此撼动自己在绿化队的地位。这时，王二孬那张傻呵呵的笑脸正好映入眼帘，这是个可以顶他一犄角的猪娃子。"二孬，你在这看啥热闹嘞！剪刀不是在你那儿吗？人家说了，不交回来就扣钱，你赶紧给交回去。"史老歪说完，心里骂着，张铁栓咋会生出这个孬种，养出个这玩意儿，他哼出一股白气，气呼呼地走了。

王二孬保管的是把旧剪子。张昆仑不客气，照单收下，重新登记在册。

一碗最爱吃的韭菜鸡蛋捞面糗成了坨，史老歪才在媳妇小马扎的解劝下渐渐消了气——君子报仇十年不晚，韩信胯下之辱，苏秦嗟来之食，封侯拜相且如此，何况我个平头百姓。走着瞧吧，胜利，你小子别犯到我手里，只要犯到我手里，看不把你收拾个样子出来，就枉来人世。

下午一上班，史老歪放下架子主动找张昆仑说好话，说剪子给弄丢了，商量能不能少算一点钱。面子重要，钱也一样重要，既能保住面子又少出钱的唯一办法就是该低头时就低头，该让步时就让步，傻子才跟这种愣头小子争一时高低呢。看在长自己一辈的分儿上，看在他貌似诚恳的态度上，张昆仑也给了他面子，经过讨价还价，最后按采购价百分之六十折旧，算是把这件事给了了——都是同事，低头不见抬头见，能留一条路就不竖一座山，得过且过吧。但这件事却给张昆仑埋下了一个隐患，等他们再起纷争时，史老歪咬着这一条不松口，非要让厂里给个说法：到底这绿化队的仓库是张胜利家的，还是春雷机械厂的？他想咋样就咋样？有凭有据，他还愿意补足差价，一点儿回旋余地都没有，最终导致张昆仑交出了仓库保管的钥匙。

想归想，史老歪对张昆仑的态度却发生了根本性的变化，但这种变化也只表现在多了些笑脸，偶尔上一支香烟，说两句恭维的话，然而，跟先前相比，这已经是天壤之别了，已经让张昆仑飘飘然，活在不可名状的惬意之中了。他甚至还答应史老歪，一旦有机会，就把他交纳的园林剪的钱给报销出来。他早把田艳丽他爹田初段"一山不容二虎"的提醒忘到九霄云外了。

3

"摆平"了史老歪，绿化队的面貌发生了翻天覆地的变化。原本杂乱堆放的施工材料被整理得井井有条，两间多年漏雨的仓库在顾队长的带领下进行了修缮，小院天天轮流打扫，厂部交办下来的任务也能顺顺利利不受阻碍地完成了。而在此之前，不是这样，就是那样，总是磕磕绊绊的。人们彼此点头微笑。毫无疑问，有这样的变化数顾阿成最高兴。他把握住了管理要点，遇到想要安排又觉得不好安排下去的事情，就征询张昆仑的意见，谋求他的支持，而张昆仑总是无条件地予以支持。不过，张昆仑也不忘跟史老歪客气一下，即便史老歪每次都要提出一些相反的意见，发泄一些情绪，设置一些阻碍，可张昆仑总能设法解决。他俨然已成为顾阿成的主心骨、挡箭牌，为此，顾阿成专门请他去家里红烧狮子头管饱喝了顿酒，跟他称兄道弟。

张昆仑越来越认识到田艳丽对他的重要性了。能打开今天的局面，显然跟她有着密不可分的关系。她是自己理所当然的福星，因为有她而好事连连。其实不但是他，机械厂上上下下所有人都看到了这个事实。自打他和田艳丽在一起后，缩着的脖子忽然就伸直啦。他们替张铁栓感到高兴。张昆仑觉得自己有段时间的想法太不仁义了，太不高尚了，居然只把田艳丽当作对象相处，当作传宗接代的工具，当作共同实现男大当婚女大当嫁，社会历程中彼此需要的因素，把她当作了一个可以哄弄到手的女人。这简直不是人脑里装的东西，连猪狗都不如。

那天张昆仑在顾阿成家里喝着酒，忽然成就感、自豪感、负疚感伴随着体内酒精度的提高，涌上心头。他就像从粪池中挣脱出来的狗，忽然认清了自己，只想尽快找见主人。他敲响了田艳丽家的门，把在家看电视的田艳丽叫了出来，到护城河边，到那晚他们待过的那棵大槐树下。田艳丽的温存和犹如慈母般的关怀帮他绕过那道无从道来的坎儿，绕过内心的那堵块垒，他仿佛打开了水库的闸门，泪水哗哗地往下流，他做了深刻的自我检讨，并表明了悔过自新的决心。田艳丽把他搂在怀里，轻轻拍打着他的肩膀，就像对一个做错事的孩子那样安慰着他，原谅了他。那天，他们第一次赶时髦般互道了"我爱你"。半夜酒醒，张昆仑吓出了一身冷汗，他闹不清楚自己都说了什么，如果没有保留，那可有自己的好果子吃。春节过后的那段时间，他竟然萌生出对田艳丽美的质疑，甚至不乏委屈了自己的想法，起因源自春节期间参加的那场由高其昌发起的同学聚会。在聚会现场，他见到了在艺校上学期间他最看不上的连毛笔字都写不好的小白脸同学章建歌和他的女友许丽红。许丽红的美无可挑剔，既不是徐二姐那种娇柔的美，也不是小崔那种香艳的美，她是文静的美，那美盖过了他对美的认知。从看到她的第一眼起，他的审美便发生了偏移，恍然进入到理想主义的范畴；那美仿佛一道闪电划过他心头，留下一道往后几十年都无法去除的印记；那美令他精神恍惚。他想不明白像章建歌那样的人何以配得上如此漂亮的女人。这种想法直到他真正见识了章建歌的才华，才开始改变。当然，在田艳丽身上那种得来全不费功夫的感觉也是他产生偏移的诱因之一。为此，有十几天时间，他不无挑剔的眼神在田艳丽身上扫来扫去：微黑的皮肤，平淡的五官，健硕的身体，男人样恣意豪放的笑声……招致田艳丽由表及里审问了他两个多小时。再就是小美，如果口无遮拦……他狠狠地在自己脸上拧了一把。

小美是张昆仑在宏魁家偶然遇到的一个女青年。工作安顿下来以后，他又想起了那本《少女之心》，还有两部分没有看过。上次他去调换的时候，不凑巧那两部分借出去还没有还回来。于是，他便又抽了个晚上时间去找了宏魁。那天，下着小雨，街道上很静，但宏魁家里却是另外一番景象。推开院门就听到强烈的音乐声传来，宏魁的屋里正在举行一个家庭迪斯科舞会，两男三女跳得热火朝天。宏魁上身只穿了件白色大翻领衬衣，满头大汗，跳得不亦乐乎。他好像算到张昆仑要来一样，见他推开门，乐得打出一个响指，拧着舞步，揪着他的棉衣领子把他拉到了屋子当间。他被围在了当间。于是，他也随他们扭了起来，三男三女正好配成了三对。和他配对的就是小美，一个很会打扮的精巧的女子，身上那股浓郁的香水味道和白毛衣裹出的柔美腰身，以及黑灯舞时贴合在他身上如灵蛇一般扭动的身躯，那娇柔入骨的咻咻笑声，都给他留下了深刻的印象。那时他就想，如果能把田艳丽和这人糅到一起该多好，既得了一个贤内助，又捡了一个美娇娘，那才叫一举两得——人生难道总是这样折磨人吗？难道熊掌和鱼真就不能兼得吗？那晚他第一次，也是唯一一次，同时有两个女人交替出现在他的臆想中，出现在《少女之心》的情节里。没费什么力气、没闹出任何声响他就弄湿了自己的内裤。小美约他见面，他权衡再三，没敢去。

　　进入四月，机械厂那几棵高大的法国梧桐上的褐色球果便开始逐风迸裂，于是，无数旋转的伞翼从天而降，空气中充斥着花粉的味道。张昆仑患了严重的鼻炎，他不停地打喷嚏、流眼泪，清鼻涕擤也擤不完，只有待在房间里，症状才得以缓解。除了去宣传科，绿化队的库房便成了不二之选。在那里他度过了一段短暂、宁静、不被打扰的时光，借此他在田艳丽送他的代表火热爱情的红塑料皮笔记本上完成了他的手抄插图版《少女之心》的创作。他的绘画技能、素描功底在这上面派不上用场，而且还是累赘，因为他不能画得太逼真，甚至比较像都不行，他要画得尽可能不像，尽可能似是而非。因为无论是画还是文字都是给自己看的，或许以后会给田艳丽看，但眼下是给自己看——不是为了艺术，而是为了防患于未然——那些所谓的技术都会干扰他，令他背道而驰。他试着废掉右手改用左手，但也只是使线条变得生涩了一些，并未从根本上解决问题，因为他无法一下子改变那些习惯了的东西，习惯不会因为画笔握在左手而改变。他绞尽脑汁，费尽心机，若不是花粉的缘故，他有可能就放弃了。最后，肯定是那只在他家房前屋后叫了几个晚上春的花狸猫给了他提示。他试着把人画成猫的样子，又把猫画成人的样子，就在这种来来回回的变化中，提炼出一种特殊的绘画表达方式：变形的人体，几何的人体，残缺的人体，符号的人体，隐藏于花卉里的人体。看上去混乱不堪，而他却能一目了然。他要的就是这个效果。

　　这天，经过再次审读，张昆仑合上了笔记本，而后抱在怀里，后仰着身子，双腿交叉叠合在一起跷在桌面上。他面带潮红，目光静止在老旧的看上去不堪重负的砖瓦结构的屋顶上；偶尔他也用圆珠笔敲击一下笔记本，如同敲击木鱼。他十分满意自己的创作，但也有缺憾，他发现女主人公的面容都是空白的，这就像夜间赏花，闻得花香，未见花容，显然这不是完美的。他想赋予她一张漂亮脸蛋，徐二姐的，小崔的，许丽红的——徐二姐成熟，小崔香艳，许丽红静雅。都好，但却与故事情节无法统一。最后他锁定了小美。只是，小美也是模糊的，因为那晚是在慌乱昏暗的情形下遇见的她。在他的记忆里，除了白毛衣，便是纤细的腰身和馥郁的香水的味道。他可以想见她柔软的胴体，却无法想见她的容颜；可以想见她光滑的肌肤，却无法想见她哪怕一根手指的模样；想见她灵动吐芳的舌，却……张昆仑使劲儿想，想给她定格一个样子，可想到最后也没有想出一个正儿八经的结果。顶棚上有个破损的空洞，阳光穿过它斜照在老青砖墙面上，留下一块明亮的光斑。一只西瓜虫爬进了光斑，又转了出去，消失在一条墙缝里。这时，他听到院子里有人说话，好像是来了什么重要的人物，于是他警觉地收起笔记本，站起身，打开了房门。

"你吓死我啦!"

一声带着幽怨、骚情、粗放、恣意的女声，在忽然打开的门外响起，把毫无戒备的张昆仑吓得差点儿也喊叫起来。他连续打了几个生理性的喷嚏。一个水桶样的胖女人站在门口，站在阳光里，站在呛人的空气中；她那藕节般白得几乎透明的手臂僵硬地停在推门的动作上，红指甲尖旁有蜜蜂环绕；精致的小眼睛里流漾着受惊小狗一样的神情，额角微冒出些细小的汗珠。他们彼此诧异地望着，诧异地估量着对方激素的水平。之后那女子吧嗒起两片厚厚的红嘴唇，不无蔑视地责备道："你这个人咋恁不长眼呢? 我正要推门，你就从里面打开了，连个招呼也不打。"她慢慢放下了手臂，白衣袖缓垂下来。

兜头被数落成这样，张昆仑只想回敬她几句，可看在对方足以碾压一切的气度上，他谨慎地，同样也带着蔑视的声调问她有什么事，之后忍不住又打了个喷嚏。来人没有回答，目光再次掠过他，瞥向他身后，小蜜蜂随着她的目光飞向了屋内，消失在某个角落。胖女人转过身，王二孬迎着她的目光，微微带喘、满面红光地跑了过来，一根奶油冰棍递到了她手上。

"这人就是张胜利?"她问王二孬，目光落在冰棍上。

"没错，他就是张胜利。"

王二孬往上撸了撸一高一低的袖子。

"说吧，找我什么事儿?"

她抖抖身子，交叉起双臂，把冰棍送到了嘴边。

"你是？"

张昆仑已猜到此人是谁，但该问的话还是要问，这是该有的气度。

"我是二丫。"

"丫"字的音调拖得长且高，却戛然而止——冰棍堵在了嘴上。手指高傲地跷起，红指甲点缀在脸旁。

"二丫？"他假装皱皱眉头。

"晋淑杨。"

直到这时，张昆仑还不知道这个自称二丫的人是于东山的小姨子，他找她是因为她是这儿的上一任库管员，张昆仑接手她的账目和仓库后，发现账面与实际严重不符，他要找她核对。他找顾阿成汇报这件事时，正好赶上他要去开会，所以只是简单地说了两句，没有具体展开。顾阿成看起来也没有多想，便答应他把人叫来，当面说清楚就行了。张昆仑也就是拿出了账本和盘点清单，询问了原因，还未谈及签字画押的事情，二丫就在沉默中爆发了。她丢掉未吃完的冰棍，冰棍画着弧线从二丫的肩膀上越过，落在王二孬的脚下。王二孬顺势把它踩在脚底板下，狠狠地蹍了一下，就像要蹍死一个臭虫。二丫双手掐腰，小眼睛忽然喷出了火苗。"你算个什么东西，刚来就翻老娘的旧账，你也不称称自己几斤几两，敢在老娘头上动土。"二丫一把将盘点清单扯得粉碎，点着张昆仑的鼻子，开口就像从泔水缸里泼泔水，张口就往外喷脏话，"找事，你他妈也不打听打听我是谁。"她也不看张昆仑的反应，拧过身子，推开想要冲到前面的王二孬，冲着院子大声喊道："顾阿成，你个缩头老乌龟，你他妈给我过来，这小子是不是你给他做后台？"

他爹说过，好男不跟女斗。即使头发梢上都充满了愤怒的血液，张昆仑还是最大限度地保持了克制，他从收拾史老歪的事上总结出经验，只要先占住为公这一条，闹出再大的事都有公家来撑腰。"说脏话没有用，嗓门大也没有用。"他拿着账本在手里晃了晃，"这上面出入这么大，你不说个一二三恐怕这事过不去。"

"咋个一二三？"二丫果然有些气馁。

张昆仑打开抽屉，被忽然映入眼帘的那笔记本吓了一跳，手脚一阵儿麻木。但他很快就调整了过来，故作镇定地从笔记本下面拿出一张清单备份，抖了抖，放在桌子上，之后快速合上抽屉。"在这上面签个字，至于咋个一二三，我说了也不算，最后让领导定夺。"他瞅了眼站在二丫身后的王二孬，不知怎么了，那张大白脸竟然令他心生慌乱，怦怦剧烈地跳动了好几下。

"我给你签字，我让谁给我签字？史老歪，你甭给我躲在一边儿看笑话，不是要签字吗，你先来给我签个字，这仓库就他妈的快成你家的储藏室了，想拿什么拿什么，到这会儿你躲到一边看笑话，你还是个人吗？"

她向外间看了看，扭身就想出去，张昆仑喊住了她："签完字再走。"

"我他妈要走了吗？我他妈是给你喊人去。"二丫再次找到了爆发点，以压倒性的气势喊道。

"喊谁？我去。"王二孬在她身后说道。

"我再说一遍，说脏话没有用，这个字你不签也可以，我往财务科那儿一交，你去跟他们说去。"

"我给你签你娘的头——"二丫歇斯底里地喊道。

纵然张昆仑见多识广，也没有见过这样泼皮无赖不讲理的人，他又气又恼，再也无法忍受，一拍桌子，指着二丫的鼻子呵斥道："你把你嘴巴放干净啦，不然，看我不给你撕叉了。"

二丫根本没想到机械厂的小伙子里面还有人敢跟她叫板的，她可是绿化队原来的大姐大，在绿化队这一亩三分地上从来都是她想骂谁就骂谁，想打谁就打谁，连史老歪都对她忌惮三分，更别说顾阿成这个老滑头。"就你？"她一手拨开张昆仑的手，一手掐在腰眼儿上，向前一步，红嘴唇几乎贴到张昆仑的脑门子上，"来，给我撕撕看，不撕你就他妈不是人养的。"

张昆仑往后退了一步，二丫又往前逼了一步；他向后顺手一摸便摸住一个锨把子，拎在手里。"你再敢往前一步，老子毁了你。"张昆仑嘶喊道。

"呵，你还敢掂家伙。行，老娘巴不得你下手。"二丫把脖子伸出来一尺长，唾沫星子满天飞，"来，你就照着这儿来一下，老娘要是躲一躲，这辈子就给你当闺女。你要是不敢动手了，你就给我当儿子。"

张昆仑被逼到了墙根，他气恼地抬抬手，佯装给她一棍子，没想到

117

二丫根本不是省油灯，嗷一嗓子："你敢打我！"照着张昆仑的脸就抓了过来。尽管张昆仑身手敏捷，躲得快，还是让她在手背上留下两道血印子。

多少年后，每当张昆仑回想起这一幕，便不由得感慨万千："必定是老天保佑我，如果那一棍子真的顺顺当当打下去，二丫的头准得开了花，如果真是这样，别说坐在这地儿吃香喝辣的，弄不好现在还在监狱里放屁都得先请示呢！"他的话没有添一点儿油，也没有加一点儿醋，他当时的确气昏了头，棍子抡圆的时候，想的只有打虎英雄武二郎，想的只有为民除害扬正气，如果不把这只母老虎消灭掉，我张胜利就不是七尺好男儿，枉来人世。他这样想了，剧情也就这样发展了。他再次抡起棍子，不分青红皂白，不顾结果地劈山盖顶打下来，结果勒绊在一条虫蛀过的老檩条上，就像武二郎一棍子打在树丫上，武二郎是哨棒折了，他是檩条断了，就听到"咔吧，轰"的一声响，屋顶顿时现出一个大窟窿，土块瓦片呼呼啦啦正好都掉在了张昆仑的头顶上。灰烬散去，尘埃落定，就见张昆仑摇摇晃晃从地上站起来，头顶鲜血，浑身是土，像个复活的兵马俑。他手里的锨把没了，一根铁撬杠攥在手里。二丫吓傻了，刚才没想到他敢对自己动口，这次没想到他敢对自己动手，直到房顶塌下来，她都没有动一下。王二孬从后面抱起她就把她弄了出去。多少年后，二丫回想到这一幕乐得都要岔过气去，她说活该张昆仑要遭这场难，早点自报家门说你是机械厂的"大哥大"不就啥事都没有了，她说也怪王二孬那个信球货，如果不是他跟着打气撑腰，她也不会昏头昏脑上恁大的劲儿。她后来和田艳丽成了好朋友，两人好得就像一个人。其实二丫也不是真心想跟田艳丽交朋友，她只是想借此能和张昆仑常见面，她已暗暗地喜欢上了他。她的那点儿心思逃不过田艳丽的眼，田艳丽有事没事都拿她开玩笑，说她要是真的喜欢张昆仑，她就把他让给她。这傻丫头扭扭捏捏居然就当了真，结果自然是伤害。

"打死人啦！打死人啦！"当二丫看见张昆仑如僵尸战士那般手拎撬杠从屋里像风暴一样冲出来，撒丫子便往院子外面跑，一边跑一边喊，那肥胖笨拙的身板就像充满气的橡皮球，颤动着，滚动着。

王二孬像一座山挡在了张昆仑面前。"你敢打二丫！"他撇着细长的腔调，挥手打翻从劫难中逃脱出来、要从眼前飞过的那只小蜜蜂，而后死死地抓住张昆仑，任他怎样踢腾都动弹不得分毫，活像狗熊捉猴子。

"你他妈敢管老子的事！"王二孬这些天老往张昆仑身边凑，在张昆仑眼里这就是个傻不拉叽的信球货，压根儿没把他当回事。但他想不到，就是这样一个最不起眼的家伙，却给他带来两次令他颜面扫地的大麻烦。他本来就急着眼，哪管三七二十一，抄起撬杠就向王二孬的肚子上戳。王二孬虽然脑子不好使，可挨打时候的反应从来没含糊过，因为他小时候经常被欺负，被欺负得多了，便练就一套机敏的防御本领——他两眼哪儿也不看，就盯着别人手里的硬家伙，只要不被那家伙给弄上，其他的都不算个啥。没等张昆仑戳上来，他顺手一推，就把他推了个仰八叉，撬杠也脱手甩出了八丈远。张昆仑从来没有吃过这样的亏，他像逼在墙角被打急眼的恶狗，爬起来，疯了般奔入库房，再出来时，手里多了一把明晃晃的大斧子，高举着，一副打急了不要命的样子。这时，在院子门口听着里面动静的顾阿成及时赶了过来。他让过惊慌失措的胖二丫，绕开呆立不动的王二孬，看了一眼在树荫下叼着烟卷嘿嘿冷笑的史老歪，在库房门口迎面死死地抱住了张昆仑，求爷爷告奶奶，叫他千万千万别冲动。

保卫科来了人，腰里别着黑警棍。

张昆仑在厂卫生所清洗包扎完伤口，就颇带气势地跟在等候他的保卫员后面到了保卫科，他相信保卫科能为他主持公道，因为他是为公家的事才闹的这一出。保卫科在厂部办公楼一楼，把西头，与宣传科相对。张昆仑来宣传科帮忙的时间不长，虽然和保卫科的同志经常碰面，但因为没有打过交道，即使彼此脸熟，却也和陌生人不相上下。他也懒得主动搭理他们，因为他好歹背着机械厂第四代"老大"的名气——前三代不是坐牢就是被枪毙，他之所以安然无恙，全在于他只说不做，他的地位不是靠打打杀杀赚来的，而是靠善于平息事端得来的。机械厂的子弟不论谁在外面惹下了祸端，只要找到他，他都能出面说和予以平息。凭着这套本事，他奠定了在机械厂这块山头上的地位。老大就要有老大的样子。

"站起来！"保卫科长对进门就大大咧咧往长条椅上一坐的张昆仑厉声喝道。

保卫科跟宣传科占用的会议室面积相同，都是大房间。靠西山墙两两相对摆了四张办公桌，一条长条凳靠墙摆放，凳子和办公桌之间空出一块很大的空间，塑造出一种威严肃穆的感觉；即使大白天，六根六十瓦的荧光灯管也全打开，把屋里照得雪亮。保卫科科长站在最里头的那张办公桌后面，一手掐腰，一手拿着电话机，威严不可侵犯的双眼像两只小号的手电筒照射着张昆仑。张昆仑腿上一哆嗦，乖乖地站了起来，心里却是一肚子不服气。

跟同张昆仑一起的那两个保卫员，进门后就双手横握黑警棍站在了门口，目视室内，一动不动，摆出一副杀气腾腾的样子；保卫科副科长——一个文书模样的中年人坐在第二张办公桌前，一手搭在椅背上，一手搭在桌面上，歪着脑袋打量他，目光冷峻，如同复制版的保卫科科长。

保卫科科长好像事先已有编排，一句话不问，啪啪啪拨通了电话。"人到了。"他对着话筒低沉地说道，仍旧是压倒一切的气势，"好，现在就把他送过去。"话筒啪的一声扣在电话机上。他了解张昆仑，机械厂大小有点儿名声的孬蛋孩子，都在他的名录之内，张昆仑因为没有偷鸡摸狗的毛病未排在首位，却也在前三位之列，对付这样的人物，他有一套行之有效的方法，那就是绝对不给予好的脸色，施予绝对的高压，根本不管其做对了什么或做错了什么，在他面前都得夹起尾巴；加之他曾担任民兵小分队队长的经历、孔武的面孔、强健的体魄、少林弟子的传说、一斤半的酒量、双枪十环的美名，由此威名赫赫。他以一己之力维护了一方土地的治安稳定。即便周围山头林立，却没哪个敢越雷池一步。张昆仑认识他，他叫贾长福。张昆仑打小就知道贾长福的威名，那是他心中的偶像，也是他的保护神——他在他的社会圈子里博得的地位，有一多半都来自他吹嘘出来的与他不同凡响的关系，贾长福的神武在他的描绘下被披上了一层类似豹子头林冲那样的神秘色彩。贾长福从来不知道这些，即使他知道了，张昆仑所说的也无懈可击，因为他所说的"我贾叔"本身就是事实。贾长福和张铁栓虽然青年时期交好，但对张家的四个光头小子，除了老四张四海，其他的都没有给过好脸。

"你要把我送哪儿去？"张昆仑仗着因公负伤的勇气，抻长脖子喊道。

"去了你就知道了。"贾长福对刚进门的一个胖墩墩的小青年摆摆手,"你带他过去。"

两个保卫员上来,在身后一左一右挟持住他。

"你们问清了情况再送人也不迟。你们还是不是机械厂的保卫科?你们这样不分青红皂白对待好人,我不服。"张昆仑再次喊道。他以为他们要把他送派出所。

"到地方你就服了。"屋门在身后关闭前,他听到贾长福这样说道。

"你们他妈的咋能这样办事呢?跟他妈土匪一个样。"脱离了贾长福的威慑,张昆仑的委屈终于得以释放,忍不住骂道。

"把嘴放干净点儿,不然别怪对你不客气!"

两个保卫员,一个瘦高条,一个就是小胖墩儿,一个黑一个白,特征都很明显。他们跟在张昆仑后面一起出了保卫科。接他腔的是那个小胖墩儿,叫侯建军,外号胖墩儿。胖墩儿的叔叔在公安局当副局长,有背景,是混社会的小青年都想交往的炙手可热的人物。张昆仑早就想结识他,只是还没遇到机会。但此刻,胖墩儿的话显然伤及了自己的颜面,他必须有所反应,于是,他立定身子,用不无威胁的目光在胖墩儿身上上下缓慢地扫视了一遍,在那张平时看起来颇为憨厚但却狰狞得亮出泛黄的獠牙的脸上,在那如同涂了鸡血的红得发紫的脖子上、那小腹前颤抖得紧握的双拳上扫过,他真想痛痛快快地骂他一声"二狗子"。但他还是选择了冷静,因为他想到了自己的身份,想到了他现在已经不是之前的那个翻砂工,想到了未来的发展。他观察了周边的环境,权衡了对方的实力,最后清楚地认识到,与其发生正面冲突只能自取其辱,何况人家也是为了工作。胖墩儿也了解他,知道他是这块山头上的大哥,但他却从来就没有把他当成一回事,道理很简单,他不怕他,而且他也相信,他绝对不敢没事来招惹自己。不过他还是给他留了面子,由着他那带有挑衅意味的目光在身上停留、转动,未再说一句话。两人的态度都为对方留出了余地。瘦高条跟在一侧,谁也不看,说走就走,说停就停,像个木偶一样。他们相安无事地来到了二楼的人事科,见到了于东山。

于东山打发走胖墩儿和瘦高条,笑着迎接了他。

"你们看小张,这样子像不像国民党的残兵败将?"他在他肩头上轻轻地拍了一下，尘土顿时飞扬起来，"小刘，快给小张拿条湿毛巾，看这身土。"

他想用尘土彰显自己的事迹，现在终于有人发现了，泪水濡湿了他的双眼。

上次谈话后，这是张昆仑再次正经八百见到于东山。他不明白，保卫科为啥把他交给他？他又为啥对他忽然变得如此客气得像亲人？而让他更不明白的是，二丫居然也在这里，此时正斜歪在沙发里大模大样地看着他，那眯成一条缝的小眼睛像月牙一样弯起，随微微上挑的眉毛释放出阵阵撩人的秋波。去他妈的，这不是在挑衅吗！

"坐坐坐。"小刘拧出一条湿毛巾递给张昆仑，一连声地把他往自己的位置上让，"哎呀，这是大水冲了龙王庙——一家人不认一家人啦！胜利，你知道她是谁吗？"

于东山对小刘摆摆手，不让他继续往下说。

"这是咱姐。"小刘指了一下于东山，又指了一下二丫，先把他们联系了起来，后又来回指指张昆仑和自己，把他和张昆仑又联系了起来，接着又用一个神秘的微笑和一个上扬下巴的组合，提示张昆仑：明白了吗？

这样的表达方式虽然不够清晰，但并不妨碍张昆仑弄清楚这里面存在的特殊关系。他看了眼于东山，又看了眼二丫，做出一个夸张得恍然大悟的表情，两眼放光地说道："这真是大水冲了龙王庙——一家人不认一家人了？姐，对不住啦！"能攀上于东山，受点儿委屈又算啥。

"小刘，怎么样，我说我看人不会差吧？"于东山两眼放光，看看小刘又看看张昆仑，"坐，坐，小张，坐下来说话。"于东山向他摆摆手，示意他坐下，"谢谢你呀，小张，你帮我解决了一个多少年想解决而没有解决的大问题。绿化队库管的问题由来已久，这个账目不清、开支混乱的问题就像一个顽疾，下再猛的药、动多大的手术都没办法解决。为什么把二丫调离，就是这个原因。你不知道我私下里说了她多少次，她姐，哦，就是你嫂子，也没少帮我说她，可有什么用？天生的不是这块料。"

"好了姐夫，你们把我调走，我还能不知道是咋回事？都别把人当傻子了，谁还不知道谁心里都想点儿啥。"二丫皱着眉头噘着嘴，很不高兴地插嘴道。

"你们看，你们看，她倒有理啦！"于东山合抱双臂坐直了身子，"你这么有理，好吧，你现在就回去把你的账目弄清楚，理直气壮地把库房钥匙交给小张，不然，你就到财务科把缺失的东西算个价，自个把钱交了。你不要不高兴，我还不想管呢！"

"不管就不管。"

二丫气鼓鼓地从椅子上站了起来，拎起提包就要离开。小刘紧忙拉住她，一边往回劝，一边唠唠叨叨说不停："姐，姐，你听我说，于科长说这些还不是为了你好，这道理我恁笨都听得明白了，你咋就听不明白呢？你再看胜利，头上挂着彩，身上一身土，你最起码也说句安慰话，让人家心里好受一点儿吧，你说是不是？"

"说啥安慰话？谁让他想找我的事嘞！"二丫瞄一眼张昆仑，扑哧一声笑起来，"你说就你这小身板，发起脾气来还怪吓人嘞！那一棍子要是让我挨上了，你说会是啥结果？哼哼，到时候有你好果子吃。"

"那不是不知道你是俺姐嘛！"张昆仑也站起身，赔着笑脸说道。

二丫娇气地哼了一声，又坐回到沙发里。

"好，这样一说都明白了。"小刘这时说道，"胜利，下来咋办就不用我再说了吧？"

"这还说啥嘞！"张昆仑看看一脸木然的于东山，心里热浪翻滚，"都是自己人嘛！"

"现在知道是自己人了，你凶起来的时候可不像自己人。姐夫，你不知道，他还拿斧子要劈我呢！"

"我那是冲二孬的。"

"冲谁也不行！这样冲动跟你现在的身份可不相符。"于东山严肃地说道。

几个人正在说笑，这时，屋门弹簧一响，保卫科科长拎着一个文件袋，拉着大长脸，推门走了进来。

5

下午刚上班，电工班就接到一个紧急抢修任务，全班人马出动，半小时前才完工，田艳丽刚回到休息室，她家老三就急慌慌地跑来找她，告诉她，张昆仑被保卫科抓走了，听说还受了伤。田艳丽一听，不问三七二十一，扔下工具包就和老三一起直奔办公楼这边来找他，连身上那身油乎乎的工作服都没有来得及换。

在人事科，贾长福支走二丫后，便没头没脑地对张昆仑好一顿训斥，什么流氓作风啊，什么泼皮无赖啊，什么犯罪分子啊……这他妈都算啥事儿吧？什么罪名都敢往头上扣。我他妈一心为公倒是错了，他们贪赃枉法倒是对的，这还有点王法没有啦？还他妈给布置了家庭作业，让回家写检讨，我他妈给你写个屁！张昆仑一肚子不服气、一肚子委屈地从办公楼里出来，迎面正好碰见来找他的田艳丽。

"你来这儿干啥？"他皱着眉头，没好气地说道。

境遇的改变、膨胀的心态、重塑自我的决心、大丈夫当自强的狂妄，以及刚刚遭受的强烈的挫折感，此时此刻都混杂在一起，转为了一种情绪。他上下左右转着圈儿地在田艳丽那身工作服上瞅，就像在那上面发现了什么碍眼的东西一样。

"你这是咋啦？"

田艳丽看到他头上打着白补丁，身上又是血渍又是土，脸上却还挂着要找碴儿的神态，真是又好气又好笑。如果不是心里惦记着他，她真想转身就走人；如果不是在办公楼门口给他留着面子，她当即就会收拾他。

"没事。你别来给我凑热闹。"

"我怎么是来凑热闹？"

田艳丽上前帮他拍打身上的尘土，张昆仑却将身子趔向一边。"我跟你说了，不要在这儿凑热闹！"他几乎是吼着对田艳丽说，然后左右瞅了瞅。

"张胜利，你啥意思？有什么想法你现在就说出来，别阴一套阳一套地耍样子给人看，我告诉你——"田艳丽看看旁边经过的行人，压着怒火，把到嘴边的难听话都咽了回去，"好啦好啦，你好自为之吧！老三，走，咱们走。"

"我怎么阴一套阳一套啦？你有话也跟我说明白。"张昆仑已然有些气馁，但为了面子，他还是硬邦邦地回答。

124

"张胜利，我是真的不想再说你了。"田艳丽气得不怒反笑，"算你厉害，咱们晚上见面再说。"

"晚上没空。"

"这由不得你。"

田艳丽正想再和他理论两句，这时，小刘手里拿了一个文件袋从办公楼里小跑着赶了过来："胜利，正好，我找你有话说。"他见田艳丽也在，便和她打了招呼，然后就像发现了什么似的，指着他俩问道："你们？"

"咋啦，不可以？"田艳丽瞥了刘干事一眼，说道。

"可以可以，怎么能不可以呢！"小刘笑着说，"一个青年才俊，一个女中豪杰，天造地设的一对嘛！"

"好了，你别拿我们开玩笑了，给我说说，他的事儿大不大？"

"他的事呀——"刘干事卖了个关子，"本来不大，但是，现在就不好说了。"

"为啥？"

"为啥，让胜利下来给你说吧。"小刘一副公事公办的架势。

田艳丽心里很着急，但也觉得在这儿打嘴仗毫无意义，便对小刘客气地笑了笑，吩咐张昆仑事情办完后去找她，说完，就和老三一起走了。

"你呀，胜利，让我咋说你好呢！"小刘看着她们走远，转回头便对张昆仑说道，将文件袋在手上掂了掂，似乎很不情愿地交给了张昆仑，"你看看这是什么？怎么能把这种东西放在办公桌里呢？"

张昆仑狐疑地解开袋口上缠绕的白线，只往袋子里看了一眼，脑子里便嗡的一声，仿佛被熬干了脑浆，空洞得知觉错乱：楼房在倾斜，阳光失去了颜色，小刘直视着他的面孔就像被黑板擦擦过一样，看上去凌乱不堪；嗡嗡的机器声忽然间都消失得干干净净，周围寂静得只有耳朵里的蜂鸣声。袋子里仅放有一本红色塑料封皮的笔记本，张昆仑认识那笔记本，知道那意味着什么。

"这是你的东西吧？"小刘警惕地盯着文件袋，问道。

"这？"

"你不会说这不是你的东西吧？"

"这怎么会——"

张昆仑恢复知觉后的第一反应竟然是根本行不通的赖账念头。

"好吧，既然不是你的，就把它交给我吧。"

小刘似乎早就预料到他会这样，伸手要收回那袋子。

张昆仑犹豫一下，竟把文件袋揣进了怀里，之后背到了身后，之后又揣进了怀里，来来回回，就觉得放到哪儿都不合适。"哎，领导，给我说说，这到底是咋回事嘛？"求人的语气，脸上却是一副泼皮无赖的样子。

"胜利，我看你是聪明过头啦！你就等着刀架在脖子上的时候再老实交代吧！"小刘十分厌恶张昆仑那副自作聪明的样子，向后退了一步，想离他远一些，"我也不难为你，把东西交给我，保卫科那边还等我回话呢。"

"你看，咱们兄弟……"

"我没时间跟你在这儿瞎扯，你想把东西留着也可以，保卫科那边你去说一声，只要人家那边没意见，我肯定也没意见。你好自为之吧！"小刘说着就要回去，张昆仑赶忙拦住了他。

"领导，你别急着走嘛，你看，唉！"张昆仑已经乱了分寸，"东西确实是我的，锁在抽屉里的，咋就跑到他们手里去了？"

"怎么到他们手里去的你别问，就说这件事的后果你知道有多严重吗？"刘干事交叉双臂抱在胸前，严肃地看着张昆仑，"传播、制作淫秽制品，你知道是怎样定罪的吗？判处一年以上五年以下有期徒刑。人家保卫科科长亲自出马来我们人事科干吗？就是来核对笔迹的。我问你，那配图是不是你画的？好嘛，那东西都敢画上去，这还没正式调你到宣传科呢，这要真把你调上来，不知道要闹出多大事来嘞。"

"是是是，咳，不是，那也没画什么嘛。"

"画没画，我不管。但今天这事也多亏了我们科长，如果不是他拦了下来，恐怕你现在就已经让派出所给带走啦。"

"于科长——"

"具体的就不给你说了。"小刘要回文件袋，"现在，态度很重要，要任何小聪明都可能害了你。东西我还拿回去，怎么处理，等领导的决定。"

126

分手时跟小刘说了什么，怎样回到绿化队门口转悠了一圈，又怎样去田家找的田艳丽，就像梦游一样，任他自己也记不清楚。但在绿化队门口，面对紧锁的大铁门，在裤腰上划拉寻找那串象征着他的权力和地位的钥匙时，心里一个灵醒就想了起来，离开仓库时竟然忘了给抽屉上锁，钥匙连带挂锁一并放了抽屉里，也就是说，自己走后，有人动了他的抽屉。那么是谁动了呢？是老顾？是保卫科的人？还是其他的什么人？他想到了所有的人，就是没有想到王二孬。夕阳照着他，把他的影子投在锈迹斑斑的大铁门上，怪怪的，仿佛趴在上面偷窥的鬼影。他抽动一下鼻子，发现那闹了他快二十天的鼻炎竟然意外地痊愈了。他来到厂外，来到街上，漫无目的地向着远离厂子的古城大街走去。小贩的叫卖声，烩面铺子的吆喝声，音响商店的高音喇叭声，曾经那么熟悉的声音，此刻，对他来说都仿佛来自另外一个世界，陌生、遥远、令人厌烦。他期望在这条繁华的大街上来一场偶遇：在某个即将点亮的霓虹灯下，和小美相遇，听他把心事倾诉。他都没有弄明白，为什么想起了小美，为什么想起对她倾诉，因为陌生吗？他不停地走着，不问方向，但如同灌铅的双腿却把他带入一条昏暗的巷子，以及巷子另一头的护城河和护城河边的那片小树林。田艳丽闪过他的脑际，但很快就消失了，因为他现在还不想见她，因为他想在她面前保持一份那种他也说不清楚的自尊。他就这样走着，心里一团乱麻，在护城河边，他停了下来。隔河远眺，机械厂的烟囱黑黢黢地矗立在远天一抹熹微的亮光中，其中那个最细的、最矮的、有些弯曲的铁皮烟囱是他最熟悉的，因为那是翻砂车间的烟囱。它曾让他仰望过，也曾让他厌恶过。他的少年因为它的存在而万分骄傲，他的青年因它而痛苦万分，现在终于从那里走出来了，有了一份体面的工作。虽然距他的目标还有一定的距离，但那却是一个开始，一个未来和希望的开始。然而，这未来和希望却要……他不敢多想，或许就在明天，他就会被贴上"流氓"的标签。这时，一个女人的笑声在身后响起，他回头看了看，是对恋人，紧紧地依偎着，并未回避他投以的羡慕的眼神。田艳丽再次浮现在眼前。

　　路灯点亮的时候，张昆仑敲响了田家的房门。这样大的事情，他没有指望田艳丽能帮他什么忙，他只是想来看看她，和她说几句话，排解一下心中的郁闷，或者也是想让自己变得更加疲惫，以便能安稳地睡上一觉。老三给他开的门："哥，你去哪儿了？我姐去找你去了。"她拉着神情麻木的张昆仑，对里间屋喊道："二姐，你去找找大姐，让她赶紧回来。"

"我没空，你让老四去吧。"有一会儿，才听得田美人在里面懒洋洋地说道，接着屋门也关上了。

"自私！"老三愤愤地说道，"除了自己，她谁都不管。"

"我管谁？谁管我？"田美人拉开了屋门，看也没看张昆仑，便对老三喊道，"明天就要考试了，你管我了吗？考不上了，你负责吗？大道理说得都好听，先放到自己身上用用呀！"田美人面目清秀，脸上架着一副透明塑料框近视眼镜，看上去文文弱弱，但嗓门却不弱于老三。这时，老四从另一间屋里跑了出来，看了他们一眼，啥也没说，撒丫子跑了出去。

"你先去胜利哥家看一看，大姐可能在那边。"老三撵到门口，对老四背影喊道。

田美人又从里面关上了屋门。

张昆仑本来也就可来可不来，更何况还有一肚子心事，他苦笑了一下，没有吭声便出了屋门。正在给他倒水的老三看见了，赶忙撵了出来。

"哥，你别急着走，我还有要紧事对你说。"

"啥事？"张昆仑领教过老三的包打听水平，他停下来，瞅着老三问道。

"等俺姐回来了我再跟你说。"

张昆仑想了想，也想不出会有什么事情，犹犹豫豫地就想离开。

老三恐怕他跑了似的，紧跟在他的旁边："好吧，我告诉你，你可不能急。刚才听我们院里的大红说，王二妮到处跟人说你抽屉里放了本画满光屁股女人的红皮本子，还有……哎呀，我实在没法跟你学了，就是那个，说得可难听啦！"

张昆仑的脸顿时红到了脖子根上。这是他最担心的事情，等于一下子就把他的名声毁掉了，不要说还能不能进宣传科、能不能转正，单是在机械厂这里里外外就没法抬头见人。他瞪着空洞的眼睛，茫然无措地大口喘了几口气，突然对老三说："走，我们回去。"

"回去干啥?"

"把家里菜刀给我,我去劈了那个王二孬。"

"哥,你可不敢胡来啊!"老三拦在张昆仑前面,"俺姐一会儿就回来,你等等她,看她有没有办法,好不好?"

田妈妈在厨房里做饭,隔着窗子听到他们的对话,觉察不对,这时也慌慌张张地跑出来,她虽然还不是很明白他们说的事情,但这样在外面叽叽喳喳的,让邻居们听到了,怎么说都不好。她二话不说,拽着张昆仑就往屋去,任张昆仑找了多少借口、胡说八道了些什么都不行。过了十几分钟,田妈妈还在叨叨,让张昆仑不要冲动,不要和那个傻子一般见识,跟他生气就是跟自己过不去。这时,老四推门跑了进来,她瞅了眼张昆仑,什么也没说便钻进了屋里。接着,田艳丽出现在了门口。

6

无缘无故地被张昆仑抢白了一顿,让田艳丽很是窝火。她带着一肚子气回到电工班,收拾了东西,换了衣服,刚把柜子锁上,就看见徒弟小崔气喘吁吁地跑了回来。小崔本来已经下班走了,可到厂门口就听说了张昆仑的事情,便折返了回来向她汇报。按照小崔的说法,田艳丽觉得也没有什么大不了的事情:为了维护公家的利益,做过了头,充其量给个记过处分,而且真要给这个处分,我田艳丽就第一个不同意,和坏人坏事做斗争,有什么不对?这些挖社会主义墙脚的蛀虫,有一个就得铲除一个,决不能手软。胜利做得对。我倒要看看保卫科这碗水能不能端平。惹得老娘不高兴了,谁都别想过得去。只是,二丫这个人还从来没有接触过,不知道是个什么货色。她心里说,不管结果如何,这货决不能轻易放过。但问题来了,就这样一个事,你张胜利也不至于对我发脾气吧,明摆着是没事找事嘛!不行,我得去找他,和他当面说清楚。田艳丽回到家里给老三吩咐了两句,就去张昆仑家找张昆仑了。她抱定了等到天亮也要把他找到的决心,推开了张昆仑的家门。

张昆仑家的房子和她家的房子属于同一种户型,都是外廊式筒子楼,都是两室一厅带厨房、卫生间,一个在东院,一个在西院,一个在二楼,一个在一楼。张妈妈在客厅里正耷拉着脸坐在屋子当间,对着地上一大木盆脏衣服发牢骚，抬头看到田艳丽进来，立刻换了一副笑脸，站起身，在围裙上擦干沾满肥皂泡的手，拉着田艳丽坐在了自己的凳子上，而后又去搬来一个小凳坐在了田艳丽的旁边，嘘寒问暖，那热乎劲儿就像是看到了久别的亲人。张妈妈和田妈妈是老熟人，从小瞅着田艳丽长大，对她的人品、能耐一清二楚。她早就是她心目中的儿媳妇了。她才不看长相呢，她只看对方家境是否宽绰，人是否能干，是否能帮她操持家务，至于其他的，她连想都不去想，就目前自家的条件，田艳丽无疑是唯一的最佳人选。春节的时候去串门，田妈妈表了态，只要自家老大愿意这门亲事，彩礼免了。张妈妈发愁的就是这个，老头子卧病在床好多年，家底有限，家里又是一顺四个光头，将来哪一个娶媳妇不得花上一大笔钱。她想起这些事就愁得想找一根绳子套脖子上死了算了。现在省了一笔钱不说，单这人也没啥好说的。反过来，她倒担心起自己的儿子了，怕他认不清形势，头脑膨胀，看不上田家的大闺女。她常常敲打她的大儿子"要识相，过了这个村可就没了这个店"，让他好自为之。

田艳丽帮张妈妈洗完了两大盆的衣物，张昆仑还没有露面，派出去找人的张家老二也从外面跑回来报信，厂里厂外找遍了，根本没有他的影子。张妈妈不好意思地在围裙上擦着手，紧着能说明白的理由帮儿子解释，什么到了新岗位忙呀，什么朋友多呀——多一个朋友多一条路。田艳丽明白张妈妈的好意，张妈妈怎么说就怎么点头。她去里间屋给卧病在床的张铁栓道别后，听着他一连串空洞的咳嗽声和对儿子的咒骂声来到门口时，田家老四忽然出现在了面前，只说了一句"胜利哥在家里等你"，便跑下了楼，站在路上，瞪着眼睛等她。

"阿姨，星期天我再过来。"田艳丽回头往屋里看了看，俯身在张妈妈的耳朵旁，轻声说，"我过来帮你把屋里打扫一下，叔叔那屋里，都有味儿了……"

"唉，我也知道，"张妈妈身子往后一仰，不以为意地苦笑一下，"一天到晚，一分钟也没有闲着，可这家里的活儿就没有干完过。唉，要是生个你这样的闺女就好了，至少也给我分担一些。"

"看您说的，我不就是您的闺女嘛！"田艳丽领会了张妈妈的意思，"我先回去，星期天再过来。"

张妈妈坚持把田艳丽送到楼下，千叮咛万嘱咐，有啥事千万不要跟胜利那小子一般见识，才依依不舍地瞅着田艳丽和田家老四离去，直到消失在一个瞎了灯泡的路灯下。

"说吧，惹上啥事儿啦？"

路上，田艳丽已经在老四的嘴里或多或少地了解了一些家里的情况，所以看到张昆仑坐在小板凳上垂头丧气、沉默不语的样子也没感到奇怪，对比着下午那个气势汹汹的张昆仑，她真是又好气又好笑，真想狠狠地拧他一把，一去心头的恨意。但她还是忍住了，双手插在裤兜里站在了他面前。

"咱们出去说吧。"张昆仑慢腾腾地站起身，头也不抬地说道。

"出去？家里不能说？"田艳丽有意拿出一副不在乎的样子。

"姐，咱们还是出去说吧。"老三拉了拉田艳丽的衣服袖子，"有要紧的事。"

"你这妮子，有啥话在家里说不行吗，干吗要出去说？"田妈妈瞥一眼老三，说道，她怕张昆仑再冲动了。

"你忙你的吧，甭来这里掺和。"田艳丽不理解她的好意，没好气地说道。接着又对老三和张昆仑说："走，咱们出去。"

"有啥话好好说啊！"田妈妈跟到门口，忍不住絮叨道。

"肯定没干什么好事。"田美人悄没声地出现在田妈妈的身后，往外张望着，悄声嘟囔道。田妈妈专心致志地看着他们的背影，揣摩着事情，没防备身后有人，被吓得浑身一激灵，手里的土豆差点儿掉到地上。

在楼头昏暗的僻静处，张昆仑在田艳丽的询问下，把事情粗略地讲了一遍。但他隐瞒了红笔记本的事情，他感到难以启齿。

"就这些？"田艳丽狐疑地问道。

"别的不算啥。"张昆仑嗫嚅着应付道。

"如果就是这些，那你摆出这副失魂落魄的样子干啥？不信他们就敢欺负人到这种程度。"田艳丽双手掐腰道。

"哥，都到这时候了你还这样。"这时老三插嘴进来，"红笔记本的事情是大事，你倒是跟俺姐说说呀。"她等了片刻，便把王二孬四处散播的那些话说给了田艳丽。

"王二孬说的是真的吗?"

"嗯。"

"到底是不是真的?"

"是。"

"红笔记本?"田艳丽瞪眼看着张昆仑,"是你生日的时候我送你的那本吗?"

张昆仑点了点头。

"你呀!"田艳丽气得抬手拧住他的脸,却没有下手,"王二孬那小子是怎么发现的?"她把手放了下来,掐在了腰上。

"我也说不清楚,好像……应该……"张昆仑仍旧吞吞吐吐。

"你说不说?不说我就不管了。"

"当时很乱,有可能……可能没有锁抽屉,我走后被那小子给翻了出来。但他傻不拉叽的,根本想不起来往保卫科交——背后一定有人主使。"话开了头,也就没什么顾忌了,张昆仑便把自己的猜测和实际情况,竹筒倒豆子样都说了出来。最后他说:"我刚才想了想,现在最主要的是东西还在于东山手里,只要东西在他们手里握着,我就是一块儿肉,随时等着宰割,所以把东西弄回来销毁了才是当务之急。"他越说越起劲儿,就像是给别人出谋划策似的,"关键是,这事还归保卫科管,两头哪一头都不好办,那个贾长福,简直就是个混蛋,说不上两句话就想拍桌子——"

"什么东西,"田艳丽气得瞪他一眼,抢白道,"那叫罪证。"

张昆仑又低下了头。

三个人都沉默了下来。张昆仑虽然说得头头是道,但要拿主意时却又没话可说了,好像忽然就失语了。田艳丽觉得张昆仑说得没有错,可说得没错是一回事,实施起来又是另一回事,总不能去人事科把东西偷出来吧。她急得直挠头,半天也没有蹦出一句话来。老三看看这个瞧瞧那个,也是干着急,没有一点儿办法。正在这时,田艳丽看见顾阿成忽然出现在邻近的路灯下面,迈着一向高傲、富有弹性的小碎步急匆匆地朝他们这边走来,低着头,不和任何人打招呼。田艳丽脑子一转,迎了上去。

他们两家住一个院儿，平时常有来往，关系还算紧密。

"哎哟，侬要吓死我嘞！"顾阿成被从黑影里跳出来的田艳丽吓得向一旁让出去好几步，揉着胸口，仿佛突然得了心脏病，平静了好一会儿才似恢复了过来，但之后就像是想起来了什么，左右张望了两眼，做了一个手势，叫田艳丽跟他一起往路边黑影处靠，这时张昆仑也迎了过来，"哎，这不是胜利嘛！正好，正好，我正要让小田去找你嘞。"

"找我？"张昆仑故作镇静地说道，"啥事？"

"你还问我啥事？"顾阿成不可思议地在张昆仑身上上下看了两眼，然后夸张地做出一个明白了的样子，摆摆手，"哎哟，看上去侬已经没有什么事情嘞！没有事情就好，阿拉恰好也不愿意多管，这样多好嘞！"说罢，转过身，装着就要走的样子，田艳丽慌忙拉住了他，脸上笑容可掬。

顾阿成是20世纪50年代由上海支援建设的老技工，地地道道的上海人，本职是机械师，后来在一场颇为怪异的事故中被机床挤掉了三根手指，不得不离开了岗位。厂里照顾他，让他到绿化队当队长。他的性格特点是讲原则，但胆小怕事。他是个对生活十分讲究的人，是机械厂唯一一个穿翻脚裤配三节头皮鞋的男人，也是唯一的两周理一次发并享受全套服务的男人，而且是在新区最高档的老字号"上海理发店"。他是老上海的形象代表。他和他老婆顾阿姨是机械厂公认的模范夫妻。他刚刚就着红烧狮子头喝了二两老酒，心情却极不轻松，因为他刚刚将下午发生在绿化队的事情和顾阿姨做了交流，也提到了那个红本子和红本子上的内容，本来是当笑话讲的，没想到却讲出了问题。

他把红本子交到保卫科科长贾长福手里的时候就隐约有种说不出来的感觉，觉得这件事要给他带来麻烦，但形势所迫，交与不交也不是他能左右得了的，而且他也怕引火烧身，弄不好惹得自己一身臊。从自身角度考虑，他认为他应该这样做；从朋友角度考虑，他认为这样做也纯粹是不得已。

贾长福，当年的民兵小分队小队长，威震四方的神枪手，双枪齐发，弹弹中靶。他的威名保证了机械厂的治安稳定。他怒目圆睁，面对的好像不是一本书，而是犯罪分子。

"这上面画的都是什么？"贾长福将红本子撂在桌子上，有一会儿才问道，"什么乱七八糟的。"

"看不懂啊?"顾阿成和贾长福来往密切，顾阿成喜欢听贾长福讲"想当年"，贾长福喜欢顾阿成他们家的红烧大肘子，他们每隔一周就会喝顿酒，他们的关系无须遮遮掩掩。顾阿成单等着贾长福有这一问，他诡异地浅浅一笑，不无逞能地说道："侬看他写的什么，画的就是什么。"

贾长福又拿起红本子，随意翻到一页，盯着看了片刻，双眼顿时燃起火花。他狠狠地拉开抽屉，狠狠地把那红本子摔在里面，又狠狠地合上抽屉，当他转而用冷峻的目光扫向顾阿成时，顾阿成竟然打了个寒战。

"侬不要这样看我，不关我的事嘞!"顾阿成往后退了一步，猛地挺起胸膛，说道。

"嗯，"贾长福点点头，"老顾，你是什么人，我能不知道?"

顾阿姨也听说了绿化队发生的事情，晚饭特意烧了几道好菜、开了一瓶剑南春给老头子压惊。顾阿成两杯酒下肚，来了情绪，叹口气，仿佛受了极大委屈似的，可开口讲的却是红本子里面的事情，把顾阿姨讲得眼睛迷离、面色红润，忍不住也给自己倒了一杯酒陪着老头子喝。两人喝着说着，说着喝着，顾阿姨忽然就觉得哪里不对劲儿了，猛地把手捂在心口上。"老顾，我们惹上事情嘞!完啦完啦，胜利这下子可要被你害惨嘞!我们也要被你害惨嘞!"她紧张地拍着胸口，好像喘不上气似的，"得罪了胜利，就得罪了田艳丽，得罪了她，就等于得罪了田妈妈他们一家。我们住在一起，今后还怎么见面?不见面倒也没什么大不了，可你想到没有，老张家的那四个光头儿子，哪一个我们能惹得起?将来……"她紧张地站了起来。

不用顾阿姨说出来，顾阿成就已经开始想到以后:以后给家里扔黑砖怎么办?对自己下黑手怎么办?孩子们回来了……昏了头嘞!昏了头嘞!

"都是这个王二孬，娘希匹，不是这个傻小子哪会有今天的事情。"顾阿成不无懊恼地骂道。

下午，张昆仑让保卫科的人带走后，顾阿成带人打扫完仓库，才洗了手，王二孬就一蹦三跳地跑到了跟前，那高兴劲儿，就像刚刚吃了两个肉包子，嘴角上挂着亮闪闪的哈喇子。他手里晃着一个红本子。顾阿成还没有明白过来是怎么回事，红本子就落在了他手上。王二孬追着问他那上面究竟写的啥东西、画的啥东西，他说他咋看都觉得不地道。文字不用说，看一眼便明白，而且显而易见是张胜利的笔迹，但那画却让他费了劲，最后对比着文字慢慢看，慢慢琢磨，恍然就明白是怎么回事了，他忍不住脱口就骂了娘，你要画什么就画什么，干吗弄得人不人鬼不鬼，害得我老顾差点儿就当鬼符看。他忍不住又认真地多看了好几页。但千不该万不该，不该逗王二孬玩儿，有问有答，告诉他画的净是光屁股女人，还跟他比画着教他怎么看；千不该万不该，不该把王二孬这个不正常的傻瓜当成自己人。王二孬不识字，让他看一辈子也看不出那画的是啥东西，说到底，毛病还是在自己这儿。

"光屁股女人？对，是光屁股女人！"

王二孬直勾勾的小眼睛眨巴了一两下，呼隆咕咚地就联想到了二丫又白又胖的身子，史老歪精瘦没肉的黑屁股，两响炮蹲坑带屎橛子的屁股尖，联想到了屋倒楼塌，他像发现了新大陆，兴奋得大喊起来。他的喊声招来了在瓦砾堆里寻找宝物的史老歪，招来了两个来搞调查处理后事的保卫员，惊起大杨树上叽叽喳喳交头接耳热闹异常的一群小麻雀。

史老歪歪吊起来的目光，王二孬兴奋好奇放着精光的小眼睛，保卫员如同发现敌情而忽然警惕起来的眼神，一下子都固定在顾阿成身上，在他脸上、手上和红本子之间游走。顾阿成心里咯噔了一下，蓦然发现，自己其实已经身处狼群包围之中。

千幸万幸，史老歪要看红本子被自己坚决地挡了回去。

"二孬，你说，你是不是在胡说？"

一向对自己恭敬顺从的王二孬，竟然用一个含意明确的坏笑报答了他。他对王二孬从小到大等同于干爹一样关照，王二孬竟然忤逆他的用意，毫不含糊地说自己看得真切，一丁点儿也没有胡说，甚至还想动手抢走红本子。多亏了那两位保卫员，多亏了自己灵活机智地喊出"有问题到保卫科解决"，多亏了自己死死地握住那红本子没有叫王二孬抢走，不然，现在的局面怕是已经一锅粥了。王二孬啊王二孬，行，你行，我看你以后还能在我顾阿成这里弄到一个小糖豆！

贾长福的眼神令他惶惑不安。不过，他也替张昆仑说了很多好话，希望贾长福庇护他。贾长福也表示可以想办法帮他这个忙，不看他顾阿成的面子也要看他家红烧大肘子的面子。

"老顾，你说说话呀！我的心脏就快受不了嘞。"顾阿姨看着一声不吭只顾想心事的老头子，不免有些着急。

"其实这件事也不能怪我们。"顾阿成逐渐理清了思路，"第一，胜利不应当把那腌臜东西带到单位来，带来是他的错，又不是我们的错。第二，带到单位来也应当保管好，不能让别人看见了，而且看见的也不是我们。第三，阿拉把那东西交到保卫科也是帮不了他的事情，史老歪、王二孬还有两个保卫员都在场，哎哟，那几个家伙哪一个都不好惹。包庇他，阿拉也没那本事嘞。但是他会怪我们，会怪我们没有认真帮他。这个张胜利脑袋瓜子里奸诈得很嘞，阿拉晓得的。"他隐瞒了他点透王二孬的那段情节，他可不想让顾阿姨小瞧了去。

"是是是，侬讲得太对了，我担心的就是这一条。"顾阿姨坐到他对面，握住了他的手，"侬好好想想办法嘞，不能让他们怪到我们头上来。"

顾阿成骄傲地抽出手，在顾阿姨脸上轻轻地拧了一把。"这件事阿拉老顾有办法。"他站起身，笃定地说道，"我这就去找那个王八蛋张胜利，给他透露点儿消息。至于能不能帮上忙，那就是他自己的事情嘞，反正将来不怪我们，就可以啦。"

顾阿姨面带潮红，也站了起来："行，你赶紧去，我在家里等你。"

没想到出来就碰见了田艳丽，又见到了张胜利。

"顾叔叔，胜利是跟你开玩笑嘞！"田艳丽学着顾阿成的口气，"别理他，有啥事你跟我说。"

"就是嘛！"顾阿成又看了看左右，叫上他们到了黑影处，"胜利你要向小田多学学，不然吃了亏还不知道是咋回事嘞。"

……

蓦然，张昆仑瞪大了眼睛，他看到了出路。

7

按照顾阿成提供的地址，张昆仑带着犹豫、带着对贾长福的惧怕、带着从田艳丽家里拿的两瓶五粮液，硬着头皮摸到位于古城区西街上的贾长福家里。此时已经是晚上九点钟，贾长福刚刚在外面喝过酒回来，看到张昆仑上门，似乎并未感到意外。他皮笑肉不笑地把张昆仑让进大门，穿过一段漆黑狭窄的小院，来到一间二十平方米左右带套间的屋子里。屋里很暗，一只带灯罩的十五瓦灯泡仅能照亮应门摆放的一对单人沙发和茶几，以及范围有限的一片水泥地。张昆仑对此情景天然有种亲切感，他看着四壁隐在暗影里的家具、晃动的人影，原本跳得厉害的心脏、僵硬麻木的两腿竟然不知不觉地正常自然了起来，甚至放下礼物后，一只手还插进了裤兜里。与保卫科那六根雪亮的六十瓦灯管相比，他更适应这样的光线，更适应这光线营造出的氛围。直到贾长福穿着拖鞋的大脚拦腰踩在他的影子上，他才意识到自己或许过于放松了，于是，慌忙抽出手，弯下腰，听从贾长福的安排，坐在左手的沙发里，头耷拉在了怀里。

一阵踢踢踏踏的脚步声过后，贾长福又出现在张昆仑面前，停顿了片刻，踱步到了右手的沙发里。沙发发出吱吱扭扭的声响，仿佛不堪重负似的。静下来时，张昆仑听到贾长福意味深长地嘘出一口长气，他没敢躲避扑面而来的那掺和了大蒜味儿的酒气，也没敢抬头看，等着贾长福开口说话。在等待中，他想到自己应该拿出点儿诚恳的态度，于是装出流泪的样子，用手在脸上抹拉，随即又加入两声干巴巴的抽泣。

"年轻人，哭什么，这有什么好哭的？敢做就要敢当嘛，男子汉大丈夫顶天立地，没有这点儿勇气，能行吗？"张昆仑的态度似乎融化了贾长福硬如磐石的心，他语重心长地说道，又起身为张昆仑倒了杯水，"我骂你，是恨铁不成钢。你说，现在多好的机会，领导器重你，把你从生产一线调上来，你却做出这种事情来。不说这事儿有多丢人，就说要是闹大了，你还能不能再待在厂部机关？公安局那边会轻易放过你？告诉你吧，这可是典型的流氓罪，弄得不好，坐两年牢都有可能。小张，后果很严重，知道吗？后果很严重！"

张昆仑仰面接过水杯哽咽着点点头，貌似很委屈，但他心里却已敞亮了许多，像这样把水盆说成是缸、把水缸说成是盆、又套近乎又装腔作势的人他见得多了，猛一看都怪怕人，其实打起交道来并不难，几滴眼泪、几句好听话、给点儿好处基本上都能打发。没想到他如此崇拜、如此敬仰的人竟然是这种人，早知道还拿什么五粮液，两瓶杜康酒不就得了。张昆仑心里扒拉着小算盘，懊恼着，嘴上却仍旧带着哭腔："叔，你看这事已经出来了，我也知道错了，下来该咋办呀？"

贾长福皱着眉头，瞟了眼茶几上的灰布袋子里装的礼品："这件事说大不大，说小不小，你不把它当回事了可能就是个大事，当回事了可能就是件小事，关键在你，关键看你的态度。你说你吧……"他像想起来了什么事情，在衣服口袋里翻来覆去地翻找，张昆仑猜想他是找烟吸，急忙从兜里掏出还剩半盒的三门峡香烟递过去："叔，我的烟老瞎，都不敢往外拿，不中，我现在出去买一盒？"哽咽声戛然而止。

"行啦，将就着吧。"贾长福没注意到张昆仑的变化，也没注意到他嘴角上悄悄挂上的一丝嘲讽，从皱巴巴的烟盒里掏出一支有些弯曲的烟卷，捋直了叼在嘴上，张昆仑不失时机地拿出不久前才弄到手的钢音防风打火机为他点上。打火机时髦的噼啪声引起了贾长福的兴趣，他要过打火机摆弄了几下，之后没有交给张昆仑，而是放在了茶几上。张昆仑猜测他喜欢上了这玩意儿，灵机一动，便用两根并拢的指头点在打火机上往前推出一点儿："叔，这是走私货，你喜欢就留着用吧。"说罢，猥琐地收回了手。

贾长福翻翻眼皮，也用两指按在打火机上，有一会儿，像是想起来了什么，轻轻一旋，打火机便转了起来，金色的金利来商标画出一个又一个闪烁的漂亮的光环，似在炫耀着什么。"酒，你拿回去，心意领了，但东西我不能收。"随着打火机的转动，贾长福貌似淡然却又严肃地说道，而后站起身去了套间，出来时手上多了一盒包装精美的万宝路，玻璃纸泛着一闪一闪的光亮。

"贾叔，你就跟我亲叔一样，我有什么不是你尽管说好了，我一定听，一定改。这两瓶酒算是我的一点儿小心意，算不得什么，拿来了就别让我拿回去了。"

临出门时，田艳丽千叮咛万嘱咐交代张昆仑无论如何也要把这两瓶酒送出去，她说东西送出去了就意味着事情办成了一半，送不出去就危险了。他觉得他还是没有看透贾长福，心里暗暗地拿了把劲儿。

万宝路划过一条闪亮的弧线，啪的一声落在茶几上，停在袋子旁边。

"小张，听说你前几年去西北贩过烟？"贾长福慢吞吞地迈着方步重又坐回沙发上，把万宝路又拿在手里，慢慢绕着圈儿撕开烟盒玻璃包装纸上的金线。金线在静电作用下吸附在了他的大拇指上，他看了看，甩了几下没有甩掉，他又看了看，给抹在了裤子上。他把每一个动作都拿捏在恰当、持重的节奏上，之后打了个酒嗝："其实我不喜欢吸国产烟，国产烟没劲儿。"

张昆仑刚上班那几年跟着宏魁贩过几趟走私烟，钱没挣到手，事情惹得不少，这事本来也不是什么秘密，但在此时，出自保卫科科长之口问起，还是令他陡然一惊，不知道他突然问起这事是为了什么："我……"

"别紧张，别紧张，我可不是查案的。"贾长福呵呵一笑，从烟盒里弹出两支香烟，自己抽出来一支，一支递给了张昆仑，"我是想让你帮我去弄两条这烟，烟摊上的价钱太高、太贵，已经快吸不起啦。"

"中，这事明天就能落实。"

"不慌，不慌，屋里还有两条呢。"贾长福在点烟时说道，打火机握在了手里。

"再多两条也没啥，备着嘛！"张昆仑觉得能为他办事便已经拉近了他们之间的关系了，至于是敲竹杠还是真的需要他帮忙，他连想也没敢想。"叔，没烟了你就跟我说，我给你包圆了。"他只想尽快把事情解决，扭转局面，根本没想到这句含糊其词、按常理谁也不会当真的场面上应付的话竟然成了他的包袱，成了事后贾长福掂对他的话把儿，以至于请他喝了两顿酒才算扯平。

"小张，心意我领了，但这些东西——"贾长福淡然一笑，用打火机敲敲酒袋子，"都拿走，我这人，违反原则的事情从来不做。"贾长福的面孔在昏暗的灯光照射下仿佛一张剪纸，棱角分明，呼应着他貌似刚正不阿的表述，令张昆仑不知所措。一只蚊子从张昆仑的眼前飞过，穿过烟雾，落在贾长福的额头上，张昆仑动动念头想帮他赶走，但又打消了。"我这人就是这个性格，不是因为太直了，还在这机械厂里当这个小科长？我就这点儿本事？去他妈的，也不知道是领导眼瞎了，还是我眼瞎了。"张昆仑听出贾长福在抒发怨气，但他却不知道其中的缘由，只好陪着他胡乱点头摇头，只是眼睛一刻也没有离开贾长福额头上的那只花脚蚊子。忽然，他看见贾长福猛地抬起眉头，脑门上沟壑凸凹，头皮叠摞，紧紧地锁住喝饱血欲要飞逃的蚊子的口器。

张昆仑目睹蚊子在贾长福额头上挣扎，肚腹如同注水的气球逐渐膨胀，及至血液飞溅，他仿佛听见了啪的一声破壁响。这样的场景闻所未闻，见所未见。张昆仑就像发现了什么神奇的物种，直勾勾地盯着那额头，盯着那尸体，盯着那鲜血慢慢地往下流淌。贾长福在张昆仑的眼神里觉察到了额头上的异样，挥手一抹，血液连同蚊子的尸体被抹得干干净净，就像抹掉一滴汗水一样，自然利落。此时，张昆仑想到田艳丽交代他的"东西一放就赶紧走"的话，站起身来。

"谢我？只要不恨我就中。我这人就这样，刀子嘴豆腐心，为了这张嘴也不知道得罪了多少人。没办法，生来就是这人，改不了喽！话就不多说了，我这儿你放心，绝不会给你出难题，但，于科长那边……"贾长福不紧不慢地把烟头按在插满烟头的烟缸里，也站起身，"有些事情吧，我真的不好跟你多说。"贾长福打了个哈欠，之后，好像想起来似的，弯腰拎起酒袋子塞到张昆仑怀里，挥出一个其情可待的手势，示意张昆仑可以走了。张昆仑犹豫了一下，便以大无畏的坚定态度，毫不拖泥带水地把袋子又放回茶几上，趔身往外快速跑去——他怕贾长福再把袋子拿给他。但贾长福似乎也没有了这个意思。

来到屋外，贾长福立定脚跟，捏着嗓门给他透露了一个重要信息：于科长要提拔了。

张昆仑眨眨眼睛，遗憾地说道："可是，于科长未必会帮我。叔，要是这次提拔的是你就好了。"

"你小子怎么这么笨呢！"贾长福在张昆仑肩膀上拍了一下，"好吧，我再给你提个醒。今天下午，你在他办公室里遇到了谁？二丫。二丫是谁？这你总明白了吧？不过你说的也没有错，如果这次提拔的是我而不是他，还用去找他吗？我就给你解决了。"

……

"这到底是个啥人呢？"张昆仑在田艳丽家门口见到等在外面的田艳丽，简要地把经过讲给了她，最后，不无感慨地说道，"管他啥人，只要把东西收了就行。"

田艳丽从张昆仑的耳朵上摘下那支未及吸上的万宝路香烟，看了看，随手就给扔掉了。她的认识很简单：他敢收东西，就会给办事。

"我怕他……"

"好啦，别怕，现在还不是怕的时候，下来得赶紧解决掉于东山。"田艳丽说罢，沉吟片刻，便转身返回了家里，再出来时怀里抱了两瓶酒，"家里就剩下这两瓶剑南春了，凑合着送去吧。"她在张昆仑身上上下搜寻了两遍，"袋子呢？"

"没拿回来。"

"你这人，送礼哪有送袋子的？"

田艳丽心疼起那袋子，新做的，第一次用就送了人。她白了张昆仑一眼又返回了家里。

田艳丽来来回回家里家外跑了两趟，引起了在客厅里看电视的田妈妈的注意，她狐疑地跟到厨房，掀起窗帘一角向外张望，但什么也没有看到，因为他们已经躲到了影暗处。路灯孤独地照在水泥地上，照着忽隐忽现的蛾子。

张昆仑接住酒袋子，挂在自行车把上，想走又停了下来。"艳丽，你对我这样好，我……"张昆仑心头一热，忍不住掉下了眼泪。田艳丽拍拍他的后背想安慰他，这时却想起来还不知道于东山的家在哪里，但张昆仑哽咽地说，贾科长已经告诉了他。田艳丽问要不要陪他一起去，他觉得这种事还是一个人去比较好，即便他也想叫田艳丽陪他，但他还是拒绝了她。基于在贾长福那里获得的经验，他认为自己能够独自办好这件事。田艳丽就喜欢他这能得不行的样子，于是便想亲他一口，刚刚往前凑近了一点儿，一阵急促的自行车铃声忽然在身后响起，接着又是一阵儿起哄的笑声："亲吧，亲吧，都看不见。"

田艳丽惊慌地松开了手。

"呸，二子，你个信球。"田艳丽朝着飞驰而去的骑车人，笑着骂道。

8

贾长福凭借不同于常人的结实发达的头皮肌撑死蚊子的故事让张昆仑神乎其神地讲述了一段时间以后，贾长福也听说了，他把张昆仑叫到保卫科，半开玩笑半认真地敲打他，不许再瞎胡说了。此时，史老歪的事情已经平息，张昆仑也调离了绿化队，他俩因为有许多性格上的共同点，彼此已然建立起了如同狐朋狗友般的关系，所以说起话来也比较随意。张昆仑说谁要是瞎说，天打五雷轰。他列举了事实。贾长福让他弄得没有办法，也只好半推半就地认同了，反正也不是什么坏话，除了说明自己神武，其他的也没有什么。

"说真的，蚊子就不惹我。"

"惹了必死，惹你干吗。"

"你又跟我扯淡了。"

"怎么是扯淡？这是真的。"

在张昆仑心里，贾长福已然降格为不过如此的人了。

这场危机贾长福带给张昆仑的经验是：在层次低于自己的人面前，始终都要保持距离，表现出强大、优越的一面，压其一头，令其臣服，即使其能为自己带来好处，且在讨好自己，也当如此，否则，必将为其小瞧，进而蹬鼻子上脸。在以后的职业生涯，以及社会生活中，张昆仑将此作为信条，运用得出神入化。

9

同样神武的张昆仑一棍子撂塌屋顶这事，也让机械厂人以惯常的方式传播了好一阵子才消停下来，但这"神武"被打了引号，因为那神武的对象是个女人，在女人面前耍威风算不得英雄，是狗熊，一个恬不知耻的狗熊！当然，也并非没人替张昆仑说公道话，说二丫膀大腰圆似母熊，论力气顶上俩小伙儿，一般人根本不是她的对手，说二丫脾气暴躁赛枪炮，一言不合便开干……"就那也是女人！"这事若轮到史老歪临场，他也会侧起身子，斜瞪起眼，扎出老公鸡准备打架的样子，咯咯嗒、咯咯嗒接上腔，那气势，就像他从来没有跟老婆小马扎一人一根擀面杖干过仗似的，就像他不认识二丫，没领教过她的厉害似的，就像他没有欺负过机械厂的大美人徐二姐似的——他心里必定是装置了两面镜子，一面是照别人的，一面是照自己的，照别人的陈旧污秽，照自己的崭新洁净，别人干净也是不干净，自己不干净也是干净。"老天爷看着

142

呢，要不房顶塌下来咋不砸别人专砸他呢？"就像老天爷从没有关照过他一样，史老歪掷地有声。于是，人们便嘿嘿地笑起来，笑他这道理讲得咋恁好。他也跟着笑，也觉得自己讲得咋恁好，句句都在理。

附　言

糟　毛　豆

顾阿姨那手带有明显异域特征的上海菜，备受机械厂人的推捧，特别是"糟毛豆"，更因其超乎寻常的味道而蒙上了一层神秘的色彩。顾阿成引以为骄傲，但他从来不就此多说一句话，好像真的就像他说的那样：只会吃，不会做。顾阿姨则表现得比较神秘，不论谁来询问烹饪方法，都回以甜美却不乏轻蔑的微笑，再加上一句："阿拉就是对你说了，侬也做不来。"直到田艳丽跟他们住了邻居，追着她刨根问底，这个谜底才被揭开，其实就是加入了一种从上海那边带回来的糟料。作为上海人，他们有这个便利，这相当于掌握了核心技术。

北方人不用糟料，做毛豆大多以五香为主。五香与糟香相比，当在伯仲之间，各有千秋，说不上谁比谁好到哪儿，对味儿了就好，不对味儿就差，仅此而已。但煮毛豆是有技巧的，就是水中要预先加入盐和油，不然毛豆发黄，口感也差。顾阿姨想必掌握了这个技巧，她做的毛豆翠绿可人，仿佛翡翠一般。别的机械厂的人到最后也没能掌握这项技术，但这也无妨，因为他们向来能够将就：不就是个下酒菜嘛，筷子头蘸盐尚可喝二两呢，黄一点儿、黑一点儿又算得了什么，吃到肚里，出来的还不都是一样。

红 本 子

二 大 爷

一九四二年，民国三十一年，黄河决口，二大爷出生在西去逃荒的路上。靠吃野菜、喝稀粥果腹的一家人无力养活他，走到后来成为机械厂的这地方，便把他交给了一对儿不会生养的开棺材铺子的老年夫妇。作为回馈，这对夫妇拿出家中口粮的一半送给了他的生父母一家，这相当于救了一家人的半条命。老年夫妇先前收养过一个男孩，不久前夭折，正待续养。他们接受了算命先生指引的"香续老二"的宿命，沿用了"老二"的排序。"二大爷"就是从这儿来的。

他读过私塾，上过高小，因为有文化被提前招工入厂，风光时，做到厂办文书的职位，后因除四害那年替麻雀喊冤，被打成坏分子下放到农场改造了七八年，又因"运动"期间替人写信忘记避讳被揭发出来，入狱五年，历尽磨难。落实政策恢复工作以后，赶上可以提前退休，他便让大儿子顶替接班，回家养老了。二大爷喜好书法，和高其昌是忘年交。

他住在东院东北角的那排老旧的特为苏联专家建的青砖红瓦的平房里，两通间带木地板的大房子，外带一个后院，冬暖夏凉，唯一缺憾就是没有卫生间，上厕所还得去门口对面的大公厕，所以每天早晨六点，他的身影便会出现在机械厂家属院的院子里。微微驼背的身影，呼吁带喘的咳嗽，仿佛时间里的符号，标注在那处角落里。

二大爷性情随和，机械厂上上下下没有合不来的人，若说有一个，那也只能是史老歪。当年，史老歪办他的案子，下了狠手，一根肋条骨断在他手上，差点儿就把命要了，但二大爷并未记仇，他这人就不会记仇，只是从来都懒得搭理他。

二大爷来厂里遛弯儿，最待见去绿化队，跟顾阿成说说话，给张昆仑讲一段旧城往事，他们都喜欢跟他侃大山。有次，他在外面经过，看到库房上的屋瓦凹下去了一片，便提醒顾阿成，让他赶紧维修，如何修都讲得清清楚楚，但顾阿成一笑置之，因为他不会修房子，二大爷讲的那些他压根儿就没听懂。再者也认为这房子的维修价值不大，能将就就将就，真的不行了，换成石棉瓦屋顶也是简单不过的事情，但差点儿闹出人命却是令顾阿成始料未及的。另外，据二大爷说，这间被当作库房的房子在解放前曾是一家妓院的上房，头牌窑姐的住所。顾阿成觉得晦气，连扒掉重盖的心都有，越发觉得这房子不值得整修。

那天，这边刚出事，二大爷就得到了信，他第一时间赶到现场，面对野蛮拆除了的屋顶，遗憾地摇头唏嘘，好像损坏的不是公家的房子而是他家的房子一样，对顾阿成好一通埋怨。顾阿成仍认为他怀旧，还和他说了几句有关风月的玩笑话。二大爷果然也如怀旧的样子，在没顶的房子旁徘徊了良久，偶尔俯身在清理出来的瓦砾堆上翻翻检检，捡了几样东西揣进兜里，但谁也没看清他捡的是啥东西，又挑出来二三十件完整的瓦当求顾阿成派人帮他送到家里，说是盖狗窝用。

"这个老东西在搞什么鬼名堂？"二大爷看似平常的行为，落在史老歪眼里却是不寻常。等二大爷离开后，他又在二大爷扒拉过的地方扒拉了一遍，居然找见一枚泛着铜绿的乾隆通宝，他如同发现了神秘的宝藏，把装上垃圾车的垃圾又卸下来，翻了个底朝天，果然又有了些收获。同时收获的还有两枚未开封的避孕套，进口货，紫红色的塑料皮上印着扎眼的裸体女人。这是哪个鬼放在这儿的？张胜利还是二丫？瓦当没有引起他的兴趣。破砖烂瓦有啥稀罕的？但那是汉代的瓦当。若干年后，二大爷的孙子变卖了几片，发了笔小财。高其昌得到了两片，视若珍宝。

二大爷有一双骨节粗大的大手，看起来极不雅致，和他这人的整体形象有些不搭，但那手却能如盲人阅读盲文一样在黑夜、在泥浆、在尘埃、在透着尸骨气息的残垣朽木里找寻到他想要的东西，经验和知识是他的中枢，而眼睛只是他的从属。那天，当他的手指捻碎垩土，触碰到那个藏隐在其间的钱币，便已知道自己获得了一枚颇有价值的珍宝。他清楚那瓦砾间一共有十六枚这样的东西，但他不敢奢求得到全部，因为眼睛的余光已明白无误地告诉他，史老歪像饿狼一样，正在不远处盯着自己，盯着自己的一举一动，随时准备发动攻击，对此他必须保持警惕。他知道，他那看似无意的举动可以瞒过顾阿成，但躲不过这个满脑子坏点子的史老歪。他必须放弃这等待多年的机会，装出若无其事的样子，不留痕迹地离开，否则行迹败露，连瓦当也得放弃。

"这大门两边原来挂着一对儿红灯笼，建厂的时候还在，"他掩饰着内心的不安，喃喃地对乐于给自己提供帮助的顾阿成说道，"那年冬天，起了一场大风，连灯绳都刮得四分五裂，无影无踪了，唉!"

"他刚才跟你嘀咕的啥?"史老歪看着踽踽而去的二大爷，凑到顾阿成旁边问道。

顾阿成学给了史老歪。他琢磨不透二大爷的意思，想听听史老歪的见解。

"他妈的，这老东西肯定在这地方没干好事。"

顾阿成一惊，顾左右而言他。

之后，就在史老歪在瓦砾堆上像狗一样专心致志地搜寻宝物的时候，王二孬在张昆仑的办公桌抽屉里翻出了那个红本子。

原来库房的青砖外墙上有一扇花梨木雕花格栅窗子，破烂得只剩了一半，后来被红砖封砌在了里面。史老歪进京上访期间，二大爷来看过几次，批评张昆仑不讲究，亲自动手用一块三合板替换了下来，半拉窗扇自然就归了他。这点儿小心机瞒不住张昆仑，只是他没把那破烂东西看在眼里，顺水人情，送了也就送了，反正也不是自己家的，就为这点人情，二大爷没少在田艳丽面前夸张昆仑的好。二大爷明打明捡回去的那些东西在别人眼里跟垃圾差不多，而且数量有限，所以进出厂门很少有人过问，即使有问的，也是随口一问，并不当真，随随便便一句盖鸡窝、狗圈、鸽子笼什么的，再加上一个要丢弃的假动作便能应付过去。那半扇格栅窗是明代的器物，他盯了快半个世纪，看着它一点儿一点儿破损，看着它被孩子们糟蹋，却不敢说一句话——说不好露出马脚，那可就得不偿失了。即使看着它折损，心里急迫得都快要晕厥，也要把想说的话咽回去，必须咽回去!

红砖砌补的窗洞就像一块透着脂粉气的补丁，王二孬有事没事都爱到上面抠挖，以至于那上面的砖缝比老墙上的还要深。二大爷不知道是王二孬所为，他在那如同自然的形态里看到了时间的痕迹，竟然放缓了脚步，不由自主地让手指顺着王二孬抠挖出的顺滑油亮的沟壑从东到西划过，就在触碰到青红砖交接处那瞬间，他仿佛看见那个最漂亮的窑姐身着灰布旗袍，倚靠在门框上咬着手指对自己微笑，粉白的肌肤，红红的脸蛋，一双会说话的眼睛，他忽然有种热血上涌的感觉，对着送他出来的张昆仑呆呆地莞尔一笑。

　　张昆仑被他笑出了一身冷汗，怀疑那破窗扇对他施了魔法。

　　二大爷说，那时候，出了城门过了护城河的这一片儿地上的房子都比较低矮，要弯下腰才能进到屋里，像这样不弯腰的，满打满算不会超过二十间。张昆仑对此很认同，因为他曾在厂子里其他几间老房子里玩耍过，土坯墙，门头都很低矮，早些年一场大雪全部压垮了。

　　有些事情你不能联系起来想，联系起来想，或许能吓一跳。就拿这件事来说，如果二大爷没有收藏的喜好，没有操这份心，那天又没得到信，没有到场，到了又没有寻得宝物，寻得宝物史老歪又没有看见，史老歪便没有可能为贪图一点儿便宜而错失彻底整垮张昆仑的机会；他若一步不离紧盯着那红本子不放，恐怕谁也没本事替张昆仑盖住这个盖子。张昆仑不会想到，几个铜钱也能帮他渡过一场劫难；他更不会想到，没权没势的二大爷才是冥冥之中的那个贵人。假使张昆仑能在时间的长河里搜寻到自己人生的轨迹，搜寻到这个点，他一定会为世间万物变化之玄妙而慨叹唏嘘，只可惜，直到二大爷离世他都没有这样想，因为二大爷的原始动机显然不是为了他，而是为自己。

1

　　仿佛啮齿类动物，张昆仑准确地把握到了身边环境的变化：起初是阳光的颜色，其后是风的味道，再后来是地上的影子。他发现他的影子被别人踩在了脚下，不论是有意还是无意，他的影子总在别人的脚下移来移去，无处逃遁。但他很快也明白，那踩着他的脚，其实只是眼睛的化身，无论远近，都实实在在地、异样地存在。然而，让他感到奇怪的是，他居然惧怕那眼睛，以至于他总在设法回避它们。田艳丽也遭遇了同样的问题，但她没有回避，反而去寻找那双眼睛，于是，那眼睛总是出现在她看不见的地方，比方说，她的身后。

"胜利，打起精神！"

一缕黑色的头发落在田艳丽的嘴角，她凝视着他，为他整理了一下衣领。

"没事儿，我很好。"

即使面对田艳丽如此的温柔，张昆仑的目光还是投在了一边——惯常的回避让他养成了回避的习惯。

"胜利，看着我的眼睛。"

他的眼球像失控的钟摆，左右摆动了几下之后才停了下来，停在田艳丽的眉宇之间。

"没事的，绝对不会有事的。他们喝了咱们的酒，总要为咱们说话的。"

张昆仑的眼球跳动了一下，聚焦在田艳丽凝视他的眸子上。那是一对黄褐色的眼睛，不算漂亮也不深邃，但却十分明亮，就像迷雾中的灯塔，照亮他的心灵，为他指明方向。他报以会意的微笑。

红本子被描绘成妖魔鬼怪、肆意淫乱的黄色奇书，张昆仑和田艳丽都成了其中的角色，张昆仑的家伙什也成了备受关注的热点，有人说它大如驴，也有人说它小如鸡仔，甚至还有人扯出王二孬，说张昆仑仅比王二孬略显逊色。事件持续发酵，并且以难以想象的速度快速扩大，最后被讹传为"红本子事件"。史老歪制造并提供了酵母。那天他因为贪图几个铜钱而没有跟着顾阿成一起到保卫科，等他想起来再跑过去的时候，情况已然发生变化。他跟貌似知情的保卫员套近乎，为此心甘情愿地奉献上了半盒"大前门"，但结果却令他大失所望，因为他们谁也没有摸过那红本子，更不要说看过那里面的内容了，似是而非的闪烁言辞只是为了耗尽他的香烟。贾长福是唯一的经手人。他和贾长福是不共戴天的仇人，他不会搭理贾长福，贾长福也不会搭理他。种种迹象表明，贾长福要瞒天过海，想不了了之。他要阻止他们，要揭露他们，要让他们的丑恶嘴脸昭然于天下。他想借此一雪前耻，彻底把张胜利打趴下，赶出绿化队，赶回翻砂车间。他恨张胜利，不但因为张胜利得罪了他，

148

因为张胜利来到绿化队后就断了他收取外快的机会，他落得只能吸一毛五一盒的没屁股"花城"香烟的地步。他找了顾阿成，但顾阿成一口咬定连看都没看一眼，具体是不是如王二孬所说，他也不知道。

"不是你跟二孬说的那上面画的都是光屁股女人？"

"啊哟，老史，阿拉那是逗他玩嘞！"

顾阿成笑得前仰后合，就像史老歪忘了系裤子门，露出了红裤头。

史老歪忽然发现，这个在自己风光时期对自己点头哈腰唯唯诺诺的上海面团小赤佬，竟然是个深藏不露的笑面虎，关键时候照样会吃人。这更印证了他的判断。王二孬成了关键人物，但他找遍了机械厂也没有找见他，最后还是遇见了两响炮，跟两响炮打听，才在护城河边的小树林里找见了王二孬。王二孬想见二丫，二丫就在机械厂，小树林是他唯一的希望。

"王二孬，你一个人跑到这儿来干啥？"史老歪把顺道买的两个猪肉粉条大包子递给王二孬，顺嘴问道，"让你叔到处找你。"

"找我干啥？"王二孬最怕单独见到史老歪，但有吃的，小眼睛就眯了起来，嘴巴咧到了耳根际。

"我问你，张胜利那小子的本子上到底画的啥？"

"光屁股女人。"

"你看清啦？"

"我看清啦。"

"你说你这孩子傻不傻，看清了为啥还交给顾阿成？为啥你不交给我？"

"他是领导，俺娘让俺听他的。"王二孬三口两口吃完了包子，看看史老歪身上不会再有吃的，就想赶快打发他走开，"你走吧，别在这儿耽误俺。"

"你这孩子！"史老歪向四周看了看，没有一个他认识的人，他把他的话当成了傻话，"你知道那本子去哪儿了吗？"

"不知道。"

"让顾阿成给昧下啦！"

"他要那东西干啥？"

"你说他要那东西干啥？"史老歪提示性地指了指他的裤裆。

这也是一直萦绕在王二孬心头的疑问，经史老歪这样一点拨，他顿时有了答案："让他老婆看？"他那不停眨巴的小眼睛停止了眨巴，直勾勾地看着史老歪，但心里想的却是这东西既然能让他老婆看，也就能让二丫看，"顾队长这事做得不地道。"

"对！"史老歪忽然发现这小子咋看咋都不算傻，连这样的弯子都能转过来，自己还没有想到这上面呢。他越看王二孬越喜爱，恨不得再去给他买两个大包子，"这事咱也不能吃这哑巴亏，就是东西拿不回来也得去吆喝他，看他们还敢这样欺负人。"

王二孬翻翻小白眼认同了他的说法，但他想的不是吆喝顾阿成，而是张胜利，因为顾阿成打他小的时候就对他特别好，给他好吃的，给他好喝的，有一次，一下就给了他五块大白兔，现在成了他的领导，仍旧处处关照他，他怎么能去吆喝他！张胜利今天跟二丫动了手，跟二丫动手就是跟自己动手，不为自己，也要为二丫出这口气。对，回去吆喝他！

王二孬并未立刻动身往回返，因为在他心里最重要的事情仍然是见到胖二丫，他连推带搡地撵走史老歪，便蹲在地上捣蚂蚁窝，直到肚里响呼雷，他这才带着失望的心情极不情愿地往回走。这时，其实他已经把吆喝张胜利的事情忘到了脑后，因为对这类他也说不清楚的事情，能保持三分钟热度就已经不简单了。

"二孬，"史老歪料到他会犯忘事的老毛病，因为之前他就犯过不止一两次。他跟王二孬分手后一直没走远，眼瞅着王二孬，看着他在小树林前面晃来晃去不知道要干啥，还以为他就是傻待着没事干。之后，他就跟在了王二孬后面，耐心地看着他在东院门口调解了一场小孩子们的纠纷，看着他去厂院里在办公楼前逗留了片刻，看着他遇见了机械厂的几个人却一言未发，就知道他把他教的那些都忘完了，于是等他又出了厂院，便叫住了他："你这孩子咋到这时候才回来？我刚刚看见顾阿成买回来一个红烧大肘子，离老远都能闻到那香气，你要是早回来一分钟，说不好就在门口碰上了。"王二孬的眼里闪过一阵儿光亮，可马上又暗淡下来，因为他从小就养成了绝不上门讨吃喝的好习惯，虽然哈喇子已经流到了嘴角上，但习惯就是习惯，绝对不会改半点儿。"二孬，你不趁着跟他要红本子，顺便吃两口大肘子？"史老歪紧跟往西院去的王二孬，诱导着说道。

王二孬停住脚步，小眼珠子转了几圈，随即加快了脚步。他怕和史老歪单独在一起，只要这样，下来说不定就会吃他的亏。"你别跟着俺，俺要回家去，俺娘看见你肯定要骂你，你赶紧走。"

"咳，你看你这孩子傻不傻？红本子是你交给顾阿成的，你去找他要，天经地义。他说不定就得请你吃大肘子，你说是不是？"

"是不是都不能去。俺娘知道了会骂俺，俺不去。"

"好吧，咱不吃他的大肘子，但红本子总得要回来吧？这样，我就在院门口等你，你把红本子要回来，我请你吃十笼小笼包子，你看咋样？"

在小笼包子的诱惑下，王二孬站在了顾阿成家的楼底下，但他还是犹豫了，因为吃饭时间敲人家的门，他没有这习惯，于是他就在顾阿成家窗户下面来回转，希望顾阿成能看见他，或者他看见顾阿成，只要搭住腔，下来的话就好说了，说不定真会给自己半个大肘子。几个吃过饭出来遛弯的叔叔阿姨看见了他，问他站在这儿干什么，他说来找顾阿成。他们就说你找他为啥不上去，他说吃饭的时候不能去人家家。他们连声夸二孬懂事。有个阿姨问他，这时候找顾阿成有啥事？明天不能再找他？王二孬左思右想都不对，明天找他，史老歪说的话不知道还算不算数？他急得心里直上火，于是就说他必须现在拿到那个红本子。但他没说史老歪想要这个红本子。

"红本子，啥红本子？"

啥红本子？是呀，啥红本子？王二孬忽然想起来他把吆喝张胜利这件事全忘了。"啥红本子？就是红本子。"他越急脑子里面就越混乱，咬着手指头，那个那个说个不停，但说了半天也没有说到正题上。

"那个啥呀？那本子能有多重要，让二孬饿着肚子在这儿等？"有人问道。反正吃饱喝足没事干，就拿这傻小子取个乐。

多重要？王二孬心里仿佛有一股热气往上拱，他想到了二丫，想到了光身子，于是也理出了头绪，他翻着小眼睛，费了好大的力气才把他如何发现红本子，如何又把它交给顾阿成，东拉西扯地讲出来，最后他才讲到了要点上："那上面画的都是光屁股女人。"

有人已准备离开，听王二孬说到此，就像被马蜂蜇了般，忽地转过

151

身子，立在原地，面带惊奇。他们的目光交织在一起，就像迅疾编织起来的网，扭缠着，挣脱着，复又扭缠，挣脱，最后在一声"真不要脸!"的骂声中散开了，他们都怕别人在自己的眼神里读懂什么。又有人围过来，抻长脖子打听发生了什么事情。空气中飘浮着大蒜的味道、黄瓜的味道、白酒的味道，甚至还有猪头肉的味道。但这都不算什么了，因为此时最具诱惑的是人肉的味道，活生生的带着艳情的人肉的味道。有人不动声色地整了整悄然隆起的裤裆。一位肤色白皙的阿姨将明艳的目光投向一位肤色黝黑的叔叔，而他也在看她，他的脸色是那样严肃、那样凝重，仿佛寒冬里的冰凌花。她的脸红了红，扭向一边，啐了一口。

王二孬也啐了一口，但他仅仅觉得这样做很好玩，包括他抖搂那些事情也仅仅是觉得好玩。他把好玩和吆喝混为了一谈，因为红本子上的内容对他来说还不是绝对的，还是不确定的来自顾阿成嘴里的说法，这是超出他的概念的东西，是他不好理解的东西，他的大脑无法解决抽象的线条和形体之间的关系，即使曾经肯定了的，也在一位发生了极度兴趣的叔叔不间断的询问下开始迷糊、开始散乱。他感到头脑发涨，由此而感到饥饿，于是他又想起了史老歪，抛下一句"反正就是光屁股女人"，抬起脚就往大门口跑去。他想问问史老歪，他说的话放到明天还算不算数？

史老歪根本没等王二孬，因为他料定红本子不在顾阿成手里。唆使王二孬去找顾阿成的目的是敲山震虎，只要他去找了顾阿成，自己的目的就算达到了。超出预想的结果，是他没料到的。

王二孬前脚刚刚离开小树林，张昆仑后脚就从小巷子里游荡到了这里，他们差一点儿就碰上面。

外部条件已经形成，就等着内部发生变化。然而等来等去，没有等来对张昆仑的处理决定，却等来了于东山的人事厂长任命通知。史老歪的目光又聚焦在了于东山的身上，新官上任三把火，他要看看这把火烧不烧在张胜利的身上。然而又过去了一周，连一点儿动静都没有。他有点儿坐不住了，最后鬼使神差地从后台跳到了前台。

"啥？你说没有这回事？"

这一段时间，史老歪总要找一些鸡毛蒜皮的事情找保卫科解决，不是门锁被撬了，就是衣服被偷了，有根没据的，总之就要赖在办公室里扯闲话，贾长福不在的时候，他就绕着弯地打听红本子的去向，很快，他的动机便被贾长福发现了。贾长福曾担任过史老歪事件专案组组长，一条带铜扣蘸水的牛皮带打得他体无完肤，算得上是他的大仇人。这天，他和贾长福顶住了头，两句话不对付就顶杠了起来。

　　贾长福根本没把这类民不告、官不纠的事情放在心上，即使前些天他已觉察到了一些苗头也是这样。他认为史老歪就是闲得蛋疼，没事来找乐子，但是被他追着来问，性质就不同了。他压抑着内心的慌乱，紧张地调整着情绪，怎么也琢磨不透史老歪忽然来操这份心是为了哪一出，难道是有人指使？他表情淡定，但肯定是下意识地从钉钩上取下了一条牛皮带，狠狠地摔在桌子上。这是根特制的皮带，比正常皮带要长、要宽，铜扣也格外粗大，闪耀着金属的寒光。它平时就挂在贾长福办公桌旁边的墙面上，与张昆仑家的那条挂在门后的皮带意义相同，目的都是起到警示的作用。就像那些被史老歪修理过的老干部一样，牛皮带也是史老歪心头挥之不去的梦魇。随着皮带砰的一声落在桌子上，史老歪那刀条脸上的皮肉如同过电一样，痉挛地抽搐了几下，就觉得有股热流冲动得将要蹿出来，他赶忙夹紧屁股。"他妈的，"他在心里对自己骂道，"这他妈都是啥年月了，咋还怕他这个坏东西！"史老歪瞪圆了眼睛。"你甭拿那东西吓唬人，老子当年不怕，现在还不怕，将来也不会怕。拿回家遛你媳妇儿去吧，少在老子面前耍威风。"他一蹦老高地喊道，那喊声赛过待阉割被揪起后腿的猪娃子的叫声，穿透门户向外激荡，"行，我看明白了，你贾长福就是要包庇这个流氓犯。你不是手大能遮天吗？我看你能遮住工业局的天？我看你能遮住公安局的天？等着，我告你们去。"

　　贾长福没想到一条皮带就让他情绪变化这样大，他好笑地又拿起皮带左右看了看，扑哧一声笑了出来："史老歪，你是不是犯了神经病？我拿皮带是要系裤子，和你他妈的有个啥关系？你赶紧滚，别让老子看着犯硌硬。"

　　"你他妈少给我来这一套，老子是干啥的？老子耍这一套的时候你还在车间里耍大锹呢，给我提鞋都不要。现在你能啦！不得了啦！告诉你，别说你就是个小小的保卫科科长，就是个公安局局长，只要你敢包庇那小子，老子也照样给你拉下马。”

"如果你敢诬告，"贾长福掌握着语速，一字一句地说道，"老子办了你。"

"好啊！你不是有手铐吗，来，给我铐起来，要是你今天不给老子铐起来，你他妈就是个不出头的乌龟王八蛋！"

喊声惊动了刚刚任命的主抓保卫和人事工作的副厂长于东山。职责所在，于东山叫人把他请到了办公室。史老歪要的也是这结果。

"老史，怎么啦？一栋楼就听你在大喊大叫。这可是厂部办公楼，这样是不是有点不合适呀！"于东山亲自给他倒了杯水，放在他面前的茶几上，笑着说道。于东山刚上班的时候，曾在史老歪手下待过两天，多少沾着一点儿师徒关系，客客气气属于常理，何况这也是他的一贯作风。

"怎么啦？"俗话说，伸手不打笑脸人，于东山客气的语气、温和的表情让憋了一肚子怒火的史老歪有火也撒不出来；办公楼上这些坐办公室的人，史老歪最吃不透的就是这个于东山，在他面前他总有一种有力使不上的感觉，还不如像跟贾长福那样叮叮当当、噼里啪啦干一场，既痛快还把握着局面。"他妈的，他还想拿'文革'那一套来压我，吓唬我，我会吃他那一套？"虽然还是声色俱厉的样子，但语气已缓和很多。他看一眼于东山身后书架上堆积整齐的好几垛子报纸，内心不免产生了几分敬仰。

"是呀，你会吃他那一套？"于东山一笑，"他不是关公面前耍大刀嘛。"

史老歪一愣："咳，于厂长，您咋哪壶不开提哪壶哪？"

史老歪曾是春雷机械厂的小头目，为人心狠手辣，工业局上上下下的领导受其迫害者不计其数。他那尖厉的吼声和花样百出的刑罚曾是无数人尽其半生都挥之不去的梦魇，就像他梦中的牛皮带一样。他的为人实在太差，跟他冲锋陷阵的小兄弟往往一言不合就翻脸成仇，遭其迫害，令多少人恨之入骨，最终导致他在一场事件中莫名其妙地被弄成了主角，入狱五年，受尽折磨。于东山此时提起这些话，自然另有深意。

"你看，你也不舒服了。"于东山轻嘘了口气，"我不是哪壶不开提

154

哪壶，我是想提醒你，当然也包括我，都应该辩证地审视那个特殊的历史时期，都应该对那个特殊的历史时期进行认真、细致的反思，只有这样，我们才能够摆脱和纠正它对我们造成的影响。我比你小十几岁，虽然没有你那样的经历，但因为一直在机关工作，所以见识并不见得少。"

"于厂长，您说话就像读新华社社论一样，有水平，我服。您就是比我小一百岁，我也服。"史老歪连挖苦带逢迎地说道。

"行啦行啦，不要给我戴高帽子了，"于东山皱皱眉头，给自己的茶杯里加上热水，然后坐在另一张沙发里，"说吧，为什么事和他们争吵？"

"为什么事？为那个红本子。"史老歪眼睛死死地盯着于东山，说道。

于东山心头一颤："嗯，你说，我听着呢。"

"张胜利这个小流氓——"

于东山抬手打断了他："在事情没有弄清楚之前，不要乱下结论。打棍子、扣帽子是'文革'作风，要不得。"他风趣地说道，想缓和一下气氛。和前面被搞糊涂的贾长福一样，于东山也弄不明白这个史老歪闹这一出是为了什么。

"是，是，您说得对。张胜利这个小流氓——不，张胜利——他在仓库的办公桌里私藏了一本画满了光屁股女人的红本子，让王二孬给翻了出来，王二孬交给了老顾，老顾交给了保卫科。我当时也在场，看着老顾把那东西拿走的。这个张胜利，才到绿化队上了几天班，就把外面的歪风邪气给带来了，这怎么能行！你们领导不管，我不能看着不管。"他手指在茶几上狠狠地敲击了两下，"我是绿化队成立时的老人，眼看着绿化队的风气一天不如一天，我如果再不站出来，恐怕将来的局面就更难收拾了。"这最后一句倒像是在敲打于东山。他眼睛泛着浑浊的光，斜盯着于东山。

于东山的确也被敲打到了，心头飘过一丝惶恐，不过他想的是另外一码事。莫非他也知道了小姨子二丫干的那些伤风败俗的事情？如果他也知道了，想要捂住盖子就难了。蓦然间，他又看见了曾经的那个睚眦必报的丑恶的小人嘴脸。他放下杯子，抱起双臂："老史，我再强调一遍，说话要有根据，没凭没据的话不要乱说，影响团结。你说那个红本子在保卫科，是吧？如果在的话，我就应该知道，难道他们还有什么事瞒着我？"

"那可不好说。那家伙经常欺上瞒下，当年——"

于东山慢慢转过头，盯着他，神情严厉。

史老歪停顿一下，躲避着于东山的目光，显得有些气馁："好好，我不扣帽子了。那天我盯着老顾把红本子交到保卫科的，这能有错？全程跟踪。"他夸大了事实。

"你确定那上面画的全是光屁股女人吗？"

"我确定，不，我是听王二孬说的。"

"那就是说，并非你亲眼所见。"

"和亲眼所见有什么关系？二孬不会说假话。"

"你相信二孬？"

"二孬从来不会说假话。"

"老史呀，二孬这人的话能靠得住吗？他——"于东山指了指自己的脑袋，提醒他二孬这里有问题，"你好好斟酌一下，弄不好问题没搞清楚，矛盾就先出来了，如果……"下来的话虽然没有说出来，但意思再明白不过了：后果你自己考虑清楚。他一边说着话，一边急速地想着对策。他到现在还没有闹清张昆仑和蓝丁乙之间的真实关系，如果这件事不加阻拦任其发展，势必要把张昆仑推向不可收拾的地步，那么，蓝丁乙到时候怪罪下来该怎么解释？至今，他仍不相信蓝丁乙的那些所谓人才之说，并且这个张胜利在他眼里也根本不算个人才。但是，拔出萝卜带出泥，二丫的事情还在里面搅和着，弄不好会把自己也牵涉进去，这就更不划算了。咳，早知道还有今天这件事，说什么也不能收张胜利的那两瓶酒。

"如果什么？你不说我也清楚，不就是得罪了张胜利那个小子吗！不就是将来会被他打击报复吗！如果他真要报复就让他报复去吧，我认。这样的歪风邪气如果人人都怕，都不敢管，咱们春雷机械厂还姓'公'吗？姓'私'好啦！真到这一步，让我管我都不会管。"史老歪在来之前确实也评估过张昆仑的实力，他认为他包括他们家的那几个光头虽说孬得出名，但对他这个老头子又能怎样，无非撂两块黑砖的事情，顶着让你撂，只要别伤着什么都好说，但要动了一根毫毛，我也让你尝尝我史老歪的厉害。此刻面对于东山，他又有了异想天开的新计划，扳倒张胜利，腾出的库管员岗位就可以为大女儿争取一下了，这位于厂长很关键，成不成都是他一句话。于是，他口随心动："我和张胜利远日无怨，近日无仇，我这才真叫咸吃萝卜淡操心，如果不是为了给咱厂里树正气、帮您分忧解愁，这件事哪轮到我来管了。"

于东山心里又是咯噔一声，认定了史老歪是来敲竹杠，不然要他分什么忧、解什么愁。"你的心意我领了，但凡事都要讲规矩，你总要拿出证据吧？"

"证据就在保卫科。"

于东山笑着摇摇头，起身拨打了两个电话，又去门外安排人去叫顾队长。不一会儿，保卫科科长贾长福和人事科新提拔的科长小刘一起走了进来。刘科长站在了进门不远的地方，贾长福大大咧咧地坐在了办公桌前的圈椅里，点上烟，跷起二郎腿，时而落在史老歪身上的眼神充满了鄙夷。又过了一会儿，顾队长慌慌张张地也到了。他斜侧身子，半个屁股坐在于东山刚刚腾出来的位置上。于东山坐回了自己的座位。史老歪慌忙起身把于东山放在茶几上的茶杯递了过去。

于东山看着坐回沙发里的史老歪，有一阵子没有说话。

"于厂长，您说嘛，我不怕。"史老歪好像理会了于东山的意思。

"本来嘛，这件事还没有轮到我管，但状告到我这儿了，我不管就是失职。"于东山摆出一副无奈的样子，"所以，我还得管。老史，你先说说吧。"

"好，我先说。"史老歪扭头看着顾阿成，"老顾，你说，二孬是不是把一个红本子交给你了？"

"是。"老顾说。

"你交给谁啦？"史老歪接着问。

"保卫科。"老顾说。

"好啦，于厂长，下来就不用我说了吧？"

于东山抬眼看向贾长福："老史说的是事实吗？"

"是。"贾长福说。

"那东西呢？"于东山问。

"还给张胜利了。"

157

"你——"史老歪跳了起来，"你这是渎职！"

"你给我老实点！"贾长福也站了起来，指着史老歪的鼻子喊道，"渎职不渎职还轮不到你来说。我看你就是无中生有。我为什么要扣押人家的工作笔记？影响了工作谁承担责任？"史老歪被于东山叫走后，贾长福凭他对史老歪的了解以及多年的职业经验和直觉，史老歪一旦来干涉这件事就不会轻易罢手，为了保险起见，他去了趟绿化队，先跟顾阿成通过气，又令张昆仑赶快回家用同样的红本子编写一本带有插图的工作笔记，越快越好。后路都已经铺好，说话自然气壮。红本子那天交到于东山手里后，于东山没有还给他，他也就把这事忘掉了，现在出现这样的事情正是给他好好表现一下的机会，他咋会放过。

"你们串供！"史老歪几乎是从沙发里弹射起来，歇斯底里地喊道。美好的希望眼看就要破灭，其实比没有希望还要令人难以接受。

"你再胡扯，看老子修理你！"贾长福也一拍桌子站起来，喊道。

啪，于东山拿起英雄钢笔又扔到桌面上。"你们都给我坐下！"他生气地吼道，之后，有一会儿没有再说话。

"这样就算完了吗？"史老歪忍受不了这无声的氛围，向于东山问道。

"你们吵够啦？还吵不吵啦？嗓门大解决不了问题。"于东山皱着眉头，目光扫过屋内的每一个人，略带愠怒地说道，"刘科长，你和顾队长去叫一下张胜利，让他带上笔记本过来一趟。"

"不行，我也去。"史老歪又从沙发里站了起来。

"呵，你连刘科长也不相信啦！"于东山冷笑着说道。他瞟了一眼贾长福，恰好与贾长福看他的眼神相对，他们点了一下头。"好吧，既然老史谁都信不过，那你就跟着去吧，越快越好。"

"胜利下午请假了，说是去给他老爸张铁栓看病，现在不知回来了没有。"顾阿成一直在沙发里坐着没吭气，这时说道。

"请假了？早不请假，晚不请假，偏偏这时候请假了。你们是在要信球的吧？好，你们要吧，老子去公安局告你们去。"史老歪喊着，摔上门就走了。

史老歪就像要炸裂的气球从办公楼里冲出来，冲进阳光里，冲出厂大门，冲进厂大门外的一家小卖部，无意识地要了一瓶冰镇汽水咕咚咕咚喝了两大口。凛冽的汽水流过食道流入胸膛，他激灵一下，脑筋跟着就转过劲儿来了：本来是要借力打力，搂草打兔子，顺带实现自己的目标，结果弄成了这个样，不说把张胜利撵走没撵走，先就把人得罪了一个遍，尤其得罪于东山最不应该，下面求人家的地方多着呢。这他妈都怪姓贾的那个坏东西，不是他在桌子上甩皮带，惹得老子心里不得劲儿，何至于闹到这地步。但开弓没有回头箭，如今被架到了这儿，要么鱼死，要么网破，弄不出个结果，恐怕这张老脸儿也没地儿放。他重重地把汽水瓶磕在水泥台面上，扔下五分钱，不等老板娘说话，便消失在了小卖部的门口。

他去派出所报了案。

"同志，擒贼擒王，捉奸捉双，我们现在就得去把张胜利抓起来，防止他毁灭证据。"面对热情接待他的民警，史老歪立刻找回了最初的感觉。

"抓不抓不是咱俩说了算，"民警指了指隔壁的所长办公室，递上报案笔录让史老歪签字画押，然后看看表，"晚上还有重要任务，全所人员统一行动，恐怕要等到明天了。"

"那他要是……"史老歪焦急起来。

"今天就这样了，你先回去吧。"民警白了史老歪一眼，用不容置疑的口吻说道。

一个令人熬煎的夜晚。史老歪数次来到张昆仑家楼下躲在暗处张望，希望在他毁灭证据时被自己抓个正着，然而，一无所获。不过有一件事却让他感到十分费解，他们家的灯整整亮了一夜。他现在后悔透了，那天如果不是为了那几个铜钱没有盯紧那红本子，恐怕现在睡不着觉的就不是自己，而是张胜利了。这叫什么？见小利而忘大义呀！

第二天下午快下班的时候，一辆警车停在了春雷机械厂办公楼的下面。史老歪远远地看见，便跑了过来，和头天接待他的那位民警握过手，理直气壮地跟在后面上了楼。但在于东山的办公室门口，他却被拦在了外面，接着又被厂里的保卫员很不客气地请到了楼下，并且让他原地等候，不得离开。他伸长脖子，看见顾阿成、王二孬、张昆仑依次被带上楼去，又依次离开。最后，他也被叫进了于东山的办公室。

一本红塑料皮笔记本醒目地放在于东山的办公桌上。

史老歪至死都没有想明白这一昼夜里究竟发生了什么，让事情出现了反转，明明是有理的事情却没理了，明明是画满了光屁股女人的红本子——他坚信王二孬不会说瞎话——却变成了与此无关的工作笔记、诗抄、人生感言和似是而非乍看之下确如裸体女人的盆盆罐罐植物花木的线描绘画。他感到浑身燥热，四肢发麻，有种说不出来的眩晕感。他想找个凳子坐下来，但室内仅有的能坐的椅子、沙发分别被于东山、贾长福和两个民警占据。于东山低着头，贾长福侧目冷笑。

"这是你说的红本子吗？"那位办案民警坐在于东山的位置上，一改前颜，严肃地问道。

他都不知道自己是怎样回答的，他只想尽快离开，尽快去找到王二孬，叫王二孬给自己讲清楚，这到底是怎么一回事。民警满足了他的要求。

周日上午，春雷机械厂家属院一台大戏上演了，主角是田艳丽。她拿着那本红本子，带着她家老三，一个举证，一个说理，一个破锣嗓子，一个八度高音，一个指桑骂槐，一个扒墙掀瓦，一唱一和，不点名不道姓，就把史老歪祖宗三代骂得如狗屎一堆、烂泥一摊。等到史老歪从外面赶回来时，他媳妇范银花已经和田艳丽接上了火。范银花外号"小马扎"，本也不是个省油的灯，是机械厂出了名的麻渣人，吵架、骂街、揪头发、吐口水样样都在行，又因为长得又胖又矮像马扎，人送外号"小马扎"。左右邻居谁招惹到她谁倒霉。她本来是出来看热闹，看着看着，就看出了问题：什么反革命分子又出头啦，什么歪风邪气刀条脸啦，说来说去怎么都像是说史老歪。这是哪儿蹦出来的俩雏儿，找事竟然找到老娘的头上来，她哪会把她们放到眼里，想都没想，一撸袖子就把手指头点在了田艳丽的鼻子上："你给我说清楚，你指桑骂槐是骂的谁？"田艳丽要的就是小马扎这一出，她要是当了缩头乌龟不出来，这场戏就唱得太没劲了。而一接上火，小马扎就知道遇到了硬碴儿。论骂，没有人家嗓门大；论力气，没有人家有劲；论口水，人家就像淋浴头，还没有近身，满脸就已经全是唾沫星。关键人家还请来了啦啦队，一边倒地瞎起哄。几个回合下来，她就已经气短心虚腿发软，嘴角挂满了白沫子。

扬眉吐气！张昆仑感觉痛快得简直像坐飞机，一肚子苦闷一扫光，他下定决心痛打落水狗，绝不让这老东西再翻身。

看清了形势，识时务的史老歪自认晦气，自认倒霉，他也不管他媳妇还在被人欺，拽着张昆仑的手就往人群外面拉，嘴里不停地喊："老弟，胜利老弟，你看你这是干什么？这样子不是净叫别人看笑话？赶紧，赶紧让她们都回去，有啥事咱俩下来慢慢说。"

"哎，"张昆仑摆开史老歪的手，"史叔，你叫我老弟我可不敢当，你是叔，跟我爹是一辈儿，我可不想让你给折了寿。"

"咳，胜利，胜利，你让我咋说你，咱这低头不见抬头见，不是亲也是亲了，这样子总是不好吧！赶紧让她们都回去，我下来给你赔不是。"

"呃，你现在要给我赔不是，昨天下午你去告我的时候咋不想想要给我赔不是？我告诉你，叔，你拱着老顾去告我时我就想找你，但看在你跟我爹是一辈儿人的分上敬您了一尺，没想到你变本加厉还上了劲儿，竟然把公安局的都请了来。来得好！他们不来，我张胜利的冤屈还真没办法得到昭雪。让她们回去？回不去。田艳丽是我未婚妻，年底就是俺媳妇，我受了委屈，她能轻易罢休吗？今天人家没点名没道姓，是你媳妇自己跳出来接的腔，这你能怪谁？怪我？怪我媳妇？大伙都给评个理儿，这事你们说都怪谁？"

一声起哄，小马扎再也坚持不下去了，一歪身子栽倒在地上，口吐白沫，四肢抽搐，仿佛濒死的芦花鸡。

这天张昆仑做了周密安排，他派出他们家老三飞马传书，把几条街上的带头大哥、小痞子、小混混，能叫来的都叫来，为他摇旗呐喊、站场助威。宏魁问明了事由，还把屁股赛磨盘、胸大如篮球、最善于吵架干仗的他二姨也带了来。其实，起哄的都是这帮人。没想到魔高一尺道高一丈，小马扎往地上一躺，事情就出现了反转。张昆仑还在得意，遇到这种情况顿时傻了眼，他还在犹豫该不该遣散他叫来的这些人，但人家比他反应还要快，一看要摊上事，就看谁比谁跑得快。史老歪真佩服他媳妇的应变能力不一般，这样的反应既能赢得群众同情，又能威慑对方——真是前辈子修来的福气，娶了这样有脑子的媳妇。他立刻抛开服输的念头，一抖精神，抓住时机，定要来个大翻盘。小子，你敢在我老歪头上来动土，今天不让你尝点儿苦头你就不知道你是属老几。他一把揪住张昆仑的衣领子，大喊："一命抵一命！"手上早就暗下了死手。史老歪家的大儿子这时不知从哪儿冒了出来，拎着一把菜刀哇哇大叫着就冲了过来；张家老二老三一人一根擀面杖迎上去，当街就耍起了全武行。田艳丽开始也让小马扎给整蒙了头，但看到史老歪对张昆仑动了手，便什么也不顾了，她转身也揪住了史老歪的衣服领子，下死劲儿往下拉，硬把史老歪拉成了天津大麻花。事情眼看越闹越大，越来越没法收拾，张家老爷子在家里也躺不住了，一头让张妈妈搀扶着，一头扶着老四的肩头，连咳带喘、一步一停地出来劝架。街坊邻居也出来劝，但史老歪这时候就像咬急了眼的疯狗，任谁说什么也不行，就是一句话"以命抵命"。他心说：打不过你，骂不过你，难道讹也讹不过你？今天非探探你张家这坑水究竟有多深。

最终这场由张昆仑导演的大戏以两败俱伤收了场。

史家的大儿子和张家的老二老三以持械斗殴罪被公安局各拘留十五天；张昆仑的脖子上被抓出了三道血印子，而史老歪的脖子上也被勒出了一圈紫印子；小马扎赖在医院不出院，由张昆仑承担医药费。为此深受其害的是史老歪家的小儿子史老三，他跟张四海是初中一年级的同班同学，铁杆的背包小弟，张四海让他回家劝他妈赶紧出院没有结果，张四海就翻了脸，一顿暴打，鼻青脸肿。张四海扬言，只要你妈不出院，见一次打一次，这次是拳头，下次就要板砖伺候，而且果然就上了板砖。第三天中午，小马扎正在美滋滋地吃着史老歪给她买来的牛肉面，三儿子一脸乌青、一头血痂子地跑到了病房里。他哭着跟他娘说，再不出院，他这条小命就没有了。娘儿俩哭成了一团。史老歪气得直哆嗦，大骂儿子废物没用，说他今天如果不回去把那个混蛋弄死了，从此史家没你这个儿子。史老三被他爹骂急了眼，起身呼号一声就骑到了窗户上，没等史老歪反应过来，纵身一跃跳了下去，摔折了一条腿。

张四海被带到了公安局，但因为年纪还小，没法定罪，批评教育两天，吃了点儿小苦头就放了出来。出来当天，就又带着一帮小弟兄去医院"探望"缠了一身绷带的史老三，史老三当即就吓得尿了床。小马扎再也扛不住了，不顾史老歪拍桌子、瞪眼发脾气，收拾好东西就出了院。虎毒不食子，和张家的气没法再置下去。自此，春雷机械厂的人才发现，张家真正的狠角色其实是这个看起来不哼不哈的老四张四海，与他相比，张家老大就像靠吆五喝六吹牛皮撑起来的空壳子，因为谁也没有见过他真刀真枪地跟谁干过一场硬仗。张四海从此以后也越发不可收拾，打架斗殴，寻衅滋事，进班房都成了家常便饭，直到二十岁那年，被人乱刀捅死在大街上。那天下着雨，血从筛子眼儿似的窟窿里流出来，混合在雨水里，四处流淌。一条流浪狗在不远处舔食。张昆仑从此和狗较上了劲儿，每到多雨的季节他都要活杀一只，卤烧成酱红色，分发给朋友，但他从来不吃，也不让自己家里的人吃。有人见过他杀狗的样子，说他根本就不是为了杀狗，而是为了虐狗：他把狗吊在一棵香椿树上，而后用一把长刀不分部位多次捅入狗的身体，像疯子一样，任凭狗血溅满一身。就在绿化队的小院里，星期天。每年香椿发芽的时候，张昆仑总要摘一些，用盐腌了，带到老四的坟上。老四活着的时候最喜欢吃这一口。张昆仑后来说，他家老四都是被他害的。从那时起，他便发生了变化，由社会"老大"变为社会名人，由打打杀杀变为传播逸闻趣事和添油加醋的小道消息。他似乎正在发生转变，即从社会型向实用型转变。田艳丽的照片从这年起在光荣榜上消失了，但她并不后悔，因为她现在在乎的只有张昆仑。这似乎更符合某种定律。

2

史老歪成了上访专业户。

把史老歪从京城带回来后，于东山专程去工业局向洪鸣局长做了汇报。洪鸣局长在自己的办公室接待了他。自从那次为张胜利工作调动的问题谈过话以后，于东山便成了洪鸣局长办公室里的常客，于东山每次到局里来办事，都要来见一下他，赶上他正好没有事情的时候，还要谈一会儿天，聊聊生活、工作的感受，已然成了好朋友。这次于东山当副厂长，便是他力主提拔的。他俩谈话不用绕弯子，开门见山。

洪鸣："东山，这次进京带人辛苦啦！史老歪这个人我了解，不太好收拾——子系中山狼，得志便猖狂。当年，局里的老同志有一半都受过他的摧残，他是那些打手里下手最狠的。调到省里工作的那个老曾，你也知道，他把人家折磨得看到他就尿裤子，到现在还是这样；老靳被他打断了一条肋骨；老许几乎跪成了残废，一对膝盖做了几次手术都没能恢复。这家伙作的孽，几天几夜都说不完。但后来他受的苦也不比别人差，甚至连他老婆、孩子都跟着他受连累。他老婆没工作，他在狱里那些年，家里吃饭都成了问题。他本来有仨儿俩女，养不活，小女儿就送了人。后来落实平反政策，报告打上来，愣是没人给他签字，结果，和他同案的都出来两年了，他才出来。有些时候真的让人闹不明白，像他这样，受了这么大的罪，总该活明白了吧，可他就是活不明白。看来，他这罪还是没有受到头，不然早该明白了。为他的事我和信访局的领导交流过，统一了认识，对他这样的人绝不姑息迁就，绝不助长他的嚣张气焰，所以必要的时候，可以采取一些更严厉有效的措施。不见黄河不死心，那就让他见见黄河！"

于东山说："江山易改本性难移，对付这种人，可能这也是最好的办法了。真是一物降一物，这次没想到，张胜利这个滑头滑脑的家伙居然能把他给收拾了。虽然我也不提倡这样做，可是有些时候，真的，不这样做好像也没有更好的办法了。在基层呀，天天都要应对这样的事情，真是令人头疼。"

洪鸣："嗯，我很欣赏你这样的头脑。"

于东山："今天我本来是准备了一大堆理由想来说服您支持我的，现在看来没必要了，因为您未雨绸缪，已经替我们提前想到了。"

洪鸣："哈哈，是这样吗？"

于东山："是呀！您不但想到了，而且想得很全面。"

洪鸣："东山，学会拍马屁啦。我们在一起说话不用互相戴高帽子，不然，大家都会觉得很累。红本子上究竟写了什么东西？画了什么东西？史老歪这个人我清楚，他不会无风就起浪，没有掌握一点儿证据，他也不至于闹到这种地步。你不要隐瞒，把真实情况告诉我。"

于东山："领导，您真是明察秋毫。张胜利是艺校毕业的，学过绘画，艺术细胞也挺丰富，但一脑门子稀奇古怪的东西，其中有三页画得就很出格，我考虑到不能让史老歪这家伙阴谋得逞，就给撕了下来。您看就是这个。这些东西，我专门找了几位艺术家咨询过。您不是常说，要解决矛盾就要先弄清楚矛盾点在哪儿吗——我要了解清楚它究竟属于什么范畴。您猜这些艺术家们怎么说？他们说，这要是黄色的，维纳斯就要穿旗袍啦！维纳斯是古希腊神话里面的断臂女神，上身赤裸……"

洪鸣："这个你不用给我科普，艺术，我还是懂一些的。我那个小儿子不知道从哪里弄来个你说的这个什么维纳斯摆在他自己的屋里，你别说，还真是这样——他奶奶看不了那东西，趁孙子不在家就给披了件小斗篷，弄得跟观世音菩萨下凡了一样，不伦不类，哈哈哈……"

于东山："是啊，问题就出在这儿了。如果我抱着公事公办的原则把这件事摊开了去解决，结果可想而知，张胜利这个小青年现在就已经被世俗的洪流给淹没了。当然，保护他并不代表就支持他。我为此事也狠狠地批评了这个生瓜蛋子，要求他把那些和工作不搭边的东西都请出去，绝不能再拿到单位里来，否则，再出问题，该怎么处理就怎么处理，绝不姑息迁就。"

洪鸣："干涉是对的，不干涉也是对的，关键要掌握好方式，不能让别有用心的人给利用了。"

于东山："是，您提醒得很及时。"

洪鸣："这次你为了保护他闹出这么大的动静，你觉得值吗？"

于东山："这一点我确实没想到。没想到张胜利这小子的斗争欲望竟然这么强烈，看起来油头滑脑的一个家伙，没想到做起事情来这样不计后果，竟然能把史老歪这样的人物逼得去京城上访。其实保护他还有个很不得已的原因，他是蓝丁乙提拔的人。我不想让蓝厂长产生误解——刚上来就和他闹起了矛盾——我可不想在班子里闹不团结。"

洪鸣："他是蓝丁乙提的人？怎么可能呢？前几天，蓝丁乙还到我这里说你在处理这件事上黏黏糊糊、态度不坚决，说你为了这个小青年，弄得厂里鸡飞狗跳不得安宁。不过，他倒也不是对你有意见，他是应付不了这样的事情。可能史老歪也去找过他，被纠缠得受不了了，说几句牢骚话。我跟你说了，你也不要往心里去。"

于东山："唉，这个蓝丁乙，天天见面，有什么尽管说不就得了，偏要跑到您这儿说三道四，这样真是不好。呃，对了，他还真对我说过一次。他说，史老歪这个人，你去招惹他干吗？赶紧让他安生下来，闹得四邻不安。您看，这话让我怎么理解？"

洪鸣："呵呵，按你理解的理解。"

于东山："其实，您也知道，我和蓝丁乙第一次出现争执，为的就是这个张胜利。"

洪鸣："哦?"

于东山："您可能忘了,今年春节前,为一个问题很明显的工人转干部岗的事情把嘴巴官司打到了您这儿,为的就是这个张胜利。那时我就觉得张胜利和他之间肯定存在着特殊的个人关系,不然何至于就跟我大动干戈?所以呀,我在解决问题的时候多少有那么一些维护他的想法,甚至偏袒他,没想到,这又错了,马屁拍到马蹄子上去了。"

洪鸣："呵呵,事情复杂啦!东山,我觉得是你想多了,不过初衷也没错。现在,国家要搞经济,搞经济就需要人才。蓝丁乙是名牌大学毕业的,有经济头脑,局里市里的领导都看好他,把他放到春雷机械厂的目的,就是想让他把咱们这个重点企业的厂长负责制试点工作搞好,搞出个样板来向全市推广。眼下看,市里、局里的决定还是正确的,显现出了一定的成效。所以,你不是在拍马屁,而是在维护大局的稳定,不但没有错,还应当给予肯定。这时候不论谁都不能给蓝丁乙添乱,让他把心思都集中在工作上,他现在可是我们的'国宝大熊猫',不敢出问题呀。在张胜利的这件事上,你们之间可能存在误解,回去沟通一下,消除分歧,维持稳定,保持现有的良好势头。这样,是不是感到很委屈?"

于东山："干工作受点委屈算什么,只要人家买我的账就行啦。"

洪鸣："买不买账都要好好沟通。"

于东山："是,我一定好好沟通。"

洪鸣："史老歪的问题不算问题,但是他的问题一旦被别人利用了,那就成了大问题。这一点,你一定要保持高度的警惕,绝不可掉以轻心。"

于东山："是,我明白了。回去后我立刻制订一个应对方案。"

洪鸣："好,今天就这样。这几张纸,你还拿回去。什么艺术,都是幌子。"

红本子的结局

出于敏感又好奇的心态,张昆仑从书架上抽出红本子的时候,并没

166

有将它跟当年的那个红本子联系在一起，也没有和那个悄然张开的门缝——那个令他慌乱的画面，联系在一起，因为那记忆太久远了，远得就像一幅褪了色的画，但它们注定要联系在一起。

那天是他第一次去于东山的新家，也是最后一次去他的新家，因为于东山死了，一场车祸夺去了他的生命，夺去了他的荣耀，夺去了他的财富，夺去了他曾为之努力争取来的一切，甚至夺去了房产证上他的名字所存在的意义。新房子是那样大、那样好，装修得那样完美，家具那样豪华，但这一切他已然无法享用。基于与于东山"深厚"的感情，以及傍上于东山"生前好友"的名声，基于借机认识几个大人物的企望，张昆仑不请自到，来帮忙料理后事。空闲之时，他站在了书架前。他关心的不是那些专门用来装饰书架的花花绿绿、镶金带银的精美图书，而是书架。他喜欢红木家具那清晰的纹路和质感，喜欢貌似手工的机制卯榫，喜欢那浑厚浓重、象征着富贵殷实的色彩。他的手指在那光滑明亮的木材表面滑动，感受那凝脂般的顺滑，最后停留在一个不起眼的角落。一本已然褪色的红色塑料皮笔记本映入了他的眼帘。他的心恍惚了一下。

我见过那红本子。那是《2018》画展之后，我的艺术或许打动了张昆仑，他请我去他们家做客，美其名曰"品尝嫂子的厨艺"，喝他的私藏老酒。但我知道他的真实意图，他想用一顿酒换取我的一幅人体绘画。其实，即使不喝这顿酒，我也可以赠送给他，只是我心里还有个坎儿过不去，因为那是以吴美绎为蓝本创作的，带有强烈的抽象表现主义手法的作品，是我心路的结晶，是我圣洁的殿堂，送给他——一个人品得不到我认可的人，一个艺术界的投机分子，一个艺术品掮客，我觉得有辱神明，觉得这画在他手里难有好的结局。所以在他第一次对我提出讨要这幅画的时候，我刻意回避，顾左右而言他。我之所以没有直接拒绝他，其实是因为他的一个让常人看起来很不起眼的举动——他在这幅画面前驻足了二十分钟，而且没有做任何评论。他是唯一一个这样做的人。我以为，他至少有半颗心融入在了画境中。他的这个举动打动了我。

在我的朋友里，张昆仑真的是个很奇特的存在：人人都说讨厌他，但似乎人人又都喜欢他。他就像磁力强大的掉到粪堆里的吸铁石，只要你身上具有铁的属性，他就能让你忘我地向那粪堆靠近。在他一而再再而三的邀请下，我答应赴约。

"小楚，你甭看不起人，咱老张三十年前就画过这样的东西。那是啥年代？那是啥气候？"二两酒下肚，张昆仑起身去书房转了一圈儿，一本老旧的红皮笔记本就甩在了我面前，"看看吧，当年我为了这本子差点儿住大牢。你们搞创作没有压力，轻轻松松，我呢，我是拿着名声，拿着前程做赌注，去干这件事。"这个红本子就是那个插图版《少女之心》的手抄本，和我那幅画有异曲同工之妙。我当时的看法是，他在投机取巧，模仿现代某个名家的作品以哗众取宠。但细品起来，我还是为他生涩略显稚嫩的笔触，和不乏深思而展现出来的抽象的画面感到赞叹。

"你甭怀疑咱老张造假，春雷集团的那帮玩意儿可以给我做证。"张昆仑大概在我的神情里发现了疑惑，理直气壮地对我说，之后列举了几个重要人物，其中包括蓝丁乙、郝大贵、小刘、小崔，还有于东山以及于东山的夫人晋淑芳。小刘升任为春雷集团的总经理，小崔也被提拔为物业公司总经理。这些人我都认识，后来闲聊的时候我问过蓝丁乙，蓝丁乙给予了肯定。郝大贵也给予了肯定，但郝大贵也不失时机地对张昆仑做了人身攻击："这家伙，到现在咋还留着这东西。"小刘含蓄一笑："东西有，但我从来没有打开过。"晋淑芳笑得花枝乱颤："楚老师，你不会是来勾搭我这个半老徐娘的吧！"基于晋淑芳的反应，我没敢再问小崔，而且我和小崔也不是特别熟悉。

按张昆仑的说法，红本子的回归也经历了一波三折。他说红本子被老顾交到保卫科后，再次见到，是在于东山家里。他那天给贾长福送过礼，经贾长福指点，又连夜给于东山也送了一份。在于东山家里，他坐在客厅的沙发上，聆听于东山给他上道德情操、做人准则课。他合抱双臂，透过悄然开启的门缝，看见了他一生都无法忘掉的画面——于东生的老婆坐在床上，正在津津有味地翻阅一本红皮笔记本。他敢肯定，那女人看的一定是他的红本子。于东山背对着卧室，所以未发现那房门已悄然打开，但他老婆发现了，和他对了个眼神，关掉了台灯。张昆仑慌乱地低下头。女人白皙、丰润的膀臂和那捧着红本子的样子给他留下了很深的印象。结合于东山身上错系纽扣的睡衣，他想，他们肯定在边看边做的时候，被他这个不长眼的打扰了。他本还想提一提，要回红本子，但看到这种情形，没敢开口。后来他到机关工作，和于东山搞得很热乎，便跟他讨要，目的是不想有把柄握在别人手里，而非其他缘故。于东山一听就笑了，说那东西谁还帮着保存，早就给销毁了。那时，贾长福已病故，于东山这样说等于死无对证。可张昆仑心里清楚，这是瞎话。于东山出车祸后，张昆仑去家里帮忙料理后事，意外地在他们家的书架上又见着了那个红本子，在边角里，一个不起眼的位置上。那会儿没什么事，也是出于好奇，顺手拿了下来，打开一看，我的天呀！这不就是那本曾经让他揪心扯肺的红本子吗！他说他那会儿的想法已和当年不同，当年是为了消灭"罪证"，那会儿则是为自己的青春手记失而复现而激动，毕竟为此经历了那么多惊心动魄的事。他本可以偷偷拿走，但他做不出那种偷鸡摸狗的事。恰好晋淑芳过来找他商量事情，看到他手捧着个红本子，觉得有些不可思议，拿到手里翻看了一下，恍然大悟地俏笑起来，调侃张昆仑春心尚在，得闲就钻研"科学技术"。张昆仑也没客气，顺水推舟，说这一会儿钻研不透彻，可否带回家继续钻研。晋淑芳大大方方地同意了。借书这种事在机械厂那帮人里，借了不还就不还了，谁也不会追究，可晋淑芳这次不知是吃错了药还是上错了床，愣是撵着他要了半个月，说是他们家老于生前特别交代过，这东西一定要保存好，将来能值很大一笔钱。管你说啥呢，张昆仑横竖一条，就是不还了。为这事，他们差一点儿对簿公堂。后来还是蓝丁乙从中调解，说明这东西本来就是张昆仑的，而且是原创人，现在只是物归原主，劝她不要再闹了，晋淑芳才罢了手。后来才知道，这事全是郝大贵从中作祟，他鼓捣晋淑芳跟他闹。

我本想提出用红本子和我的画做交换，听他把话说到这地步，知道说了他也不会答应，于是也就算了。最后，我答应了他提出的两箱茅台酒以物易物的交换条件。我把此事老老实实地向吴美绎做了交代，以期她点下头换取我内心的平静。吴美绎困惑的目光在我身上足足驻留了五分钟，最后随着一声叹息才结束。第二天，她就给我送来了五箱茅台，告诉我，缺酒了尽管去找她，不能就此贱卖她的"身子"。我决定终止这笔交易。但张昆仑好像也忘了这件事，之后再未提及过。这也正好合了我意。

有天晚上，我跟吴美绎讲那个红本子，讲那红本子的故事和《少女之心》。吴美绎睡眼惺忪，迷糊着听我讲。"那就是耍流氓！"她冷不丁冒出了一句，嗓音跟眼神一样朦胧。我迷茫了，为艺术。

黑 板 报

1

星期天上午，田艳丽身着白色连衣裙，脚穿系襻儿的中跟黑皮鞋，勇敢地走出了家门，在人们惊奇的目光下，一只白蝴蝶尾随着她，随着她怦怦跳动的心翩翩起舞。她觉得蝴蝶是美的，想必蝴蝶也觉得她是美的，不然何以相约而行。她的目的地是厂部宣传科，张昆仑在那里加班出板报，她想陪他加班，让自己像蝴蝶样围绕着他，就像蝴蝶围绕着她那样，互相衬托。但宣传科的门却锁着。她擦去额头上微微泛出的湿汗，寻找那只蝴蝶，不见影踪。她想了想，便朝绿化队而去。满是油污的水泥路面被太阳晒得炙热，散发着熟悉的机油味道，但她嗅到的却是张昆仑的气味。即便走在阳光直射的一个路段，那感受也是真真切切的。

一声爆笑从院子里传了出来。她在拐角处的房荫下停了下来。

"哥，"一个小青年的声音传了过来，"你讲的到底是真是假？我咋听着恁玄乎嘞。"

"去你的！我讲了半天等于白讲啦！"张昆仑的声音，"简单地说，这男的和女的在一块儿，首先你得拿起架子，不要一上去就低三下四、死乞白赖地去求人，不然必定歇菜。你们这点得向你哥我学习，从头到尾都是你嫂子追我，看我的脸色。"

"你吹吧！"又一个小青年的声音，"我还不知道你，见了嫂子就歇菜。"

田艳丽撇嘴一笑，就想现身过去，随即又听到前面的那小青年说：

171

"哎，哥，给弟兄们来点儿干货，那《少女之心》到底都说了点啥？我们哥儿几个光听你一筷子一筷子往外夹，胃都让你吊出酸水来了，扛一碗出来不行吗？"

"想听？行，明天春晖饭店摆一桌，到时候给你们来一段精彩的。"

田艳丽心里咯噔一下，从墙后闪身出来，像一道白色的光。两个身着油乎乎、黑黢黢工作服的小青年，一左一右猥琐地靠在门框上，面朝里和张昆仑正聊得火热。只看这身打扮，田艳丽就知道他们是从车间开小差偷跑过来的，透过间隙可以看见张昆仑身着白衫短裤，仰面朝天靠在两腿支地的椅子里，嘴上叼着香烟，双臂垂在两边，蹬在桌子上的脚丫子微微抖动，就像遛鸟乘凉的大爷，舒坦地享受着马屁的惬意和电风扇的凉爽。

"赶紧滚蛋！"

田艳丽低声吼道。这一声就像丈母娘撵女婿，没有半点儿商量的余地。两个小青年回头看到田艳丽这身装扮，没等笑出来便已移动身子向外跑去。她在他们心中的地位其实远胜张昆仑，因为她向来说话算数，她答应过给他们介绍女朋友，她介绍的成功率几乎是百分之百，就像月老的化身。她平时嘻嘻哈哈，可突然严厉起来无异于变压器爆闪电火花，伤不住人也吓死人。田艳丽大步跨进屋门，在张昆仑的眼皮子底下，伸出电工钳子般的食指拇指，狠狠地拧在他的大腿上。劳动模范的直觉告诉她，张昆仑的这副做派很有问题，和他现在的身份出入太大，必须纠正。另外，她也见不得张昆仑那副拿大的样子和看自己的眼神，她只想让他收敛一些。其他的，其实她也真没多想。

"你真是好了伤疤忘了疼。"田艳丽说一句，拧一下。

"你真是本事不大，牛皮大。"第二下。

"我看你滚回翻砂车间的日子也不远了。"第三下，"到时候，你就可以和他们好好地吹了。"

田艳丽的这身装扮，张昆仑从来没有见过。他惊异的目光还在她身上上下打量的时候，那撕心扯肺的疼痛已然入了骨髓。张昆仑机敏但不失持重地从椅子上跳起来，装出臣服的样子哀求田艳丽赶紧停手，之后借势揽住了田艳丽被白裙子勒出的腰身，但田艳丽还是在他屁股上又拧了一把。他们有言在先，三把为限。

172

"你咋——"张昆仑有点儿急眼。

"咋？不服气？"

"服气服气。"张昆仑赶紧收起怒容，"拧一身青疙瘩让我咋出去见人嘛！"

"放心！"田艳丽扭了扭身子，装出要挣脱的样子，"都在里面藏着呢，丢不了你的人。"

"你看你，生恁大气是干啥嘛？"

"干啥嘛？"手又放在了屁股上，但没往下拧，"你不知道？"

"知道知道。"张昆仑紧抱着田艳丽的胳膊，左右晃动屁股躲闪，"不敢再拧啦，下来一定改。"

这时，张昆仑突然松开手，呵呵傻笑；田艳丽回头一看，臊得满脸通红。

顾阿成站在了门口，阳光照在他刚刚修理出来的发型上，闪着丝丝亮光。下午，他要陪顾阿姨出去逛商场，这发型既是让顾阿姨看的，也是让那些不讲究的北方佬看的。娘希匹，我顾阿成和你们就是不一样的人。

"胜利，"他微微一笑，并未显出尴尬，"侬抓紧见一下杨科长，找你急得不得了。"

"好的。"张昆仑也站在了门外，"顾队长，里面凉快。"

"不嘞。"顾阿成摆摆手，"侬要抓紧。"他笑着打量了一下田艳丽，"小田，侬这件白裙子漂亮得不得了，上海带回来的吧？"

"哪儿呀，我自己动手做的。"田艳丽得意地说道。

"啊哟，不得了，不得了！"顾阿成笑着说道，然后摆摆手，指指手腕上的欧米伽手表，提醒张昆仑抓紧时间。

"这裙子真的很漂亮吗？"从绿化队院门出来，田艳丽刚刚在自行车后座上坐稳，就问道，"我觉得也不错。"

"行啦！"张昆仑将自行车蹬得飞快，却是朝着厂大门的方向而去，"你赶紧回家换掉吧，就像毛里求斯的女酋长。"

"你再敢跟我胡说！顾叔都说好看。"

"他是逗你玩呢！连这种逢迎你的话都听不出来，还出来充老大。"

在厂门口车子减速时，田艳丽从后座上跳下来，气鼓鼓地自己回家

173

去了。那只白蝴蝶又出现在她身后，重叠在一起。蓦然间，仿佛无数只白色的蝴蝶翩翩起舞。张昆仑依据这个恍然浮现的画面，连夜创作了一幅整版的意在表现机械厂欣欣向荣的景象和女职工精神风貌的彩色粉笔画：一位风华正茂的女职工手握卡尺，脸上洋溢着青春靓丽的笑容；在她四周缀饰了几只翩翩起舞的彩蝶。他还是第一次创作如此大幅面的黑板画，虽然采用的是较为简单的线描手法，但他对自己的这次尝试还是十分满意的。他还想把女职工画成田艳丽的样子，可怎样也画不像，因为他的造型能力实在有限。要画得像，确实是件为难他的事情，尽管他也想画得像。周一展出了一天，周二下午杨科长就急匆匆地找到他，叫他赶紧把黑板画撤下来。张昆仑感到十分不解。

"咳，胜利，你咋连这基本常识都不知道呢？"杨科长脸上挂着不可思议的神情，"这叫招蜂引蝶。我们机械厂的女职工招蜂引蝶吗？自己往自己头上泼脏水！"

张昆仑恍然大悟，他确实没有想到这上面去。

"这事也怪我。"杨科长接着说，"昨天你往外面抬黑板时我就觉着哪儿不对劲儿，但就没想起来还有这茬事儿。刚才贾科长专门把我叫过去，告诉我，下面人都把这当笑话讲了，说什么的都有。还有人编了顺口溜：'机械厂，美女多，照镜子，不干活儿，招得蝶儿两边飞。'听听，都是什么话！门卫老马头实在听不下去，把问题反映了上来。"

什么也不要说了，马上往回收吧，越快越好！但张昆仑多了个心思，他想顺带弄清楚到底是谁在说那些扯淡话，非得给收拾了。他先来到门卫室。黑板报就在门卫室门口，谁说点啥，门卫肯定都清楚。当班的恰好是门卫老马头。老马头和张昆仑的父亲张铁栓说不上有什么交情，但也不能说没有交情，因为张铁栓为人仗义，在他们那一辈人里威信特别高，一般人都买他的账。所以，即使他对这个从来都不正眼看自己的老哥们儿的大儿子有些看法，但人家来找他说话，他也没有不搭理的道理。张昆仑却很讲方式，见面先递上一支香烟，先把父辈的友情抬出来，等老马头一向不苟言笑的拐把子黑脸露出了笑容，又急忙送上了几顶高帽子，什么火眼金睛、定海神针、横刀立马的，着边不着边，只管往头上戴。老马头心里乐开了花，不等张昆仑开口，就自告奋勇地要帮张昆仑抬黑板。张昆仑正有此意。两人抬着黑板，张昆仑走在前面，老马头走在后面，张昆仑有一搭没一搭地故意把话题往上面绕。他的脸一会儿看路，一会儿扭向一侧，一会儿背转过去，看路的时候眼珠子滴溜乱转，扭向一侧的时候使劲地往后瞅，就像在看自己的耳朵根儿，背转过头的时候眉毛尖都跟着眼睛一起笑。老马头倒简单，听到声，便有了影，竹筒倒豆子，有多少倒多少，他要为张铁栓的这个大儿子抱不平，说到气愤时还骂了娘。都到这份儿上了，张昆仑也没必要再绕圈子了，便直截了当地问老马头都是谁在说那些话。老马头说，起先是郝大厂长，后来大家就都说了。

"郝大贵?"张昆仑心头一震，猛然站住，把老马头吓了一跳，黑板差点儿脱手掉地上。

不帮忙也就算了，为什么背地里还要放冷箭？张昆仑知道单位里人际关系很复杂，但复杂到这种地步他却是想都没想过。杨科长头天跟他说的那些话又浮上了心头。

"胜利，有些话不知道当讲不当讲。"在厂大门口和田艳丽分手后，张昆仑急匆匆赶到厂部办公楼，进门迎面就碰到杨科长黑着脸从楼梯上下来，看见张昆仑也不说话，转身便往办公室而去。张昆仑跟在后面，刚在屋里站定，杨科长就说道："我知道你让最近这几件事情闹得有些分心，但事情已经过去了，该把心思用到这边的就用过来，不然出了事，谁也帮不了你。我告诉你吧，局里打算成立调查组，重新调查史老歪举报你的那些事情。蓝厂长给我通了气，问我的意见，我能怎么说？说来吧，张胜利身正不怕影子斜？我只能说，这样对工作影响很大，能不来最好不要来。可是，你也应当注意啦，别影响到别人的工作。你说你没事老在绿化队召见那些车间里的小青年是干啥呢？屙泡屎的工夫也要跑到你那里转一圈，影不影响生产？你想着他们都是你的心腹铁杆，和你穿一条裤子？胜利，清醒点儿吧，这是单位，不是你家，也不是翻砂车间，是厂部机关，你在那边胡扯八道点儿啥东西，不出半天，就传到这楼上啦。说传都是好听的，其实就是打你的小报告。"

电风扇呼呼地响，但张昆仑头上的汗却流个不停。

"胜利呀，很多事情你心里应该有个数，该做的做，不该做的就不要做。有人盯着你呢!"

"有人盯着我?"

"咋，不相信?"

几张人脸在张昆仑脑子里快速闪过，可他就是没有想到郝大贵。

"你也不要胡猜乱想了，还是我过去跟你说过的话，干好本职工作。这是根本，也是你在这里的立足点。"杨科长指了指脚下。

张昆仑脑子里乱哄哄的，也不知道回了句什么。田艳丽说他的话，才这一会儿就兑现了，都快赶上了预言家。他揉了揉大腿上的青疙瘩，觉得拧得还是太少，往后这样的青疙瘩还得多拧几个。

"你也不要有压力，人非圣贤，孰能无过。有错不怕，就怕知错不改。"杨科长看了一眼张昆仑，把手里的一沓文稿塞在他手上，"你应该多向你爹学学。他在翻砂车间的时候，他要说他的技术排在老二，你看谁敢站出来说排在第一。过去，逢年过节厂领导去家里拜年，第一个去的就是你们家，这是为啥?还不就是他有真本事嘛!"

张昆仑翻看着稿件，苦笑着摇了摇头。

"现在，像他这样的老同志可不多啦!"杨科长去倒了杯水。

"就算他是个大熊猫，也过时了。"张昆仑看着稿件随口说道，"我工作上的事情，如果不是他在那儿发扬风格，何至于就在翻砂车间翻了几年大铁锹?什么子承父业?都是骗人的鬼话。"

"哎，胜利，你说这话，我可要批评你了……"

"呵呵，对不起，对不起，我随口说说而已。"张昆仑合上稿件，赔上笑脸，"时代在变，想法也在变。你们那个时代的东西放到现在如果没有一点儿改变，我个人观点，觉得未必就正确，但精神可嘉，应当继承。"

"精神是永恒的，这话算让你说到点子上了。时代变了，精神不会变。"杨科长若有所思地说道，"对了，我马上写一篇这样的文章，就叫'发扬时代精神，再创春雷辉煌'。就以你父亲张铁栓为背景，你看怎么样?"

"当然好啦!"张昆仑眼里升腾起一团火花。

"好，我们就这样干!"杨科长有力地握了握拳头，但之后就像遇到了很大的阻力，叹了口气，"蓝厂长刚才批评我们，说我们近期的板报办得不像话，根本起不到宣传教育的效果，尤其是上一期。我给他做了解释，告诉他你的时间和精力受史老歪那家伙的影响，没有完全用上来。我想他会理解的。他要求我们加量，原来一周五版，现在要达到二十版以上，而且水平、质量都必须提高，要和国营大厂那边看齐，甚至还要超过他们。我看，别说超过了，看齐都难。"

"也不至于吧。"张昆仑颇为自信地说道，"我去看过他们的展览，水平也不见得高到哪里去，无非版面好看了些，但缺少内涵。咱们这边有你的文章在这儿放着呢，就这一条就盖住了他们，还不说我的画也不比他们弱到哪里去。"张昆仑不失时机地拍了个马屁，"现在唯一的问题是，我手头的资料太少了，不像他们，舍得在这上面投入。也不知道他们都是什么渠道，弄来那么多的东西。"

"这花不了几个钱，需要买了跟我说，我给你申请资金。"

"行，需要了我跟你说。知己知彼，百战不殆，这样吧，我现在就去他们那边再看看，先借几本做参考，到时候选择合适的下手。"张昆仑抖了抖手头的文稿，"关键要和你的文章相结合，驴唇不对马嘴可不行。"

张昆仑这番话很对杨科长的脾胃，他高兴地拍了拍张昆仑的肩头，鼓励他好好干，真有什么事，他会替他出面。张昆仑及时表了态。两人正感到意犹未尽时，门开了，于东山走了进来。

星期天一大早，蓝丁乙就把于东山叫到办公室，商量解决史老歪的事情。

"怎么？他又去家里打扰你了？"

于东山并未感到惊讶，因为这种事情在企业里时有发生，不算什么稀罕事，他也遇到过。他刚当上人事科科长那年，一个老职工欺负他年轻，退休时，提出让他未成年的儿子顶岗，进机修车间。按说儿子顶替接班，这也有先例，做个好好先生也就给办了，但他认为这样做太过于随意，也有违人事原则，给压了下来。没想到，这却给他带来了一场职业危机。那位老职工得知情况后，马上就不愿意了，白天在办公室和他纠缠了一整天，晚上又和他老婆一起摸到家里，还带着一个四五岁的孩子，又吃又屙，又哭又闹，闹腾到晚上一两点。他好吃好喝地招待他们，但其他的事情一概免谈。连着闹了三天，最后他们自己都闹不动

177

了，下跪磕头说好话，他才松了口，承诺他们，三年之后可以考虑。他当时就想，自己刚刚上任，轻易就妥协了，那以后的工作恐怕就没法干了。他的想法不无道理，事实证明也是对的。从那以后再没人跟他胡闹、提无理要求了，因为大家私底下都说，他是个杠头筋，找他闹，还不如照着自己扇两巴掌算拉倒。蓝丁乙一直在局机关工作，缺少这方面的经验。

"昨晚上请几个大客户吃饭，十二点多才回家，进来家门你猜怎么着？好家伙，家里就像孙猴子大闹天宫——一地的水果皮、瓜子壳、烟头、废纸屑，要有多过分就有多过分。我没有好气，加上又喝了酒，说话也没客气，他就给我要上一哭二闹三上吊的那一套来了。这种泼皮无赖我还是头一次遇到，左右邻居都来看热闹。"

"史老歪这个家伙！你没答应他什么吧？"

"没有，我们见面就杠起来了，只差没有打起来。"

"真打起来问题也就解决了。但传出去，这也太丢份儿了。"

"想想也是，喝了酒控制不好情绪。"

于东山脑子里迅速形成了一套解决方案，但他想了想，没有直接说出来，而是问道："这件事你认为给他一点儿补偿就能解决问题吗？"

"政策允许的范围内，如果能答应他的就答应他算了，和这种人纠缠，太耗费精力。"

蓝丁乙在来厂里的路上想了很多极端的方法，但两杯铁观音下肚便又全部给否定了，他想听听于东山的意见，看他有什么办法。

"的确是这样，但，"于东山讪笑道，"恐怕这人不是你想象的那样好打发。"

"不行就把他抓起来？"

"想抓还不容易，但判不了他刑，拘留十五天，放出来，再找你怎么办？能不激化矛盾就不要激化。这家伙坐过牢，算是经过大风大浪的人，小灾小难敲打不了他。"

"熊玩意儿，总这样下去也不行呀！"

"秀才遇到兵，有理说不清！"于东山解嘲地开玩笑道，"这样吧，这件事你不要再管了，具体的我来处理，你看怎样？"

"好啊！"蓝丁乙满意地点点头，"不过，你有什么想法最好和郝大

178

贵商量一下，这家伙对付这种东西还是有一套的。"

"和他商量？"于东山淡淡一笑。

"哦，是这样。"蓝丁乙忽然意识到这样的安排多少有些不妥，于是解释道，"昨天史老歪在我家里胡闹，我没有办法，就让人去把他叫了过来，正好这家伙也在家。你别说，他对付这个史老歪还真是有办法，连吼带嚷，推搡着就把他弄走了。"

"咳，昨晚我没在家，不然……"

"你在也不一定能对付得了。这种人，我看也只能郝大贵来对付。"

于东山微笑："他是怎么对付的？"

"他能怎么对付！还是他那一套，一哄二骗三吓唬嘛，不过很实用。他告诉他，局里已经成立调查组重新启动调查。哦，对了，史老歪揭发张胜利私自处理生产工具，有凭有据。你说这个张胜利，胆子咋这么大呢？一把新剪子都敢折价一半处理，这才干了几天，就狂妄到这种地步。"

"成立调查组？"于东山敏锐地觉察到了猎手的味道，"如果郝厂长已插手这事，就让他管到底吧，我再介入进来恐怕不合适。"

"他也只是说说。"

"说说？史老歪追着不放呢？"

"那就让局里来配合一下，应付过去不就完了。"

"那怎么是说说呢？这肯定是要落到实处的，而且，"于东山停顿了一下，"这件事这样反复地折腾，影响的不单是情绪，还有你我的声誉。郝大贵抓生产，并非职责所在，顺带管一下，管得好是功劳，管不好、管出问题了也和他没关系。但你我就不同了，你是一把手，我是负责人，折腾不好，最后丢人现眼的是咱俩。"

窗外知了声声。蓝丁乙想了想，答应了不再让郝大贵插手此事。他倒未认可于东山的说法，只是想照顾一下于东山的面子，因为郝大贵和晋淑芳的那点事儿，在机关上层早已不是什么秘密了，几乎人尽皆知。让郝大贵插手本该于东山负责的事情，等于在让于东山难堪——蓝丁乙觉得，已琢磨透了于东山的小心思。

于东山从蓝丁乙办公室出来时，杨科长等在门外，显然，他们的谈话杨科长一字不落地听了去，但于东山觉得也没有什么不妥，反过来倒是件好事，因为这正好让郝大贵的司马昭之心暴露在光天化日之下——想跟我斗，等着吧。他对杨科长点点头，杨科长对他竖了竖大拇指，好像彼此心领神会。

于东山回到办公室，把他跟蓝丁乙的谈话内容做了简要的记录和分析。在并不算多的字里行间，他三次用到了"险恶"这个字眼儿。最后，他在郝大贵的名字上画了个圆圈，合上了笔记本。他更加清晰地理清了思路。他决定马上找张胜利谈话。他来宣传科就是来找张胜利的。

2

周一上午刚上班，于东山便召集财务、保卫、后勤等部门人员开了个紧急会议，就张胜利擅自处理生产工具一事向大家做了通报，并宣布由人事科刘科长牵头成立联合调查组就此事展开调查。区区几块钱的事情如此大动干戈，令所有人都觉得匪夷所思。但于东山做事一向认真，他发了话，也就没有任何人提出异议。于东山特别安排，把一间废弃的石棉瓦搭成的仓库打扫出来，作为调查组办公地点，里面没有风扇，没有通风设备，只有一张办公桌、两把椅子。一切安排停当，刘科长叫人去找史老歪，可史老歪却已经摸上了门——他刚去找过郝大贵，询问局机关成立调查组的进展情况，郝大贵点拨他去找于东山。在于东山办公室，于东山热情地接待了他，并对他和不良作风做斗争的精神给予了肯定，但于东山也特别指出，正人先得正己，擦干净自己的屁股才好说话，让他补交上七块五毛钱，就是那把张胜利擅自处理的园林剪的差额款。史老歪对张昆仑恨之入骨，只要能把他整趴下，什么都可以不顾。仇恨已让他失去了判断力，即使损失一点儿钱财也在所不惜。他咬咬牙，回家跟小马扎要钱。

小马扎撒泼、吵架、骂街的名声在外，但却是外强中干、遇强则弱、遇弱则强的那类能耐。她反对史老歪上访，不愿意再陪着他折腾下去，只要工资照发，经济上没有损失，其他的，她都认了。夫妻俩，两条心。史老歪我行我素，她也没办法，但她也让人给张家传话，说史老歪疯了，他上访是他自己的事情，他们全家都已经和他划清了界限。她怕张家老四再在自家小儿子身上动手脚。但两人的认识却在前几天又达

180

成了一致，因为他们都在蓝丁乙的性格弱点上发现了机会，就像对峙的双方终于在一方的防线上发现了薄弱点，实施突击就可大获全胜。小马扎想得更多的是经济上的补偿，而且闹腾的是蓝丁乙，跟张家可以说已经没有关系了，你张四海总不至于欺人太甚，再和我们家老三过不去。而史老歪想的则更多，不单是经济，还有政治。政治服务经济，经济支持政治，两者之间的辩证关系，他十年前就弄明白了，含糊不了——政治上失败了，经济上也必然受损。如果不取得与张胜利斗争的政治上的胜利，那么凭什么吃香的喝辣的、抽大前门香烟呢？凭这张老脸，凭这副身板儿？拉倒吧！所以，他必须要将张胜利打倒，赶出绿化队。但他并不跟小马扎提这些，只说她关心的补偿问题，只说得到这笔补偿后能用它办多大的事情——添台电视机，买个金戒指。二三十年的夫妻，他知道小马扎喜欢什么。两人再次空前地保持了一致。七块五是全家小半个月的副食品开销，小马扎心疼，不愿意掏腰包，可在史老歪三寸不烂之舌的游说下，在他画出的"美好蓝图"下，最终也把钱掏了出来。

史老歪在财务科交了钱，还没有离开，小刘就等在了门口，之后客客气气地把他请到了调查组的办公点，调查由此在闷热如桑拿室一样的环境和蚊虫叮咬中展开。

调查详细、认真，时间、地点、人物无一不问、无一不谈。两个小时下来，所有人的衣服都像上了浆，硬硬的，泛着一层白霜。史老歪几乎出现了幻觉。让他在讯问笔录上签字画押时，他连看都没有看，就按上了红指纹。

史老歪中暑了。他在家里躺了两天，缓过来一点劲儿又来找于东山。于东山佯装什么也不知道，叫刘科长过来询问。刘科长一见史老歪就笑了起来，说曹操曹操就到了，请他继续配合调查。但史老歪说啥也不愿意往调查点去。小刘也没有勉强，客气地告诉他，别处实在找不出空地来，如果不愿意去，那就再等等，他已打了报告，电风扇很快就能装上。

史老歪回到家，越想越生气。折腾别人的事情变成折腾自己了，交了七块五毛钱，又把自己搭进去——下个老鼠夹，没夹住老鼠，倒把自己夹住了。但这件事除了办公地点不合适外，他又挑不出其他毛病来。第二天，他咬了咬牙，带上一大瓶凉白开找到了刘科长。

"史师傅，你看这个地方，"在调查点，一台老旧的台式摇头电风扇哗啦啦地响着，吹出懒洋洋、有气无力的风，吹在身上就像挠痒痒，即便调查员照顾了史老歪，调整了风向，让风尽可能多地吹在他身上，但在四十度的高温下，那风所起的作用也只是杯水车薪。才说明白了一个问题，他们就都汗湿衣衫，史老歪自带的那瓶凉白开也见了底。"你和王二孬说的时间出入太大了。他说剪子领出来用了一次就不见了，可你说用了两个星期才丢了，这可错了十几天哪，这是咋回事？"保卫科抽调出来的调查员把两份讯问笔录并排放在桌子上，湿淋淋的手指指在哪儿，哪儿就留下一片汗渍。

"他妈的，你们也不知道向领导汇报一下，弄个这破地方，不是日弄人的嘛！"史老歪擦着头上、身上的汗水，隐隐约约有种被愚弄的感觉，于是撇开主题，抱怨道，"让他们也过来待俩小时试试，看这是人待的地方吗？"

"说了，能不说吗？"调查员也是一肚子怨气，"可说了又有啥用。这个小刘我看就是个马屁精，在我们面前他那架子比谁都大，可见了领导，比孙子还孙子。说啥叫我们去找地方，我们要是能找来地方，还要你这个领导干啥呢？我们就是领导了。"啪，他忽然在手背上拍了一下，之后看着上面的一只大花蚊子的尸体和血迹，说道："你说你也是，前两天下雨天你不来，偏偏找今天这高温天来，你自己找罪受，也拖累我们跟着你一起受。好啦，抓紧吧，早弄完早回去。"

这时，在树荫下凉快了一阵子的另一名调查员从外面进来，看了看讯问笔录，"咋弄了半天才问了一个问题。赶紧！赶紧！甭在这儿耽误工夫。"他颇为不满地说，"现在问到哪一条啦？"

屋里的那位调查员用手指了指。

"史师傅，你说，这是啥情况？"后进屋的调查员瞪着三角眼问道。

"啥情况？我咋知道啥情况？"史老歪对他的态度十分不满，一拍桌子站起来，"你在外面凉快了半天进来就咋咋呼呼，是咋？审我是不是？你们别把事情给弄颠倒了。"

"史师傅，你别生气。"屋里的那位调查员拉拉同事的衣服后襟，慌忙解释，"事情咋会弄颠倒呢？我看这次厂里是下住劲儿啦，一定要抓张胜利这小子一个典型。咱这边儿调查你检举揭发的这件事，那边财务上已经把绿化队的账本都抱走了，上面下了死任务，这次不把绿化队的问题弄清楚，绝不罢手。"

"不就是一把剪子，用得着下恁大的劲儿？"史老歪心头咯噔一下，觉察到苗头有些不对，"照这劲头是要老账新账一起算啦？"

"看着是这么个意思。"屋里的调查员说道，"听说那个胖闺女二丫也给叫回来了。"

史老歪死死地盯了一会儿这位调查员，从他一直挤弄的眼睛里看不出有任何问题，但这越发让他感到不安，因为二丫的那本账他心里最清楚，有很大一部分都是在自己的指使下编造的，关键是有个别部分还是自己亲手帮她填写的，插手太深，这要是查下去，二丫一推二六五都推到自己头上，那可是跳进黄河也洗不清了。他想到拿回家的那些工具材料以及收取的几笔回扣，心头一阵儿慌乱："今天咱们就这样吧，感觉又有点中暑，头晕。下次说啥也不来这地方了，简直就是想要人命。"为了防患于未然，他要回去想想，一步棋走错，满盘皆输。刘科长有交代，不能难为史老歪，配合就按配合的来，不配合就按不配合的来，顺其自然，不要强求。所以史老歪要走，谁也没有拦他，而且客套话还对他说了一大堆，就像他们是专门为史老歪办事似的，其实谁也不想在这鬼地方多待一秒钟。

史老歪回到家里，咕咚咕咚喝了两大茶缸凉茶，吹着电风扇，闷头想了半小时，越想心里越别扭。明摆着这是厂里在给自己要花样、下绳套，而且手段阴狠毒辣，要是照这条路走下去，收拾的哪里是张胜利，分明连自己都要一锅烩了。于东山在这里面扮演的究竟是个啥角色？咋连自己的小姨子也不放过？他和小马扎商量到天黑，最后拿定主意：与其坐以待毙，不如主动出击。他们把目标重新锁定在蓝丁乙身上。真是傻呀！王二孬都没有这样傻！干吗要听于东山那家伙的金箍棒的指挥，让往东就往东，让往西就往西？眼看是给自己挖的坑，还要往里面跳，这不是傻吗？他忽然感到眼前明亮了起来，仿佛暗夜里有一盏油灯点亮，照亮了前进的方向。对，就找蓝丁乙！他那被激怒的眼神，貌似一团火，但一点儿也不可怕，因为那是游移的、回避的眼神，是大象的眼神，不，顶多是绵羊的眼神，是容易对付、可以征服的眼神；他那发自喉结的尖利的喊声、挥动的手臂就更不以为惧了，那是软弱的表现、垂死前的哀号，和他的身份根本不相匹配，真叫人怀疑，他是咋坐上了机械厂这把太师椅的？他那一看就知道是知识分子的老婆就更好笑了，自始至终都在赔情说好话。你说你软蛋，也找一个厉害一点儿的老婆呀，关键时候也可以替你挡挡事，就像张胜利的恶婆子媳妇一样，文的武的都能来两下，不然就得是这样，该你受的，你就得受着。你找郝大贵来做挡箭牌，你可找对了人，他郝大贵是什么人？别人不知道，我知道，只要他别难为我，他要是敢，看我不去上面检举揭发他。秀才遇到兵，有理说不清——就找你蓝丁乙了，跟其他人啥也不再说了。他们真后悔没有借着前头闹腾的势头穷追猛打落水狗，本来主动的反而被动了。什么也不说了，照上次那样，再多来几次，肯定能闹出结果。于东山这家伙鬼点子多，少跟他说恁多，说不好会栽跟头。两人饭也没吃就动了身，反正到蓝丁乙家，他们吃啥自己就吃啥。然而没想到的是，来到家属院门口，就被两个身形强壮的年轻人拦住了去路，他们亮明身份是工业局保卫处的工作人员，询问他们来此何事。史老歪支支吾吾，没有说清楚就想往里去，但保卫员的手像铁钳子一样牢牢抓着他的胳膊，令他一步也动弹不得。保卫员告诉他，家属院最近发生了多起盗窃案，所有来访人员必须登记预约，否则不得进入。史老歪从未听说工业局家属院有这样的规矩，当即就吵喝了起来，小马扎也蹦跳着跟保卫员吵。两位保卫员好像早有防备，只要他们不往里面去，其他的根本不予理睬。盛夏时节，院子里到处都是晚间纳凉的人们，听到这边的动静，顿时里三层外三层地围了过来，这种事情，比在家里看电视有趣得多。

史老歪站在人群当间，看着周围攒动的人头，蓦然间仿佛时光倒流，回到了那个打打杀杀的年代，他体内的多巴胺转瞬间被唤醒了，血液一下子涌向了大脑。他挥舞双臂，就像个亢奋的巫师，高声而富有节奏地叫喊起来。他叫喊着，忽然有了清晰的逻辑，带有煽动和报复的双重性，就像当年他在万人集会上演讲一样。他历数自己遭受的迫害、委屈，以及此次机械厂对他的不公正待遇。他叫喊的时候，小马扎紧握拳头，跟当年在人群中观望他一样，被他所感染，被他所吸引。"对，说得好！就是这样！"她在关键点上不失时机地为他打气、加油，"他们他妈的就是欺负人！"这才是他的老婆，这才是那个曾经对他无比崇拜的老婆。他说话的声调越提越高，竟然忘记了此地曾是他当年耀武扬威

184

过的地方。他迫害过的人至少还有十多人居住在这里。这时，有人接话说："这不是机械厂的那个史老歪吗？这小子咋又跑到这儿兴风作浪来啦？"立马又有人做了响应："我说怎么看着恁面熟呢，原来是这老小子。"

"喂，史老歪，"有人在最外层喊道，"你光说别人迫害你，你把你迫害别人的事情也说说嘛！"

"你是谁？"史老歪对着说话的方向喊道，"有本事出来说话，躲在黑影里吆喝算啥？"

"我是你老子，我是你爷爷！"那人喊道。

"我说我是你祖爷爷呢！"史老歪跳着高喊道。

这时不知道从哪个方向飞来一个西红柿，不偏不斜正好砸在他后脑勺上。他刚扭头骂了一句，几块西瓜皮又从另一个方向扔在他后背上，接着，汽水瓶、土坷垃、烂菜叶、坏土豆……所有可用作抛掷物的东西都飞向他。刚开始史老歪还予以回击，但没多久他便失去了反击能力，因为他的反击显然惹怒了更多的人，招致更猛烈的袭击——哪儿来的乌龟王八蛋，竟然敢跑到局机关家属院里来撒野，想找死你也不看看这是啥地方。有个光膀子和他同样干巴瘦的年轻人，也不知道和他有什么深仇大恨，抡圆了扫把，照着史老歪没头没脑地就下了死手。史老歪只有招架之功，没有还手之力，这边躲过去一拳，那边却难躲过去一脚，他在人群中就像一只填满稻草的布袋子被推来搡去。小马扎的境况也好不到哪里，她因不干不净地辱骂别人而遭到攻击，拉扯中，衬衣扣子被拽掉，一只松垮的大奶子几乎完全吊在衣服外面，晃来荡去。保卫员凭借强壮的身体为他们提供了力所能及的防护，才不至于让事态发展到不可收拾的地步。

辖区派出所的民警及时赶到了现场。史老歪和小马扎被警车拉到了派出所。他们被关在狭小、闷热、不通风的临时拘押室里，无人理会他们任何正当的或是不正当的诉求，任其喊哑了嗓子，任其把尿撒在屋里。两个小时后，于东山和贾长福来到了派出所。事态的发展远超于东山的想象，他要尽快平息，以免造成不必要的影响。天快亮的时候，史老歪和小马扎回到了家中。史老歪脑子里一片空白，他坐在床沿上忍受着饥饿，忍受着小马扎进门就开始的刻薄尖酸的咒骂，像尊木雕，一动不动，直到小马扎的呼噜声塞满了整个房间，他才长叹一声，颓然倒在床上。阳光静静浮现，穿透玻璃，照在屋子里，也照在史老歪干瘪的屁股上，将他一分为二，阴阳两半。一张被小马扎从床上扔到地上的报纸赫然展露出一条过时的重磅消息：揭秘美国总统里根遇刺事件真实内幕。他的梦围绕着一碗牛肉汤展开，还有徐二姐，还有盛开的牡丹花，还有……总之，所有他渴望得到的美好事物都浮现在梦里。

8

　　史老歪闹的这一出令蓝丁乙彻夜难眠，他左思右想，怎么想都不是个滋味，熬到七点多钟，起了床，招呼也没打便出了门。他要去找于东山，问问他这究竟搞的啥名堂，事情没有解决，反而越闹越大？晋淑芳开的门，她告诉他，于东山半夜被贾长福叫出去处理史老歪的事情一直未归，现在人在哪儿还不知道呢。她一边梳理着头发，一边把他往家里让，蓝丁乙一条腿跨进屋门才反应过来，慌忙止住，又告辞出来。于东山的态度令他稍感满意，也令他寻得了些安慰，只是脚下的感觉出现了问题，轻飘飘的，就像宿醉未醒似的，没有根基，他下意识地回头看了眼。

　　"仨瓜俩枣的事情咋越扯越复杂了？什么都不要说了，尽快解决，消除影响。"上午，蓝丁乙在局里开会，下午来到办公室，便把于东山叫了过来，什么也不问，就下达了指示，"丢人都丢到局里去啦！"

　　"还不至于到这种地步吧？"

　　于东山几乎一夜未睡，中午打了一个盹，这会儿还昏沉沉的，对如何解决史老歪的问题还没有理出一个完整的思路。

　　"不至于？要到什么程度才称得上至于？"蓝丁乙无法理解于东山的态度，"洪鸣局长专门把我叫到办公室询问此事，这还不够严重呀？"

　　"呵呵，确实严重了，但，"于东山笑着说道，"他提出的条件确实不好满足，而且开了这头，再有人照搬照用，怎么办？这个家伙我了解，只要做出一点儿让步，他就会得寸进尺。"

　　"咱们厂里有几个史老歪？两个？还是三个？"蓝丁乙带着质问的口气说道，"不就是这一个嘛。"

186

"我是说如果。"

"什么如果，事情没放在你头上，所以你才如果。我不想听你说的如果。再说如果的事……"

于东山被弄得哭笑不得："这样吧，我看着处理吧，尽量满足他。只是他坚持要求处理张胜利这件事，恐怕还得你来拿意见。"于东山赔着笑脸，说道。

"处理张胜利？凭什么？就凭张胜利擅自处理了一把剪子？"蓝丁乙反倒报以诧异的眼神，好像他前面做的指示与此无关一样，"这就是无理要求了。"宣传科的这一期黑板报深得他意，张昆仑此时已然是他眼中不可多得的人才，既然是人才就应当得到保护。

"事情因他而起，这恐怕是史老歪的底线。"

这两天，蓝丁乙当着于东山的面至少夸过张昆仑两次，他这样说，也算有的放矢，丑话说在前头。

"他想让处理谁就处理谁，这机械厂是他家开的？让他弄明白，企业是国家的，不是谁想咋样就咋样的。"蓝丁乙停顿了一下，"这就是过分要求啦！"

"我想办法去争取吧。"

"争取一下看看。"

抛开性格因素，蓝丁乙和于东山的这段谈话其实代表的正是当时国企中最具代表性的两种思维方式。蓝丁乙偏于务虚一些，不愿意在无关企业发展的破烂事上纠缠，浪费不必要的精力；而于东山更为务实一些，事无巨细，凡事都要有个交代，不管是正经事还是破烂事都得有个交代。按照现代的视角来看，他们做的都没有问题，只是蓝丁乙的思维更具前瞻性一些，而于东山的略显保守、政治化一些。从某种意义上说，他们其实是难得的好搭档。但蓝丁乙并没有认识到这一点，因为他已沉浸在"厂长负责制"所赋予他的权力真空中，任何不遂意的意见都不能为他接受。

于东山凭直觉预见到，如果听从蓝丁乙的指示向史老歪示弱，下来恐怕连自己都要陷入到无休止的纠缠当中，这是他无法接受的。如果不是自己也深陷其中，他真的就想甩手不管了。他正想着如何说服蓝丁乙，身后屋门一开，贾长福闯了进来。

刚刚，史老歪被看护黑板报展的人员打伤，送进了医院。

4

张昆仑接受了杨科长的忠告，把精力全部投入到了工作当中，他努力的程度令杨科长为之动容，令田艳丽心疼不已。二人通力合作，到周五晚上，也就是史老歪在工业局家属院门口闹腾的那个晚上，按照蓝丁乙的指示要求，这期的板报编辑绘制工作已基本完成，最后就剩下两块出彩的粉笔彩绘需要张昆仑单独来做，张昆仑拍着胸脯夸下海口，保证天亮前交付，让杨科长放心回家休息。看到田艳丽也来帮忙，杨科长感动得都不知道说什么好了，但他也颇为疑虑，因为他对张昆仑的技术水平并非完全认可，认为他拿不下来那样高水平的创作。

然而，第二天上午，当杨科长早早来到办公室，推开蓝丁乙特意为宣传科腾出的会议室大门时，立刻，一种震撼的感觉扑面而来：迎门两块整版粉笔彩绘映入了眼帘，一块标题为"改革者"的，画的是位国家领导人，栩栩如生；另一块标题为"厂长负责制是企业发展的核心动力"的，画的是一位炼钢炉前的炼钢工人，飞溅的钢花映红了他的脸膛。画面的真实感仿佛磁铁一样，紧紧抓住了他的眼球，他甚至怀疑那不是粉笔画出来的，直到脸趴在上面，吹起些许粉笔灰才信实了这是真的。这是他从未见过的绘画形式，简直比画在纸上的还要逼真。他下意识地都想替炼钢工人擦去脸上欲滴的汗珠。

"胜利这小子真有这本事？"一阵欣喜过后，杨科长便开始怀疑起这是否是张昆仑的大作，怀疑是否有人来帮助他完成的这两幅画作。但这都已经不重要了，因为不论出自谁手，这一期的板报都代表了机械厂，甚至是工业局的历史最高水平。他一想到板报展出后的轰动效应，想到蓝丁乙灿烂的笑容，想到热烈的掌声以及意外的奖励，心里就乐开了花，因为这里面的功劳至少有一大半要记在自己头上。会议室里仿佛还飘浮着粉笔灰的尘埃，他深情地猛吸了一口，竟然觉得那粉末有种清新、舒服的感觉。这时，有人通过洞开的屋门也看到了这两幅黑板画，稀罕地围了上来，叽叽喳喳，溢美之词不绝于耳，有的忍不住想伸手触摸，杨科长慌忙拦住。

"别动，谁动我跟谁没完！"

张昆仑忽然出现在会议桌的尽头，他半俯着身子探出头来，瞪着眼睛，手指来人，那劲头就像谁要夺走他的财宝一样。昨晚上，他和田艳丽一道把这两块黑板画从他的同学章建歌那里拉回来的时候，已经是凌晨两点多钟了。他也预期了一个热烈的场面，以至于精神兴奋异常，索性一不做二不休，当即动手，把其中一块"咱们工人有力量"的标题改成"厂长负责制是企业发展的核心动力"，虽然画面并不完全扣题，但意思能表达到就行了，只是他修改得非常不顺利，因为他对色彩的把控能力有限，费了很大劲儿，才把涂掉的部分涂抹得接近原色。标题写好后，天已放亮。他送走田艳丽，左思右想都不踏实，干脆就用椅子拼出来一张床，睡在了会议室，为的是防止那些喜好动手动脚的人随意触摸——他已在修改标题的过程中意识到，一旦有所污损，凭自己的本事是难以修复的。他这一嗓门显然太过于谨慎，而且还有点儿拿腔作势，让人惊吓之余也感到不是滋味，连杨科长都皱了皱眉头。

"小人得志！"

人们讪讪地离去，不知谁还咕哝了这么一句不满的话。转瞬间风向就变了，这让杨科长很不舒服。他皱着眉头目送那几个人的背影消失在楼梯间的拐角处，消失在某个房间的门口，心里有种说不出的感觉。这时，张昆仑站在了他身边，随他向外张望。

杨科长摇摇头，收回视线，好像这时才注意到张昆仑的存在。张昆仑蓬头垢面，衣衫不整，好像是受了凉，鼻子吸溜吸溜的，就像感冒了一样。杨科长心里顿时涌上一股暖流。"胜利，辛苦你啦！一晚没睡吧？你看你咋睡到那儿去了，进来也没看见，不然，说啥也不让那几个家伙过来吵醒你。"

"咳，眯瞪一会儿就可以，"张昆仑无所谓地说道，"不是怕他们来了乱吗，不然就回家睡了。这种画，画起来不容易，破坏起来却很容易，手指头摸一下就得修半天。"

这时又有人要进来看热闹，杨科长慌忙拦住了他们，告诉他们马上就要抬出去展出，等会儿再看也不迟。之后，他们索性从外面锁上了会议室的大门。"这两幅画画得真好！你看，还没有摆出来，就已产生了轰动效应。"杨科长仍感到意犹未尽，"哎，胜利，我都想象不出来，

189

这一晚上的工夫，你是咋把这画给画出来的？"

"这个嘛，天机不可泄漏。"张昆仑神秘一笑，"在我们艺校，画人像是基本功，没这两下子，毕业证都拿不到。"

"是呀，这都是硬功夫。"杨科长颔首一笑，"这样，你就在办公室里休息，我去安排几个人把板报抬出去。一会儿，你去看看布置得怎么样。"

"看领导说的，我能有那么娇气吗？"张昆仑抻了一个懒腰，"人员要找可靠的，我昨天就已经和翻砂车间的柱子他们说过了，叫他们过来帮忙。每天抬进抬出，人员要固定，另外，展出期间也得专人看管，不然谁动一下都是麻烦事。"

"用人的事跟人事科小刘说了吗？"

"跟他说干吗！翻砂车间这几天活儿不多，我跟山泉水说一声就可以了。柱子那几个人我都了解，用起来比较可靠。"

"你别越俎代庖。人事科这边不知会到，以后有什么事情不好处理。"

"这能有什么事情？"张昆仑不以为意。

"事情多啦！慢慢你就会懂的。"

张昆仑想的只是野外补助、加班工资什么的，没想到还会有其他什么。直到史老歪被打伤，于东山表现出的积极态度，才让他不无感慨地发现，多此一举实在是太有必要了。

5

和预想的一样，黑板报所造成的轰动效应令人瞠目。布展的时候就不断有人前来围观，等到全部布置完毕，已然人头攒动，周边几个街区的人都被吸引了过来，大家一边观赏一边赞叹，那场景就像机械厂举办了一场小型庙会。为了便于管理，也是为了方便观看，他们把展区放在了厂大门外，沿着东侧围墙一顺摆开，有七八十米长。张昆仑在他同学章建歌那儿学到的经验和保护手段发挥了作用，一道缠上红布条的麻绳隔离带，既醒目又实用，加上专人看管，确实起到了很好的防护作用；不然，不说大人，光小孩子们就要弄出问题来了。上午忙到十一点钟，一切安排停当，杨科长死劝活劝，把已熬红眼睛、喊哑嗓子的张昆仑劝回家睡觉，之后，给翻砂车间留下来负责看管的三个小青年交代了注意事项。看看已是万事妥当，但他想了想，还是不放心，还是怕出问题，于是又到保卫科找到贾科长，请他再抽调几名保卫员加强看管力量。贾科长爽快地答应了，并立即做出了部署。一切安排停当，才想起来蓝丁乙还一直没有露面，便去办公室请他，然而，他人却不在。杨科长怏怏地返回办公室，刚冲泡上一杯茶水，桌上的电话铃便响了起来。于东山找他，让他去办公室见他。

"好啊！老杨，这一期板报办得太好啦！"于东山昨晚处理完史老歪的事情，天色已经放亮，他没有回家，而是到大澡堂里洗了个澡，去掉一身汗臭，然后打了个盹，这会儿刚到办公室。他见到杨科长进来，招呼他坐下，便说道："看来我们为张胜利这小子所做的工作还是有意义的嘛！"

杨科长含蓄一笑："主要是你的功劳，我其实也没做什么。"

"怎么没做什么，如果不是你坚持起用他，哪可能有后面的这些成就。"

"呵呵，这小子也算争气，不枉帮他一场。"杨科长说道。

"虎父无犬子嘛！"于东山开个玩笑说道，"你知道吗？史老歪这家伙昨晚又闹事了。今天来得晚，就是因为他的事情。"他看杨科长一脸惊愕的样子，便接着说，"昨天晚上他又去家里找老蓝，在家属院门口和门卫发生了争执，后来不知道为什么就打起来了，给弄到了派出所。这个史老歪，我看是脑子出了问题，有事没事地瞎折腾，前面的事情还没有结论呢，这就又闹出来一出。好啦，不说他了，我找你是想请你给我帮个忙。这不是老蓝又给我下了任务，搞一个人才引进计划，你知道他有多大胃口吗？好家伙，本科毕业大学生，一张嘴就是二十个，全工业局的加起来也没有他要的多。"他把冲泡好的茉莉花茶放在杨科长面前，"我刚刚提出一点质疑，他就说我该换脑筋，脑子太陈旧了，咳，那就换换脑筋。我想搞一个招聘简章，把我们机械厂的情况写得好一些，介绍清楚，总之吸引人就好。我想来想去，这事只有劳您这支笔杆子才能弄好，别人，包括我，都不行。"

"咳，前两天老蓝也和我聊过这事，你们想到一块儿了，就说这两

191

天腾出手来办这件事呢。"

"是吗？这个老蓝，脑子转得总比我们快半圈。"于东山笑着摇摇头，"那你就更责无旁贷了。"

"干工作嘛，干什么都是干。"

"哦，另外，你侄子的工作也和局人事科说好了，去仪器仪表厂上班，你看，你还有什么想法？"

"是吗？太好了，太好了！这几天忙，也没顾上问你，你就……太让你费心啦！"

"算不了什么，为我们工业局的第一笔杆子办事，再费心也是应该的。"

"哪里哪里，这第一笔杆子的帽子可是不敢乱戴的。"杨科长连连摆手，之后转移了话题，"史老歪还在派出所关着？"

"没有，回来了。"于东山叹口气，"我去把他保出来的。真没办法，他闹着你，你还得保他。不过这次他可是受了苦头，下来兴许会老实点儿。"

杨科长笑着摇摇头，以他对史老歪的认识，他觉得史老歪如果在这件事上得不到平衡就不会善罢甘休，因为他这些年已经在胡搅蛮缠中吃到了甜头，凡是不能满足他要求的事情，他总能想出法子和领导纠缠，直至目的达到。这次矛盾的主体虽然是他和张胜利，但张胜利不会给他补偿，而且，他也不敢找张胜利要补偿，这样矛盾就又转到了企业。对付企业，史老歪一向有办法，一哭二闹三上吊，向上级部门反映问题、告黑状，这次又学会了上访，蓝丁乙能坚持到现在，也可以说是有本事的人了。杨科长还不知道实际全盘操作的，其实是眼前的这位于副厂长。

"你觉得不会？"于东山见杨科长没有说话，便问道。

"我咋会知道！"杨科长回道，他咕咚咕咚喝掉那杯茶水，站起身，"你这茶很特别呀，好喝！哪儿弄来的？"

"别问哪儿来的，觉得好，我送你。"

"哪敢跟领导要东西，"杨科长连连摆手，边往外走边说，"侄子的事还不知道怎样感谢您呢。你给我说说哪儿有卖的，我让侄儿去买两斤给你送来。"

"老杨，你怎么开始跟我见外啦？我还能缺你的二斤茶？"

于东山一直把杨科长送到了门外。

6

下午三点钟，史老歪出现在了展区。他原本要去厂部找蓝丁乙理论他上访期间的工资及伤病补助的问题。一觉醒来，他已经在床上想明白，这件事谁也不找了，只找蓝丁乙，谁让他是一把手呢！而且直觉也告诉他，只要死死缠住蓝丁乙，问题就能够解决。小马扎一直睡着没起，孩子们都跑去姥姥家混饭去了，蜂窝煤炉从里到外透心凉。他在橱柜里找到一个干馒头，泡在凉白开里将就着填了填肚子，然后，拉开门进到了阳光里。他步履蹒跚地走过被夏日阳光炙烤得滚烫的水泥路面上，俨然一副活僵尸的样子，既不挑阴凉，也不找近道，就这样，在零零散散的纳凉人的注视下走出了他们的视线，留下身后一片猜测，各种窃窃私语。出来家属院大门，转过弯儿来就看见了厂门口的情形，他心头一动，以为发生了什么大事。他就盼着有大事发生，天天盼，夜夜盼，年年盼，因为他习惯了乱中取胜，习惯了在乱中求生存，越乱越好，只有乱起来了，人生才可以重写。他脑子里浮动着运动、斗争、挥舞的长矛、一浪盖过一浪的口号，甚至血腥的幻觉。他加快了脚步，但到了跟前才发现不过是一排黑板报招来的人群。他在失望中觉得又可气又可笑，这玩意儿也能招来这样多的人。写大字报出身的他，根本看不上黑板报这类玩意儿，那点儿气势，在他眼里简直就是小儿科，更何况，这还是张胜利那小子的手笔，别说看不上了，就是看上了也不能说看上。他歪着脖子，拧着头，背抄着手，一脸不屑和鄙视，但当他看到那两幅整版粉彩宣传画时，却不由得停下了脚步。他感到了新奇。他先是端正了身子，接着，不假思索地一抬腿跨过了红布条隔离带。他想弄明白那到底是印刷上去的还是画上去的。

史老歪的身影刚刚出现就引起了看护人员的注意，特别是保卫科的那两个保卫员，职业的敏感提醒他们这是个不安定因素，必须予以提防。他们的视线随着他移动，随着他的脚步移动，于是，他们和他几乎同时同位站立在了黑板画前面，两只戴着红袖标的手臂如同双向闸杆，配合紧密地横在了他的胸前，同时还有一高一低两双藐视的目光像刀子一样落在他的脸上。他可以无视胸前的力量，但他无法无视那眼神，因为那是这段时间里他看得最多的令他无法忍受却又无力对抗的眼神。低处的目光来自一位长着小眼睛、矮胖敦实的小青年，高处的来自一位个子瘦高的大眼睛小青年，一个具有力量优势，一个具有高度优势，就像他和小马扎一样。翻砂车间的三个小青年也站在了他的身后，三双戒备的目光如同那两个小青年一样，凝聚在他身上。

"咋？不让看？"

史老歪眯起眼睛，目光透过狭窄的缝隙，收入眼帘的几乎都是经过筛选的不利于自己的信息：空气、起伏的胸膛和竖起的毛发。

"出去！"面前的两个小青年喊道。

"出来！"后面的三个也喊道。

"呵——"他退后一步，红绳子被他的大腿扯出一个弧度，忽然间他仿佛找到了泄愤的对象，"春雷机械厂啥时候养狗啦？蹦出来前头的那几条还不够，这一下子又蹦出五条来。好啊！上来咬啊！老子等着呢！"他首先在身后找到了薄弱点，他大声喊着转过身子，手指几乎点在一个长相木讷、眼神怯懦的小青年脸上，"你也不看看自己是什么德行，也来跟老子过不去？你就他妈再生一回，让你长出三头六臂，老子碾死你也跟碾死一只蚂蚁一样。赶紧滚蛋！"他瞪圆了双眼，散乱的瞳仁骤然间聚集起来，发出贼亮的光芒。"还有你，"他又指向一个面皮白净的小青年，"孙富贵的大儿子，有出息了，哈，会在你老叔面前吆喝啦！你赶紧回家问问你爹，问他那些年都是谁罩着的，都是跟着谁在这一亩三分地儿上混的？孙富贵你个忘恩负义的东西，当年老子在乱棍之下把你救出来的时候，你咋给老子表忠心的？你说你子子孙孙都要跟着我，跟着我打天下。这他妈的才过去了几年，你儿子就来造老子的反了。你小子，也不知道你爹是咋教养你的，连你们家的老主子也敢咬。好啊，你信不信，你再敢在我面前喊一声，老子就先打断你的狗腿！"

史老歪一连喝退了两个小青年，令他精神为之一振，他又把目标转向第三个长着一嘴龅牙、身板像座小铁塔似的小青年。直觉告诉他，这是个不好惹的角色，但他别无选择，必须乘胜追击。

"你爹是谁？"他问。

"你管我爹是谁。"小青年愣愣地回答道。

"我管你爹是谁？我不管能行吗？"他双手掐腰，环视一圈围得里三层外三层看热闹的人群，已然又找到了那令他振奋的感觉，他眯上一只眼，吊起嘴角，"我怕你爹是个牛脾气，知道你惹了我，回家打断你的狗腿。"

"打断你的狗腿！"小青年回击道。

"好，骂得好！"他手指指在小青年的鼻子上，"你信不信，老子弄死你！"

小青年毫不退缩，胸脯往上一顶："老子弄死你！"

秩序开始混乱，又有人跨过了隔离绳。高个子保卫员预见到局势难以掌控，对矮个子保卫员嘀咕了几句，便快速地往厂里跑去，他要去厂里报信，请求支援。等他带着人返回来的时候，史老歪已经和那个小青年揪扯在了一起。史老歪揪着小青年的衣服领子，小青年揪着他的衣服胸襟，恶言相向，唾沫星子飞溅，如同两只缠斗在一起的恶犬，分不出胜负，休想分开。

"都把手松开！"保卫科科长贾长福怒声喝道，"看热闹的，统统出去！"他带来的保卫员迅速采取行动，把黑板前一米以内的人员全部驱赶了出去，重新拉起隔离绳，然后回到贾长福身边等待新的指令。"我再说一遍，"贾长福满意地点点头，而后把目光死死地盯在了史老歪身上，高声喊道，"马上松手！"

"让他先松手。"小青年做出了回应。

"去你妈的吧！你这条狗！"史老歪竟然错判了形势，伸手给了小青年一巴掌，小青年也不客气，对着他腿上就是一脚。劳保皮鞋坚硬的橡胶底子无情地划过史老歪大腿内侧的腿皮，几乎撕开一个口子，他"哇"的一声，痛苦地喊了起来，几乎要晕死过去，但他并未就此退缩，而是用他骨节粗大、干瘦如柴、仿佛魔兽利爪一般的细长手指死死锁住小青年的脖子，带着油泥的指甲几乎嵌入肌肤。小青年想要挣脱，已无可能，一会儿工夫，就已脸色紫青，失去了对抗能力。

"快把手掰开，别闹出人命啦！"贾长福方寸大乱。

保卫员一拥而上，手掰肩扛，几下就把两人分离开来。但他们犯了一个致命的也是有意犯下的错误，把史老歪的双臂反背到了身后，令其门户洞开。小青年瞅准时机，带着死而复生的恼怒，一脚踹在了史老歪的身上，这一脚，踹断了他两根肋骨。

"姓贾的，我日你祖宗！"史老歪在晕死过去前，盯着贾长福骂道。

贾长福想要给他一巴掌的念头才冒出头，便又收了回去，因为他看得清楚，史老歪不行了，他忽然翻起来的白眼和塌软下去抽搐的四肢根本不像是装出来的，和他前两天一杠子夯翻的那条疯狗一模一样，但那是狗，这是人，说啥也不敢含糊了。他赶忙安排人把史老歪送往医院，这边返回厂里找于东山报信。出了这样大的事自己是兜不住的，必须跟领导通报。于东山在蓝丁乙办公室，于是他便找了过来。

小青年因公伤人，虽有过错，企业也没有不管的道理，不然谁还愿意为企业出头露面。于东山亲自出马活动，最后行政拘留十五天了事。史老歪这一块儿，于东山认为已具备适时解决的条件，因为史老歪所付出的代价已足够多、足够大、足够起到以儆效尤的效果，教训也足够深，足以令他在相当长的一段时间内不再敢惹是生非，给他们添麻烦。也因为如此，妥协似乎也时机合适。贾长福负责和史老歪的谈判。正如于东山预判的那样，史老歪并未狮子大开口，医药费、陪护费、工资由厂里承担，另外多发半年工资，当作伤病补偿；小马扎领取了一份特别陪护工资；张昆仑调离绿化队。弄成这样的结果，史老歪虽然心有不甘，但也无可奈何，毕竟胳膊拧不过大腿，这是他在病床上想明白的唯一的一件事。史老歪在医院待了半年，出院后仍回到绿化队上班。赶走了张胜利，他又成了绿化队的老大。治愈伤痛最好的一剂良药便是舒适顺心的生活。一段时间以后，人们就惊奇地发现，史老歪的头又抬起来了，又出现在了公众的视野，又能当着人面从兜里掏出"大前门"叼在嘴上了，他似乎已经忘记了那些不快的事情，开始了新的生活。

不过，顾阿成心里清楚，这只是表面的，史老歪对张胜利的仇恨一丝一毫也不会减少。

半天时间，田艳丽就往厂门口跑了四五趟，她太为自己的张昆仑高兴了，难以抑制的激动、兴奋的心情就像高压锅的排气阀门，滋滋地往外喷响。但那热气却被史老歪给封堵住了。她目睹了全武行的后半段。那小青年她认识，小名柱子，是张昆仑的铁粉加跟屁虫，也是自己的蓝

196

颜知己加干弟弟，几乎天天都要见面。那会儿，她看到柱子一脚把史老歪踹倒的时候，心里真是解气透顶了，她甚至还为此喊了声"好"。但当她看到史老歪口吐白沫躺在地上不省人事的时候，便意识到柱子惹上祸了，她连喊带扯，不容分说，就把还要下狠手的柱子弄到了一边，气得骂也不是、打也不是，只是"你呀你呀"的，话都不知道该怎么说了。柱子的脖子上留下了几道血印子，随着大口紧促的呼吸，起起伏伏，如同血蜈蚣蛰伏在上面。"你们不要管我，我今天非把他弄死！"柱子挺着脖子喊道。保卫员二话不说，把他架到门卫室，在外面反锁了屋门。

救护车来后，警车也来了。柱子被警察从门卫室带出来时，已没有先前的蹦跶劲儿了。他一把鼻涕一把泪，抽抽搭搭，就像新媳妇被人拐走了一样。看到田艳丽还等在外面，一下子就像受了委屈的小孩子看见了亲娘，号啕大哭起来，那高亢的破锣般的嗓子，惊飞了一树麻雀。他那双结实有力的短腿，仿佛被抽了筋，一步也抬不起来，若不是一边一个保卫员挟持，恐怕就已骨碌到地上了。被塞进警车之前，他忽然扭回身子，对紧跟在后面的田艳丽喊道："嫂子，赶紧叫俺哥救我。"田艳丽把刚买的两个热烧饼塞到了他的手里。

展板前又恢复了先前的秩序，甚至还自然地形成了由东向西观看的队列；瘦高个保卫员的声音更加高亢了，任何触碰红绳子的人都会在他严厉的斥责声中向后退去。蓝丁乙直到快下班，在观众相对稀少的时候，才在杨科长的陪同下出现在展板前，走马观花地浏览了一遍，未做任何评价，因为该评价的已经在之前评价过，他来看只是例行公事。史老歪的事情还缠绕在脑子里，令他心烦意乱。但一对老年夫妻的对话却让他紧锁的眉头舒展开来。"老头子，这一布溜黑板上都说了些啥？"老太太问。"说是以后有人当家了。"老头子说。"以前没人当家吗？"老太太问。"有当家的，但不当家。"老头子说。"这咋又当家了？"老太太问。老头子目光停留在"厂长负责制是企业发展的核心动力"上，想了想，说："厂子被负责了。"蓝丁乙迎着阳光粲然一笑，然后快步走到等在厂门口的桑塔纳轿车前，拉开车门，回身给杨科长交代了句什么，便坐进车里。车轮轻快地转动起来，转过一个弯儿，向西而去。他晚上还有一场应酬。

瘦高个目视桑塔纳离去，直到驶出了他的视线，猛地转回头，大声命令道："收摊!"杨科长被吓了一跳，但随即便开心地笑了起来。

7

田艳丽看着柱子被警车拉走后，便一刻不停地来家里找张昆仑。张昆仑上午回到家，本想好好睡上一觉，但无奈精神依旧亢奋，依旧沉浸在那忽然而至的荣耀里，再加上空着肚子，躺在床上翻了半天烧饼，出了一身汗，眼睛还是睁得老大，一点儿睡意都没有，最后，索性又起来，去到他爹屋里和他爹唠起了嗑。张铁栓这几年在家休养，身体大为改善，虽说力气活儿还干不了，但一般的家务活儿也能将就着做一些，起码生活自理是没有问题了。张昆仑从翻砂车间调到绿化队让他大为恼火，生了好一阵子气，他认为他是逃兵，是没出息的东西，是不肖子孙，丢了他张铁栓的人。那阵子，他看见他的这个大儿子比看见一泡屎还要令他厌恶，若不是这些年卧病在床，心境改变，依他过去那脾气，恐怕就要把他赶出家门了。田艳丽无疑是他们父子之间最好的润滑剂，她把张昆仑一点一滴的进步都美化得像花儿一样插在他床头，显然这花儿的美丽影响了他、改变了他，以至于他也开始关心起这花儿的芳香、关心起他的成长了。他的关心通过田艳丽渗透到张昆仑的心里，使得那已坍塌了的父亲形象得以慢慢复原。和史老歪闹腾出那场事后，父子俩闲来唠嗑已成为常态。他要指导他，他要在指导他的过程中展现自己其实已黯淡了的光荣时光。

"打铁还须自身硬。"张铁栓享受着张昆仑体贴的按摩，说道，"功夫硬，活儿才硬。"

这话在每次超过二十分钟的唠嗑中至少出现一次，但真正让张昆仑由衷地认可并佩服得五体投地的却是这一次，因为他正在为"功夫不硬"而烦恼。那两幅他的同学章建歌的粉笔彩版画就像一根标杆立在他心里，令他自卑，令他心生惶恐，令他望尘莫及。"是的，"他停下手，目光停留在窗子上，忽然提高了些音量，"下来有机会还得去美院进修一下，凭自身现在的水平……"他想就此展开话题，可一转念，还是把话咽了回去。

"唉，当年如果……"张铁栓又想提张昆仑中断学业接班就业的事情，最近一段时间，他时常提起。但张昆仑打断了他："爹，这事你不要再想了，我现在不是挺好的嘛！等这期宣传结束，我就跟杨科长提提，看能不能争取一个进修的机会——不管道路有多曲折，只要结果是对的，那什么都不错。"

"唉！"张铁栓还处在深深的内疚中，"要说这事都怪我身体不中用，再撑几年，也就……"

"你看你，怎么说着说着又说到这上面去了？"张昆仑说道，"不说了，我先过去吃饭。"这时，专为张昆仑做的午饭也做好了，他娘在厨房里吆喝他去吃饭。上午她也去看过展览，好听话搬回来一箩筐，她第一次为她这个儿子感到了骄傲。一碗番茄鸡蛋面，光鸡蛋她就用了四个。

填饱肚子，张昆仑昏天黑地地睡了一大觉，还做了一个梦，梦见了白毛衣。就在半梦半醒的当间，田艳丽和他娘在外间屋说话的声音传进来，进入梦中，白毛衣便消失了，他急切地叽里哇啦喊了起来。田艳丽叫醒了他。空气中充斥着臭脚臭袜子的味道，但她并未在意，因为她一心一意想的都是如何赶快救出柱子。张昆仑的眼神和她碰到一起的时候，她首先解读的是他醒着的这个行为，而未发现那双眼睛其实闪烁的是迷离的光芒。她迫不及待、缺乏条理地把事情经过讲给张昆仑后，竟然汗流浃背。她去把吊扇开到最大挡，回来却发现张昆仑还保持着那个睡觉姿势，动也没动，不过这次她却看到了他眼里的东西，她的脸本能地红了红，而后便稳住了心神。她走上前去一把掀去他身上的被单，生气地说："你咋是这种人呢？眼看火烧眉毛了，还睡得这样安稳！"

张昆仑只穿了一条短裤，憋足了尿，短裤被撑得老高，像搭起的帐篷。慌乱中，张昆仑一把抢过来被单。

田艳丽见此情形气得扑哧一笑，松开手。"快起来。"她说，"我在外面等你。"

"等等。"张昆仑叫住了她。

田艳丽的脸一下子红到了脖子根儿。

"那两幅画被弄坏了没有？"

"什么？"田艳丽感到莫名其妙。

"那两幅画弄坏了没有?"张昆仑加重了语气。

"不知道!"

田艳丽生气了,她忽然发现这人太没劲了。柱子是为了他被警察带走的,不说关不关心,连问一句的话都没有。开口就是画,难道除了画,他脑子里就啥也没有了吗?

"好啦,这有什么好生气的。"张昆仑也意识到自己有点儿过分,他坐起身来,"柱子的事急也没用,最后全看这个史老歪,他要是咬住不松口,恐怕谁说也没用。"张昆仑在床上四处翻找衣服,"现在最要紧的是弄清楚他伤的情况,如果是轻伤还好办,重伤就难办了,要是没了命——"

田艳丽把一件干净的衬衣递给他:"赶紧起来,不管咋样,先去派出所看看。"

"那是必须的。"张昆仑接过衬衣放在了腿上,像是想不通什么事情似的,双手在脸上使劲儿地搓了几下,之后竟然犯上了心思,有一阵儿既不说话,也不起床。田艳丽弯下身对着他的脸察看时,他忽然一把搂住了她,抱进怀里,亲了个嘴,便要去身上摸。田艳丽猛然清醒过来,使劲推开张昆仑。"你爹你娘都在外面,也不怕他们——"她臊红着脸轻声说道。

"怕什么?天要下雨,娘要嫁人。"张昆仑掀开被单,露出那顶支棱起的小帐篷,"帮帮忙吧,快受不了了。"

"去。"

田艳丽羞涩地一笑,推开张昆仑,小跑着去了外间屋。

情况比张昆仑预料的要好得多。除了《厂长负责制是企业发展的核心动力》那幅画上被人在不很重要的位置上抹了一把外,其他尚都完好。他安排由他点名抽调来的翻砂车间的两个小青年把黑板抬回会议室,语气就像领导布置工作一样,那两个小青年也已然把他当成了领导。只要是在办公楼上班的,都是他们的领导,何况他们能被抽出来帮忙,暂时避开乌烟瘴气的翻砂车间,靠的就是他,他们当然要把他看作领导了,即便过去根本就看不上他的那副德行,即便之前没多久他们还是在一条生产线上共同干活儿的工友。但现在情况变了,下来谁知道他还会不会给自己带来什么好处？会不会一直就跟着他看护黑板？谁知道他今后会不会发达呢？就说眼前，如果选择站队，他也是他们唯一的能看得到的最合适的选择。两人像服从工段长山泉水那样用一声清脆的"是"接受了他的工作布置，接着一前一后抬起黑板，小跑着跟在了他后头。黑板刚靠在会议室的墙上，张昆仑便扒拉开一个外号叫白脸儿的小青年，扎出马步便开始动手修复，他本想在他们面前炫耀一下自己的能耐，可一上手就发现没那么容易——仅一笔，明暗关系就已搅乱，画面上就像撕开了一个口子。他及时而又不露声色地收住了手。

"你们回去吧。"他对那两个小青年说，"这要修好，不是一时半会儿的事。"

两人答应了，却站在原地动也没动。"柱子的事——"白脸儿开口说道。

"柱子没事。"张昆仑拍拍他的肩膀，信口说道，"派出所那边我已经打过招呼了，眼下受不了什么委屈，但今天怕是回不来了。那一脚太重，史老歪那老骨头咋能经得住。"张昆仑在来时的路上已经在脑子里把这件事过了一遍，知道厂领导肯定会出面解决，只要不出人命，柱子也不会有太大的麻烦。

"柱子太冤了。"另一个小青年说道。

"是呀，可又怪谁呢？史老歪那身板儿哪能经得住他那一脚！"张昆仑重复强调柱子下脚太重，似乎引起了两个小青年的不满，他们一起侧目看着他。张昆仑白了他俩一眼，叹口气："下来还要看史老歪的情况，如果伤得太重，恐怕……这样，你们先回去，现在还不是着急的时候。"他一左一右拍了拍他们的后背，把他们往外送，又说："我把这画整修好了就去派出所，放心吧，柱子的事情就是我的事情，不会让他吃亏的。二十分钟后你们再过来，干这活儿得静，你们在这儿我弄不好。"

两人走后，他试着又做了一些修补，但无论怎样都达不到原来的样子，不得已，停了下来。这幅画和那幅《改革者》其实都不是他的手笔，而是出自他的同学章建歌之手。那天他去找章建歌借资料，正好赶上撤展，他当即就向他提出借用这两幅画，章建歌痛痛快快地答应了他，但由于展出过，部分画面有轻微污损，需要修复后才能交给他，所以一直拖到昨天晚上。当时他也说不清出于什么想法，没有叫其他人帮忙，而是叫上了田艳丽，他俩一起用三轮车驮了回来。他本来也没有想到要充当这两幅画的作者，想着给杨科长一个惊喜就行了，但早上在会议室，话赶话地就把作者套在了自己头上。此时，他已经想好，不管别人说什么，自己都不做正面回答，你愿意想成啥样就是啥样，由着你们去猜测吧，总之，被人仰慕的感觉太好了，他喜欢这样的感觉。他决定去请章建歌来帮忙，修复好这幅画。至于柱子的事，他想了想，眼下确实也插不上手，与其这样，还不如骑驴看唱本——走一步说一步为好。他又在画面上动了两下，觉得能敷衍过去了便及时罢了手。他回到办公室，等着白脸他们来抬黑板画，想起来到现在也没有见过杨科长，觉得奇怪，正要出去找他，杨科长却推门走了进来。杨科长看上去心情不是很好，他瞥了眼张昆仑，什么也没有说就从张昆仑面前走了过去，到办公桌前放下手里的记事本，拉开椅子却没有坐下，像是在思考什么问题似的。他在那里默默地站了一会儿，没有说话。

"领导。"张昆仑颇为疑惑，轻轻喊了一声。

杨科长偏头看着他，嘘口气。"断了两根肋骨。"他突兀地说道。

"谁？"

"还能有谁？"杨科长又拉动一下椅子，带着一些情绪，"史老歪。"

张昆仑心里咯噔一下："这样严重？"

"嗯。"

杨科长端起茶缸，搁到嘴边又放了下去。张昆仑赶忙去提过暖水瓶给茶缸里加满水。杨科长坐了下去，喝了口热水，情绪似乎也好了一些："你说，他们打架和我有什么关系？先给我劈头盖脸地训一顿，好像是我指使的一样，这还有道理可讲吗？你要怪，也只能怪保卫科的那俩小子，他要进去看，就让他看，不就没事啦！闹出事情了，倒怪起我来了。"他整了整桌面上凌乱的文具，就像整理思路。

"谁呀，这么不讲道理？"张昆仑觉得有点儿不可思议。

"谁，老一。"

张昆仑伸了伸舌头。

"怪我不该从车间里调人，应该直接交给保卫科。关键是——"杨科长用指关节连续敲击着玻璃板桌面，"关键是，交给他们能行吗？而

202

且，他们会接手吗？"花费了那样大心思才完成的这一期板报，为无关自己的事情挨批评，心里实在憋屈，不由得絮叨了起来。

"变主动为被动了。"张昆仑说。

"不是，是啥？"杨科长说，而后，两人会心地相视一笑。

头一天，张昆仑把杨科长撰写的文稿照搬照抄写在了黑板上，杨科长复审的时候看到了这句话，随口就批评张昆仑粗心大意，把话前后写颠倒了，张昆仑拿出文稿核对，发现其实是杨科长的笔误，把"变被动为主动"写成了"变主动为被动"。此时错话错用，十分切题，既幽默又带着解劝的意味，所以两人都不由得笑了。

"你准备干啥去？"杨科长的心情好了起来。

"《厂长负责制是企业发展的核心动力》那幅画让人弄脏了，我去找样东西，专门清理粉笔画的。有那东西，一会儿的事。"张昆仑转着心思指指会议室方向说道。

"画给抬回来了？"

"是，在会议室。"

"咳，赶紧抬回去，一会儿老一要去看。"杨科长着急地说道，"我看了，弄脏的不算严重，将就着还能看，想收拾了也得等到晚上。"

"没问题，我刚才简单地收拾了一下，一会儿白脸儿他们过来，就可以抬出去。"张昆仑笑笑说道。这时，白脸儿推开了办公室门。张昆仑出去安排完他们，又转回来，便问起了柱子的事情。

"上面正说着呢，估计问题不大。于副厂长有办法，他在公安局的关系很过硬。你赶紧去办你的事情吧，我马上还得上去。"杨科长打开抽屉取出一个小本本，又给抽屉上了锁，见张昆仑还没有走，便说，"哦，对了，明天局领导班子要过来参观这期板报，如果可能的话，还要在全局机关单位巡展，你可得下把劲儿，不能弄出差错了。"

"你放心吧！"张昆仑心头为之一震。

他去找老同学章建歌帮忙。章建歌还像上次一样痛痛快快地就答应了他，只是神情落寞，语气不冷不热，给他一种不安稳的感觉。但因为有上次的经验，他也没有过多在意，兜里揣的小礼物掏了几回都没有掏出来——能省一点儿算一点儿，能费三张嘴，不舍半分财，省下来给田艳丽，田艳丽也高兴。果然，晚上七点刚过，章建歌就出现在了厂大门口，而且还带着女朋友许丽红。许丽红一身白色的连衣裙，飘然若仙。有意思的是，他们居然各骑了一辆自行车，许丽红骑的是酒红色的"飞鸽"坤车，章建歌骑的则是黑色"永久"障闸车，都是最时髦的款式。田艳丽那晚第一次见到了章建歌和许丽红，她惊诧于世间还有如此般配的男女，惊诧于章建歌的翩翩风度，惊诧于许丽红超凡脱俗的美貌，以至于在那短短的二十几分钟里，她那艳羡的目光一刻也没有从他们身上离开，直到他们双双离去。

"胜利，他们哪是人呢！"盯着他们消失的背影，田艳丽感叹道。

"不是人是啥？"

"是仙儿。"

"对，他们就不是人。"张昆仑冷冷地说。

"你说，我为啥不能穿白裙子？"

"因为你不能穿。"

"因为我黑吗？"

"不是。"

"因为我壮吗？"

"不是。"

"因为我不漂亮吗？"

"不是。"

"那是因为什么？"

"因为你是黑夜里的黑眼睛。"

权力的滋味

1

　　"姐，你猜我在河边的小树林里看到了谁？"田家老二田美人身带风声从外面闯进家门，看到田艳丽和张昆仑都在，顿时激动得喊了起来。张昆仑也是刚刚进门。这段时间，这期旨在重点宣传"厂长负责制"的黑板报在局属各单位巡回展出，由他全面负责，回来得都很晚，但他每次回来，都要先来田家一趟，和田艳丽见过面后才回家。这天也不例外，而且破天荒地带回来四只"五马滩"烧鸡，一家两只，不偏不向。丈母娘夸女婿的话才说了一半，就被田美人打断了。田美人平时不阴不阳、少气没力，忽然变成这样，让屋里人都惊讶不已。

　　田艳丽斜着眼上下看了她几眼，才问："看到谁了？"

　　"看到王二孬跟一个又白又胖的女人在一起。"田美人轻轻地飞了一个响指。

　　"看到他俩有啥稀罕的？看你疯疯癫癫的，就跟得了神经病似的。"田艳丽说着解开了一只烧鸡的袋子，顿时一股浓郁的香味儿飘了出来。

　　"他俩在那边小树林里亲嘴呢！"田美人突然喊道。

　　"亲嘴？"

　　"对，是亲嘴，我看得一清二楚。"田美人凑到了桌前，伸手就要拿烧鸡吃。

　　"等等，"张昆仑忽然插话进来，"你看清楚那个胖女人长啥样了吗？"

　　"看得不太清楚，但肯定是咱们厂的，我以前见过她。"田美人说着，扯下了一条鸡腿。

"会不会是二丫？"张昆仑猜测道。

田美人不认识二丫，她瞥了眼一脸困惑的张昆仑，自顾自地撕下一块鸡肉放在嘴里嚼。

"你等会儿再吃。"田艳丽从她手上夺下鸡腿，"先把话说完了。"

"我又不认识二丫，你跟我急什么急？"

想想也是，田艳丽要把鸡腿给她，却又像想起来什么，猛地收了回来："你到小树林里干啥去？先说清楚。"

"我——"田美人的脸一下子就红到了脖子根儿上，人也扭捏起来。

"哦——谈男朋友啦！"田艳丽夸张地点点头，怪笑着说道，"你真行呀！鬼子悄悄地进村。"

"什么呀！不是你们想的那样。"田美人一甩手，"我不吃啦！"

"吃吃吃，必须吃。"田艳丽拉住她，把鸡腿塞到她手里，"你总能大概说说那女的长得啥样子吧。"

"总之就是胖，"田美人在自己身上比画一下，却说，"顶你两个半，但是人家长得特白。"

"我看你又要欠揍了。"田艳丽装出生气的样子说道。

田美人做了个鬼脸，像风一样旋转着飘到厨房里跟她娘说悄悄话、啃烧鸡去了。

"很有可能。"张胜利联想到那次他和二丫冲突时王二孬的表现，一拍桌子站了起来，"怪不得呢，放着这么好的差事不干，要调到别处去。"自从跟二丫闹过那场风波，他一直为此心生疑惑，总觉得里面有什么故事，今天，这故事便有了答案。但他还是想不明白，二丫再怎么胖，也不至于看上王二孬这个信球货吧？真是天下之大，无奇不有。

田艳丽撇撇嘴："当官就是好呀，想到哪儿上班就到哪儿上班，不像我们。"她关心的却是权力的味道。这时她的目光正好落在那四只烧鸡上面，于是问道："胜利，你这几只烧鸡是从哪儿弄来的？你不会说是自己掏的腰包吧？"

张胜利颇为得意地嘿嘿一笑："哪会自己掏腰包。春雨橡胶厂宣传科给买的，专门多买了四只让我带回来自己吃的。"

"行啊，混得不错嘛！有人给你送烧鸡吃啦！"田艳丽赞许地在张胜利前胸上擂了一拳，"往后吃肉就全靠你啦！"

"中，小菜一碟。"

张胜利说这话时底气十足，因为这的确是小菜一碟，大盘菜其实是在绿化队。

前几天，绿化队新进了一批花盆、种子、肥料，按照验收流程，必须经过他查验入库方可使用。供应商叫赵彩艳，是个中年女老板，性格特点和田艳丽有些相似，但也只是表现在热情开朗方面。她白天送货到绿化队，顾阿成替张昆仑暂时代收了，但他也对她讲得明白，他没有验收的权力，验收得找张昆仑。他指点她最好晚上到张昆仑家里找他一下，因为最近这段时间都不能确定他过不过来。顾阿成和她是老熟人，该指点的要指点，不该指点的也要指点。他最后提到张昆仑的时候对她挤弄了两下眼睛。赵彩艳心领神会。

天黑的时候，她出现在张昆仑的家里，手里拎了两个西瓜、一袋子小香瓜。

她小瞧了张昆仑。她觉得春雷机械厂没有她打发不了的人——二丫那么麻缠的人一支进口口红就打发了，史老歪那么难缠的人一条大前门两个小钱就打发了，顾阿成也不过是一年一条猪后腿的代价，他这样一个刚刚步入管理岗位的小青年，胃口能大到哪里去。

张妈妈接待了她。面对访客，张妈妈感动得手足无措——不年不节的也有人来送礼，这让她恍惚之间仿佛回到了他们家那个辉煌的时期，她只管收礼，其他的一概不问。她一口应承了人家的请求，叫人家第二天来家里取验收单。她想，明天她总不会空手来吧。

张妈妈坐在电视机前，心猿意马地等着大儿子回来，电视机里放映了什么，她根本没有在意，那发散的眼神一会儿在那已经吃了一半的瓜果上停留，一会儿在老二、老三的后脑勺上停留。看见瓜果，她的脸上就挂上了笑容；看见那两个脑袋瓜子，脸上便罩上了一层荫翳——什么多子多福，有用的儿子一个就行了。张昆仑很晚才回来。他回来时把独自坐在墙头上乘凉的老四也叫了回来，老四的性格越来越孤僻了，他很担心。起初，他也没觉得什么，随手就在验收单上签了字，交给了他娘，但半夜醒来，他忽然就想起来了这件事，觉得不应该这样处理，太

207

随意了，最起码也应该去单位看看究竟是什么东西，那时再签字也不迟。当时他还没有想到别的方面去，只是觉得这样做有些不妥当。然而，早上起来，为了要回验收单却很费了一番口舌。张妈妈说什么也不把验收单交出来，她的理由很简单，就是她已经答应过人家了，让人家来取，其实她心里的那点儿小九九，张昆仑看一眼便明白了。张昆仑跟她讲明了利害，但她根本不听。一番口舌下来，张昆仑忽然就警觉了起来，因为讲道理的过程也帮助他理清了思路，他隐隐地意识到这里面难保没有问题，一旦有问题被追究起来，那搭进去的可是自己的前程；再者，如果其中真有问题，那不是也让人家小瞧了自己——两个西瓜、一兜子香瓜就给自己打发了，也太下贱了吧。

"你想让我住监狱吗？"张昆仑摊牌了，"如果是这样，我就说是你指使我干的，坐监，咱俩一起。"

"你别吓唬我，你妈不是被你吓大的。"

"好，你可以把单子留着，但我可以去财务上说那签字无效。"

"随你的便，你把你妈送到监狱也可以。"

"妈，你咋这么糊涂呢！"

"是我糊涂，还是你无情无义？你啥时候给家里买个西瓜回来了？人家一来就买了两个，人家来家里看你爸错了吗？我看，这亲的还不如外面的好。"

"拉倒吧！不是看你儿子手里的这点小权力，她会认你们是谁？"

"在你眼里，你妈、你爹就是废物，我们这废物咋就养出来你这个好儿子。"张妈妈越说越有劲，压抑了多少年的委屈忽然间如同开闸的洪水宣泄而出，"老的老的，躺在床上，小的小的，不是伸手要钱的，就是等着花钱的，我这一辈子算是过的啥日子呀！是欠你们老张家呀，还是亏你们老张家呀？"她说着说着，竟然号啕大哭起来。

张家老三、老四不管闲事，看到这种情形，饭也不吃就出门去了。老二来跟前劝了两句，结果招来一顿骂，也出门去了。事情是张昆仑惹出来的，他虽然早就该出门了，可验收单还没有要到手，只好乖乖地待在原地，任凭心里急得一团火。

"他娘，你就把东西给老大吧，单位有单位的规矩，不能坏了。"这时，张铁栓出现在卧室门口，咳了两声，说道，"那女人嘴上有蜜，小心给老大捅刀子。"

"给。"

张妈妈把攥在手里的验收单握成一团，甩在了张昆仑的脸上。

张昆仑从家里出来，去展览点安排布置了一下，就急急忙忙地回到了厂里。他先去见了顾阿成，问明了进货的情况，然后便根据进货单上的数量开始清点。清点下来后，让他着实吓了一跳，实际数量竟然与单子上提供的数量相差了百分之三十，他有点不敢相信这个结果，又清点了一遍，依然如此。他想找顾阿成商量，看该怎样处理，可顾阿成跑得连个人影都找不到。他坐在库房里，左思右想，怎么想都觉得这事很棘手，不好处理。就在这时，一股浓郁的脂粉香气飘了进来，接着，一位体形健硕、皮肤白皙的中年女人面带微笑出现在了门口。她身着粉红色的衬衣和一条裤缝清晰的白裤子，一条黑皮带在腰腹上勒出了一个丰润的藕节，手持大哥大。阳光照在她身后。"怎么，小兄弟，也不请我进去坐坐?"她莞尔一笑，指着门上贴的那张"仓库重地，非请勿入"的告示说道，一只脚刚跨进库房，但马上又退了回去——不久前，才翻新过的石棉瓦屋顶似乎还在叙说着那天疯狂的故事。她仿佛进入了角色，认真观察了一阵儿，做出一个"这是怎么了"的表情，那根指着告示的白细手指打个弯儿指向了屋顶。张昆仑觉得她的嗓音很特殊，宛如电视剧《红楼梦》里的王熙凤，表情也像，但不自然，像是做作出来的样子。根据娘的描述，张昆仑基本可以确定来人就是昨晚去过自己家里的那个供应商，但他还是装出不知道的样子："你是?"

"我是赵彩艳。"她双手递上一张做工粗糙的名片，大哥大衬托在名片下面，名片是白的，大哥大是黑的，大哥大格外醒目。能拿大哥大的人都是不一般的人，不是大老板就是大领导。春雷机械厂只有一部大哥大，归一把手蓝丁乙使用。张昆仑被那大哥大震慑得有些魂不守舍。他接过名片，夹在两指之间，心里却提着劲儿，于是，装出《上海滩》里的许文强那样的架势，瞅一眼："哦，昨晚上是你去我家了?"他抖抖名片，想站起来，但又觉得不到火候，会失去气势，尽管他也知道他摆出的架势很不礼貌。

"是呀!"赵彩艳合抱双臂，大哥大轻轻地有节奏地拍打着白胳膊，仿佛在打节拍。看着眼前这个故作姿态的小青年，她嘴角上悄然飘过一丝嘲笑，但直觉告诉她，这是一个混过社会、不太好打发的难缠角色，她小心起来："今后合作的机会很多，我怎么着也要去家里摸摸门。"她抛出一个"是吗？"的眼神。

张昆仑含蓄地一笑，将名片放在了桌子上。

"你妈妈那人真好！可热情啦！把你们家的好吃的都拿出来叫我吃，嗨呀！弄得我可不好意思。"先打一张感情牌，"她给我讲了许多你的事情，说你会画画，画得可好啦，是个才子，还托我给你介绍对象呢。咳，你妈咋恁逗呢！像你这样的条件，人帅、有才、工作好，还愁找不到对象？"

张昆仑笑着摇摇头："你甭听她瞎说，我可不是什么才子。"

"哎，说实话，到底有没有对象？"赵彩艳俏笑着说，"我身边漂亮姑娘一抓一大把，你要没对象，明天我就安排一个跟你见面，新区大厂上班，坐办公室，这条件配得上你吧？"

再好，能比得上田艳丽吗？张昆仑心里想道，不由得轻蔑一笑："我早就有对象了。"他在"早"字上加重了语气。

"哦，是吗？我早就知道你不会没有对象，我没说错吧？事实就是嘛！"

张昆仑挪动一下椅子，站了起来。

"她叫什么名字？是咱春雷机械厂的吗？"

"你俩名字上有一个字相同——"

"哪个字？"

"都带'艳'字。"张昆仑瞥了一眼名片，"她叫田艳丽，是咱厂的，在电工班。"

"你看你看，我就知道你找的对象条件不会差了。"赵彩艳回身往院子里瞅了一眼，把大哥大立在桌子上，腾出手，拉开挎包，在里面翻腾了一下，拿出一个精美的红色长条形纸盒，打开后放在桌子上，"这是点儿小意思，就算是给你女朋友的见面礼了，怎么样？漂亮吧！给女朋友多有面子。"

盒子里是一款漂亮的金光闪闪的镀金坤表，送给田艳丽，她一定会很高兴，但张昆仑也只是心动了一下，因为他知道那是走私货，虽然也值点儿钱，但与承担的责任相比，不成比例。"谢谢，"他合上盒盖，递还给赵彩艳，"赶紧收起来，让人看到了不好。"

"咳，小张，你要给姐难堪是吧！人家都拿出来了，再收回去，你不觉得很打脸吗？"赵彩艳又回身往院子里看了一眼。

"实在对不住了。"张昆仑赔着笑脸，摆出的却是一副公事公办的样子，"你别让我为了这点儿事犯错误。"他说这话的时候有意无意地模仿了那晚给贾长福送礼时贾长福的口吻，但他并非为了索贿，只是觉得这样说话很有气势，盖人一头。大哥大、红盒子又回到了赵彩艳手上，有些晃眼。

"哟，多大点儿事吧！"赵彩艳用红盒子敲打着大哥大，张昆仑说的那话她听得多了，第一次接她好处的人几乎都会说这句话，她早已见怪不怪，只是她实在看不上张昆仑那假正经的样子，于是语气也就显得不是很客气，"你不了解姐，了解了你就不会跟姐这样说话了。"她瞅着张昆仑把她的供货清单展开平铺在桌面上，又拿出一张可能是清点记录的单子齐头并排放在一起，心里多少有些恼怒，心里说你别敬酒不吃吃罚酒，惹得老娘不高兴了，看我不把你收拾出个样子来。

然而，这时张昆仑却又松动起来："赵经理，其实也不是我不懂事，只是你这货单上面和实际出入也太大了吧，我这要是不跟你掰扯清楚，上面问起来了，恐怕我也不好交差，你说，是这样不？"

"出入很大？真的很大吗？"赵彩艳故作糊涂地问道。

"真的很大。"张昆仑尽量拿出见过世面的样子，"不信你看，这是你提供的，这是我清点的，说差三成都恐怕说少了。出入这样大，放到你是我，你该怎么办？"

二丫在这里当库管员的时候从来都是报来多少认多少，从没有说过一句二话，现在倒好，来了个二货，比那个净会敲竹杠的史老歪还要刁钻可恶，今天若是不把他摆平了，今后这机械厂的生意恐怕也不会恁好做。她嘴上说着没关系，该是啥就是啥，肯定不让你背黑锅，心里却在扑棱扑棱地想办法。这时，背包里的 BP 机忽然嘀嘀嘀地响起来，她拿出来看了看，然后颇为不悦地嘟囔道："宏魁这老弟是啥意思，说好下午要见面，这会儿又说不见了。不行，你想干啥就干啥，这还有点诚意没啦！"她说着话，便低头拨打起大哥大。

如果放在两个月前，她提起东街上的宏魁，张昆仑想不给她面子都

211

不可能，因为有一段时间张昆仑就是跟着人家混的，但现在今非昔比，他们家的老四张四海已经是这古城四条街上不是老大也是老大的老大，别说宏魁了，就是提到西街的铁门栓又能咋样！他不屑地撇撇嘴："你说的是东街上的宏魁吧？你告诉他，你现在和张四海他哥在一起，要是没事了，让他现在过来一趟。"

赵彩艳不知道张四海是谁，但听名字和张昆仑提到他的口气，便知道这一定是个不好惹的角色。其实她提到宏魁也是觉得张昆仑气质上带有社会气，想借着宏魁的名头压一压他，没想到压错了对象——装鬼的遇到捉鬼的啦！心里懊恼，于是改口说道："你说的是哪个宏魁？"

"东街上的史宏魁。"

"咳，说岔了，我这个宏魁哪有人家那本事。"她哈哈笑着，手指西边，"那边大厂的一位人事科科长，求人家给个远房侄子安排工作。"

张昆仑心动了一下，他们家老三的工作至今还没有解决，如果这人有门道，何不和她交个朋友呢。"其实，真要差得不多，我也就给你签字了，你看……"

"放心老弟，我不会让你为难的，这样吧，"赵彩艳笑面如花地说道，然后又往院子里看了看，"咱们公是公、私是私，这点小意思你必须收下，不然太打姐的脸了。放心，我怎么着也是出来混了这么多年的人啦，单位里的规矩都知道，不会把你拉下水的。"赵彩艳帮张昆仑拉开办公桌抽屉，把手表放了进去，之后又合上，用一条腿挡在了抽屉面上，"其实呀，昨天晚上去你家里就想把手表交给你妈妈，可一想，还是交给你为好，这不，大清早就过来等你，一直等到现在。"其实她是接到了顾阿成的电话才赶过来的。她丰满的胸脯几乎贴在了张昆仑身上，张昆仑向后让了让："这事确实有点儿不好办。"

"有什么不好办的，不行就按你说的来。老弟，你这么年轻，姐可不会把你带到坑里去。你别说，你这认真劲儿和我还真有点儿像，我喜欢。"赵彩艳又取出一个牛皮纸信封，轻巧地揣到张昆仑的裤兜里，就像往自己兜里揣东西。张昆仑装着推辞，顺着劲儿避让了一下，便接受了。

"本来中午要请你和老顾到外面吃饭，这不，司马局长又来电话让我去见他，没办法，人在江湖，身不由己。这是点儿饭钱，你们自己吃，我就不陪你们啦。你知道吧，司马局长可是管人事的副局长，安排工作都得找他。"张妈妈跟她抱怨过为老三找工作的事情，此时，趁热打铁抛出这张王牌，算是又加上了一码，效果可谓事半功倍。

司马局长的大名如雷贯耳，听到他的名字就如同见到了太上皇，张昆仑心里咯噔了一声，目光再次停留在大哥大上，他要确信她不是在说瞎话，如果真是这样的话，那这个赵老板就得罪不得了。但随即他又想起早上他爹在家里说的"这女人嘴上有蜜"的话，犹豫了一下，把信封掏出一个角，折出一个向外的弧度："这个恐怕就不合适了吧？"

"哈哈哈……"赵彩艳忽然大笑起来，"小张，什么合适不合适的，你觉得合适就合适，你觉得不合适就是不合适。合适不合适不都是掌握在你这儿的嘛！你说，姐说得对不对？"她抛出一个"就这样吧"的眼神，看看手表，"我得赶紧走了，去晚了又要挨批评了，拜拜。"

送走赵彩艳，张昆仑重又坐在办公桌前，胡思乱想了一阵子便拿定了主意，撑死胆大的饿死胆小的，有光不沾王八蛋，签，给她签，反正这厂子又不是哪个人的，我不拿，有人拿，我不要，有人要。他听着外面的动静，从兜里掏出信封，掂了掂，脸上随即泛起一丝狡黠的笑容。他慢慢打开那信封，一沓崭新的百元钞票映入了眼帘，不用数也能看出来有一千元左右，相当于他五个月的工资总和，这是他首次一次见到这样多的钱，他感到呼吸紧促，急忙放入抽屉，随即上了锁。他重新把两张清单认真做了计算比对，如果没出错的话，仅多出来的部分，估计就不是一个小数目（清单上没有单价，他只负责数量验收），他越核算越觉得不划算，他觉得赵彩艳挣得太多了，而自己得到的又太少了，可承担的却很多，然而为了老三，如果她真的能帮上忙，似乎这又是值得的。他决定在签字前得跟这个赵老板把老三找工作的事情咬个牙印出来。

晚上，当他亲手把那镀金手表戴在田艳丽的手腕上时，看着田艳丽灿烂如花的笑颜，他心里忽就泛起了一股成就感。他觉得他已然扛起了他家和田艳丽家的大梁，俨然已是《上海滩》的头号大哥许文强，最起码也是二号人物丁力，那么田艳丽当然就是冯程程了。他们从黄昏时就腻歪在了一起，他拉着她的手，把古城区所有有名气的小吃一样一样吃了个遍，直至肚子里再也装不进去丁点儿东西。张昆仑从来没有这样大方过，他忽然大方起来的样子在田艳丽眼里简直帅呆了，她搀着他的胳膊走在繁华的大街上，感觉就像一个高贵的夫人。张昆仑挺着胸脯，他忽然间发现这个世界居然如此美好、如此灿烂，他都想高声歌唱。他扬起头，然而就在这时，一只栖息在树上的小鸟撅起屁股便挤出一泡屎来，正好掉在他的鼻梁上，像一颗小炮弹炸开，溅得他满脸都是，也飞溅到田艳丽的身上。

"见鬼！"田艳丽皱着眉头说道，她觉得遇到这样的事很晦气。

"不——"张昆仑依旧仰着头，停顿了一下，他的心情太好了，他想跟田艳丽开个玩笑，"这是天屎。知道什么是天使吗？这就是天使！"

田艳丽愣怔了一下，忽然反应了过来："哈，胜利，你要走'鸟'屎运了！"她笑得几乎把胃里的东西都吐了出来。

有路人注意到了他们，也跟着田艳丽笑，但张昆仑还是一本正经地前行了几步才央求田艳丽赶紧帮他擦去。

夏夜的小河边凉风习习，他们围绕着小树林来来回回地走了无数遍，想找到一处僻静的地方，但到处都是纳凉的人们和窃窃私语的情侣，最后，张昆仑竟然狗急跳墙想到了绿化队，想到了他的小仓库，那里一定很安静，那里可以安心地闭上眼睛。田艳丽也是这样想，她甚至还想出了浪漫的味道。在绿化队的院子里，张昆仑反插上大门后，便迫不及待地和田艳丽搂抱在了一起，吻在了一起，汗水湿透了他们的衣裳，张昆仑几乎是被田艳丽抱着拖弄到了库房门口，之后，在黑暗里，在电风扇的吹拂下，他们尽情地享受着彼此温柔的抚慰。他们已然掌握了其中的技巧，即使还保留着那最后的形式，但也足以让他们尝到性爱的甜头。灯光亮起时，田艳丽屁股靠在办公桌上，低头欣赏着手腕上的手表。她从心里喜欢这块表，不但因为这表款式新颖漂亮，也因为是张昆仑送她的。这是他第一次正儿八经地送她这样的礼物，她的心几乎要为它融化。张昆仑侧坐在椅子上，一只胳膊架在椅子靠背上，一只搁在桌子上，一副疲惫不堪的样子，但在灯影下，他的大腿却不安分地贴在田艳丽的腿弯处，若即若离，上下慢慢地滑动，皮肤贴着皮肤，时而滑溜，时而凉爽。但此时他想的却是如何处理兜里花剩下来的九百元钱，是交给田艳丽呢，还是交给他娘？他拿不定主意。他想来想去，最后还是决定交给他娘，因为以前的工资都交给了她。娘说过把钱给他存着，

214

将来娶媳妇用，交给她，眼下看，肯定是正确的事情，而交给田艳丽似乎是早了一些，毕竟现在还是恋爱关系，比起娘来，不用说还是远了点儿。他有些愧疚地看了一眼田艳丽。

"你也不问问这东西是从哪儿来的？"

"不问。"

"为啥？"

"因为——"田艳丽故意拖长了腔调，"我喜欢。"随着话音落地，她捧起他的脸，吻了一下，之后，屋里的灯又灭了。

2

"娘希匹！走了个二丫，来了个胜利。"二两老酒参酒入肚，顾阿成不知怎么了，忽然就来了情绪，一块红烧肉送到了嘴边，又放回到碗里，筷子轻敲碗边，"上虞县，祝家庄，玉水河滨，又一个祝英台——"

"老顾，什么事情这样高兴，越剧也搞上啦？"顾阿姨把一盘雪里蕻毛豆放在餐桌上，回身打开屋灯，"灯也不开，不会吃到鼻孔里了吧？"她说着，坐在了顾阿成对面。顾阿姨两年前退休，在家里做专职太太，忽然闲适下来的生活让她原本苗条、娇娆的身材很快便有了种肉肉的感觉，尤其是那件浅粉色的短袖衬衣，穿在身上紧巴巴的，勾勒出了圆润的肩头和微微鼓胀的腰身，体现出女性成熟而性感的韵味，虽然是五十多岁的人了，但看上去却像四十出头。顾阿成早已眼波荡漾。他们育有一儿一女，都在外地上学，平时家里只有夫妻两人。二人举案齐眉，相敬如宾，是机械厂出了名的模范夫妻。

"高兴个屁，气还生不完嘞！"顾阿成夹了根毛豆夹丢到嘴里，啧啧地咀嚼起来，直到没有了滋味，"开灯干什么？开灯看你呀？"他端起顾阿姨给他添满的酒盅，一仰而尽，然后又递给顾阿姨，"看了嘎许年，早看不来喽！"

"看不来就看不来。"顾阿姨接过酒盅，唠叨着，又为他添满，"生气？跟谁生气？"

"跟谁？跟我自己。"顾阿成精明的老脸忽地变得搞怪起来，"老喽，跟不上形势喽！"

"跟形势？跟什么形势？"

顾队长比画了一个男女做苟且之事的手势，嘿嘿一笑，端起酒盅又喝了，脸上泛起一片潮红。

"老不正经！"顾阿姨脸上也是一红，瞥他一眼，笑着说道。

老夫老妻撩起一阵云雨其实无须过多言语，一个眼神，一个笑靥，便已春风荡漾。顾阿成笑着笑着，忽然像是想起什么事来，猛地在大腿上一拍："啊呀！忘了事情嘞。"他说着已站起身，匆忙去了卧室。卧室的灯亮了一下，又灭了，他站在了门口。"老太婆，你过来一下。"他招招手说。

"干吗？"顾阿姨羞赧地瞥他一眼，"饭要凉嘞。"

"你过来嘛。"

"干吗？"

"有事情嘛！"

"什么事情？"

"真的有事情嘛！"

"哪有那么多事情。"

"来嘛！"

……

弹子锁"咔嗒"一声，卧室门从里面锁了起来。一阵呢喃细语过后，一切便归于沉寂，屋里偶尔还听得见塞窣中的几声低吟。白炽灯照在餐桌上，照亮桌上的红烧肉，翠绿的毛豆，空空的酒盅，两只空碗，一双整齐一双凌乱的筷子；一只蛾子迷茫地飞来飞去，一会儿跌撞在灼热的白炽灯上，一会儿磕碰到冰冷的窗户玻璃，最后消失在昏暗的灯影下，再无声息。二十分钟后，顾阿姨打开了屋门，她换了一身白色的丝绸睡衣，汗水浸湿的发丝凌乱地贴在前额上，像画上去的一样。她脸上洋溢着满足的笑容，匆匆地去了厨房——还有两道备好的小菜没有来得及烧出来，现在烧出来，正好犒劳老头子。

顾阿成喜滋滋地跷着二郎腿，脚上打着节拍躺在毛巾被单里。他耍弄的小把戏再次得逞，让他暗自窃喜不已："这个老太婆怎么这么笨呢！就连这样的小把戏都识破不来，真是太笨啦，太笨啦！"其实这样的小把戏每个月都要上演两次，而且每次都能得逞，只是最近这两个月频繁了些，有时三次，有时四次，他把此归结为返老还童，当然也要归功于老太婆精心周到的喂养。他惬意地伸了个懒腰，点上一支喜梅香烟，一口气就吸去了三分之一。烟雾缭绕里，他又想起了张昆仑。

早上，他布置完工作，到仓库取工具的时候（为了不影响工作，张昆仑给他留了一把钥匙），无意间发现桌面上有很多蚂蚁，忙忙碌碌地好像在搬运什么东西，他以他曾经年轻时的经验和敏锐，直接而清晰地解读了那东西所包含的内容，就像是他留下的那样。他撇嘴怪笑，在库房里巡视了一圈，最后禁不住诱惑，还是趴在那蚂蚁最集中的点上使劲儿地嗅了几下，仿佛在一朵即将凋零的花朵上寻找残留的芳香，但他似乎失望了，直起腰，盯着那个点，皱起了眉头。一只意外黏附在他鼻端上的蚂蚁忙乱地四处寻找归路，在脸蛋上，被他一掌挥去。验收单孤零零地放在桌面当间，张昆仑已经签过字，他扣除了两个花盆，理由是损坏，让顾阿成确定责任方。"娘希匹，小赤佬蛮有心机的嘛！"他在心里骂道，之后拿起验收单正反两面看了看，笑着揣进兜里。他昨晚还在担心这件事，担心赵彩艳搞不定这个张胜利，现在就解决了——得来全不费功夫。他再次将目光停留在那蚂蚁聚集的点上，脑子里恍然出现了一幅春情激荡的画面，他感到自己身体的某个部位也开始不安分了，于是不再停留，从仓库里走了出来。前面有二丫，后面有胜利，这绿化队是怎么啦，怎么接连地出了这样两个人物？

二丫和二孬的事情是他向当时还是于科长的于东山打的小报告，他觉得，在他这一亩三分地闹出这种事是很丢人的，如果不尽早干预，将来东窗事发，连他也要跟着被人笑话，而且二丫被安排过来时，于东山也明确交代过他，让他当作自己的孩子一样严加管教。管教就罢了，只要别惹出这些乌七八糟的事情就好了。

他发现二丫和二孬的事情纯属意外。那天中午下班，因为一点事情他耽搁在办公室里，晚走了一会儿。正当他要起身时，忽然听到二丫的一声嘤咛，顺着房梁的罅隙传了过来。起初，他还以为是二丫在搞怪，没太往心里去，然而，接着那声音便连贯了起来，伴随着咚咚的墙体撞击声，仿佛巨大的气浪，令他毛发竖立。他握紧了拳头才稳住了心神。很快，他便梳理出一幅完整的画面，一个男人被她紧紧地抱箍在怀里无

217

法挣脱，他唯有猛烈地在她那雪白的、肥胖的身子里鼓捣才能获得一口喘息，而二丫仿佛也于那猛烈的捣鼓中获取了快感，以至于浑身的赘肉都在颤抖，但她必须在嘴里咬上一件东西，大约是男人的肩膀或是自己的衣服，否则那喊声会冲破屋脊，令春雷机械厂撼动。他忍着一探究竟的冲动，躲在屋子里大气不敢出，直到最后那声痛苦的呻吟传过来，他才惊异地发现，那男人竟然是王二孬。说不清是享受还是畏惧，总之，那天，直到下午两点，他才装出刚来上班的样子打开办公室的门，而后，悄没声地溜回家吃了午饭。他一边吃饭，一边把他的发现告诉了顾阿姨。"啊哟，侬的脑袋瓜太好使嘞！幸亏没有让他们发现，不然将来很不好说嘞。"顾阿姨的经验和他的想法不谋而合，"侬不知道啦，我们单位的小张和小李，好得不得了，两人有什么事情都要给对方说，后来，小李的一件别人都不知道的事情被人知道了，小李就怀疑小张跟人说了，两人就闹起了矛盾，闹得很凶，见面就吵架，最后差点儿出了人命。侬听仔细了，不会听错吧？这种事说出去是要把人害死的嘞！"为了不出现失误，他在办公室里连续蹲守了几个中午，为此几乎落下胃病。他在顾阿姨"不宜久拖"的告诫下，向于科长打了小报告。

二丫调走后，他得意了一段时间后却发现，他其实对那声音已经产生了某种说不出来的依赖，就像得了大烟瘾，听不见了就像少了某种东西，令他抓心挠肺。他也发现，通过回忆那声音的变化，能想象出他们的整套姿势，想象出那落幕时的精彩，他需要这样的想象，因为，这想象为他提供了数量上和质量上的支持。然而，记忆这东西，终究要被时间的长河磨灭，注定要被其他的东西所取代，今天或许就是这样，虽然还不确定，但想象一下便已波涛汹涌。"娘希匹，胜利这个小赤佬，弄那个红本子也不知道孝敬老师傅一本，不孝敬也就算了，还害得老师傅为你打掩护。"他气恼地在心里嘀咕着，"阿拉不管了，明天就找他要一本，敢不给，阿拉……"他顺着这个思绪，不由自主地就想到了红本子里的一些片段。这时，他惊奇地发现，身上的欲望开始腾升，下身竟然在不知不觉中崛起，于是——

"老太婆。"

"怎么啦？"

"你过来嘛。"

218

"干吗？"

"有事情嘛！"

"有事情？"

"真的有事情嘛！"

"怎么又有事情啦？"

"来嘛！"

3

在工业局系统内黑板报巡回展览期间，张昆仑可谓春风得意，人气迅速攀升，俨然成了系统内的明星。他的年龄、他的才华都成了人们热衷打听、讨论的话题。一时间，登门说媒的人排起了长队，有的是女大学毕业生，有的是文艺女青年，还有一位领导家的千金，林林总总，眼花缭乱。张昆仑既不拒绝也不接受，若即若离，火候拿捏得如同羞涩的处子一般。他要享受这种被人追捧的感觉。他心里很清楚，这种锦上添花的感情都是过眼烟云，到最后都要凋萎在锅碗瓢盆、一升米一碗饭中。而事实也确实如此。一些急于把握未来的女青年，当了解到他的家庭情况后，便毅然决然地退出了，来得快，去得也快，就像潮涨潮落。他的审美更趋于现实，趋于生活，以至于恍然间发现，唯有田艳丽才是最美丽、最可爱的，包括她的心灵。即便白毛衣的影子还在他脑子里旋转，但那已是理想中的影子，缥缈而遥远，仿佛云鹤西去。他现在已无别的想法，非田艳丽不娶；田艳丽更是如此，非张胜利不嫁。

现实就是这样，你怎么想的，结果就会朝着那个方向发展。一场不期而遇的暴雨，提前结束了这场让张昆仑展露全部才华的黑板报展出活动。当晚，他带着沮丧的心情，宴请了跟随他多日的从翻砂车间和保卫科抽调出的那几个小青年。地点选在了距机械厂不远的一个小酒馆。他自带三瓶鹿邑大曲，点的最好的菜是一盆毛血旺，还叫上了田艳丽作陪。

"狗（苟）富贵，勿相忘。"两瓶酒下肚，张昆仑感慨地说道。

"拉倒吧！"保卫科的侯建军，绰号胖墩儿的家伙最先表现出不满的情绪，"就这桌菜也叫'狗富贵，勿相忘'，亏你也能说出口。"胖墩

219

儿有个叔叔在公安局当副局长，他根本不把张昆仑看到眼里，甚至张家老四张四海，对他来说也不过是个街头混混、不入眼的亡命徒，让他消失，不过是分分钟的事情。所以，在机械厂的小青年里，其实真正敢于挑战张昆仑的，可能也就这么一个人物了。但胖墩儿又是个老实本分的人，只要不惹他，他也从来不会惹别人。

"什么意思？"张昆仑瞪起了眼睛，这都什么事儿吧，老子处处关照你，你却专门跟老子作对，怎么啦？是高看你啦，还是对你太好啦？当着外人的面你也跟我来这一套？通过这段时间一起工作的机会，张昆仑与胖墩儿的关系明面上已经发展到了同志加朋友的地步，但实际上胖墩儿跟他之间一直都有一条界线，只要不跨过这条界线，什么都好说，但要跨过了，便什么都不好说，像这样不给他面子的事情已经发生过多次，不过只是两人私下里争吵一下，没有公开，张昆仑忍一忍也就算了。而现在却当着这些人也这样，肯定就不能再忍了："就这一桌菜也是我自己掏腰包，不行，就照这水平你也请我一顿行不行？"

"拉倒吧！别以为我不知道，厂里有发的补助，没花完，全在你那儿呢！别跟我们猫捉耗子假慈悲，说一套做一套，你以为谁都是傻子是吧？胜利，少耍花样，剩多少钱都拿出来，二一添作五，每人该分多少是多少，你想独吞也办不到。"胖墩儿倒不是为了自己争吵，他是借着酒劲儿为大家鸣不平。

"呵，你说得倒轻松。你们每天吃的方便面不是钱买的？喝的饮料不是钱买的？吃的肉夹馍不是钱买的？吃的时候、喝的时候你们怎么不说把钱分掉嘞？这时候，吃了了，喝了了，说要分钱。好，咱们把账算一算，要是吃多了、喝多了，该退出来的都给我退出来。"

"拉倒吧！你别把人都当傻子啦。"胖墩儿不依不饶地说道，"那些东西还不是人家各单位招待俺们给买的，哪轮到你去花一分钱啦。"

"呵，看不出来，你小子还挺有心眼的。好，就算你说的都是事实，你去，给我找一个证人来，只要有人做证，我张胜利砸锅卖铁也把这钱拿出来，我说到做到，做不到就不是人养的。但是胖子，我也跟你说，如果找不来，你小子就是故意坏我的名声，你就是存心跟我作对。你给我听好了，这事，咱俩不会轻易拉倒，不弄个水落石出不到头。"

胖墩儿一仰脖喝了杯中酒，啪地摔了杯子，玻璃碴子四处飞溅。

"中，胜利，我就等着你！谁要是说了做不到，就他妈是狗养的。"

"奶奶的，不给你点儿教训，你就不知道老子是干啥的啦！"张昆仑站起身，顺手抄起一个空酒瓶子，看劲头就要下手，这时，田艳丽揉着被玻璃碴子击中的脚脖子，单腿点地站起来挡在前头，厉声喝道："胜利，你想干啥？给我坐下！"这边，瘦高个也站起身，死死地抱住胖墩儿，压制在了凳子上。白脸儿和龅牙像傻了一样，看看这个，看看那个，不知道该劝张昆仑好，还是劝胖墩儿好。史老歪和柱子的事情还像一道阴影笼罩在他俩心头——劝架也有风险，弄不好会惹火烧身。

店老板听到动静从厨房探出头，看了会儿便又缩了回去。他认识张昆仑，这条街上的混混，这几年很少见他出来胡闹，今天这又是怎么了？他想，你们把这店砸了才好呢，就不怕你钱多得没有地方使。老板娘更是从容镇定，过来清扫掉碎玻璃杯，见田艳丽注视她，便一笑："你咋样？伤着没有？"田艳丽笑着摇摇头。"这东西得清理干净了，不小心就会伤住人。"老板娘说罢也摇摇头，又去拿过来一个新酒杯，放在了桌子上。

两个女人，一张一弛，波澜不惊地就稳住了局面。

"来，老板娘，再加一盘火爆腰花、一盘回锅肉，量大一点儿。"田艳丽夺过张昆仑手里的空酒瓶交给老板娘，"你看你们那点儿出息，几个大老爷们儿为了一口吃的闹得天翻地覆，不嫌丢人？我还嫌呢！还要吃啥？海参鱿鱼要不要？胖子，我可跟你说啦，吃多少喝多少，我认，但是敢给我在这儿糟蹋东西，对不起，我不认。"这些天，田艳丽几乎天天和他们见面，彼此都很熟悉，她答应给胖墩儿介绍对象，电工班的小崔，人模样好，笑声跟银铃一般，他中意得不得了，就等着这几天忙过去见面呢。

"艳丽姐，我不是为了这口吃的，信球才为了这口吃的。"胖墩儿委屈得直掉眼泪，他可以跟张昆仑拍桌子，却不能跟田艳丽拍桌子，因为他未来的女朋友还掌握在她的手里，她往好处说，事情就往好的方向发展，她往坏处说，事情就会向坏的方向溜坡。她有一种掌握人心的法力，两头一收拾就能捆绑到一起，他从心里崇拜她、敬仰她。"信球才——"不知动了哪根神经，胖墩儿竟然号啕大哭起来。

"都坐，都坐，都坐。"田艳丽苦笑着摇摇头，招呼站着的几位坐下。她噘着嘴，目光冷峻地扫过那几个顺从落座的青年，在他们的仰视下，她也坐了下来："我不知道你们男人心里都想点儿啥，说好，好得像一个人，说不好，摔杯子就要打架。我要是个男人，现在就找根绳子吊死得了！赶紧再托生，下辈子跟我一样，当个女人。"她拧开第三瓶酒，先给胖墩儿倒满，又给剩下的几位添上，轮到张昆仑了，她说歇着吧，她想喝两口。

"来，跟女人喝一杯。"她斜瞅着胖墩儿，将军道。她知道胖墩儿的分量，不但不能得罪，还要维持好。谁知道张家的这几个光头啥时候又要搞出事情来，将来用着人家的地方多着呢，但自己男人的面子也要维护，这上面，一点儿也不能含糊。

胖墩儿破涕为笑："姐，你比俺哥够意思，俺服你啦！但你也不能捣着憨子摸电线。刚才你一口没喝，要是让你兄弟喝这杯酒，你先得把欠的补上，我才答应你。"他喷着满口酒气，结结巴巴地对田艳丽说。

"胖子，你想死吧！"张昆仑指着胖墩儿吼道。

"歇一边去。"田艳丽伸手把他按在了凳子上。

"对，让他歇一边去。"胖墩儿应和道。

"行了，胖子，你别给我加热闹。"她用酒杯的玻璃底子在桌面上咣咣地磕了两下，"别说不欠账，就是喝一瓶也没啥了不起，但是，我要是喝了，你喝不喝？"

"喝，不喝是你孙子。"

"好！"田艳丽对老板娘一挥手，"来，再拿一瓶鹿邑大曲。"

这时，店老板又探出头来，瞪着一双好奇的眼，盯着田艳丽看——这是哪儿来的大姐大，自己咋就不认识呢？当着众人的面，田艳丽对着酒瓶子一口气吹完了一瓶酒。张昆仑目瞪口呆，胖墩儿惊得舌头都收不回去。其他桌上的客人一起为她喝了声彩。这下胖子被挂到了那儿，喝吧，酒量不行，不喝吧，有话在先。他为难地端起酒杯，捏着鼻子咬着牙，勉强喝下去了半杯酒，但接着就搞出了一个小喷泉，然后翻了个白眼钻到桌子下面去了。田艳丽看也不看他，挥手喊过老板娘，结了账，拉上张昆仑就出了小酒馆。

在他们初次相吻的那片小树林的那棵大槐树下，田艳丽"宣泄"了一通就开始变得清醒起来，她半依偎半搂抱地歪在张昆仑的怀里，轻轻地喘着粗气，倾听着张昆仑支支吾吾含糊不清的关于外出补助的那些解释。有一会儿，她才抬起头，看着树影里的那张脸，奇怪地问道：

"你给我说这些干吗？"

"你刚才问我了呀！"

田艳丽的记忆停留在刚刚走出小酒馆的那一刻，至于怎样来的这里，她一点儿都想不起来，更不要说说过了什么，但她还是努力地想了一阵儿，之后把头又埋进了张昆仑的怀里。此时，她更想倾听那心脏跳动的声音，这声音牢靠而真实。

"你想想看，每人每天就三块钱的补助，够什么用？一碗方便面一两块，胖子那货，一顿饭就能吃三四碗；健力宝、矿泉水尽着他们喝，那得多少钱？这本账根本不敢算，算一算——"张昆仑这会儿好像理清了思路，越说越上劲儿，越说越来气，嗓门也提高了起来。

"别说啦！"田艳丽猛地站直了身子，嘴贴在了他的唇上，"我喜欢你这样，你做的任何事我都喜欢。"

他们吻在了一起，伴随着酒精的作用，热吻的浪潮一波高过一波。

初夏的凉风，斑驳的灯影，朦胧的酒意，曲度恰当的树干仿佛早就备好的春床，轻而易举地把他们送入早已熟知但却从未逾越的那种酣畅淋漓的境地。

一阵撕裂的疼痛过后，田艳丽知道，自己已经真正属于这个男人了。只是她还不知道，一条新生命也随之产生。

4

史老歪回来上班前，张昆仑已被调离了绿化队，这是史老歪跟厂里达成的口头协议的一部分。史老歪有史老歪的想法，那就是搬走这个绊脚石，他就可以继续在绿化队捞好处，也算这一场罪没有白受；厂里的想法是，只要你史老歪不再没完没了地纠缠，能答应的条件都可以答应，况且当时安排张昆仑去绿化队也是个权宜之计，是个跳板，现在条件成熟了，调他到宣传科转干部岗位也顺理成章，于情于理都能讲得通，而这样做的代价又低得可以忽略。可张昆仑却为此感到异常愤怒。当接到人事科小刘科长的通知，他顿时就觉得胸中有一团火要向外喷

223

发。"祝贺你，终于心想事成啦！"不管小刘的笑容、言语如何真诚，在张昆仑看来，里面都充满了讽刺的意味，都像一支支利箭直穿心底。"谢谢！"他强作欢颜，装出欣然接受的样子。他已深深地爱上了绿化队，爱那小屋，主要也是爱能给他带来实惠的那点儿权力。刚刚沉醉其中，便闻一声棒喝。

"胜利，这样不是挺好嘛！"田艳丽被张昆仑从电工梯子上叫下来，来到车间外面，听他颠三倒四地说了老半天才明白过来，原来是不让他在绿化队干了。她也觉得有些突然，但组织上的决定，接受也得接受，不接受也得接受，更何况这决定合情合理，没有一点儿问题，闹情绪又有什么意义呢？田艳丽理了理他的衣衫："回去和顾队长办好交接手续，屁股擦干净了，去杨科长那儿报到。听我的，一句怪话也不能说，哈。"

"这事肯定是有人捣的，不然——"

"好啦！别多想了，听我的。我这边还忙着，不多说了，晚上去家里找我。这几天不知道是怎么了，老想吃酸东西，你带我去喝黑老婆家的酸梅汤吧。"

"中，我感觉也没胃口，也想吃酸东西，晚上咱们就去喝酸梅汤。"

一片金黄的毛白杨叶子从眼前飘落，田艳丽伸出手一把抓住了叶子，拿在手上把玩。她看着叶子，又抬头看了看那棵白杨树。树还是绿的，夹杂了些黄黄的老叶片，随风摇曳。不知怎么，她的心头忽然升起了一丝惆怅。

混汤吃泡馍

1

王二孬确信张昆仑混汤吃泡馍，是基于自己多年来混汤吃泡馍的经验，基于对张昆仑的偏见，基于张昆仑和二丫的冲突，基于他自身的逻辑、道德观、荣辱心，基于遇见同类的惊奇与排斥的本能。谁知道呢，他的想法肯定与众不同，因为他本身就是一个"与众不同"的人。那天，他在二喜家汤馆混汤吃泡馍，意外发现张昆仑跟他一样，添汤没有加葱花，便确信他也是来混汤吃泡馍的，因为这是自他"出道"就知道的规矩。混汤可以，葱花、香菜免谈。张昆仑肯定吃葱，这世上不吃葱的像顾阿成那样的男人没几个，况且他亲眼见过张昆仑就着一根大葱吃了一个白面馍。他在张昆仑身后目睹了他全部的添汤过程，张昆仑添满汤就离开了窗口，没有停顿，没有折返，那一刻，他就觉得心头忽然一颤，那颤动的感觉只有在见到二丫时才产生过，手脚麻木，血涌上头，就好像不小心摸在了电门上。好你个张胜利，原来你也是混汤吃泡馍的下才货，竟然跟俺王二孬是一号人，真是人不可貌相，海水不可斗量。什么领导干部，都是狗屁！别看你穿着真丝布衫，别看你头发梳得油亮，别看你腰里别着 BP 机，别看你目中无人，不把我王二孬放在眼里，我要扒了你那身皮，真不知道谁比谁差嘞！但他也倍感疑惑：为啥张昆仑会跟自己一样来混汤吃泡馍？张昆仑可是不缺吃不缺喝而且还能捞外快的主，他来混汤吃泡馍又是为哪般？王二孬又是新奇，又是激动，又是疑惑，心里七上八下的，就像花狸猫在上面抓了一把，横的竖的不是滋味儿，以至于连二碗汤都没添就离开了汤馆，让习惯了给他添

225

两次汤的二喜好一阵子都没有反应过来。王二孬带着一肚子疑惑，去找了他最不喜欢的史老歪，他相信史老歪能给他解开这个谜团。

本地的人早饭喜欢喝汤，牛肉汤、驴肉汤、臭杂汤、羊肉汤、豆腐汤、丸子汤，五花八门，有钱人、没钱人都好这一口。不论哪家汤馆，哪种汤，免费添汤是汤馆里约定俗成的规矩，商家没有不遵守的，但这却给人留下了可钻的空子：不管他花钱没花钱，只要他手里有碗有筷子（别人用过，未来得及清理的），就得按规矩给人家添汤。有了混来的汤，泡上自己带来的馍，吃到肚里，这就叫"混汤吃泡馍"。本着和气生财的宗旨，店家即便识破了也不会说破，你想，就是要饭的要到门口也会给一碗汤，何况是这种情况。不过这都是早些年的事情了，那时人穷，喝不起汤的人不在少数，嘴馋了，偶尔混一碗，改善一下也在所难免。现在，生活已大为改善，一碗汤不值几个钱，谁也不会为此去丢人现眼，被人指指点点。这种事情现在已经绝迹，已经转化为一种文化，成为那些喜欢钻空子、爱占小便宜、有道德缺陷的人的代名词，也可以说是"帽子"。若是一个人被扣上了这顶帽子，一辈子恐怕都摘不下来。王二孬是其中的一个特例。

其实混汤吃泡馍和讨饭没有多大区别，只是保留了一点儿虚伪的尊严和自以为是的精明。

"你凭啥说人家混汤吃泡馍？"

史老歪耐着性子，听他满头大汗、语无伦次地从早上上完厕所讲到如何去的二喜家汤馆，又如何在添汤时看到了张昆仑，如何想上去抓现行，又如何被二喜干扰了。史老歪帮他理顺关系，引导他往证据确凿上面说，可王二孬天生就是死脑筋，有就是有，没有的头打破也是没有，到头来也证明不了张昆仑混汤吃泡馍的事，最后便认为他是傻人说傻话，于是没好气地质疑道。

"我亲眼所见，他添汤没有加葱花。"

"就凭这？"

"就凭这。"

"扯淡！"

"他就是混汤吃泡馍了嘛！"

王二孬委屈得直想掉眼泪，但道理他却讲不清，因为讲清楚就得承认自己混汤吃泡馍。他心里就像有一黑一白两只小狗在打架，一会儿黑狗占上风，一会儿又是白狗。一会儿他想让白狗胜，一会儿又想让黑狗赢。他想让白狗胜的时候就去帮白狗，而想让黑狗赢的时候就去帮黑狗，帮来帮去，竟然帮出对儿花皮狗，彼此谁都分不清。这下帮谁好呢？

这时，史老歪说道："好吧，现在我相信你啦！"

史老歪这话暖人心，关键时候就看出来，谁是真的贴己人！

王二孬既恨史老歪又爱史老歪。恨史老歪是因为他曾鼓捣着他在大冬天淘大粪池，一笼包子为诱饵，扒掉了他的裤子拧开了自己的水龙头，但放出来的不是水，是面糊糊。爱史老歪是因为到了关键时刻，他总是和自己站在一边儿，总是替自己说公道话，就跟眼前这情况一样。

"我相信你，你也得相信我。"平时总躲着自己，如今却主动找上门，史老歪越看这傻小子越高兴，他在王二孬浓密的黑发上捋了捋，就像给小狗捋毛发，"你和二丫到底有没有干事？你得老实跟我说。"

"没有。"

王二孬像被蝎子蜇了一下，猛地从小凳上站起身，轻易不发光的一双小眼睛闪烁着愠怒和惊慌。

王二孬的反应把史老歪吓得往后趔趄了一大步，他斜楞着眼睛观察了王二孬好一会儿，才稳住了心神。"坐下，坐下。"他拍拍王二孬跟他眼皮齐平的厚实肩膀，"坐下说。你这样，叔得仰脸才能说成话。"

"不，"王二孬后退了一步，"俺走，俺不跟你说话了，你又想捉弄俺来着。"

"我就问你句话就算捉弄你啦？"史老歪生怕他走掉，于是紧紧拉住王二孬的手，"二孬，你也不想想，哪次有事不是叔帮你？哪次有难不是叔帮你解决？你咋是这样个人嘞？好人坏人都分不清？"

"那你为啥要问这件事？"

"你做人实在是太老实，我怕你在这上头吃了亏。"史老歪把王二孬又拉回来，拍拍他肩膀，又往下按了按，王二孬就又顺从地坐在了小板凳上，"我是担心二丫要弄了你，利用了你，叔一心一意都是为你好。"

"二丫不是那种人！"

227

王二孬又想站起来，史老歪赶忙按住他："好，你说二丫不是那种人，就不是那种人，可你也不用给屁股下面装马达，动不动就想蹿起来。"

"我放个屁，中不中？"

"中，想放就放。"史老歪大度地向地上指了指，"只要别给地板崩出个洞。"

王二孬生来就有三大毛病，咬牙、放屁、打呼噜。尤其放屁这毛病，捂着被褥都能把隔壁睡觉的爹妈给崩醒。史老歪的指尖还没有伸直，就听得王二孬屁股底下震天动地一声响，史老歪就感觉地板都跟着颤三颤，玻璃杯子叮当响，屋内平地掀起一阵风。

小马扎从厨房里探出头，还没看清啥情况，就又捂住鼻子缩回去，还从里面关上了门。吸口臭气不算啥，可不能熏臭了刚出锅的白馒头。

王二孬看着史老歪赶忙上前推开窗户，打开门，脸上笑得都开了花。这些年，和史老歪一同干活儿，这还是头一次轮上自己捉弄他，原来这招就好使。

史老歪只知道王二孬的屁声大，哪里知道威力这般大。他忙活完，转回来对着王二孬的后脑勺狠狠地磕一下："你个兔崽子，我看你就是存心来捉弄你老叔，攒了几天的臭屁到这儿来放。"

史老歪越是这样说，王二孬越是高兴："俺要走，你不让走，俺放屁也是经过你同意。"

"嘿嘿，你个兔崽子，嘴还怪能说嘞！"史老歪顺竿子把王二孬往上面推，"你恁能说咋就把张胜利那小子混汤吃泡馍这事说不清呢？看来你还是不能说。叔帮你理一理，想不想听？"

"想。"

"想？我看你不想。"史老歪眼珠子不停地打转，"其实这事就一点，你把这点解决了，其他都不是大问题……这个点嘛，还在二丫的身上。你跟叔交代清楚了，叔就跟你说。"

"你咋绕了一圈儿又绕到了二丫身上呢？俺不跟你说话了，俺走。"

王二孬这次动了真格的，站起身就往房门处走。史老歪紧走几步，在厨房门口拦住了他。

"二孬，你这孩子！你大祸临头了，知道不？"

王二孬除了怕挨饿，除了怕扣工资，除了怕二丫不理他，还不知道有啥更让他害怕的事。"大祸临头是个啥？别拿这一套来吓唬俺。"他伸手把史老歪推到门边上。

"二孬，你阿姨今天中午做蒜薹炒肉丝，想吃不？"史老歪手扶门框，急中生智说道。

王二孬停住脚步，转回身。

这时，厨房门咣的一声从里面打开，小马扎掐腰瞪眼站在了门口："谁给你说我要做蒜薹炒肉丝？你去买肉啦？你去买蒜薹啦？家里连棵青菜都没有，中午只有咸盐蘸馒头。"说完，又咣地关上了门。

不管史老歪再说啥，王二孬都不往心里去。他甩开史老歪的手，转身离开了史老歪的家。

送上门的机会就这样丢失了，史老歪气得都要抓狂，他一脚端开厨房的门，指着小马扎的鼻子劈头盖脸就是一顿骂。小马扎也不是省油的灯，手持菜刀，仰起脖子跟他对骂。直到两个人都气喘吁吁，骂不动了，才住了口。

"你他妈真是一个蠢娘们儿！"史老歪歇过一口气，又骂道。

"你他奶奶就是一个混球！"小马扎一句也没有饶他。

"我混球，好！我混球！"史老歪手捂在心口上，连连摇头把气喘，"老二的工作你来管。老子混球，老子不管了！"

"你别拿这话来吓唬我，你不管了也饿不死他。"小马扎斜眼看着史老歪，心里也觉得很委屈，不由得号啕大哭了起来。她边哭边骂边数叨，比死了亲娘还悲伤："……你就说，你今天耍这一出算是啥？我都不知道这个信球孩子对咱老二的工作能起啥作用？我看你就是自己图高兴，弄个信球来图快活。"

"说你蠢，你还不承认。"史老歪手指屋门，压低嗓门，"你知道二丫是啥人？"

小马扎摇摇头。

"要不然咋说你蠢呢！"史老歪一连摇了几下头，就像要摇去头疼病，"二丫是于东山的小姨子。于东山你总知道是谁了吧？他是咱厂里管人事的大厂长。只要二孬点头承认了他和二丫的事，我就可以抓着这条跟于东山讲条件，我就不信他还敢挡着不给咱办。今天这是送上门的好机会，这个机会抓住了，就意味着事情成了一多半。"

"我不信，吃口蒜薹炒肉丝就能让他点这个头？"

"你懂个屁！这信球跟他说啥都没用，只有这一口吃的能诱惑他。我那前头几招都是虚晃的，只有这最后一招是实招，结果遇到你这个蠢娘们儿。"

"你事先咋不跟我说一声？"

"我咋知道他会突然来咱们家？知道了还能不跟你说？咳，只能请他吃小笼包子了。"

"那得花多少钱？"

"肯定比吃蒜薹炒肉丝花得多。"

"那你还是把这信球再叫到家里来吧。"

"叫不来了，过了这村就没这店了。啥叫机会？这就叫机会。"

2

早上王二孬来喝汤，一反常态，没添二碗汤就走了，把二喜心里弄得像猫抓了一样，一整天都不自在，他左思右想都不明白出了啥问题，直到晚上，躺到床上，心里还在琢磨这件事。媳妇喜梅看他翻来覆去半天还没有睡，便问他是咋的了，跟个小猫崽儿一样不老实。二喜听媳妇问，干脆就坐起来。他让媳妇给他点上一支大前门，吸了两口，这才说："媳妇，你说二孬今天是咋啦，为啥没添二碗汤？不会是汤里出了啥问题吧？""我在前面没听到有人说啥呀。"媳妇奇怪地瞅着二喜说，"他不添二碗是他吃饱了，难道不花钱还要求着他？""咳，话可不能这样说。"二喜掐灭烟头，重又钻进被窝里，"二孬这娃子心思不会绕弯子，好就是好，坏就是坏，从来不会耍花枪。""再来了问问他不就知道了。"媳妇说。"问不得。"二喜说，"这娃子最好别跟他搭腔，搭不好就把他搭跑了。""看你说的，难不成他还是个宝？"媳妇说。"别人不把他当个宝，我可把他当个宝。"二喜说，"这里面的道理跟你说不清。不说了，睡觉。"

时光荏苒，眼下在二喜家汤馆里混汤吃泡馍的就剩下了王二孬，这是他家汤馆里的一道景，有人为了看王二孬混汤吃泡馍，足足在店里等过一个月。这当间，有些人是为了发掘当地悠久的民间风俗文化——这是一顶一的好素材；有些人其实是当年的"混汤友"，如今做了大老板的也不少，看看他，忆往昔，就像吃顿忆苦思甜的教育饭。王二孬这些年混汤越混腰板越挺直，不是随便哪个汤碗就可以，他要挑那干净人留下的碗，而且还要看有没有肉片剩碗里，看准了才会下手去端碗。有时自带的馒头不够吃，还要到柜台上买两个烧饼做补充。现如今他可是内行老板眼里的二大爷，没人愿意得罪他，还把他当成了一个宝，不然，他经过你家门口去了别的家，就说明你家的汤味不地道，要么就是做人不地道，要不怎么连个傻子都不进你家？但王二孬从来不把自己当二大爷，一切都照店里的规矩办。就拿添汤添不添葱花这件事来说，王二孬从混第一碗汤就懂得这规矩，既不要求，也不想，你若想讨好他，给放了进去，怎么放进去的还怎么拣出来，这点便宜不能占。从小出门他娘就交代他，人家给啥就要啥，不给的千万不能要，不然往后你啥也要不到。最早的时候，不给混汤的添葱花其实是店家为了维护尊严给人提的醒，意思是说，谁把谁都不要当信球，我知道你是咋回事。如若不知趣，提要求，店家也就不客气，当即就会大喊"下一个"，自己让自己闹个大红脸。

王二孬除去在添第二碗汤上闹过大红脸，在这方面还真没有发生过。所以，在他脑子里根深蒂固永不变样的就是这概念：只要添汤不添葱花，都是混汤的。因此，他每次去混汤总能看到几个和他一样的主，有些还穿西服扎领带，人模狗样的，像老板。所以，他看见张昆仑添汤没有添葱花，就认定了他和他一样是来混汤吃泡馍的，况且他本来也就看不上张昆仑，脑子拧成一根筋，认定了就没有回头路。

有家新开的店，因为想拉拢王二孬去他们家混汤吃泡馍捧人气，不但给他加了葱花，还加了一点儿肠子、肝子之类不值钱的牛杂碎，王二孬见了，立刻就翻了脸。"把那东西弄出去！"他指着碗说道，"俺不吃。"

"好吃呀！"

"不吃。"

王二孬从不皱眉头，只有到了这时候，眉头才皱成了一朵花。

有好事的问王二孬，有便宜为啥你不占？王二孬说，他要是想让我

231

占便宜，为啥不切个牛腱子让我吃？他不知道人家都知道他混汤吃泡馍。由这件事，汤馆老板们便再也不敢小瞧了王二孬，都说这小子看着傻，实际上心里一点儿都不傻。二喜在这上面拿捏得最到位，框外的话从来不会跟他多说一句。

到张昆仑来找二喜做证，二喜才长长舒了一口气，原来王二孬那天心思没放在喝汤上。

3

整个下午，小马扎都沉浸在深深的自责中，一声声叹息伴随着她，从厨房到卧室，又从卧室到卫生间，最后沉寂在沙发上。史老歪重回绿化队上班后，他们家的生活又恢复到先前每星期吃两次荤的水平上，但她却是节俭惯了的人，任何额外的开支都令她心疼不已，不过办正经事，尤其是为了孩子们的事情，她也不小气，只是心里有点儿磨不过这个弯弯儿。但静下心来，算计了一番，也便释然：十笼包子是得不少钱，可比起请客送礼，却又省得多了。老歪这老东西，有时候鬼点子就是多，居然能在王二孬这信球孩子身上找到这样好的机会，如果这事属实，不用老歪出面，老娘就能把于东山搞定了：去给他说，敢不把老二的工作解决了，就立刻在厂大门口吆喝他，看他能不能丢起这个人——掌握了这件事就等于拿住了于东山的七寸，看他能蹦跶到哪儿去。一种谵妄的蜃景笼罩着她，让她露出八颗明亮的门齿，在夕照下发出点点金色的兽性的光斑。可她转而又想到与于东山接触的一些细节，又觉得这个于东山并不是好对付的角色，担心于东山未必轻易就俯首帖耳，任自己摆布。有种颠来倒去不确定的感觉在告诉她：史老歪或许是在给自己耍花枪胡说八道。这家伙一贯如此，她也不敢不长脑子跟着他的指挥棒乱转圈，别让他给捣进萝卜地里了还不知道是咋回事。她心里一会儿热乎得像一壶烧开的水，一会儿又凉得像掉进了冰窟窿，仿佛处在冰火两重天中。

晚上史老歪没有回来吃饭，小马扎忙完了家务，便带着对儿子的歉疚，延续着深深的自责，带着错失良机的懊恼，不甘不愿地躺在了床上。她很想就白天发生的事情跟史老歪好好讨论一下，寻求进一步解决的办法,然而史老歪一如多年来不过十一点钟不进家门的老习惯,不在家里。她躺在床上,翻了几个烧饼,便在没有头绪的焦虑中昏昏然地睡着了。鼾声瞬间填满了整个屋子。简易防盗门开启、关闭的咣当声,抽水马桶哗啦哗啦的放水声,二儿子与三儿子睡觉前的争吵声不但没有吵醒她,反而把她带入到了一段离奇纷乱的梦境中去:洪水泛滥,房屋倒塌,厨房着火,孩子失而复得,直到史老歪那带着嘲笑的狡狯的面孔仿佛于空中出现在面前,俯瞰着她。她激灵一下醒了过来。屋里亮着灯,史老歪正在脱衣服,干瘪的身板罩着一件挂满窟窿的白色汗衫。

"等等。"

她癔症似的看着史老歪的身影,还不知道要说点什么的时候,史老歪已手拉灯绳准备关灯,她脱口而出喊道。

"咋?"

吃过午饭,史老歪便去了西院,跟几个老牌友大战了十几个回合,大获全胜,此刻,正在喜滋滋地回味着那些个经典的获胜细节,冷不丁听她在身后喊这一嗓子,惊得心头一颤,大毛、二毛瞬间都消失得无影无踪,他歪着脖子颇为恼怒地问道。

"你吃饭了没有?"她问。

"老郭请客,在外面吃了碗馄饨,和一个烧饼。"

"你倒是自己吃饱,全家不饥。"她挖苦道,"你给我说说,那信球孩子到底是咋回事?"

"啥咋回事?"史老歪已忘记了他说的那些事。

"哎?你这老东西,你都不知道啥事,我咋知道!你是不是又在给我胡说八道?"她几下子磨到床边,手指戳在史老歪的腰眼上,"坐那儿,你今天必须跟我说清楚。"

史老歪趔趄身子,揉着被她戳疼的腰眼,说:"深更半夜的,犯啥神经病?"

"我犯神经病还是你犯神经病?王二孬和二丫到底是咋回事?"

史老歪愣怔一下,这才想起来她是在翻上午的烧饼:"咋回事?跟你说了你也不明白!"

"你行啦,说吧,不说明白咱俩谁也别想睡成觉。"

史老歪气得一点儿办法也没有,看劲头,不跟她说清楚,今晚又是一场腥风血雨，难得安宁。他想着应对策略坐在了自己的小床上，同时掏出了一支香烟："这都几点啦？明天再说不行？"

"不行，今天必须说。"

放到年轻的时候，话说到这种地步，下来肯定要上演一场全武行，拳头的效率永远高于讲道理。但今非昔比，岁月的消融，人生的磨难，身体的衰弱，早已令史老歪丧失了当年那说干就干的锐气，仅存的最有效的手段就是亮出曾经能咬碎骨头的獠牙来吓退对方，意图不战而屈人之兵，他像念经一样，把念了半辈子的陈词滥调又念了一遍："你甭给我在这胡搅蛮缠，我告诉你，今天这事到此为止，不然把事情弄糟了，小心我对你不客气。"

"你甭给我绕圈子，我知道你心里想的啥。"

"想的啥？我再告诉你，我就是怕你嘴不把门出去胡乱说。这要是传到于东山的耳朵里了，别说还没求人家呢，就是求到人家，人家也不会给你办，而且还会……"

"你放心，我绝对不会对别人说。我就要看你是不是又在耍弄人，我就是不相信于东山大厂长的小姨子会看上王二孬那个信球货，我就是要听听你咋把这瞎话说圆了。"

眼见小马扎丝毫也不退让，史老歪干瞪眼没办法，于是干脆收起了獠牙，点上一支烟抽起来，翻着花样吐出来的一个个大小不一的烟圈飘浮起来，飘向天花板，飘向小马扎，然后在空气中散开，缭绕在昏黄的白炽灯下。他采取了蘑菇战。但当他偷眼瞟向小马扎，与她那执拗的不达目的誓不罢休的目光相撞，便知道这样做的结果只能是无休止地耗下去，想睡觉，门儿都没有。三十六计，走为上计，他扔掉烟头，站起身，伸了一个懒腰，就想出门而去，却被小马扎紧紧地拉住了裤腰带，只一用劲就把他重新拽到床上，没有多说一句话，但意思再清楚不过：不把事情说明白，今天休想过关！至此史老歪已无计可施，只好回到现实中来。他瞪着眼睛又点上一支香烟，才抽了两口，便像是忽然想起啥好笑的事那样，咧嘴一笑，说："跟你说说也行，但是我可丑话说前头，你要敢嘴不把门给捅出去，耽误了你儿子的事情可不要怪我。"

"你甭在我面前卖机关。"史老歪越是这样，小马扎越是上劲儿，她上前拧住史老歪的耳朵往上一提，"说，赶紧说。"

"轻点轻点，耳朵拧掉了也丢你的人。"

"说不说？"小马扎又往上提了提。

"我说，我说。"

小马扎松开手，坐到史老歪旁边，侧脸盯着史老歪："说吧。"

史老歪又吸了两口烟，刚要正经说起话，却又忍不住扑哧一声笑起来："这事儿真他妈的不好说。你说，你说，这事儿咋让我跟你说，你说，王二孬这信球咋长了……"

史老歪笑得快要在床上坐不住，小马扎在旁边揪住了他："啥事至于高兴成这样子？赶紧说，甭想着在俺跟前耍花样。"

这时，三儿子史老三突然推开门，一脸气恼地看着他的爹和娘，显然他们这边的动静有些大，吵醒了在旁边屋里睡觉的小儿子。"你们半夜三更不睡觉，也不能弄得全家都睡不成。我知道俺爹想说点啥，不就是王二孬长了一个驴玩意儿。全地球人都知道，就到你们这儿成了稀罕事。"

"你还知道点啥？"史老歪就像梦中惊醒样看着三儿子，问道。三个孩子中，他们最宠的就是这个小儿子，所以，即便这小子如此不敬，史老歪也没有生气，甚至还带了点儿讨好的意味。

"知道他是个废物。"

史老三虽已有十六七，但由于史老歪坐牢的那些年家里伙食没跟上，发育有点儿不健全，看上去只有十四五，而且嗓音也没有完全变过来，奶声奶气的。史老歪夫妻听见他说话，喜欢得眉毛鼻子都会竖起来。

"这孩子，说话咋听着恁难听。"小马扎站起身，皱着眉头斜瞅着小儿子，说不清是高兴还是不高兴。

"你还知道点儿啥？"史老歪又问。

"那还要知道点儿啥？"史老三不理解地看看他爹，"就知道这些。"

"中，俺们不说了，你回去睡觉吧。"

"再吵醒俺，俺可跟你没完。"史老三气鼓鼓地说。

"保证不说了。"史老歪哄着史老三回屋，回来关上门，忍不住又哧哧地笑起来。

"别笑了。"小马扎在史老歪胳膊上拍了一下，压低嗓门说道，"小

235

心老三过来跟你闹。"

史老歪在胸口上揉了好几下，又仰天调息好一会儿，这才忍住笑。他刚想说话，却又警惕地看了看屋门，蹑手蹑脚地到跟前，趴在上面听了听，然后慢慢地打开门，向外瞅了瞅，确定小儿子没有在外面，这才关上门，指了指大床，示意小马扎先上去，之后关上灯也上了床。两人有四五年没有同过床，忽然又躺在一张床上，不自在了好一会儿才适应下来。

"孩子们只知其一不知其二。"史老歪躺了一会儿，自顾自地说道，没注意小马扎昏昏然已经睡着了，"他们知道个屁。"

"啥屁？"小马扎激灵一下睁开眼，问道。

史老歪不满地侧头看看小马扎："你听了没有？"

"这不是听着吗！"

"都以为王二孬是废物，其实一点儿都没事，好着呢，而且是不一般的好。这事只有我最清楚了。"

史老歪又想笑，小马扎就捅了捅他："你小点儿声。"

王二孬刚上班那年，事先没跟他娘打招呼，心血来潮，自己跑到职工澡堂去洗澡，他那硕大无比的阳物，当即惊爆了洗澡堂。一帮闲汉跟着看，有几个更是动了手，但不管他们咋弄，就是不见动静。于是就有了结论：王二孬，家伙大，吊儿郎当没用场。史老歪事后听说，一心一意想见识一下。一天，下大雨，绿化队小院子里只剩下史老歪和王二孬，他把王二孬叫到杂物间里闲唠嗑，他对王二孬说，听说你的东西不一般，如果你敢让叔看一看，叔给你买笼小笼包。王二孬听说有小笼包吃，便犯了傻。他跟史老歪讨价还价，最后说好再加一笼，便脱下裤子让史老歪看，最后又加了一笼，让史老歪上了手。果然如人所说，没动静。但史老歪不死心，等王二孬提上裤子就问他想不想女人，王二孬说他从来都没想过。史老歪又问他以前硬过没有，王二孬说他也不清楚。史老歪就开始引导他，告诉他硬起来带劲。王二孬就问他咋样才能硬起来，史老歪说他有方法，但是要用两笼小笼包子来交换。王二孬犹豫了一下就同意了，因为他确实感到很新奇，这东西还可以被调动，想让它咋样就咋样？史老歪给他讲了一段黄段子，关键点上左右手配合给他比画。看到王二孬脸上泛起红晕，史老歪就问他是不是有感觉了，王二

236

孬说有了。史老歪隔着裤子也看出来，裤裆处顶起了一个小帐篷。史老歪暗自好笑，脸上却依然一本正经的样子，问罢王二孬是否舒服，便说，如果想更舒服，就得再来一笼小笼包。王二孬又答应了，本来就是史老歪欠的，为了更舒服，大不了不吃了。于是，史老歪又让王二孬把裤子脱下来，他没让王二孬费工夫，就做成了被王二孬形容为天旋地转、楼倒屋塌的事。他之后又找过王二孬，但就是许上十笼小笼包，王二孬也无动于衷，甚至回避他，不再和他单独在一起。他那时就怀疑中间有人插杠子，但死活都想不到会是这个于东山的小姨子胖二丫。那段时间自己在外面干私活儿，经常不上班，是不是就让他们钻了空？因为王二孬提到二丫，脸上顿时放光彩，就像刚刚吃过肉包子，这才引得史老歪上了心。再一个，这种事只能顺取，不能强求，万一让这傻小子把和自己的事说出去，那丢人可就丢到了家，说不定还得去坐牢。他为此真还提心吊胆了一阵子。史老歪避重就轻，有选择地粗略地给小马扎做了讲演。

"你真不要脸，好意思摸他那玩意儿。"

"没办法，不摸咋知道他是个好的呢。"

"他就是个好的，和人家二丫又有啥关系？"

"这事你就不懂啦！"史老歪叹口气，"有些女人就喜欢这一口，你看二丫那一坯子，像个相扑运动员，说不了还真得二孬那家伙能伺候得了。而且二孬这小子嘴巴紧，这种事轻易不会对别人说，没啥后遗症。"

"喜欢这一口？为啥她就得二孬才能伺候得了？"

"你是信球呀！"史老歪瞥了小马扎一眼，正好与小马扎精光闪闪的目光碰撞在一起，心里激灵一下，立刻意识到自己说了不该说的话，"这事你去问二丫。"

"我不问她，我就问你。今天你要是跟我说不清，咱俩的日子就算是过到了头。"

女人的直觉在起作用，但她绝对想不到他会和王二孬干那种事。

"你这人讲理不讲理？说着别人咋就扯到我身上了？"

史老歪一掀被子坐起来，翻身就想下床。小马扎在背后扯住了他，没等史老歪转过头，拳头就像擂鼓一样没头没脑地擂下来，哭声也跟着响了起来："你个不要脸的东西，你肯定在外面找女人了，要不然你咋

237

恁清楚呢？老娘在家里省吃俭用地操持这个家，你倒好，跑到外面花天酒地地找自在，你说，你搞了哪个女人？是不是你搞了二丫往人家二孬头上栽？我就不信二孬那个信球能干出这种事。"

小马扎是机械厂出了名的麻渣人。"麻渣"在我们这儿的意思就是清楚的时候糊涂，糊涂的时候清楚，明白是不明白，不明白是明白，死不讲理又难缠。她麻渣劲儿上来，亲娘老子都受不了。这深更半夜的，小马扎突然上了麻渣劲儿，弄得史老歪干着急没办法。这种事不管有没有，吆喝出去都要得罪于东山，这不是没事找事吗！

"遇到你这个糊涂蛋，咱这家算是完蛋啦……"

这时，屋门再次打开，灯泡再次点亮，史老三攥着拳头站在了屋当间，老二也站在了屋门口。

4

第一个到张昆仑面前报信，揭发王二孬说他混汤吃泡馍的是王二孬的死对头两响炮。两响炮和王二孬同住在西院，是打小起就见不得离不开的一对儿冤家。两响炮点子多，王二孬力气大，点子最后总输在力气上。他来报信只是为了讨好张昆仑，而讨好张昆仑又是为了讨好号称"北街小魔头"的张家老四张四海；而巴上张四海，他就可以在北大街上晃着膀子横着走，对着小媳妇、小姑娘们吹口哨，让小商小贩们都另眼看。真要是这样，出卖一个王二孬又算得了什么。两响炮一个眼大一个眼小，好像总有一只眼睛睁不开，跟两响炮即二踢脚的形式差不多，一声闷响，一声炸响，闷响不开花，炸响飘纸花，所以人送外号"两响炮"。他模样长得赖，家庭条件又很差，至今还没有娶上媳妇。张昆仑根本没把两响炮当人看，没等他把话说完，就照着他屁股颇为不屑地蹬了一脚："去你的，说瞎话也不找个地方打草稿，说我混汤吃泡馍？他妈的，简直是吃了卖糖稀老头的药。"两响炮比张昆仑小一岁，算是同龄人，所以他说的半截子话两响炮都能听得懂。"卖糖稀老头"指的是他们上小学时在校门口卖米花团、糖稀的一个黑瘦小老头。那人糖稀做得好，掏一分钱，便能换取一小疙瘩挑在火柴棍长短的高粱秸秆头的糖稀，又甜又香，美得很。孩子们都认识他。他也卖自制的药糖丸，酸酸

238

甜甜，既不治病，也吃不死人，不少孩子都吃过。说到共同的往事，即使不亲也算亲了。两响炮拍拍屁股上的鞋印子，嘴巴都快咧到了耳朵根儿。"对，我看他也是吃了那老头的药。"两响炮又往张昆仑跟前凑，"我觉着这事好像跟史老歪有牵连。我亲眼见到二孬去了他家。"

"真的？"

"真的！"

张昆仑心里咯噔一下，止住了笑。这肯定是个新情况，因为史老歪和自己斗了两三年，最近一段时间才算刚消停，难道他又想暗中生事来跟自己过不去？不好说。

"两响炮——"

"在。"

"这事儿听你一说还挺复杂。"张昆仑双手插兜，偏头想了想，"我现在给你派个活儿，你看你干得了吗？"

"哥，你说吧，只要你信得过俺两响炮，赴汤蹈火都不辞。"两响炮跷着屁股仰着脸，站正了说。

张昆仑瞥他一眼，那谄媚的样子真让他感到恶心。"去去去，"他把他往后一推，"你小子早上是否没刷牙，嘴里臭气都要熏死人。"

"咳，哥，都到这时候了，说这些没用的干啥嘞！啥活儿，你快交代。"

"这个嘛……咳，算了吧，我怕交给你，你办不了。"张昆仑欲擒故纵。

"哥，你咋恁看不起兄弟嘞？中不中，让俺去试试就知道。"

"好吧，既然说到这份儿了，你就去试一试吧。"

……

又一个星期天，史老歪在家里修门窗，正发愁缺人搭把手，看见两响炮上门来，心里顿时乐开了花。瞧咱史老歪这人缘，需要人帮忙的时候就有人送上门来。但他心里也清楚，这小子绝对是无事不登三宝殿。管他呢，既然送上了门，这把力就得让他给出了。

"炮，你今天不来找我，我还要去找你。用点儿劲儿，你小子咋跟没吃饭一样。"史老歪一边使唤着两响炮，一边说，"咱们合伙干笔买卖挣外快，怎么样？我出本钱，你出力，弄好了今年就能当上万元户。

你愣着干啥？用膝盖头顶紧了，这活儿使不了你二两力。"

"啥活儿呀，叔？一年就能当上万元户？"

"我那表外甥的二婶子现在是省里的大干部，二轻局的买卖都归她管。前几天，我去见过她，答应给我批一批紧俏货。去，到上面把那几个螺丝钉拧紧了，手把子上可要匀称些，拧歪了还得重新来。我之前找她批过电视机，一台就净赚了四五百。你想想咱一个月工资才多少？叔只恨当时没力气，努断了老腰才背回来一台，再去，没货了。我当时后悔得直吐血，咋忘了带上你跟我一起去，咱俩若是一起去，咋样也背回来三四台。四台能赚多少钱？"

"能赚多少？"

"四五二十，二百块。"

"二百块？叔，你算错了吧？是两千块。"

"我不知道是两千块？我就是要考考你脑子中用不中用。想跟我合伙做买卖，脑子不清亮可不中。再使劲儿拧两把，你看那螺丝头还在外面露着呢，加把劲儿，对，拧成这样还差不多。中间那个，对，就是它，拧紧！"

忙活了两个小时，门窗全部修缮完毕，又打扫过卫生，两响炮也没有弄明白史老歪讲的到底是啥生意。"叔，咋到现在我也没有听明白，咱究竟要做的是啥生意？"两响炮吸了两口自带的花城牌香烟，稳了稳心神，好像明白过来了，"这事儿我可当真了，可不敢捣我哈！"

"叔是捣人的人吗？你这孩子话也不知道是咋说的。"史老歪掏出自己的大前门给自己点上一支，"这件事你嘴上一定得把严实，说出去让别人抢走生意我可不饶你。你知道'麦当劳'吗？"

两响炮从鼻子里喷出两股烟，摇摇头。

"我正准备把这东西引进来。咱俩远处也不用跑，就在咱机械厂北边那儿有个门面，我看就可以，等到店弄好了，你负责前台，我负责后厨，挣钱咱俩对半分。"

"麦当劳到底是啥东西？"

"洋大饼卷卤肉。洋鬼子弄这买卖，一年能挣几十万。眼下关键的是要把这技术弄到手，我已经跟俺表侄说过了，他说他到他二婶子那儿想办法。"

两响炮吧嗒吧嗒嘴，总觉得哪里不对劲儿。"你的大前门也给我抽一根儿。活儿都干完了，烟还没抽一根儿。"他扔掉手里的烟屁股，用鞋底蹭灭了，伸出两个焦黄的手指在史老歪面前交叉弹动了几下，开口讨要道。

"抽啥嘞！这烟你最好不要沾，沾上了，往后你咋办？"

"啥咋办？"

"吸不起咋办？吸烟这种事不能把档次提上来，提上来就下不去。"史老歪扭头看看桌子上的三五钟表，就像想起啥，一拍脑门，说道，"咳，只顾跟你说话了，忘了还有件事没去办。中，炮，今天咱就把话说到这儿，那边有消息立刻通知你。"

两响炮跟着史老歪云里雾里往外走，心里咋想都觉得窝囊，白白给他干了俩小时的活儿，一口水、一根烟没有混到嘴就算了，连声"谢谢"都没听到。他听着弹子锁在身后咔嗒一声响，就像在心里头添了一把火："叔，你——"

他刚想开口说话，史老歪就拦住了他："炮，让你忙活了老半天，还没问你来找我有啥事。走，咱俩边走边说。"

两响炮被推着后背往前走，磨磨叽叽来到楼梯口。但他死活想不起来张昆仑交代他说的那几句话，急得脑门子都快炸了壳，要让这老东西这样就溜走了，今天等于白跑了不说，还白白给他干了场活儿。于是，他也不管要说点儿啥，横身挡在了史老歪的面前，抓了抓满是灰尘的后脑勺，说："叔，胜利混汤吃泡馍的事情，你听说了吗？"

"没听说，这是谁在瞎扯淡？"

原来是为这件事！史老歪暗自冷笑好几声，心说，就你这点儿本事还想在我面前耍花枪，我倒要看看你想干点儿啥。但他脸上却摆出一副严肃的样子，眉头皱成一朵花，两眼死死盯着两响炮，好像两响炮的问话他特别不爱听。

"王二孬。"

"王二孬？"史老歪扑哧一下笑出声，"你咋会听那个信球瞎胡说，没凭没据的话，说不好就会挨嘴巴。"他从衣服口袋里掏出大前门，抽出一根，想了想，递给了两响炮，又抽出来一根叼在了自己嘴上。

"这个我知道。"两响炮仿佛二狗子一样哈腰接过香烟卷，"我那天看见二孬来你家，他难道没有跟你说？"两响炮就着史老歪的火点着了香烟，舒舒服服地吹出个大烟圈。

"二孬来俺家？啥时候的事？"

"叔，是你忘了，还是不想跟我说？上个星期天，上午。"

"哦——"史老歪暗自庆幸没有跟王二孬多说啥，不然肯定有麻烦，"我想起来了，他是来过。他闻到你婶蒸的白馒头刚出锅，想跟我要馒头吃。咋啦？这和那事还有啥联系？"

"没有，没有，啥联系也没有。我就是想着你也知道。"

史老歪侧身嘿嘿冷笑着，跟迎面上来的老邻居马师傅打过招呼，猛然间把声音拔高了好几度："不知道，你不说，我还真不知道。"

第二个来报信的是史老歪的三儿子史老三。史老三那天在家里睡懒觉没出门，他爹跟两响炮胡诌的那些话把他也蒙到了鼓里头，他也做起了发财梦，所以，他爹出门，他也跟了出来，他想随他爹一起把梦变为现实。他爹和两响炮在楼梯上说的那些话，他一字不漏地听了进去。他当时并未把此当回事，毕竟这事和他们家谁都没关系，但听他爹把这事详细地给他讲解之后，他便上了火：两响炮，你算个啥东西？居然也敢到我们家来耍花枪，这回要是不把你收拾了，也太让你小看了俺们李家没有人。他爹说两响炮的目的很明确，就是想借刀杀人把咱害。好，我让你借刀杀人，我先借刀把你杀。史老三二话没说，当即去找了张家老四张四海。

鼻青脸肿的两响炮把张昆仑从家里叫出来，张昆仑丈二和尚摸不着头脑。他想不通，这好好的，四弟干吗要跟自己的狗腿子过不去？这不是大水冲了龙王庙，一家人不认一家人了吗！但他也为有这样不中用的狗腿子感到太窝囊，年纪比四弟那帮孩子大六七岁，块头抵得上他们快一个半，竟然让他们打得哭鼻子。

"炮，你给我说实话，你到底啥事惹到了他？"

"我也不知道啥事惹到了他，他们上来就劈头盖脸地打我。"

"他们没说啥吗？"

"说了，说我说你混汤吃泡馍。"

"你他妈才混汤吃泡馍！"张昆仑看着一脸委屈的两响炮，真想也

242

给他一巴掌，"你到底说了没有？"

两响炮一仰脖子："没有，谁说了谁是……要是说了，也是跟史老歪那老东西说过。"

"你跟他说这些事干啥？"

"不说，咋把你交代的事情弄清楚？"

张昆仑脑子像刮旋风一样转了无数圈，但最后也没有想明白这个蠢货是咋把事情弄成了这个样。他看看又想掉眼泪的两响炮，觉得跟他实在没有什么可说的。"好啦，你滚吧。我见了老四，会狠狠地说他。"

"哥，你做事也不能怎偏吧！都是你的兄弟，一个亲一个不亲，咋错了怎大劲？"两响炮闻言，忽地暴躁起来，他盯着张昆仑，呼呼地喘大气。

张昆仑也盯了他一眼，但他看到的却是一只被逼到了墙角露出獠牙的丧家犬，如果自己再敢向前靠一步，他死了也会给自己咬一口。张昆仑心头一紧。这时，来东院会老友的二大爷正好从他们身旁经过，看到梗着脖子的两响炮，便拿出老资格教导他好好向张家老大学一学，你看人家现在多求进步，没事不要瞎球跑。借二大爷说话的时机，张昆仑也想明白了，觉得这样对待两响炮确实不公平，毕竟是为了自己的事情挨的打，而且打他的还是自己的亲兄弟，于是，等二大爷走后，他就说有机会叫上老四和他一起吃顿饭，算是赔不是。这本来是句敷衍话，缓冲缓冲情绪算拉倒，没想到，两响炮却给当了真，他顺着台阶就往上爬，马上要求张昆仑带他去见他们家老四——如果能和张四海一起吃顿饭，哪怕是跟在张四海屁股后面到北街上转一圈，让北街上的摊贩、饭店老板还有那些痞子们都知道自己跟张四海的关系不一般，他觉得挨这顿打就像白捡了一块敲门砖。张昆仑也猜不透他是啥心思，拗不过他一而再而三地央求，答应跟他一起去找张四海。

张昆仑带着两响炮找到他们家老四张四海。张四海正带着一帮小弟在护城河边小树林里练武功，打打杀杀喊成一片。刚才两响炮就是在这个地方挨的打，没到跟前他就怵得想尿裤子。好在前面站着张胜利。也不知道他们哥儿俩去一边嘟囔了点儿啥，张四海回来，连个正经看他的眼神都没有，便在他肚子上轻飘飘地来了一记上勾拳，他没有感觉到疼，却差点儿晕过去，因为这是江湖上除了捶胸脯外，最高等级的兄弟朋友间才有的礼遇，说明张四海已经把他看成了自己人。他把肚子高高地挺起来，请张四海无论如何再来一下。他平生第一次见到张四海阴沉的脸上露出难得一见的笑容，就像一丝阳光穿透浓浓乌云，直愣愣地照在自己身子上。原来他会笑！但那笑容一闪即逝。就打这时起，两响炮仿佛喝醉了酒，就像个梦游的人。他都弄不清张四海是否给了他面子，反正从那时起他的耳朵里就开始嗡嗡响，犹如他所在的铸造厂里的隆隆声。他不知道张四海为啥叫了他一声哥，把他叫得差点儿一屁股坐到地上——我是四海的哥，我是四海的哥！这他妈快赶上张胜利的位分啦！就凭这声哥，我两响炮肝脑涂地都不惜。两响炮晕晕叨叨，怎么在北街上从北头到的南头，怎么进的军伟家面馆，怎么吃下的那碗糊涂面，怎么把军伟训斥得只会赔笑脸——这在以前根本就不可能——又怎么从南头到北头，怎么回的家属院进的家，怎么吆喝他亲爹倒杯茶招致了一巴掌——他爹怀疑他得了失心疯——怎么稀里糊涂上了床……两响炮呀两响炮，今天总算扬眉吐气做了一回人！他蹲在茅坑上连着吸了两根"三门峡"，"三门峡"是比"花城"好，吐出的烟圈都格外圆，他也不是存心要显摆，但不去显摆又干啥？光是烟好不用说，主要还没有花一分钱。北街上的烟贩子老耿头，讨好了张四海后也讨好了他，偷偷给他兜里塞了这盒"三门峡"。老耿头呀老耿头，过去你啥时候把我两响炮看到了眼里头，现在你也来巴结我，好，再上一盒"大前门"。但，要想弄到这盒"大前门"就必须靠近张四海，要想靠近张四海就必须帮他大哥收拾王二孬。想到能把王二孬掀翻在地，再在他那难看的大白屁股上狠狠地踹几脚，他便兴奋不已，心潮澎湃。

第三个来报信的是徐二姐。徐二姐是机械厂头号大美人，美得能把电影明星比下去。当年她在顾队长旁边站了站，顾队长的三根手指头就让机器给卷了去。她有一副娇美得足以让人销魂、抓狂的嗓音，仿佛勾魂的鬼、放血的刀，令多少个男人付出血的代价。顾队长只是其一，还有个文艺小青年暗恋了她很多年，最后在她家的窗下喃喃地念着为她写的情诗，一口一口，把敌敌畏当酒，喝到了肚子里。她的丈夫自从调走，就没人知道其去向，具体干何工作。有人说他在广东，因为徐二姐后来工作调动，就是去的广东，也有人说他在北京或国外。直到现在，人们回忆往事时，依然会谈到这个话题，依然对他的职业、他的长相做各种各样的猜测，其中也包括田艳丽。她和田艳丽是忘年交。

忍了一个月，徐二姐再也按捺不住满怀的正义感，按捺不住满腔的愤怒，按捺不住同病相怜的幽怨，找到田艳丽，给她报了信。她坚信这是有人刻意而为，是故意捏造，是不怀好意的陷害。"呸！"她愤怒起来依然美丽，而且还带有种娇艳，"真不要脸！这样的屎盆子也能往胜利头上扣。"

田艳丽感到匪夷所思，想了好一阵儿也没有想明白："这怎么可能呢？胜利能干出这种事？这人，也没听他回来说一声。"

"这有什么好说的，要是我，我也不会说。"

"为啥？"

"心疼你呗！"

"噢，你告诉我就不心疼我啦？"田艳丽笑着问道，但旋即就严肃起来，"谁给你讲的？告诉我，我去找他。"她往上撸了撸衣袖。

"我就是心疼你才没有这样快告诉你，要不是实在不像话，我还不会告诉你。"徐二姐认真地说道，"我来告诉你，其实也没有别的意思，就是怕你们还蒙在鼓里。人家给我说，就是知道咱们关系好，让我来给你传个话。去找人家，恐怕就不太好啦。"

"好吧，你不方便，我另想办法。"田艳丽看着徐二姐一副为难的样子，呵呵一笑，不顾挺着大肚子，竟然张开双臂把她抱在了怀里，"没事，你别紧张，我有办法的。"说罢，又在她脸上亲了一口。

"你这死妮子，没大没小的。"徐二姐娇羞地挣脱开，"哎，抓住造谣的，一定不能饶了他。"

田艳丽笑了。"一定。"她说。

徐二姐原来也在电工班，"文革"时期因为一场子虚乌有的通奸案被下放到了卫生队，扫了三年厕所，平反后几经折腾最后到了厂工会任干事。平时，她没有什么朋友，和她最要好的就是田艳丽，她们是忘年交。她喜欢田艳丽风风火火的样子，田艳丽也喜欢她漂亮娇娆的样子。她说田艳丽要是个男人，一定会嫁给她；而田艳丽则说如果自己是个男的，一定会娶她为妻，就算她老了也在所不惜。她们经常在一起聊天，累了，就相拥而憩，闭上眼躺会儿，恍恍惚惚，果然就像是夫妻。徐二姐最痛恨的就是史老歪，如果不是史老歪，她也不会到卫生队扫厕所。去年，田艳丽下足力气收拾了史老歪和他老婆小马扎，这也和徐二姐对她讲的那些事情有关系，她要出头为她的这个"可怜人"出口气。徐二姐曾为此把田艳丽的脸亲得掉了层皮。

田艳丽当晚就把徐二姐讲的事情告诉了张昆仑，张昆仑听后感到既好笑又可气，真不知道机械厂的这些人都怎么了，连一个白痴的话都能听信。

5

张昆仑倒是没把这事儿放在心上，可两响炮却上心得都快忘了爹和娘，因为他想讨好张昆仑，讨好他其实是为了讨好张四海，这真是千载难逢的好机会，他咋能轻易放过去，而且他也真的想借机收拾一下王二孬。这小子这段时间专门跟自己作对，不用自己家的厕所，偏要上公厕，上公厕还非要蹲在最里面的那个谁都知道是他的专属蹲位上。前两天因为等王二孬出来，一泡屎憋了回去，胀得肚子疼了三天，病假请了两天半，奖金泡汤了暂不说，单说这十来年每早一泡屎的习惯也被打乱了，弄得出门都得带手纸，时刻防备着要上大号。此仇不报，枉活世上。这真是个一石二鸟的好机会，想想，他便兴奋得脑袋瓜子嗡嗡响，恨不得马上就能落到实处。他的偶像是诡计多端的刁德一，把草包司令辅佐好，起码不会亏了嘴巴头。他给张昆仑建议打一场伏击战，一顿乱打，把王二孬打趴下。伏击地点他都已选好，就安排在护城河边的小树林——通过这些天跟踪王二孬，他发现他晚上经常去小树林里瞎溜达，人少灯黑好下手。

"去你的吧！"张昆仑骑着车子正准备带田艳丽出去看电影，听他啰唆了老半天，竟然啰唆的是这点儿事，简直都要气炸了肺，"你说，你闲得没事跟一个信球较什么劲儿？还不如回家吃咸鸭蛋。滚滚滚，滚吧！别耽误了我的事。"张昆仑和王二孬正面冲突过一回，知道和这傻子没法多纠缠。两响炮的建议他连考虑都不会考虑，甚至觉得他来出这馊主意是别有用心，不然这事还轮到你着急忙慌的？所以，他也就没跟他太客气。田艳丽坐在后座上，笑得只把头往张昆仑后背上撞。

"他这样埋汰你，难道你就不生气？"两响炮揪着车把不松手，"俺气得都快睡不着觉了。"

"跟他生气？那我不是也成信球啦！"张昆仑拎起他的袖口挪开他的手，脚底下一使劲儿，抛下一句洋腔怪调的"拜拜"，就蹬着车子一晃一晃地走人了。老远还能听到田艳丽咯咯咯地笑。

花费了几天时间，熬了几个夜晚，挖空心思想出来的计划就这样被嫌弃、被嘲笑、被蔑视，让两响炮倍感失落。他忽然就像掉进了冰窟窿，被人放干了血，仿佛辛苦挣来的工资被爹娘搜刮得一干二净，连盒烟钱都没有给他留。他瘫软无力，真想一屁股坐到地上哭一场。忠言逆耳利于行，我两响炮一片忠心竟换来这样的结局，这他妈真比屈原还要冤。好吧，此处不要爷，自有要爷处。你张胜利我也看了，跟王二孬说的一点儿都不差，就是一个混汤吃泡馍的下才货，甚至比下才货还下才货。他缩着脖子，翻着眼珠子，盯着他们远去的身影，朝水泥地上狠狠地吐口痰，然后踩在上面，就像踩着张胜利一样，狠狠地蹭，直到开始心疼鞋底子蹭薄了才住了脚。此时，头顶的那盏路灯突然亮起，照着他，照着地下那摊被蹭得模糊一片的痰渍。

"炮哥。"这时有人在身后叫他。

叫两响炮的是史老歪家的三儿子史老三。他在家吃过晚饭出来闲溜达，正好看见两响炮口说手比地跟张昆仑在说事情，他有愧于两响炮，也不想和张四海的大哥张昆仑照上面，所以，他装着有事拐到旁边一处楼洞里瞪着眼睛瞅动静。两响炮的一举一动都看在他的眼里头。他觉得有意思，眼珠子滴溜着转了两三圈，顿时就有了主意。他嘿嘿一笑，紧走几步，叫住了两响炮。但他说啥也想不到，这一叫，竟然叫出来一条人命。

两响炮不太喜欢这个史老三，因为他感觉这娃子带了点儿邪乎气，有时还表现得酷似自己。他自己都讨厌自个儿，怎么会喜欢自己的影子？但那会儿，他的心情简直坏透了，所以对这张像从石缝里钻出来的满脸谄媚的脸并未表现出特别的反感，反而有种顾影相惜的感觉，一个想倾诉，一个想听——有时，不是喜欢就能获取慰藉，不喜欢的东西只要出现的时机合适，也能给予慰藉。他们很快就有了共同的话题，虽然目的各不相同。

"咳，你真是脱裤子放屁——多此一举。"史老三几乎完全遗传了史老歪的性格特征，即便他还是个十六七岁的孩子，却已具备了播弄是非的能力，而且运用娴熟。他弄清了两响炮的意图后，眼珠子一转便有了主意："这事直接跟老四说不就得了。你绕这个圈子，到最后还得老四来解决，你说是吧？"

"我够不上跟他说话。"两响炮倍感沮丧。

"也是。"史老三手托下巴，做出思考的样子，"我想办法帮你通融一下。"

"那就赶紧呀！"两响炮意外发现，傍上张四海的渠道不止张昆仑那一条。

"好吧，你在这儿等我，我去找一下老四。"

史老三根本就没想找张四海。他在院子里四处转悠了一会儿，便又返回来找两响炮。他想捉弄一下两响炮，也想看一场自己亲自导演的大戏——去外面找几个小兄弟交给两响炮，让他们去跟王二孬打一架，自己当观众，肯定好玩儿极了。这场架他连名字都想好了，叫"群猴战信球"。

"炮哥，你回去吧。"史老三一脸委屈地说，"你说你都出的啥破烂主意？我还没说完，就让四哥把我骂了个狗血喷头。往后你的事我再也不会管了，你赶紧走吧。"

"你啥意思？你把话说明白嘛！"

"啥意思？这样的事情四哥能出面吗？你想毁掉他的名声吗？你不长脑子，我咋也跟着你不长脑子，真他妈吃了迷魂药，跟着你挨这顿骂。"

"我也没说让他出面呀！"两响炮像啃了黄连，眉毛鼻子都皱成了一疙瘩，"你让他给我派几个弟兄，今晚就把王二孬给收拾了。"

"你还想让我替你挨骂？"史老三伸长脖子说，"你说你恁大的人，脑子怎么一点儿都不开窍？"

"啥意思？"

"啥意思？意思很简单。"史老三上下瞅了瞅两响炮，"四哥要是给你派人，让你去还有意义吗？轮得到你去吗？"

"关键是我手下也没人呀！要是有人，我早把王二孬给收拾了。"

"要说也是。"史老三仰头想了想，"这样吧，东街上有几个弟兄一

248

直想跟四哥混，没有机会，我把他们找来，交给你，你带着他们去收拾王二孬。这样可以吗？"

"中。"

莫名其妙的激情、好玩的想法以及稀里糊涂的立功之心左右了两响炮的大脑，他想都没想，更不要说考虑后果，便欣然领命，直到看着一个小兄弟被王二孬扔进护城河里，他也没觉得有什么大不了的，因为河水的深度还不及膝盖。他和史老三隔岸观火，看到王二孬以一打五，打得不可开交，他们高兴得直想跳起来。王二孬虽然手脚笨拙，但他强壮的体魄和有力的双臂无异于行走的肉盾和打斗机器，他不仅扛住了对方棍棒的袭击，还给对方造成了重创，只要被他揪住的，无一不骨断筋折。一个小兄弟打红了眼，掏出随身携带的一把刀子，在王二孬揪住他时，刺进了王二孬的肚子里。他被扔进了护城河，头朝下扎进了淤泥里，未能及时挣脱，最终窒息而亡。突然冒出的令人恐怖的鲜血终止了打斗。王二孬看到自己的肠子从肚皮上冒出来，顿时吓得哇哇大叫，他拼命地想把肠子塞回去，但徒劳无用，最后，他像是突然明白了过来似的，手捂着冒出肠子的刀口，哭喊着向家里跑去。淋漓鲜血追着他的脚步，一路滴洒。

"闯祸啦！"

两响炮呆立在原地，一步也挪不动。

张昆仑和田艳丽看完电影又绕道在南街孙婆婆家馄饨铺子一人吃了一碗鸡丝馄饨，这才心满意足地往家走。田艳丽瞌睡得两个眼睛直打架，若不是张昆仑时不时掐一下她的虎口、跟她说说话，她恐怕早就在后座上睡着了。张昆仑因为在电影院里睡了一觉，这时精神头格外好，甚至还哼上了小曲。但刚进家属院，他心里便咯噔一下，立时紧张起来，因为他看见路边停着三辆警车，警车旁人影幢幢。这几年，警车进家属院十次，起码七八次都和他们张家有关，所以他对此的反应就像触电一样，一下就揪住了心。怕啥来啥，他原本担心他们家那三个光头又闯了祸，没想到连他也被捎上了。在家门口，屁股还在自行车上坐着，他便被围了起来。他被要求立即到派出所，配合案件调查，连安顿田艳丽的时间都不给。路上，他还在怀疑是不是他们家的老四又惹了事，可到了派出所，看到被反铐在水管上的两响炮和几个陌生的十六七岁的小青年，以及哭天喊地的王二孬他娘，心里顿时就猜到了八九分，只是不知道老四在这里头扮演的啥角色。

当两响炮意识到问题严重的时候，史老三早已跑得无影无踪。他能做的唯一事情就是到派出所投案自首。按照他的供述，除去史老三，其他涉案人员都在不到两个小时内予以抓捕归案，张四海也被稀里糊涂带到了派出所。他也是在家门口被带上警车，但和张昆仑不同，他被戴上了手铐。

要证明张四海无罪，史老三成了关键人物。

史老三忍饥挨饿，如丧家之犬在外躲藏了三个月，身心俱疲，最终在盛夏一个酷热的夜晚，悄无声息地潜回家中，饱餐一顿，擦洗完身子，在史老歪的陪同下到派出所投案自首。他证明，张四海确实没有参与此事。

6

因"混汤吃泡馍"闹出人命，遑论史无前例，单就这两件事的组合就让人感到兴味十足，何况还是围绕着张昆仑这样一个当红的、似乎要发达的人物发生的。不知是"看你起高楼，看你楼塌下"的心态在作怪，还是存心就想当笑话，总之，这事传播之深远、流传之悠久，竟然超出了人们的想象；熟悉了解他的人把这只当作笑话，与他有龃龉的人唯恐天下不乱，不明真相的人跟着凑热闹。林林总总，弄到最后，这事竟然成了一件口齿铁案——他被贴上了"混汤吃泡馍"的标签。但凡他冒一下头，便要被人提起。

之后，张昆仑的儿子出生了。那是个羸弱多病的孩子，以至于生下来就不得不在恒温箱里度过他生命的最初七天。而在那前后，史老歪的大孙子也出生了，但那却是个结实强壮得令人惊奇的孩子，油亮黑红的皮肤和小喇叭一样的大嗓门再次点燃了史老歪青年时代的激情幻想，他喜爱得几近抓狂。他看到了史家的希望。他把全部心思都放在了他身上。

又两年，张四海暴毙街头。

王二孬因为是受害方，加之智力障碍，没有被追究刑事责任。他依然故我地混汤吃泡馍。

两响炮坐了五年牢，出来后靠替人讨账为生，因其特殊的长相、与张四海不凡的牵扯和对事业倔强的努力，生意竟然做得风生水起，最后还开了公司，鼎盛时期，手下小兄弟就有近百人。史老三也坐了五年牢，出狱后靠打零工度日，最后投靠在两响炮门下，一度混到副总的位置，但因贪污了一笔数额不小的款项而被赶出公司。他另立了山头，但生意惨淡。

7

十年后，当张昆仑的儿子带着满身伤痕破门而入，质问张昆仑为啥混汤吃泡馍时，张昆仑才发现，时间的尘埃并非如想象的那样可以覆盖一切。总有一些东西，一些事情，就跟当年一样，在你不经意的时候便会莫名其妙地显露出来，即便那是被蓄意扣在头上的，意在毁其名声的屎盆子。

张昆仑给儿子起名张诗意，顾名思义，希望他活在诗情画意中。张昆仑的愿望貌似得到了兑现。他的相貌真的随了名字，长得既不像爹，也不像娘，更不像提到名字就让人腿发抖的他四叔，他竟然长成个白净如画、俊俏如女生的小男生。家族里和他相貌相像的，只有他二姨，娇柔貌美的田美人。

史老歪给孙子起名史拳利，明面上是拳脚麻利，其实暗含拳打张胜利之意。他儿子觉得太荒唐，改为史全力，音同字不同。史全力长得不像爹，也不像娘，更不像他爷爷史老歪，倒像他奶奶小马扎，敦敦实实，圆不溜秋，打上学起就是孩子头。

张诗意和史全力同在当年他四叔和他三叔就读的学校读书，他俩同级不同班。时间仿佛倒流，只是角色发生了改变。当年他四叔是学校里的孩子头，他三叔是他的跟屁虫，现在是史全力为孩子头，张诗意却是跟屁虫；当年他四叔对他三叔想打就打、想骂就骂，现在却是史全力对张诗意想打就打、想骂就骂；他三叔挨打挨骂从来不敢回家跟家里人说，张诗意挨打也不敢回家说。他们的同学——宣传科杨科长的小孙女杨小倩是张诗意的粉丝，她看不下去史全力欺负张诗意，回家便告诉了她爷爷，希望爷爷主持正义，收拾一下史全力，或者把情况告诉张伯伯、田阿姨，她相信他们一定不了解情况。事实上，他们确实什么也不知道，如同当年史老歪和小马扎不知道他们的小儿子在学校受张四海欺负的情况一样，因各种忙碌而疏忽。孙女脸上的泪水似乎打动了杨科长，他气愤地站起身，拳头狠狠地砸在桌子上，貌似接受了孙女的建议，之后帮她擦去泪水，打开电视，看着她被吸引在电视机前。电视机的荧光照亮了她可爱的小脸。他踱步去了书房，坐在书桌前，慢慢打开书稿。他正在写一本有关一窝小狗成长的故事：它们同年同月同日生，却是一只瘦弱的小狗凭着狠劲儿当了老大，即便有几个比它强壮得多，但也对它俯首帖耳。之后有一个兄弟想要跟它叫板，结果被其他的兄弟姐妹集体动手逐出家门，沦落为流浪狗。他拿起笔，一时无法落笔，他要理一理这件事。往昔的时光仿佛画卷映入了眼帘，当年张家老四何尝不是这条狗，那么瘦弱，那么矮小，竟然成为这附近方圆一二十里内无人敢惹的孩子王；自己儿子何尝不是那只比他强壮的狗，照样跟在他屁股后面嗷嗷叫。张昆仑呀张昆仑，其实这就是风水轮流转，你家老四当年怎样欺负人家的，现在人家就怎样欺负你儿子，真是天道有轮回，不是不报，只是时间不到。他决定遵循他一直崇尚的丛林法则，对此事保持缄默。他看了看孙女，她正为蜡笔小新咯咯傻笑。他也笑了，他相信，她会忘掉这件事。

　　瞒不住的终究瞒不住，就像当年张四海把史老三逼得走投无路，从医院二楼跳下去一样，张诗意也被史全力逼得走投无路，但他没有跳楼而是彻底爆发，不顾自己根本不是史全力的对手，不顾他身后还有一帮张牙舞爪的小爪牙，毅然决然地做出了反击。那天，因为一个史全力喜欢的女同学说她只喜欢张诗意，史全力便疯了一样对张诗意拳打脚踢。张诗意像往常一样没吭一声，没有哀求，甚至顺从地下跪求饶。然而，这种顺从让史全力更加愤怒。他像喝腻了牛肉汤，要喝豆腐汤的老汤客，终于腻味了他的屈从，他要激怒他，让他尝到不一样的苦，尝到自己三叔曾经尝过的苦，他想到了奶奶对他说的那些话："他跟他爹一样，就是个混汤吃泡馍的下才货。"从小到大，史老歪夫妇都在给他这个孙子灌输对张家的仇恨，就像往垃圾桶里填垃圾，填满了，压实，再填满，即使将垃圾桶撑破也在所不惜。史全力要在精神上打击张诗意，他

照搬了奶奶的话。

"你爹才混汤吃泡馍。"

如其所愿，张诗意开始反击。但这反击就像落在猫爪下的老鼠，除了招致更具兴趣、更为猛烈的围殴，别无他用。最后，在"混汤吃泡馍"的哄笑声中，他踉踉跄跄地跑回了家。

田艳丽爆发了，她像突然复活的火山，沉寂了十年，一下子爆发。她携带着张四海的威名冲进校长办公室，掀翻了桌子。校园里响彻她的咆哮和怒骂，她用极具侮辱性的难听词汇诅咒校长，让所有师生蒙羞；她那有力的一次能剪断十股铜线的大手掌，拍在班主任的脸上、身上，即便班主任已跪乞原谅，她也没有收手。班主任无意中助纣为虐，成了史全力的帮凶。三年里发生在张诗意身上的不计其数的校园暴力中，她至少目睹过几十次，但她却将此视为孩子们再正常不过的把戏而未予以制止，也未通报过家长。孩子们指证了她。田艳丽疯了，她真的疯了，机械厂上下没人能阻止她，也没人敢阻拦她。她像一只痛失幼崽的母熊，疯了似的挥舞利斧，劈断史老歪家防盗门上的三根钢筋，在木门上砍出一个洞，再有一刻，便要破门而入。史全力，这个被史老歪、小马扎注满了仇恨的孩子，此时已两度小便失禁，躲在爷爷奶奶的怀里瑟瑟发抖，与他们一起乞求公安赶快到来。即便在警告的枪声中，田艳丽仍把斧子扔进了屋里。三年了，就在自己的眼皮子下，她用生命呵护的儿子，竟然在自己疏忽的时候，遭受了如此大的欺辱，过着与她想象中截然不同的生活。她每天看着儿子笑着离家、笑着回来，她给他穿漂亮、干净的衣服，为他准备好吃的零食，给他足够的零花钱，但她不知道，每天，儿子几乎都要遭到校园霸凌，而那零食和零花钱最终都成了史老歪、小马扎的孙子史全力口中的美食和囊中之物。

"孩子，你怎么这么傻呀！"那段时间，每天凌晨三点，田艳丽都会在惊悚的梦魇中醒来，"受了这样大的屈，咋不给娘说声呢？娘能护住你，娘是头狮子，能吃了那些欺负你的人，孩儿呀！"凌晨三点，那如嘶似吼的哭号便会在家属院内回荡，令史老歪惶恐不安，令小马扎瑟瑟发抖，令史全力拱在娘怀里不敢出声，令顾队长从此经受数年失眠症的困扰。每当此时，杨科长便坐在桌前，按下按钮，点亮台灯，打开书稿，他写道："那只成为老大的狗在一次打斗中被入侵领地的群狗撕咬碎，尸骨顷刻化为乌有……"他仰起头，"全力这孩子有救了！"这是他思考了许久的问题，终于在田艳丽戛然无声的那个夜晚，大彻大悟过来。他长出了一口气。

时光荏苒，又十年过去，史全力意外考上了国内一所重点大学。史老歪力主他选择新闻媒体专业，将来当记者。送孩子上学那天，他带领全家在家属院门口放了一挂十万头的鞭炮，又在北街上最好的高升大酒店摆了三桌酒席请街坊邻居给孙子送行。酒席上最高兴的就数史全力他娘，她高兴得嘴都合不拢，见人说得最多的一句话就是："谢谢田艳丽，如果不是她折腾那一下，这孩子说不定就去坐大牢了。"那时，田艳丽已经搬走，住进了高档小区，这话辗转多日才传进她的耳朵。她不明白这话是啥意思，觉得是在羞辱她。传话的人也这样认为。此时的田艳丽俨然已是大度的富婆，她只片刻不快，便又喜笑颜开，因为她家诗意也考上了大学，无非差了一个等级，但他们不断蓄积起来的财富足以弥补这点差距，而且还不只是弥补的问题。她当即给张昆仑打了个电话，让他在市里最好的五星级酒店安排十桌酒席，庆贺儿子考上大学。她亲自回了趟家属院，大红请帖发出去了九十八张，好听话收了几箩筐，余下的两张请帖居然就忘了送出去，直到开了席，才想起来，她忘了邀请史老歪和小马扎了。

但在十年前事情刚发生的时候，田艳丽就像变了一个人，不爱说不爱笑了，变得沉默寡言，她甚至和徐二姐也没有什么话可说了。她出现在哪里，哪里便是一片死寂，甚至她呼出的气都带着寒意。为了惩罚张昆仑的疏忽，她整整三年没有让他靠近自己。她开始变得臃肿，变得迷糊，目光变得呆滞，唯有儿子出现时，她才会焕发出往日的容颜。她对儿子关爱有加，每天奔波在接送儿子和上下班的路上，无论刮风下雨、电闪雷鸣，还是大雪漫天，即使高烧四十度也从不中断。她怀里总揣着一把剪刀，她要让那些胆敢欺负儿子的人尝尽苦头。这已然成为公开的秘密。所有的孩子都在回避张诗意，回避那瘆人的传说：只要敢碰下张诗意，便会挨上七七四十一剪刀——人们故意算错八剪刀，以示嘲讽。鉴于此，周边学校都拒绝了张诗意的转学请求。为防不测，校方出面，将史全力转往了其他学校就读。

那段时间，张昆仑深陷在自责和悔恨之中。他无数次发现，儿子身

254

上的累累伤痕与其含糊其词的解释自相矛盾；无数次发现，只有那些跟屁虫才会做出的事，却屡屡发生在他身上。也恰是那三年，机械厂各项改革正在如火如荼地进行。他作为企管办主任，承担了主要的工作任务，心思几乎都放了工作上，而对儿子的那些横竖不通的说辞竟也没再多想，甚至主观上信以为真。一次，田艳丽发现儿子右肋上有一道明显的青瘀，她把张昆仑叫来一起询问缘由，儿子却说，上体育课打球和同学撞在了一起，把人家撞了个跟头，自己没觉察到伤。多么可笑啊！就儿子那身板居然也能撞翻同学，而且还撞了个跟头，那得是多么弱小的一个孩子。他俩居然还笑了，为他虚掩的"强壮"而骄傲。一次，张昆仑撞见儿子身负三个书包，儿子说是和同学做游戏输了受到的惩罚，他也毫不质疑，而且还夸赞儿子愿赌服输，是个男儿；还有一次……张昆仑不愿再回想下去，哪怕自己认真地刨一次根、问一次底，也不至于让儿子忍辱三年。他恨自己太过自信，太相信张家的威名尚在。老四啊！如果你还活着，看谁敢在你大侄子头上拉屎撒尿。他无法相信，仅凭史老歪的孙子史全力之力，就能掌控得了张诗意，让他受着屈辱却忍气吞声，难道史全力有魔力，或有什么非常手段？实际上，史全力既没有魔力也没有不寻常的手段，而是张诗意懦弱、迟疑、天生胆小怕事的性格加剧了史全力的蛮横，他由第一次的试探威胁，发展到后面的肆无忌惮。

张昆仑独自去了趟老四的坟地，给他上了三炷香，敬了三杯酒，自己也喝了三杯酒，对着老四的墓碑做了一番忏悔。他没有提及儿子的事，只说他这个大哥做得不够格，没有照料好他，没有带好他，没有让他走上正道，以至于让他落得这种结果。他求老四原谅他，求他等着他，下辈子再做亲兄弟，绝不让他再犯同样的错。张昆仑的请求得到了回应，满树的黄叶纷纷飘落，落在地上厚厚的一层，没过了祭奠的酒杯。在回家的路上，他跑到街边的卦摊上让算命的给自己打了一卦，而后听从命相，更名为张昆仑。当他接过新户籍本、新身份证，确认自己已然是张昆仑时，胸间蓦然升起一股豪气——他抬起头，挺起胸膛，握紧了拳头。户籍警那美丽如宝石般的大眼睛被他一连串夸张的动作所袭扰，倏然睁大，给予他惊诧一瞥。张昆仑主动承担起田艳丽丢下不管的家务，每天洗衣、做饭、打扫卫生，把饭菜端到田艳丽和儿子学习的案头。蓝丁乙对他的改变给予了最大程度的理解，不再给他加任务，不再给他提要求，还给他调换了一套两居室的住房，让他有更好的休息空间。这样，一晃三年。

一天，张昆仑正在准备晚饭，刚把胡萝卜切成片，准备改刀切丝，一转头看见田艳丽媚眼俏笑，意外地出现在了厨房门口。他心头一震，险些切破手指。"饭马上好。"他说。当他再回头时，门口已空空荡荡，没了她的影子。张昆仑眨眨眼，觉得出现了幻觉，不过，没一会儿，田艳丽又出现在了门口，直言道："知道吗？你儿子成明星啦！"她双臂合抱、两腿交叉斜靠在门框上，如同当年他们谈恋爱时的样子，就连眼神都一样，"今天我去学校接他，你猜怎么着？"

"诗意不是不让你去接吗？"他切好了胡萝卜丝，"他都已经上初中了——"

"他不让去，我就不去啦？他是老子，还是我是老子？"

"这样不太好。"

"我知道。"田艳丽一笑，"我离得很远跟着他，他不知道。你猜我看到了什么？好嘛，好几个女孩跟着他，都是他们学校最漂亮的妞儿。我们诗意真的太出色了，比那些女孩儿都漂亮。那几个女孩儿，我一个也没看上，配不上我们家诗意。"

张昆仑苦笑着摇摇头，架上油锅："诗意还小，学习为重，这方面——"他发现，田艳丽已不在门口了。

忙完家务，已经是晚上十点多了，张昆仑随便洗漱了一下，便去了自己的屋，躺到床上，迷迷糊糊正要合上眼时，田艳丽悄然出现在了房间里——他们分床住了三年，田艳丽陪着儿子，他守着空床。田艳丽穿着宽大的睡衣，悄没声地躺在张昆仑身边。张昆仑惊诧地感受到了她的存在，想要转身，却被她紧紧地从身后抱住，手微微颤抖，她说："胜利，这段时间让你受累了。"她的声音带着热恋时的温柔，仿佛护城河畔那小树林里轻柔的晚风，软软的，暖暖的，"这三年咋就像做了一场梦，迷迷糊糊的，都不知道是咋样活过来的。"她的手开始在他身上慢慢地抚摸，触碰小树林那晚的温柔，"胜利，从今天开始，我要补偿你，我要让你像以前那样，像个男人样活着。"张昆仑仿佛被灼了一下，浑身战栗，泪水夺眶而出。田艳丽忽然撒开手，翻身骑到张昆仑的身上，

256

飓风般粗狂地褪去他的内衣。"说,"她一手按着他胸腔,一手指着他的鼻子,"这三年出去找女人了吗?嫖娼了吗?"

"每天下班就回家,都在你眼皮子底下,上哪儿去做这种事?"

张昆仑刚刚燃起的希望又破灭了。田艳丽还病着,只是方式变了。

"好,我信你。但你必须用行动证明。"

"行动?"张昆仑迷茫地盯着田艳丽的笑脸,恍惚间,这笑脸似曾相识,"行动什么?"

"装,再跟我装!"

张昆仑猛然想起,田艳丽产后三个月的一个晚上,她也是这样,要求自己立即拿出行动来证明清白,那时,他们已经有半年没在一起了,他立刻响应了她。但此时,她忽然上来的激情不但没有带动他,反而让他惊惧万分,因为他弄不清,她的病情是加重了,还是恢复了正常?不过,这似乎已不重要了,她扑在了他身上,掀起了第一轮狂潮,接着是第二轮,第三轮,直至筋疲力尽。两人在黑暗中并排躺着,手指交合,聆听着彼此的鼻息。他清晰地评估了她的状况,感到一阵从没过的放松。

"胜利,我不相信你没找过女人。"

"为什么?"

"为什么?你问我?你一个大男人,什么毛病没有,能憋住三年?"

"真的没有,我敢对天发誓。"

田艳丽扑哧一声笑了出来:"好啦,不用你发誓,即使有了,也情有可原!"

"什么情有可原?有就是有,没有就是没有。"

"哈哈,看你急的,我只是这样说说嘛!哎,我听说刘助理嫖娼被公安抓住了,有这回事吗?"

"消息还挺灵通。有这事儿,怎么啦?"

"不怎么,觉得你俩走得那样近,他干这事不带上你?"

"你又来了。"张昆仑咕哝了一句,便不作声了。

田艳丽斜眼看看张昆仑,像是睡着了。田艳丽嘟囔道:"你没跟他去混汤吃泡馍?"

张昆仑倏然睁开了眼睛。

一只野猫出现在窗台上,隔着玻璃,瞪着鬼火般的眼睛向屋里窥望。

附　言

王二孬逻辑

没人相信王二孬是机械厂同龄孩子里第一个学会骑自行车的人，更不会有人相信，他首创了斜插腿的骑车方法，解决了小孩子腿短够不着脚蹬的问题。当他满脸通红，骑着自行车风驰电掣地在家属院内驰骋的时候，他几乎吸引了所有人的目光。但接下来，其他的孩子就学会了，不出三天，就有孩子把车子骑出了家属院，在街道上追逐，他们已然忘了这种骑车方式源于谁，甚至还有人把这发明据为己有，反正王二孬不会来抢功劳，而且他要来抢，这本身就是一个笑话。

事物或现象的存在自然有其逻辑，这基本是其存在的氛围环境与其自身的形象特征、智力能力、认知水平等里里外外因素形成的共识，王二孬傻不拉叽，怎么能发明这样聪明的骑姿，这不符合逻辑嘛。

王二孬混汤吃泡馍，是众所周知的事情，但人们并未因此就笑话他、指责他，并未因此就给他贴上"混汤吃泡馍"的标签，好像这对他来说是件再正常不过的事情，就像正常人喝汤吃泡馍一样。表面上看，这是由王二孬个人因素决定的，但实际上，这是人们对他这种人所表现出来的行为的一种认同，就觉得这孩子傻、饭量大、可怜，混个汤吃个馍，符合逻辑。但王二孬并不这样想，他觉得自己很有两下子。别人做不到的事情他做到了，别人不敢干的事情他干了，而且神不知鬼不觉。他的智力忽然就跟正常人一样了，知道这是道德的缺陷，知道这是人格的耻辱，不过，这是基于他认为人们对他混汤吃泡馍一无所知。他执着地守护着自己给自己缝制的皇帝新衣——为他打破的标准被重拾起来，仍旧成为标准，并且用来衡量他人。王二孬也有他的世界观和方法论，他的傻只是相对的，相对于不傻而言，相对于人们日常司空见惯的不傻而言。谁能说清楚，这种傻会不会进化出不傻，会不会像一种不傻存在？这其实就是一种认知逻辑——王二孬逻辑。

郝大贵口诛笔伐张昆仑

"张昆仑？你说的是张胜利那小子吧！他会去死？他要会去死，这世上还有活人吗？为他的事，老孙被害得坐了八年牢，没有他，人家会坐牢吗？得了便宜还卖乖，瞧着吧，老孙在那边儿跷着脚跟儿等着他呢。这笔账阳间不算阴间算，人家不会跟他拉倒（老孙是个鳏夫，病死在狱中）。这是个忘恩负义的东西，你看他吆五喝六的，没有我，他能有今天？当年他仗着是蓝丁乙的红人跳出来跟我对着干，去工业局告我，去检察院揭发我，到纪委叫冤喊屈，你看他把我恨的，检举材料写得能有一尺高。他妈的，不是念着他爹——我师父那份旧情，我他妈……"因为寻求一笔美展赞助费，我找到了时任春雷集团董事长的郝大贵。他在那间两面都是大玻璃窗的豪华办公室接待了我。我们正事说完，品尝着两万块一斤的普洱茶，扯闲话扯到了张昆仑，扯到他少年时的那段颇为伤感的往事，没想到，郝大贵开口就对我发了这么一通私怨，甚至没有问我，张昆仑为啥想去死。他丝毫不掩饰对张昆仑的厌恶，就像张昆仑私下里讨厌他一样。其实这话正说到了我心坎上，痛快极了。我真想附和他两句，只是没好随意开口，因为我知道他和张昆仑家里有着深厚的渊源，谁知道他葫芦里都卖的什么药。说不了是一时情绪，宣泄罢了，便什么事也没有了。"你知道他那材料有多瞎吗？"郝大贵面带讥色，吊着一只眼，继续说道。

我做出一副惊诧的样子，鼓励他说下去。

"他——"郝大贵放下茶碗，一根指头点在茶几面上，"混汤吃泡馍！"

"真的吗？"我露出不可思议的神态，摇摇头，"你说他是这种人，还是说他混汤吃泡馍了？"

"当然是真的!"郝大贵龇着牙,带着几分笑,俯身摸起茶几上的中华牌香烟,眼睛却盯着我滴溜滴溜转,"差不多是这种人,也混汤吃泡馍过。"

骂人骂到这种地步,就像把鼻涕擤在了人脸上,不仅伤及颜面,还敲筋打髓。因为在我理解,这话的含意不仅有对品行的蔑视,还有对人格的极尽侮辱。我无语地盯着郝大贵,不知道该咋接他的话。

"你甭这样看着我,这种事我可不会瞎编乱造。"

他抖抖烟盒,一支香烟冒出头。他慢悠悠地张开他那张老鲇鱼的嘴,就着烟盒叼出,之后把烟盒撂在了我面前,请我自便。我摇摇头。

"张昆仑恁要面子的人,居然也能做出这种事?"

"他要面子?他是这两年才要面子的吧?"郝大贵不屑地说,"这事人证物证俱在,不信,你可以去问蓝丁乙,看他咋给你说。"蓝丁乙是春雷集团前董事长,和我也算是朋友,但我从未听他说起过这件事。

"有人证?"

"对,有人证——王二孬,人家可以和他当面对质。"他忽然在欧式真皮沙发上坐直身子,手指大门,好像王二孬就在门外,"不信,我把人叫来,听他当面跟你说。"

我感到十分诧异,真不敢相信,就连如此得罪人的事情也有人愿意出来当面对证,可见张昆仑的为人。但我并不知道王二孬脑袋瓜子有问题。郝大贵收回好像是在等我表明态度的手,在脑袋上轻轻地敲了敲。我不明白他这个动作的含意,以为是提醒我跟张昆仑打交道要多长个脑子。我认同地点了点头。之后,他又对我说起了张昆仑的弟弟,张家老二张国利。他说张家的四个小子里,只有这个老二是个老实人,现在还在春雷集团上班,他新近提拔他做了工程部经理,年收入几十万,不说还有其他私底下的好处。他说老二也看不上张昆仑的为人,跟他划清了界限,弟兄俩有好多年都不往来了。郝大贵最后强调,老二是个孝子,师母跟着他过生活。他又说,老二要敢不孝,他就不会提拔他。我不太喜欢郝大贵的行事风格,但听完这段表述,忽然就发生了转变,觉得他其实还是一个有血有肉的汉子。我的做人之道仍旧是传统的,起码在这上面是传统的。

我由衷的赞叹,换得了郝大贵大笔一挥。

拆　　迁

　　谁也没料到，性情向来温和的二大爷成了钉子户，而且是机械厂唯一的钉子户。他在停电停水、尘土飞扬和百般威胁、骚扰的环境下孤零零地坚守了二十天，直到挖掘机堵在了房门口。他从里面堵死了房门，抱着必死的信念躺在了床上。他希望就此被埋葬在忽然倒下的房子里，就像躺进一座坍塌的古墓，十个汉代的瓦罐、一件唐代的白瓷净瓶、两块明代的墓碑，和挑拣出来也可成为古董的破烂家具是其奢侈的祭品。古城军利工程有限公司承包了这次拆迁，老板是张昆仑的三弟张军利。他给他时任春雷集团房地产公司工程部经理的二哥打了三个电话，第一个电话他二哥告诉他，没有金刚钻就别揽瓷器活儿，说完便挂掉了电话；第二个电话他二哥对他发了一通脾气，告诉他，总经理刚刚下了死命令，如果不能按时完成拆迁，受处罚的不单是他，还有自己；第三个电话语气最为温和，他说他已经收拾好东西准备卷铺盖走人了，有什么事去跟继任者说。

　　张家的四个儿子不论性格还是体格，没有一个完整地继承张铁栓的特征，不是这样，就是那样，似是而非。老大张昆仑表现在具有一定的领导力上，但他又对领导工作毫无兴趣，喜欢单打独斗；老二张国利表现在体格上，他的体格与他爹的最接近，但也仅在身高上，因为跟他爹那身腱子肉相比，他就是只白条鸡；老三张军利倒长了一身腱子肉，但性格却与他爹天壤之别，熟悉张铁栓的人甚至都不愿相信他是张铁栓的儿子；老四张四海性格上与他爹最相似，但体格上却相去甚远。

　　留给张军利的时间不多了，因为他与他的二哥——甲方代表张国利签订的承包合同中明确规定了他的违约责任：工期每拖延一天将处罚乙方工程总价的百分之十，罚光为止。这天是约定工期的最后一天，至此给他剩下的时间还不足十个小时。张军利已经法外开恩，额外给他增加了十万元赔偿，但不管他如何乞求，如何威逼利诱，二大爷自始至终不发一言，就像已经死去了一样。零点时分，也就是合同约定时间的最后一刻，无路可退的张军利发出指令：强拆。几个彪形大汉分前后两路突入房间，在手电光的照射下，同时冲到了二大爷的床前，他们要在二大爷采取极端行为之前控制住他，以免造成不必要的社会影响和经济损失。但他们看见的却是一个仿佛刚从睡梦中醒来的二大爷。面对交织晃闪的手电强光，二大爷瞪着失神的眼睛，看着他们，没有回避，没有呼喊，没有动一下身子。他的枕头旁边放着那只令他爱不释手的唐代白瓷净瓶和一串把玩得锃亮的乾隆通宝。一卷汝帖拓片平铺在被褥上。

"土匪！"

一个大汉在二大爷的鼻子前还未测得鼻息的时候，二大爷忽然说道。他的嗓音不高，却空洞得如同发自深井，发自五千年忽然坍塌的文化的丹墀，发自王的墓葬深坑。一只被惊扰的蛾子忽然扑棱棱地从某个角落里飞了出来，在手电光的光柱里出没，最后撞在一个大汉的额头上。"妈呀！"大汉大叫了一声，极度的惊吓令他几乎瘫在地上。

二大爷被连拖带拽地请上一辆停在门口启动着的面包车上，车轮刚刚转动，挖掘机就发出了刺耳的轰鸣声。

翌日清晨，下了一阵小雨，原本尘土飞扬的施工现场忽然沉寂了下来，仿佛覆上了一层静谧的色彩。几只麻雀叽叽喳喳地叫着，盘旋于空旷的遍布瓦砾、碎砖、混凝土碎块的场地之上，就像在寻找它们曾经的家园。

上午十点半，一辆白色"陆地巡洋舰"驶入了场地中央，驻停在春雷机械厂劳保仓库的旧址上。早已在工地大门等候的春雷集团总经理小刘及工程部经理张国利、承包商张军利一路小跑撵了上来，迎接刚刚从欧洲考察归来的春雷集团董事长郝大贵。他们同时站在了好像是特意整理出来的一片红砖地上。

郝大贵神情严肃，犀利的目光停留在哪里，张军利就要就哪里做一番推脱责任的解释，直到那目光最后驻留在远处唯一保留下来的绿化队小院上，他才松了一口气。

"那是留下来做临时指挥部用的，"张国利小心地解释道，"这事，

262

我跟刘总汇报过。"

"是的，是的，但是……我们考虑问题可能不够全面，不知道董事长您有什么……"

"那人是谁?"郝大贵看着从小院里走出来的一个人，问道。

张军利心头抽搐了一下，他已看清那人是二大爷："好像是二大爷，这老东西，昨晚上已经把他送到他儿子那儿了，怎么又跑回来了?"

郝大贵刚下飞机，小刘就在电话里跟他做了全面的工作汇报，强拆二大爷家的事情当然也在汇报之列。昨晚上发生的事情，郝大贵已然了然于胸。他瞥了一眼想要跟同前往的张军利，然后独自一人，朝二大爷走去。天上又飘起了细雨。

谁也不知道二大爷跟郝大贵说了什么，两个人在那小院内外足足转了一小时，回来时，郝大贵搀扶着二大爷，一直把他送出工地大门。二大爷的儿子等候在门口。

"谁拿了二大爷的东西? 马上都送回去。另外，承诺了人家什么，都要兑现，不能言而无信。"上车前，郝大贵对张军利说道。

未婚先孕

1

"这孩子，没足月就六斤半重!"电工班的小崔和胖墩儿来医院探望田艳丽，看着她的孩子，怪声怪调地啧啧称奇，"这都是咋长的呀?传授一点儿经验好不好?"

这类语义双关的话，仅一天时间里，田艳丽就听到不止十次。那些上年纪的长辈们也就罢了，跟他们生不得气，也较不起真，听到只当没听见，由他们说好啦。但对待她的小姐妹们就不同了，她不会真生气，却也不会轻易饶过她们。"滚蛋!"田艳丽躺在病床上，即使元气还没有恢复，但嗓音依然响亮，"想说啥就说出来。"

20世纪90年代初，未婚先孕还是件不能完全让人接受的事，尤其是上了年纪的人，他们仍视此为丑事，即便大家也都明白时代在变，人的观念也在变，但若真的让谁摊上了这样的事，多少还是难为情的。

"我也没说什么，看你气的，是不是真的有问题呀?"小崔嬉皮笑脸地回道。

"胖子，你要不提前搞大她的肚子，你就不是男人。"田艳丽指着站在小崔对面傻笑的胖墩儿说道，"我收拾不了你，总有人能收拾你。"

经田艳丽撮合，小崔和胖墩儿正在处对象。起初，小崔看不上胖墩儿，不愿意，可巧遇上小崔的弟弟和人打架，打断了人家的一条胳膊，构成了严重伤害，公安局要抓人，小崔只好求胖墩儿帮忙。胖墩儿出马立刻就给解决了，效率之高超出了小崔的想象，而且赔偿对方的钱，胖墩儿也给拿了出来。由此，胖墩儿赢得了小崔的好感，他们开始了交往。

"他呀，他收拾不了我。"小崔嬉笑着俯下身子，再次端详起放在田艳丽身边的襁褓中的婴儿。"咦，"她发出一声怪声，"姐，你说你长得黑，胜利哥也不白，这孩子咋长得这么白呢？你看他粉嘟嘟的小脸，就像透明的一样。"

"赶紧滚，滚蛋！张嘴就没有好话。"田艳丽得意地笑了起来。

"就是呀，我又没瞎说，长得就是白嘛！"小崔轻轻拨开一点儿被角，认真地说道。

"我跟美国佬生的，行了吧！"田艳丽打开小崔的手，"滚，少碰俺们。"

"你看，你看，小心眼了吧！"小崔调皮地做出个怪样，"哎，咋没见胜利哥呢？他去哪儿了？"

"谁知道？整天忙得像猴子一样，也不知道他忙点儿啥！"田艳丽倒不是抱怨张昆仑，而是为有这样一个热爱工作的男人感到自豪。那天，她上医院分娩，正好赶上张昆仑有事要出门，张昆仑要来送她，她却死活不让送。不就生个孩子吗，用不着惊天动地的。她觉得，张昆仑的进步和她对他的支持分不开。其实所有人也都这么认为。

张昆仑的确很忙。蓝丁乙搞企业很具前瞻性，他要做企业形象设计，创建企业文化，这在当时可是一件新鲜事，别说有没有人帮他，单是这理念就没法叫人接受。于东山还好，既不反对也不支持。郝大贵却完全闹不懂，就像蓝丁乙突发奇想要造原子弹，蓝丁乙话才说了一半，他的头就摇得像个拨浪鼓，但那拨浪鼓敲出的曲调却是不阴不阳的赞歌，只是他私下里还是表明了自己的观点，说蓝丁乙拿着公家的钱不当钱用，当剪纸，贴窗花。如果不听前缀而只听后面的比喻，抛开用心，他的确还是有一定认识高度的——搞企业文化不就是贴窗花吗。班子里其他成员的态度基本上也是这样，明面上不哼不哈，背地里说什么的都有，大多数都随了郝大贵。蓝丁乙也不指望他们，瘸子里面挑将军，他又想起了张昆仑，毕竟手下也就这一个可以说拥有艺术细胞的人。张昆仑淡出他的视野有一段时间了，一是因为他对黑板报宣传的认识发生了转变，认为其影响力、表达能力有限，不堪大任；二是因为张昆仑为他办的一件事令他丢尽了颜面，由此开始怀疑他的才华，怀疑他的能力，

265

甚至对他还产生了反感。起因是局里有位领导在巡展中看中了以为是张昆仑画的那幅《改革者》，他对那种绘画表达方式格外中意，通过蓝丁乙请张昆仑为他已故的父亲画一幅那样的画像。蓝丁乙一口应承了下来，回来就把张昆仑叫到办公室，千叮咛万嘱咐，让他务必办好这件事，临走时还送了他一盒他从未见过的香气熏人的铁观音茶叶。这份抬举，前所未有，张昆仑受宠若惊，他对此的重视程度堪比又一次人生的冲刺，因为这是给局一级领导办事情，他知道这意味着什么。他认为这不是件难办的事情，拿了照片就去找他的同学章建歌，连着跑了几趟，终于把人堵在了办公室，但章建歌却一口回绝了他，再怎么说，许下多高酬劳都无济于事。无奈之下，他只得尝试自己动手，但他的功底实在有限，根本就画不成，最后迫于无奈去到古城大街上的画像馆，花钱让人家画了一幅，交了差事。然而，不是蓝丁乙眼里揉不揉沙子的问题，而是人家那位领导眼里揉不揉沙子的问题，人家一眼就看透了，拿着画像把蓝丁乙好一顿数落，说他连自己的手下有啥本事都不知道。蓝丁乙是个爱面子的人，这话比挨一巴掌还难受。他回来以后也没再找张昆仑听他解释，从此冷落了他。张昆仑自知理亏，也放低了调子，听从田艳丽的建议，夹起尾巴做人。只是让他不明白的是，章建歌怎么好好的就和他翻了脸，说不帮忙就不帮忙了呢？后来他通过高其昌了解到，章建歌之所以远离他，是因为他擅作主张更改他的那幅黑板画标题。原标题是《咱们工人有力量》，他改成了《厂长负责制是企业发展的核心动力》。其实章建歌真正不满意的，是他知道了张昆仑冒用自己的作品哗众取宠，影响极大，名气蹿升得都快盖过他了。这是道德问题，触碰了他的底线。很多年后，张昆仑再次见到已经成为大师且更名为章岘阁的章建歌，旧话重提，章岘阁却说他不记得有这么一回事，甚至对帮助过张昆仑的事情也矢口否认。章岘阁干脆、决然，那样子就像患了失忆症，令张昆仑颇感不解。

　　蓝丁乙抱着死马当成活马医的想法，把张昆仑找来谈了一次话，令他大为惊讶的是，张昆仑不但有这方面的观念，甚至在某些方面比他考虑得还要深刻。蓝丁乙就像从梦中醒来的智者，抛去前嫌，立刻又把张昆仑抬上了桌面，不久便任命他为宣传科副科长。也就在此时，发生了令张昆仑跳进黄河也洗不清的混汤吃泡馍事件。

田艳丽怀孕竟然是貌似闷头闷脑只知读书学习的田家老二、别号田美人的田艳晴发现的。那天，田艳丽不知道怎么了，午饭时，忽然就想吃一口古城大街上的酸汤米线，这种食物她过去根本就不喜欢吃。她叫上了田美人，可只吃了几口就跟吃坏了肚子一样，哇哇地全吐了出来。田美人跟着紧张了一阵儿，可忽然明白了过来。她双手掐腰，斜着眼睛瞪着田艳丽，直到她看上去不再那么难受，才说："老大，你老实交代，跟胜利哥干什么了？"

　　"干什么了？"田艳丽白了她一眼，心里怦怦直跳。

　　"你是不是怀孕啦？"田艳晴追问。

　　"怀孕？去你的！"田艳丽在妹子的脸上拧了一把，"你敢往姐身上泼脏水，看我不收拾你。"虽然嘴上很硬，但实际上她心里已经确认了田艳晴说的话，因为她的身体不会说谎——例假已经拖延了快二十天，而且那晚……她红了脸，心里乱成一团麻。

　　"姐，你要是怀孕了，就赶紧把婚结了，不然等到肚子大了，遮掩不住了，那婚礼咋办呢，咋往人前头站呢？要是不想要这孩子，就赶紧做掉，越小越好做，创伤越小，不容易留后遗症。姐，你赶紧拿定主意，我可不是吓唬你，这要是传了出去，咱爸不得把你的腿打折。"

　　"哎，老二，你读书是不是读出毛病了，该知道的知道，不该知道的也知道。我告诉你，你要是回家敢胡说，看我不打断你的狗腿。"田艳丽避开田美人焦灼的目光，故作镇定地说，"你在那个电大都读的啥课程？有计划生育课吗？看你能的，跟什么都懂似的。"老大就要有个老大的样，这一点，装也好，不装也罢，在妹妹们面前她是绝对不会含糊的。

　　然而到了晚上，在护城河边的小树林，她就一把鼻涕一把泪地把自己已经肯定了的猜测给张昆仑交了底，并且捎带着也把所有的怨气都倾泻在了他的身上，给予他那长得并不结实的前胸一个青得发紫的咬痕。张昆仑以超出常人的耐受力和赎罪的心态咬紧牙关承受了那疼痛，自始至终没有躲避、没有哼一声，直到田艳丽懊悔地又吻又抚慰地趴在上面哭泣，责怪他像个木头人，才皱了一下眉头。在突如其来的紧张和喜悦中他慢慢地找准了方向，就像他认准了田艳丽那样，仿佛只有如此才有未来。他像哄孩子一样安抚她，等她略显平静，便猛然捧起了她的脸又亲又吻，最后，他说："我们结婚吧，越快越好！"

田艳丽其实也这样想过，只是她要比张昆仑考虑得多，想得也复杂。首先就是房子问题，他们两家都不具备这样的条件，总不能结了婚就睡在大街上吧；其次是肚里的这个孩子，已经快两个月了，到生孩子的时候就要露馅，说他们未婚先孕，还不得让人家笑话死；再者要结婚也不是一句话的事，一点儿准备都没有，婚礼酒宴怎么办？衣服嫁妆怎么办？她把这些问题一股脑儿地摆了出来，让张昆仑拿主意。还有一条她没有说，就这样白白地嫁给了他，她心有不甘。

张昆仑确实没有想到这些问题，但他大概捋了一下，便觉得这些问题都不是主要的，最主要的，田艳丽反而没有说，于是，他说："这些问题都没什么大不了的，都好解决，只看怎么解决。"他把田艳丽紧紧地抱在怀里，闷热的空气很快弄湿了他们的前胸后背，但他们都没在意，"关键是我觉得对不起你。你嫁给我，连个像模像样的婚礼都举办不起来。我他妈简直就不是一个男人，是个废物，是个没用的东西，我都不配娶你做媳妇。我真恨我自己，咋就是这个熊样儿！"张昆仑说着说着，不知动了哪根筋，竟然号啕大哭起来。

"不！"跟预设的剧情一样，田艳丽死死地捂上他的嘴，"你是男人，是爷们儿，我就要嫁给你这样的人。"田艳丽跟着哭起来，她的泪是被感动出来的。

泪水浸湿了他们的衣衫，有苦，有甜，又有咸。

2

婚事一切从简，几乎省去了所有繁文缛节。

田美人早于田艳丽几个小时，就把她姐怀孕的事儿告诉了田妈妈，田妈妈惊得几乎合不拢嘴。这个最让她放心、最不该出问题的大姑娘，竟然做出这样让她意想不到的事情。自来水哗哗地流着，一棵青菜来来回回地洗，几乎褪掉了一层皮。"妈，我可告诉你，这事你要早点儿拿主意，是留是刮都听你一句话，总之不能张扬开了。多丢人呀！还没有结婚就让弄大了肚子，这以后，让我们几个妹妹咋见人嘛！"田美人的想象力插上了翅膀，呼哧呼哧地飞向了天花板，扑哧扑哧地就和吊扇叶片搅和到了一起，被旋打得支离破碎。二丫头说归说，田妈妈却一句也没听进去，她脑子里面嗡嗡地响，就像有台鼓风机在耳边不停聒噪。她回想一些细节，没费什么脑子便就认定二女儿所说不会有误，因为她早就注意到了老大田艳丽的一些异常反应，只是太大意了，当时没往这方面想。"真笨!"她在心里狠狠地骂自己，恨不得给自己一耳光。

"妈，我给你说话呢，你听到了没？"田美人替田妈妈关掉了水龙头，对着她的耳朵喊道。

"听到什么？管好你自己就行啦。她是她，你是你，干吗非要往你身上瞎胡扯？"田妈妈扔掉手上已经被洗烂的青菜，扭头看着二女儿。她不明白，这事咋会让她紧张得这样儿。

"你这人咋这样偏心呢？我是她妹妹，她做出这样的事怎么就和我没关系啦？人家会不会认为我也是这种人，也会干出这样的事情？告诉你说，就是让你赶紧管管这件事，你倒好，反说起我来了。"田美人说着说着，鼻子一酸就哭了起来。她的一个男同学正在追求她，对方家境不错，爸爸是个局长，她还没有把这事向家里汇报。

"好啦好啦，你现在就去把她找回来。"

"我不去。"

"老三呢？"

"不知道。"

田妈妈看看带着老五玩耍的老四："老四，去，把你爸叫回来。"

老四好像早已准备好，单等妈妈发指令。她站起身，什么也没问，撒丫子就跑了出去。

田艳丽回到家时已是晚上十一点多钟。家里灯火通明，电视机叽里哇啦，却没有人看。田妈妈坐在桌子前低头想心事，一动不动，面前放着一碗稀饭、一个馒头、一碟已经变成黄绿色的炒青菜；田爸爸在藤椅里打盹，一盘残局走丢了一个卒子，赢棋变成输棋，越想越不对劲儿；老三也像是刚回来，红嘴唇噘得老高，不知道在和谁怄气；老二田美人斜靠在卧室门框上想心事，看到田艳丽进来，一甩门帘去了屋里。看到眼前这架势，田艳丽便猜出了八九分。她和张昆仑已经商量过，回到家就各自向家里摊牌，缩短家长这方面的影响，争取时间。他们饭也没吃就各回各家了。家里既是这样的情形，也没有必要遮遮掩掩了。她用脚后跟把屋门带上，不经任何人许可便去关了电视机。"正好你们都在，我有事要宣布。"她走到餐桌前，拿起馒头，不管三七二十一就咬了两大口，差点儿噎着，缓下劲儿，接着说，"我要和胜利结婚了，明天就去登记。你们有什么要说的赶紧说，如果没啥说的，我就去睡觉了，快瞌睡死了。"

"结婚？"田妈妈一直为去哪家医院堕胎以及堕胎证明的事情伤脑筋，忽然听到这样让她意想不到的决定，一下子没转过弯来。她奇怪地盯着老大闺女，慢慢松开了手中的鸡毛掸子。

"对，结婚。"

"好，我支持。"老三一蹿老高，跑到田艳丽身边，抱着她胳膊说道，"你看，我说的嘛，大姐肯定会这样做。"

"那边说好了吗？他们会不会同意？"田妈妈怯声地问。她把菜碟往前推了推，示意田艳丽吃口菜。

"啥叫'那边说好了没有'？啥叫'会不会同意'？"田艳丽摆出一副不屑的样子，"好像你家姑娘嫁不出去了，嫁个人还得求着人家。我跟胜利说好了，他家明天就过来提亲。"

"明天？"这一个挨一个的决定，把田妈妈弄得晕头转向。

"对，明天。"

"我反对！"老二隔空喊道，"这样偷鸡摸狗式的结婚，还是不结的好。"

"啥叫'偷鸡摸狗式结婚'？我怎么偷鸡摸狗了？"田艳丽扔下没吃完的馒头，说着就往里屋去，可那门却从里面插着，接着便听见啪的一声锁上了，"老二，你给我出来。你甭拿着老四老五当挡箭牌，今天你不出来把事情说清楚，咱俩没完。"

田爸爸睁开眼，看了眼田艳丽，又合上："半夜三更的，喊什么喊？也不怕邻居笑话。"

"怕什么怕？我田艳丽生就这号人，就是天不怕地不怕。想笑话，尽管笑话去。"

田爸爸又睁开眼睛，看了眼田艳丽，摇着头，站起身，径直去了卧室，然后，背手关上了屋门。一会儿屋里就传来像是故意气人的声音："马五进三，车二进九⋯⋯"田爸爸对这个未来的女婿不大认可，他考核过他的棋商，几乎为零。这是脑子不行的表现。他曾委婉地建议过大女儿，却被大女儿呛怼了一顿，从此不再表态。

"天塌了，他都不会管。"田妈妈气得直摇头。

"天塌了，他也管不着。"老三说。

"这就结婚了，一点儿准备都没有？"一阵沉寂过后，田妈妈叹口气道。

"也没什么要准备的。本来事情就不复杂，是人给弄复杂了。"这句话是张昆仑说给田艳丽的，她觉得很有道理，于是就借用了说。

"说是这样说。结婚毕竟是件大事，就这样草率，我心里过不去这个坎儿。"

"其实，也不算草率。他喜欢我，我也喜欢他，我们还是有基础的，只是突然了一些。"

"你这一突然，就像给妈心里系了个疙瘩，揪着……"

田妈妈抹了两把眼泪，忍不住就哭了起来。她一哭，老三也跟着哭了。田艳丽本来还能耐得住，可忽然间她想到很久以前的一个明媚的下午，妈妈带着她在草丛中捉蝴蝶。她追呀追呀，忘了时间，忘了方向，最后发现周围只有自己孤身一人。她开始哇哇地哭喊起妈妈，那哭喊在旷野里是那样空洞，那样弱小，那样无助……最后她实在困了，躺在草丛里睡着了。田艳丽也跟着哭了起来。

里屋的房门打开了一条缝，探出两个小脑袋向外张望，老四老五也跑出来凑热闹，哭声顿作。老二在屋里没有出来，但她那明晰可辨的抽搭声却像场外的管簧独奏，成了这场合奏的弦外音。

田妈妈思路慢慢地清晰了，她让老三把两个小家伙弄回屋，回来坐下，便把自己的隐忧跟田艳丽做了交流。她说她倒不担心胜利会怎么样，主要担心胜利妈妈。她担心胜利妈妈会借此生出许多事情来，比如，该他们承担的，推给这边。其实，田艳丽也有这样的顾虑，只是她不愿意往这上面多想，而且，她看上的是张昆仑这个人，而不是他的家庭，能帮多少就帮多少，真帮不了，也无所谓。田艳丽劝解了一番，田妈妈破涕为笑，她指了指屋里还在抽搭的二小姐，疑惑不解地看着田艳丽说："老二今天是怎么了？好像发高烧，烧得晕了头。"

"谁知道，最近这段时间都是这样，神神道道的。"

271

"不会是谈对象了吧？"

田艳丽想了想："会。这死妮子，想给咱们放卫星呢！"

"你都已经放了，难道我就不能放？"田美人出现在里屋门口，"只许州官放火，不许百姓点灯！"

田爸爸是一个烟酒不沾，每月按时上交工资，除了下象棋没有任何其他爱好的男人。他从未参加过什么职业比赛，却在路边棋摊上找到了自己的位置，成了横扫一片的风云人物。他这一辈子只有两次纯粹为自己花过钱，买了《弈林新编》和《残局古谱》两本棋谱。此时，他悄没声地打开屋门，探头向外望。他并非要搅进这场热闹，而是因为让尿给憋得不得不出来。卫生间就在田妈妈的身后，几步之远，可他却很犹豫。如果还能耐持得住，他一定会回到床上去；如果不影响打谱，他宁肯憋破膀胱。他的目光游移在家中三个不好惹的女人身上，踌躇不前。田妈妈瞟了他一眼便知他要干吗："要上厕所就赶紧去，别憋坏了尿脖子。"

"谁说我要上厕所？你们吵成这样，我能睡成觉吗？"田妈妈的话宛如看透了他的棋路，那感觉简直比憋尿还要令他不爽。弃车保帅，他想，该出险招的时候就要出，于是，他想退回屋里。

这时，田美人喊住了他："爸，你出来。家里出了这么大的事，你是管，还是不管？"

"管什么？轮上我管了吗？"田初段拧着脖子从屋里走了出来，取道大女儿身后去了卫生间，之后，几声欲盖弥彰的干咳与那开闸放水的声音一同响起。

田妈妈和田艳丽对望一眼，微笑着摇了摇头。

"爸，你给我出来。你说，你到底管不管？"二女儿几乎声嘶力竭地喊道。

"龙生龙，凤生凤，"冲水声过后，才听得田初段在里面说道，"老鼠生来会打洞。儿女自有儿女福，子孙自有子孙福。"说完，静了有一会儿，门才打开。田爸爸看也不看焦躁不安的二女儿，踢踢踏踏地回了房间，从里面把门插上。

"妈，你看，"田美人指着房门，"我不想活啦！"说着，跺脚哭了起来。

田艳丽无奈地摇摇头，起身去屋里睡觉去了。她太累了，此时不想和她这个妹妹多说一句话，而且也没有什么可说的。

田美人的哭声由大到小，又抽搭了十几分钟，便在妈妈的劝慰下归于平静。她倒在妈妈的怀里说出了本该保守一段时间的秘密，田妈妈惊喜万分，要把大女儿重新喊出来。她也意识到，大女儿的事确实是个大问题，需要尽快解决。

"真不知我爸算什么人，家里的事什么也不管，哪能跟人家的爸爸相比呀！"田美人倾诉着对未来幸福的畅想，可说着说着，便又说到了眼前这个似乎对她造成了影响的家庭，她回想起多年前那个让她至今仍耿耿于怀的事，忍不住又抽搭了起来，"真不知当时究竟是什么吸引住了我爸。他把自行车往路边一扎，锁上车子就拱进了人堆，根本不管我还在车子前梁上。你不知道当时我有多害怕，自己又下不去，坐得两腿麻木，最后还是个好心的阿姨看到我在哭，把我抱了下来。如果不是……恐怕我这两条腿就没了。那天，我不知道等了多久，也不知道我在哪里，我就记得我坐在地上，趴在自行车脚蹬上睡着了，等他叫醒我的时候，天都快黑了。现在想起这一幕，还像是一场噩梦，就跟发生在眼前一样。我好怕呀！如果那天我让人给拐跑了，你们就没有我这个女儿啦！"

"谁让你是个乖乖女呢，放到你大姐身上，早就把他闹腾走了。"

"啊，原来是我不好呀！你偏心也偏得太过分了吧！"

"不是我偏心，是你摊上了这样一个老爸。你不拿出点儿办法，就只好吃亏。"田妈妈劝慰道，"别说是你们了，对我还不一样。你也知道，我们结婚那天，洞房花烛夜，他就能让几个棋友弄走下棋去了，到后半夜才想起来自己还是个新郎官。你想我气不气呀，一条枕巾都让我给哭湿了。我们生了二三十年的气，想想，也就这样了。像我们这样的人家，你也别挑剔了，没病没灾的就是福气。看看胜利家，那才叫揪心呢。"

3

正如田妈妈担忧的那样，当张家妈妈弄清楚了儿子忽然要结婚的缘

273

由，她立马就端起了架子。张昆仑回到家时，家里人都睡了，只有饭厅里的电风扇还在呼呼地响着，也不知是谁，最后吹过凉，忘记关上了。两个卧室的门都大开四敞着，呼噜声遥相呼应，此起彼伏。他犹豫了一下，不知道是否该叫醒妈妈。当他进到他跟弟弟们的房间时，立刻就被脚丫子和鞋袜的酸臭味熏退了出来。出于对美好生活的向往，他不再犹豫，走进父母的房间，叫醒了妈妈。

自从这个大儿子因黑板画出名后，张妈妈扬眉吐气了好一阵。她脸昂了起来，胸也挺得老高，就连一直要讨好的田妈妈，她也开始爱搭不理起来，甚至暗地里还为儿子张罗起女朋友。应时而变，这也符合自然界的生存法则。她开始关注那些家境好、相貌出众的女青年。然而，现实总是那么骨感，正当她还沉浸在美好的幻想中不能自拔的时候，这个令她自豪、给她带来骄傲的大儿子，竟然当头给她泼了一盆冷水。

"你这孩子，早不叫，晚不叫，偏偏梦到你娶了个花娇娘，你就来叫。"张妈妈披上件衬衣，嘟嘟囔囔地跟着张昆仑来饭厅，"有啥事明天不能说？这深更半夜的。"张妈妈坐下来，似睡似醒地听张昆仑说了个大概。末了，她睁圆了眼睛："你说啥？要和田艳丽结婚？这深更半夜的，咋就突然说起这事儿来？"

"这还分早晚吗？该说的时候就要说嘛。"

张妈妈狐疑地盯着儿子，看了好一会儿："不对，这里头肯定有事情。你给我说明白了，不然，我不会同意的。"

张昆仑想，跟自己的亲娘，与其在这儿绕圈子，还不如痛快地把底儿给交了，早晚都少不了这一步。"田艳丽怀孕了，我想要这个孩子，我想跟她结婚。"

"怀孕啦！"张妈妈猛地站起身，双手掐腰，"老大，你实话跟我说，她们是不是要挟你了，逼你和她结婚？我告诉你，咱们张家虽然穷得叮当响，可也不是随随便便想进来就进来的。你不用怕，有什么事，你娘给你挡着。"

"她家没有，是我要跟田艳丽结婚。"

"你？我咋恁不相信嘞。"

"真的。"

"真的？"张妈妈盘算了一下，坐了下来，"你可弄清楚了，这孩子肯定是你的？"

"妈，你咋这样说艳丽呢？她是啥样的人你不知道？"

"我当然知道她是啥样的人，所以我才这样对你说。"

"你啥意思？"

"我没啥意思，就是不同意。"

"你为啥不同意？"

"不为啥，就是不同意。"

张昆仑忽地站起身："你同意也好，不同意也罢，这婚我结定了。"

呼噜声忽然消失了，所有人都在黑暗中聆听两人所说的每一句话，揣摩着每一句话的含意。

"随你的便。但我也丑话跟你说到前面，要想在我这儿拿走一分钱，门儿都没有。"

"我交给家里的钱总要给我吧！"

"你生出来就这么大吗？不用吃、不用喝、不用穿就能长这么大吗？想跟你妈来算账，行！"张妈妈站起身，走到门口，猛然地拉开屋门，"你叫街坊邻居都来评评，是你妈欠你的，还是你欠你妈的？"门外雷电交加，夏季的雨总是来得出人预料。

这时，张铁栓让老二扶着也来到了饭厅，他穿了一身秋衣仍冷得浑身发抖。"把门关上。"他喘了两口气，对探头观望的老三说道，"孩儿他娘，你要是个明白人就赶紧同意了这桩婚事。孩子们愿意，你就不要阻拦了，行吗？"

"我比你明白！"张妈妈不客气地怼了回去，"这个家是谁操持的？是你吗？家里有几斤几两你知道吗？你要当这个家，行，你来当，我不管了还不行吗？"张妈妈仿佛忽然找到了这个家的苦难根源，"这都过的什么日子呀，老的老的，卧床不起，小的小的，都是花钱的阎王，我上辈子欠你们老张家呀，还是求着你们老张家？让我在这人不人、鬼不鬼的穷窝里苦熬！老天爷呀，你告诉我，这日子啥时候才是个头！老天呀，你就睁眼看看吧，可怜可怜我这个女人吧！"

张妈妈摆出死不讲理的架势，把张昆仑气得浑身发抖。尽管他对此并不陌生，但面对自己的人生大事，这无异于一场剧烈的风暴，瞬间便摧毁了他身上最后一点儿理智。就在田艳丽回想起很久以前那个阳光明媚的下午，在鲜花遍地的草丛间捉蝴蝶的时候，他也在恍惚间回想起很久以前的一个阳光明媚的下午，他爬上一棵老槐树，不小心撕破了裤子，妈妈把他从床下揪出来，不听一切求情，关起门来，打断了一把胳膊粗的扫帚疙瘩。恍惚间，那只浑身是火的野猫又浮现在了眼前，燃起一片火海；恍惚间，又看见无数条带着黄铜扣的皮带在眼前挥舞……他感到了绝望，于是哇地发出临死者才会有的呼号，猛然推开屋门，像那只逃亡的野猫，一头扎进了暴风雨中。身后是张铁栓几乎与他一样绝望的哀求："孩儿他妈，能不能让我活着抱上孙子？"

张四海叫上田艳丽和他一起在护城河边找到张昆仑时，张昆仑已经在雨水中淋了近两个小时。他从家里出来后，就跑到了大街上。雨水冲刷着他，非但没有使他发热的大脑冷静下来，反而使之更加狂躁。他怒吼着踹翻一个垃圾桶，让垃圾顺着街上急速流动的雨水漂流；砸破一家书报亭的窗户，让雨水灌入。他站在路边对着每一个过路人嘶喊、咆哮，看着他们仓皇躲开，绕道而行。最后，在道路中间，他拦住几个正在嬉戏的小青年，谩骂他们，以求他们对他施以拳脚，把他打趴在地，却未能如愿，因为其中的一个小青年认出他是张四海的大哥，反而虔敬地保护他，并立刻派人去通知张四海。张昆仑彻底疯了。如同被夹住爪子的狗的凄厉的喊叫声，一声高过一声；触电猴子般挥舞的臂膊，在电光交映中颤抖。他不分青红皂白地给了一个小青年一巴掌，一边向后退着，一边叫嚷着："谁跟着，就弄死谁！"然后转身沿着行车分隔线狂奔而去，脚下带着水花，仿佛沼泽中奔跑的羚羊，瞬间消失在漆黑的雨幕中。谁也撵不上他，况且也没人真的卖力撵他，因为他那状态实在令人惊恐、害怕，即使他们都清楚这是难得的讨好张四海的机会。大家都以为他喝多了酒，却把由他引发的怒气宣泄在了一辆逆行的溅起大片水花的汽车上。张昆仑就这样跑过了一个黄灯闪烁的路口，走过了一条昏暗的街道。雨水一会儿大一会儿小，就像他脑海里浮现的影子，一会儿清晰一会儿模糊：那被夕阳映红的墙面，被裹着烟雾的灯光照亮的李铁梅，他娘每天至少一次的刻薄数落和责骂，翻砂车间飘浮的尘烟，打磨机尖利的呼啸，田艳丽的温暖，刚刚获得的荣耀，没有色彩的肉包子……他疲惫地来到了护城河边，在一棵法国梧桐树下坐下，痴呆地听着河水发出的恐怖的哗哗声，那是带给他多少欢乐的河水，如今却成了

276

他的慰藉和寄托。他不想死，却想到了死。雨水打在脸上，没有一点儿知觉。当他看见对岸的两柱手电光在那棵老槐树上划过，听着田艳丽沙哑的哭喊，"胜利，你在哪儿"，便再也支撑不住因饥饿、寒冷、焦虑、愤怒而变得虚弱的身子，晕了过去。

张妈妈在医院里看到刚苏醒过来的大儿子，哭得几乎昏死过去。她用几近嘶哑的嗓音数落自己的不是，甚至自扇了几个耳光，骂自己糊涂。张昆仑冷冷地看着她，除了几声哼哼，一句原谅的话也没说。张铁栓在张昆仑离开后，一口气没顺上来，眼前一黑就倒了下去，现在还躺在医院。这一夜，张妈妈经历了无限放大的谵妄，到险些失去家里两位最重要的亲人的惊骇考验，她仿佛在坐过山车，由高处一下子跌落谷底。如果说张爸爸的倒下只是令她醒悟，那大儿子的"自寻短见"，即便未遂，则让她在惊骇中险些倒下。老四没有刻意谎报实情，他的手电光照在大哥身上时，张昆仑的近半个身子已经悬在了残缺不全的条石河沿上，再有一点儿下坠的力，张昆仑便会掉进河里，被河水冲走。老四也跟张昆仑一样冷冷地看着他娘，始终没说一句话，而且经过半夜的折腾，他也没有力气去宽慰娘，毕竟他还只是个十六七岁的孩子。田艳丽哭肿了眼睛，但作为未来的儿媳妇，她还是保持了该有的冷静。她为张妈妈端了一杯温开水，让她保持克制，保重身体。她用贤孝融化她心里的冰，消除了她心里的那点儿谵妄，可却始终没能抹平她心中的愤懑——硬的不行，就来软的，以此达到报复的目的。

"田妈妈，你也知道我们家里的情况。他爸爸卧床多年，他的那点退休金还不够自己吃药的，家里能挣钱的就剩下老大和老二了。一家六口，不说别的，光吃吃喝喝就已经花得差不多了，还不说老家那边时不时还得接济，根本存不住钱。我本来也是有计划的，如果老大的婚事放到明年，或者年底，再跟亲戚朋友借一些，给他们拿出来一个数还是可以的，但事情偏就赶到这儿了，这叫我怎么办呢！"

上午，田妈妈来医院探视张爸爸和未来的女婿。在医院的走廊上，她抑制不住内心的焦虑，主动向张妈妈提出婚事快办。张妈妈不失时机地加了筹码。她在那番话里表达了两个让人看来再清楚不过的目的：其一，没有钱，要想现在办，你们就多出钱；其二，你们急，我们不急，你们要出更多的钱。然而，生性敦厚的田妈妈并未听出那话音，而且还

277

心生同情，暗暗责怪自己以小人之心度量了人家。"张妈妈，我们就要成一家人了，一家人不说两家话。我们这边经济上略好一些，不管怎么说，我们给孩子们出一半，五千元钱，剩下的一半你们出。你看，这样可行？"她看了眼站在病房门口向她们这边张望的大女儿，不知怎么了，忽然觉得那腰腹竟变粗了许多。

"五千呀？哎哟，田妈妈，你太高看我们家啦！"张妈妈眼睛里闪烁着狡黠的光，这便宜得来这般不费功夫，她心里舒坦起来，还想继续扩大战果，"这样吧，我回去看一下存折，看究竟有多少钱，然后再去跟人借一些，如果能凑够了，就按你说的办，如果——"她的目光也在田艳丽的腰腹上停下，不知怎么了，她也觉得那腰腹忽然变粗了许多，于是，便坚定了她一开始的盘算，看谁能拖过谁，"我是说如果，不管怎么说，这都是我们两家的头等大事，我们一起想想办法。"她打了个长长的哈欠。一夜没睡，她有点儿熬不住了。

"张妈妈，真让你费心啦！"

"咳，哪儿的话，应该的嘛！"

田妈妈满怀感激地把她们的谈话转述给大闺女，张四海就站在旁边，他一字不落地听进心里，之后，一声没吭，转身走了。田艳丽看着他那瘦小的背影，一阵心悸。

张昆仑在病床上躺了半天，便不顾低烧，出了院。他必须抓紧时间为结婚做准备，有太多的事等着他去做。然而，他头痛欲裂，忙碌了一个下午，到头来却不知道忙了些什么，没有一点儿头绪。下午下班后，田艳丽来绿化队找他，他们约好了在这里见面。她看到张昆仑难受的样子，忍不住又哭起鼻子。张昆仑坐在椅子里，很想靠在田艳丽的身上休息一会儿，然而他知道，只要自己这样做，田艳丽就会承受他的压力，为了爱情，为了孩子，他必须坚持住。张昆仑拉着她的手，安慰着她，但田艳丽哭得更厉害了。张昆仑觉得仅是安慰还不行，应该给她讲些让她高兴的事，于是，他强打精神，为他们的未来描绘出一幅美丽的蓝图。田艳丽笑了，她知道张昆仑是在哄她高兴。张昆仑看着她淡淡的笑脸，看着看着，忽然闪现出一个想法。

"我们干吗不做个计划书？"

"计划书？"田艳丽觉得很稀奇。

"对，计划书。"

他拉开抽屉，拿出笔和纸，看了眼田艳丽，便开始写起来。田艳丽很快就看明白了，她开始发表意见，而她的意见也迅即反映在计划书上。等到第二稿完成，已经能够清晰地看到一条实现他们愿望的路线图。但问题也出现了，那就是婚房，没有房子，计划中的内容几乎有一半都没法落实。

"晚上，咱俩去于厂长家见见他？"张昆仑说。他之前曾对于厂长提过房子的事，因为当时还没有把结婚列入日程，也就没有跟踪催促。眼下这个节骨眼儿，房子成了头等大事。他感到有些懊恼。

田艳丽同意他的想法，但也提出让他休整一下，换身干净衣服，吃饱饭。家里为他煲了一锅鸡汤。张昆仑狠狠地亲了田艳丽一口，不料，顾队长正好从门口经过，让他看了个真切。他总是在不该出现的时候出现。

"对不起，对不起，我没有看见。"顾队长一手遮脸，边摆手边快步回避。

"看到又怎样？看了也是白看。"田艳丽撵出去，笑着向顾队长喊道。

张昆仑晃晃脑袋，发现头竟然不痛了。

于东山既没答应他们，也没回绝他们。他说要房子得等机会，不是想要，就有现成的房子等在那儿，而且论资排辈、讲条件，恐怕也轮不上他们。他的语气充满了关怀，但实质却是空洞无物。于东山的家里新添了一套沙发，他坐在单人沙发上，跷着二郎腿，比坐在椅子上气派多了。张昆仑和田艳丽坐在三人沙发上，要坐直了才能面对他。于东山的身后是过道，过道侧面的墙上挂了幅水墨大写意牡丹画，上书"花开富贵"，应该也是新添的。张昆仑觉得这画很眼熟。于东山说话的时候，他老婆晋淑芳合抱双臂在他身后走来走去，偶尔停下，投以含意模糊的晦涩的微笑。这是张昆仑第二次见于太太。头次离得远，而且还在灯光的暗影里，并未看清她的长相。但这次，人就在眼跟前，张昆仑简直不敢相信，她和二丫竟然是从一个娘胎里出来的姐妹。这是个风情万种的中年女性，一双杏眼令张昆仑不敢直视，火辣的身材，即使罩着宽松的

279

丝绒睡袍，也依然显露出撩人的魅力。张昆仑的注意力总在她走出某种姿态时发生转移，以至于于东山说话说到此时，都要做出必要的强调或重复。他超乎寻常的洞察力，把握着张昆仑每一个空洞或游离的眼神，无论是停留在他身上或是他身后的某个地方，他都知道该如何调整他的注意力。

看来这趟是白跑了，而且他们还搭上了一兜新鲜水果。

回家的路上，田艳丽骑车，张昆仑坐在后座上，两人闷头走了一阵子，一句话都没有，直到经过一段热闹的夜市摊子，张昆仑才像想起了什么，要田艳丽停下来，因为他见几个喝得东倒西歪、叽叽喳喳的小青年忽然哑口瞪着他们，显然他们认识他，他也觉得他们眼熟，却确定不了是否是昨晚的那几个人。虽然那些人避开了他的眼神，但他还是意识到，让女人骑车带着，显然有辱"大哥"的形象，主要还是有辱张四海的大哥的形象。田艳丽就像没有听见，不顾上坡道路，反而用力蹬快车速，她一会儿就开始气喘吁吁。"我再说一遍，停下来，我有话要说。"张昆仑有些生气道。田艳丽又猛蹬了一脚，车子往前一蹿，慢了下来。张昆仑从车上跳下来，紧拉住车座，让车完全停下来。他走上前扶住车把，说："来，我来。"

田艳丽没动，单脚点地坐在车座上，瞥了眼张昆仑。"你病着，还是我来吧。"她说。

"我觉得是你有病，你看你出来门就一声不吭，好像谁得罪了你。"张昆仑强夺过一个车把，而后就把身子挡在了她的面前，"还是我来吧。一个大男人让女人驮着，像什么话！"

"你还知道丢人？你要知道丢人就不该当着人家于厂长的面那样看他老婆。我看，你将来肯定是个花心大萝卜、负心郎。"

"我看什么了？她是个大活人，在面前晃来晃去，我总不能装着没看见！"

"你就该装着没看见。"

"好，下次一定。"

田艳丽笑了，她慢悠悠地装着不舒服的样子下了自行车，双手撑在了后腰眼儿上。

"怎么了？不舒服？"张昆仑紧张起来。

"嗯。"

"你看，让你停下吧，还不听，这下好了吧！"

"走吧，走吧！我还没有那么娇气。"她要往后座上坐，张昆仑却把她拉上了前横梁，"从现在起，你一刻也不能离开我的视线。"

他们又上路了，雨后的风格外凉爽，他俩的身子紧贴在一起，彼此传送着体温。张昆仑需要她的温度，田艳丽也需要他的温暖。他们默默地相互温暖着，传递着爱意。张昆仑没再说话，他在想房子的事情，考虑是否应该再去找一下蓝丁乙，但他没有一点儿信心，原因就是没有把他交代的那件事儿办好。田艳丽也没有说话，她沉浸在暖暖的爱意中，享受着幸福，她不想说话。他们就这样骑着车，迎面一对情侣也跟他们一样骑着车擦肩而过。社会发展太快了，短短几个月时间，原本偷鸡摸狗、辣掉眼睛的行为竟然都变得光明正大起来，没人指指点点，也没人再说三道四，好像这已成为再正常不过的事情。他们注视着对方，投以倾慕的眼神，用一连串响亮的叮当铃声示以赞许，对方同样摇铃回应。铃声从一个路灯响到另一个路灯，他要用铃声宣告他们的光明正大、他们的幸福、他们的骄傲。天上又飘起了雨丝，田艳丽用手捂住铃盖。"唉，要是生孩子也这样就好啦！"她的语气既期盼，又无奈。张昆仑跟着也叹了口气。他们已经跨越了一个时代，却要为跨越另一个时代而焦虑，就像刚步出沼泽，又碰上一条横亘着的河流。

"我想应该会这样，"张昆仑目视前方，用力蹬着车子，"将来归将来，现在是现在。这事可不敢抱幻想，就该按部就班。何况生孩子也不是你想生就生，要有准生证。我正为这事儿头疼呢。"

"你不用头疼。我有个同学的妈妈是咱街道办管计划生育的，下午去找过她，人家说能解决。"

"这太好啦！"

总有一线阳光照在头顶。张昆仑忽然感到增添了无穷的力量。他猛蹬了几脚车，自行车飞驰起来。

在田艳丽家门口，田艳丽磨磨蹭蹭地下了车，好一会儿都不想进家门。张昆仑觉得纳闷，问她怎么啦。田艳丽哼唧了一阵儿，忽然问道："你觉得那件睡衣漂亮吗？"

"哪件？"张昆仑明知故问。

"于厂长老婆身上的那件。"

"他老婆身上的?"张昆仑挠挠头,"没注意呀!"

"装。"

"真没注意!"

"装,再装。"

微风习习,细雨蒙蒙,张昆仑忽感胳膊上被拧了一下,生疼生疼的。

4

谁也没料到,张昆仑举办婚礼那天,史老歪竟然不请自到,而且还奉上了一份数额不小的礼金。在医院他见证了张昆仑家里发生的变故。他于惊诧中陡然发现,那些看起来盖过自己的、在自己头上拉屎撒尿的人,其实也只是披了一张漂亮的外皮,揭开看看,也都有酸甜苦辣,有飞来横祸,相比之下,他们不见得比自己好到哪里去。横竖自己是和事情过不去,而他们却是和自己过不去;横竖自己还没有到跳河自杀的地步,而他还那么年轻……史老歪让街边算命的瞎子给打了一卦,果然如他所想:赶上流年不利,所有发生的事都是命里该有的。这还说什么呢?他已打算接受单位开出的补偿条件回绿化队上班。参加张昆仑的婚礼是再好不过的提前亮相的机会,也是再好不过的与张昆仑缓解关系的机会。同在一个单位,低头不见抬头见,一直这样带着矛盾,别扭!同时他也要显示出做长辈的大度,即使那份礼金出得让他感到心疼。可他也算了笔账,以他和小马扎的饭量,至少能吃回来三分之二,何况,有机会的话,他还打算打包再捎带一些回家,晚上一热,又是一顿大餐。再者,他大儿子接下来也要结婚,到时候礼金还不得再送回来,这上面多少算一下,就吃不了亏。于是,他把红包交给张妈妈的时候,便说:"我和你弟妹过来是冲着我们这一辈人的。胜利不懂事,不请我,我不能不懂事,所以我们不请自来。"张妈妈见钱眼开,哪管那么多恩恩怨怨,何况,史老歪的话也说得合情合理,无懈可击。张妈妈一左一右拉住小马扎和史老歪的手,亲自把他们送到绿化队的席面上,和顾队长、王二孬坐在了一起。

婚宴设在春雷机械厂的职工大食堂，一共五十桌，是大食堂响应蓝丁乙的号召搞对外经营的第一场酒席，于东山出面打招呼，给了很大优惠，肘子、土鸡、黄河大鲤鱼，八碟八碗八大盘，总共二十四样菜，精到实惠。厨房特别关照，就连滚蛋汤里都加了瑶柱、干虾仁，好吃得碗底都被刮干净了。这样的水准，不知道的还以为张昆仑下了大价钱，知道的都夸他能耐大。

　　张妈妈那天最高兴，比新娘新郎还高兴，因为她所提出的条件，田家一揽子都接受了，甚至还额外多承担了一些，最后弄得田妈妈都有点糊涂了，闹不清楚到底是田家娶媳妇，还是张家嫁女婿。婚宴费用远远低于预算，仅她收到的礼金就超过了本金两倍，净赚不赔。于东山做证婚人，杨科长主持婚礼。郝大贵也来了，他是人尽皆知的张铁栓的开山大弟子，不来说不过去，即便他对张昆仑和田艳丽的怨恨都到了想活剥生煎了他们的地步，但该做的面子活儿还是要做的。他当众打开了他随的三百元份子，惹得众人对他竖起大拇指，夸他是个仁义之人。唯一让张妈妈不开心的就是王二孬这个超级大饭桶，他把他所在席面上的饭菜清了底，又把旁边桌上的肘子、土鸡各干掉了一个，最后若不是她及时出手阻拦，这小子说不定还要顺走半条黄河大鲤鱼。幸亏史老歪和小马扎手快嘴快，不然，恐怕他俩的第一个目标都难以实现——他可不会像王二孬那样，这桌上的吃完了去那桌上吃，好歹自己也是机械厂曾经有头有脸的人物。他们发誓，若再和王二孬同桌吃饭，就是龟孙王八蛋！张昆仑闹的那一出，让他们未婚先孕的事情人人皆知，但没人就这件事在酒桌上提半个字，因为不久前，西院的一个小青年喝醉了酒，拿这事开玩笑，被张四海带人拖到大街上当众给打了个半死，跪地求饶，自己扇了自己无数个大嘴巴才算放过了他。前车之鉴，找什么麻烦也不能找这样的麻烦。但这并未影响到婚礼的气氛，因为背地里说人闲话本就不地道，何况又是这样一件特别伤人面子的极不光彩的事情，打了该打。不过，这也就是放在张昆仑身上，确切地说是放在张四海大哥的身上，若换了别人，还不定会被说成什么样子呢。

　　张昆仑他们的婚房暂时安置在机械厂附近的一处民房里，一间二十平方米左右的房子，经过田艳丽精心布置，收拾得也算温馨暖人。但张昆仑却一直感到愧疚，他对田艳丽说："等着吧，半年内，我一定给咱们搞到一处房子。"田艳丽感动得掉了眼泪，她说她倒无所谓，只要他们的孩子生下来有地方住就行。当地有个风俗，坐月子不能住在别人家里，否则会妨碍人家，晦气。租房子时房东有言在先，生孩子时，他们得搬走。

　　要说一切都进行得不错，然而张昆仑的心头却蒙着一片阴影，那就是他家老四给他拿来的两千元钱。这笔钱虽然解了燃眉之急，但毕竟出自一个十六七岁的孩子之手，无论他怎样解释都难以自圆其说。张昆仑非常担心他做了不该做的事，而事实确实如此。那天，老四从医院出来后，就到附近的一家同属工业局的电机厂仓库内，分次盗取了一批数量可观的铜板铜线，卖了两千元钱，全部交给了张昆仑。张昆仑当时正为缺钱办婚礼急得火烧眉毛，他没细问钱的由来，悉数收下。事后，张昆仑觉得不大对劲。铜板失窃案闹得很大，公安局前后抓了几十人，凡是有前科的、具有作案可能的、消费异常的都被列为可疑对象。最后他们扩大了侦查范围，把老四也叫到了派出所，但因为老四是单人行动，没有同伙，再加上年龄小，体格瘦弱，看上去难以负重，且心理素质又特别过硬，警察问过他几句话后，交代他发现异常情况及时报告，便把他放了出来。等张昆仑旅行结婚从深圳回来的时候，案件调查已接近尾声，此案基本上被定为悬案。张昆仑吓出了一身冷汗，他凭直觉认定，老四一定是传说中的那个从外地流窜至此的江洋大盗。他又担惊受怕了几个月，紧张得难以承受时，也产生过大义灭亲的念头。他绕着圈跟田艳丽讲伸张正义、大义灭亲的故事，让田艳丽谈感受。"只有信球才能干出那种事！"田艳丽不明白他的用意，以为是在挤对自己，"你什么意思？想对我大义灭亲？"他们的默契第一次出现了问题。随着他们儿子的出生，他们的关注点发生了转移，张昆仑也好像松了一口气。他本来想找老四好好谈一次，可老四总是躲着他，不给他机会。时间一久，他也意识到，这话还是不谈为好，因为他根本没钱退还给老四，再者一旦东窗事发，自己毕竟还有"不知情"这条退路，而且他也注意到，老四的手头始终都不宽绰，也就是说，他至少没有再去作案。张昆仑后来想，幸亏老四给他钱的事没有对任何人说，不然，后果难以预料。可四年之后，当他家老四暴死街头，他悲痛欲绝，终于哭喊出了那压抑已久的心声："老四，大哥对不住你呀！当初大哥要是大义灭亲把你送进监牢，你也不至于落到这个下场。"没人知道张昆仑所指何事，艳丽问他，他也没说。

抛开生活不说，单就工作而言，婚姻的影响可谓意义深远。他们原计划去上海旅行度蜜月，那是田艳丽梦想中的城市，但由于张妈妈拿走了大部分礼金，说什么也不退给他们，造成费用紧张，所以他们才改为去深圳。张昆仑有位艺校的同学，这些年在深圳混得不错，张昆仑和他联系过后，人家一口答应他们到深圳后的衣食住行全给包圆了，不用他们出一分钱。有这样的好事，还说啥呢，去吧！也就是这次深圳之行，让张昆仑再次成为春雷机械厂的当红人物。

他的这位同学叫单宝金，在深圳一家广告公司工作，业已升职为部门经理，负责企业 CI 形象设计业务。张昆仑也就是在他那里接触并了解到了当时代表了国内最高水平的 CI 业务的有关资料和图片，为此他大为惊叹，当时就动了心，想留下来工作。单宝金也极力怂恿他留下来，可看到田艳丽的肚子，张昆仑就泄了气，即便田艳丽也支持他留下，可他还是选择了跟田艳丽返回。不过，单宝金也为他指明了一条两全其美的路子，就是回到家，在当地开展这项业务，约定按单提成，为此，他们又多留了两天，接受单宝金的指导培训。他们回来的时候，光带回的资料就有三四十斤。在列车上，张昆仑不止一次地梦到自己功成名就，不止一次与田艳丽分享他的美梦，那三四十斤重的资料仿佛就是真金白银，只等它化作美好未来。然而，现实并非美梦，睡一觉便什么都有了。他跑了多家单位，由趾高气扬到磕头作揖，越跑越没信心，最后，他决定放弃。放弃的理由很简单，那就是内地的观念太落后，跟不上时代的步伐，但他为此却积累了丰富的经验，包括如何跟领导打交道，如何打动领导，即便他未曾打动过任何一位领导，但这也很重要。因为，当蓝丁乙困顿于企业人才匮乏，想起他，找到他，考验他这方面能力时，即便他的 CI 企业识别系统的解释还不能让蓝厂长完全接受，他积累的那些经验却发挥了作用。他的那句不知在其他单位领导面前说过多少遍的话，无意中打动了蓝丁乙："时代，永远属于那些有准备的人！"他把这句话的每一个字都说得掷地有声。蓝丁乙惊诧地瞥了他一眼。

蓝丁乙要做企业文化，要做企业形象设计，苦于缺人少丁而困难重重。他忽然发现了这样一个曾被他打入冷宫的人，心情之好，如拨开乌云见太阳。蓝丁乙，一个高考状元，一个恢复高考后第二批入学的名牌高校生，一个富于浪漫情怀却性格拘谨的企业家，一个高傲自负却又娴雅俊逸的文艺爱好者，一个被冠名为美食家却一口浆面条不吃、一点儿糊涂面不沾的外地佬，一个积极倡导茶文化以提高管理层文化素养、具有超前意识的企业管理者，他能目空一切，也能谦恭待下。在他家乡小学校园的一角，至今还耸立着一尊饱受风雨剥蚀的苏东坡大理石雕像，东坡先生脚踏浪花，仰望天空，仿佛刚刚写就《念奴娇·赤壁怀古》。蓝丁乙用他的第一桶金捐赠了这尊雕像，因此得以面对雕像在全校师生前领诵"大江东去，浪淘尽，千古风流人物……"他也因此成了风流人物。

踏破铁鞋无觅处，得来全不费功夫。前前后后忙乎了几个月，没想到自己最熟悉的春雷机械厂的厂长蓝丁乙，竟然具有如此超前的眼光。他以非凡的见识和开阔的视野关注到了张昆仑。只是，蓝丁乙并不知道国内还有专业公司从事该项业务，更想不到张昆仑是这家公司在本地区的代理，以至于蓝丁乙错把张昆仑看成了知己。

蓝丁乙在企业管理和品牌建设方面求贤若渴，源于他对企业未来发展的战略思考。人才战略是第一要素，他的那些远见卓识要靠人才去帮助实现，毕竟他的行动力远不及他的思想力。他曾亲手操刀，绘蓝图、定方案、做计划、写措施、制表格、弄文案，忙得不亦乐乎。可这位理工科出身的企业家，在企业文化和企业品牌建设方面，哪有那种艺术素养，仅凭他一时兴趣，心血来潮，根本解决不了这样复杂的系统性的专业问题。

张昆仑本想亮明自己是这项业务的地区总代理，借此做成这笔生意，赚得提成，但他的虚荣心、他敏感的洞察力告诉他应当另辟蹊径，否则他将会一无所获。事实也确实如此。当蓝丁乙满是感慨地起身为张昆仑冲水泡茶时，张昆仑已拿定主意，等等再说。他重新审视了一番蓝丁乙的办公室，发现春雷机械厂也只有他能看出，这里与几个月前相比，已发生了明显改变。老板台后的那幅《花开富贵》已经变成了某位名人的《江山万里图》；门口旁的白墙上也多了幅四尺整张竖幅的书法作品，上书"山不在高，有仙则灵；水不在深，有龙则灵"，字体苍劲。他猜想，这字应当出自名家之手。

"厂长，这幅字？"

"哦，一位朋友那儿求来的，怎么，你也熟悉？"

"说不上，只是眼熟。"张昆仑站起身，有模有样地凑到字前，在落款的地方细看了几眼，"三全舍人？好像是书协的一位朋友。"凡是有点名气的书法家都在书协，他这样说，肯定不会有错。

"差不多吧。"蓝丁乙没在意，站在远处看了他一眼，便坐下了，"不过不在书协，在画协。"

"哦——"张昆仑装出很诧异的样子，"画协里我有好几位朋友，这位的名号想必是才用的，不然我肯定知道。"

"高其昌。"蓝丁乙向他招招手，让他过来喝茶，"认识吧？"

"哦，高其昌呀！我们是同学。这家伙啥时候改的名号，也不说一声，害得我都没认出来。这人可是个才子，琴棋书画样样行，尤其半斤下肚，出口成章，那诗作得绝了。"

"是吗？我看他平时很低调，看不出来，还留着一手呢！"

"这人就这样，一向自恃清高，不知道的还以为他不食人间烟火呢！"张昆仑哧溜喝尽一盏茶，"哎哟，这是什么茶？好香呀！"

蓝丁乙把一包印有铁观音字样的茶包递给他："文人就要有文人的样子，如果弄得像个市侩，那还叫文人吗？我很欣赏他，有空叫上他一起喝酒。"

张昆仑吃不透这包茶和上次蓝丁乙给他的是否一样，但他却装着懂茶似的，放在鼻子上像狗样使劲儿地嗅了两下，然后装出明白的样子，把茶放到了桌子上。上次蓝丁乙给他的那包茶他孝敬了田艳丽的爸爸田初段，田初段没舍得喝，现在还搁在橱柜里。张昆仑偶尔会捏几粒泡茶，但味道与此相比真是天壤之别。他觉得蓝丁乙做人不是很地道，把不好的东西送人。张昆仑哪里知道，铁观音必须置于冰箱低温保存，否则就会变味儿。蓝丁乙先前给他的那包茶在自然状态下放了一个夏天，早就失去了原有的那份清香，何谈什么好坏。

"没问题，我啥时候叫，他就会啥时候到。"张昆仑大包大揽地说。不过，他如此说多少还是欠了点儿底气，因为他办婚宴也请了高其昌，不知何故，高其昌没露面儿。为此，他曾发誓，以后不再往来，永不相见。现在看来，他那誓言发得有点莽撞，没远见。

既然是同学，张昆仑这样说也没让蓝丁乙觉得他夸口，甚至还对张昆仑产生了那种知音难觅的感觉。因为这是他到机械厂后，在他的办公室，第一次就艺术、文化展开的谈话，虽然谈不上高妙有趣，但这也是他好久以来听到的雅言晋声了。

三十年后，张昆仑已经拥有了不一样的人生，但他对这场谈话依然记忆犹新，他说这是他人生中最重要的一个转折点，也是他把握得最好的一次机会，哪怕一点闪失，他的人生都可能重写。他指的是没有向蓝厂长挑明他是 CI 设计中原地区总代理这件事。事实也确实如此，如果他挑明了，起码蓝厂长会低看他，不再把他当作企业人才，而把他视为交易方，那么，毫无疑问，这将直接影响到他之后的升职和在其他方面的发展，最为现实的，他当时最迫切需要解决的住房问题，或许得不到解决。

张昆仑的住房分配在了顾队长家的对门，一套三十平方的单门独灶、带卫生间的房子，在当时来说，足以与现在的两室一厅相媲美。那天，他绕着弯子向蓝丁乙提出了房子的事情，蓝厂长没有多想就答应了，而且当即叫来了于东山，让他负责落实。

张昆仑越级找蓝丁乙说房子，令于东山很不满意，但蓝丁乙发了话，他又不能不去落实。按照老的分房标准，不论哪一条，这套唯一的空置房都轮不上张昆仑。于东山绞尽脑汁，重新编制了住房分配标准，能套上的条件全部都套上，张昆仑还是没有任何优势。最后还是小刘——新任人事科科长，拿出了一份省局下发的关于青年干部人才应享有的特殊生活待遇的文件，制定了新的住房分配标准，张昆仑才获得了优势。标准公布后，明眼人一看就明白，这套房非张昆仑莫属。然而，就在当晚，铸造车间一个外号叫小木墩的家伙，擅自撬开房门，强行占据了房子，想以既成事实逼迫厂里就范。小木墩婚后已在外租住了三年民宅，育有一子，在所有具备要房条件的人中，属于最困难、条件最扎实的。他自感分房无望，采取了行动。这在春雷机械厂的历史上是绝无仅有的，所有人的目光都再次集中在了张昆仑这个曾经制服过史老歪的人物身上，单等着一台大戏叮叮咣咣上演。然而这次，张昆仑却表现出不同往常的沉稳，手握分房通知，既不骂娘，也不叫屈，谁问了都是一句话："等组织上的决定。"此时，他已正式调到宣传科任宣传干事，除了老本行，还兼任企业文化和 CI 企业识别系统的具体执行人。人事科下了红头文件。

解决这类疑难杂症的重任依旧落在了保卫科贾科长身上。他以一贯的雷厉风行的作风把占房人小木墩带到了保卫科，用高压手法施压无效后，便启动了攻心战，从现实角度、政治角度、人情角度等多个方面进行规劝。然而，即便他费尽了心机，磨破了嘴皮，小木墩就是一副听天由命、百毒不侵的样子，再把话说得严重一点儿，小木墩就发起了"羊癫风"。无奈之下，贾科长使出了撒手锏，请派出所的同志来给小木墩下最后通牒：这种行为已经构成了犯罪，触犯了刑法，要么立即搬出，要么将被强制清理，并将承担由此产生的一切后果。派出所的同志讲完话，把手上的烟头狠狠地按在桌面上，然后抛下一句"你想清楚啦，悬崖勒马，为时不晚"后就走了。贾科长刚刚送走派出所的同志，就见到保卫员瘦高个惊慌失措地跑出来找他。"科长，出事啦!"他气喘吁吁地说，"这小子喝药啦!"

保卫科里已经乱成了一锅粥。小木墩口吐白沫痛苦地在地上打滚，踢翻的椅子、掀翻的脸盆架横七竖八地斜倒在地上，一只打碎的水杯划破了小木墩的皮肤，鲜血流了一地。贾科长从地上捡起一个打着旋儿的褐色瓶子，上面带有骷髅标记，他闻了一下。"快，送医院!"贾科长果断地命令道。

因抢救及时，小木墩并未出现生命危险，而且小木墩也并非真的想死，他只是想给厂里点颜色看，表明他的态度。他在敌敌畏瓶子里勾兑了大量清水，即使全部喝下去也未必能要他的命，但这还是把蓝丁乙吓出了一身冷汗。他不无焦急地催促在局里开会的于东山赶快回来，一见面就是一顿埋怨，好像是于东山把事情给弄坏了似的。于东山早就摸透了他的脾性，任他说什么，只是笑而不言，直到他没话说了，于东山才说："小木墩这个人我了解，招工进厂是我给他办的手续，看上去挺老实的，没想到脾气还挺大。"他从放在桌面上的一盒烟里抽出一支，给自己点上，吸了一口后，又说："企业里这种乌七八糟的事情多的是，你今天给这个让步，明天又给那个让步，那还要我们这些人干什么？让他们来把厂子分了不就完了。让我看，他不闹还好，越闹越不能满足。

289

我就不信他能翻了天。"

"你说的我也支持，但要是闹出了人命怎么办？"蓝丁乙仰面躺在老板椅里，看着天花板说道。

"还不至于。"于东山淡淡一笑，"他就是想要房子，又不是真的想要死，真的死了，那也是他自己的事情，谁也没有逼他。"

蓝丁乙心头飘过一丝寒意，他不安地坐直了身子，瞄了眼于东山，于东山恰好也在瞄他，两人的眼神仿佛游动的蛇，在飘浮着烟雾的空气中相遇，缠绕片刻，便都慌乱地躲避开了。蓝丁乙看向身侧的某处下方；于东山则侧脸看着手里的香烟，烟头青烟袅袅。于东山心里掂量了一下，觉得自己的话虽说得有些过头，但也在情理之中，只是眼前的这位不知道想到哪里去了，于是，扑哧一笑，轻轻地摇摇头："你看，我不是替你拿主意的嘛，怎么用那样的眼神看我？怪吓人的。放心吧，事情不会闹大的。"

翌日，小木墩躺在病床上，还在盘算如何再逼迫厂里接受他制造的这个事实的时候，忽然哗哗啦啦一阵响，张家老四张四海带着几个彪形大汉出现在病房里，没等他明白过来，一把砍刀就架在了他的脖子上，接着四肢便被四条大汉死死地按在了床上。张四海阴沉着僵尸般的脸，一把拔下他右手腕上的输液针头，对着他的大腿不分青红皂白地就是一阵猛刺，针针都扎在了骨头上，直到针头扎弯。小木墩疼得直哆嗦，像受刑的囚犯，哀号连连，却一下也躲避不了。他早就领教过张家老四的狠辣，今日再次落在他手里，由不得心惊肉跳，但他抱定了一条路走到黑的念头，到底都没有说一句告饶的话。小木墩的媳妇早就吓得晕了过去。医院及时报了警。

派出所和保卫科都来了人，认真做了笔录，拍了照，通知张昆仑叫张四海去派出所投案自首。小木墩要求派出所在没有抓住张家老四之前留人守卫，被婉言拒绝。凌晨一点，张四海再次出现在他病床前，还没有下手，小木墩便已吓得大小便失禁，昏死在了床上。第二天，上午刚上班，小木墩便被家里人抬到了厂部办公楼，要求厂部对此事负责。于东山亲自出面安抚，单独和小木墩的媳妇关起门来谈了一个多小时，谈的什么，没人知道，但小木墩媳妇离开他办公室时，在门口泪流满面、感恩戴德得要下跪的样子许多人都看见了，大家都觉得于东山是个不一

290

般的人。中午的时候，张昆仑拎着木棒、嘴上大喊着"你一个毛蛋孩子，懂点儿啥屁事，我的事情用得着你管吗"，撵着张四海在家属院里跑了一圈。下午，张昆仑"大义灭亲"，亲自把张四海送到了派出所。当晚，张四海便又出现在了古城大街上。

小木墩腾出了房子。于东山亲自安排，给他们腾出后勤办的一间仓库做临时过渡房，虽然没有卫生间，没有厨房，但面积却大出许多，而且还有一个小后院。小木墩的媳妇是个会打理、会过日子的人：后院搭了个棚子，挖通了下水便有了卫生间，屋里加了道隔断，也解决了厨房问题，她又在门口顺墙种上了三棵月季，于是，一到夜晚，满屋花香，若不是门口有个垃圾池，真的比那套正规住房还要好得多。小木墩很满足，这场皮肉之苦看来没有白受。小木墩安顿下来后，张昆仑亲自带着老四登门道歉，三个人一顿酒便化干戈为玉帛了。

史老歪站在自家窗子前，目睹了张昆仑导演的这出戏。起初他和其他人一样，觉得新奇，也伸长了脖子去看热闹。但看着看着，就联想到了自己，忽地糟起心，便缩回来，蜷在暗影里。倏然间，他仿佛化身为一只被惊吓到的乌龟，把脑袋缩在龟壳里，向外瞪着空洞的、布满血丝的眼球。他感到后背一阵发凉，从心底开始发怵张家的这两个小子。

说到发怵，自然还少不了郝大贵，但他怵的不是张昆仑，因为张昆仑在他眼里自始至终都算不上个人物，他怵的是于东山和张四海。他感到一张无形的大网正从正面、侧面，还有身后向他收拢。于东山就像一个高明的渔夫，正等待着最佳的收网时机，但在这张网上，其实最令他心惊肉跳、令他惧怕的，还是那个毫无定性、在两起事件中扮演主要角色的张四海，那就是个亡命徒。那次在张家门口和他对视一眼后，他曾多次梦到张家老四那僵尸般阴冷的眼睛，眼角滴着血，在黑夜中俯视着自己，而那时，张四海还只是一个十三四岁的孩子。郝大贵惧怕他，因为老四是个能对他和他的家人给予直接伤害的人，只要他想这么做，便防不胜防。郝大贵开始后悔为一个可望而不可得的徐二姐得罪了张昆仑，即便他为了挽回局面，给予了张家老二张国利很多好处，向老三张军利抛出了橄榄枝，但张昆仑并不吃这一套，依然对自己爱搭不理，而张四海更为严重，竟然直接威胁他，让他小心。本来他最有条件把这几个人收在麾下，像狗一样驱使，但现在，他想，却让于东山把他们收入了囊中。他拒绝再跟晋淑芳单独见面，以免刺激于东山。他甚至喜欢上了嫖娼，即便这是一笔不小的开支，让他心疼，但由此也的确获得了一份前所未有的安全感。

"你想多了。"一次，晋淑芳把他堵在了街上，听他支支吾吾、言不由衷地胡说八道了一通，讲什么要搞好同志关系，便毫不客气地指出了他的心结所在，"他要有整人的本事，他就不是于东山了。"

郝大贵忽然发现，这个女人太蠢了，蠢得只剩下一副好看的皮囊。

第一桶金

张昆仑抛出了几个概念之后，便及时招来了单宝金。系统性的 CI 建设还得靠他的这个老同学，而且他还惦记着那份佣金。他想把这笔生意促成，只是他要退到后台，正面的接触则交给单宝金。蓝丁乙非常认可单宝金所做的初步方案，班子成员也在单宝金务实且带有诱惑性的营销鼓吹下，稀里糊涂地点了头，但单宝金开出的价格却让大家咂起了舌，几经磋商，怎么也达不到双方都满意的价位。张昆仑急得抓耳挠腮，干瞪眼没办法，因为他不够级别，进不了班子会。班子会讨论的意见很重要，但他一点也掌握不了。单宝金也看出来，张昆仑的能力有限，发挥不了太大的作用，但如果撇开他，将来在提成的问题上也不好解决，照这样下去，打道回府似乎已成必然。他和张昆仑谈了几次，但张昆仑仍旧是大包大揽，充满信心。单宝金感到了厌倦。因为是回到了家乡，他也没有急于返回，闲来无事，便组织同学们聚会，有时叫张昆仑，有时不叫，但只要张昆仑参加，他便争着抢着买单。其实，蓝丁乙也给张昆仑特批了一笔招待费，让他招待他这个老同学，但他都揣进了自己的腰包，家里要花钱的地方很多，能省一个就省一个，反正你单宝金都得围着我转。单宝金最后找张昆仑谈了一次，依旧没有谈拢，于是便决定返回深圳。他不是不想做这个项目，而是张昆仑已然成了绊脚石，他在提成问题上的贪婪，远超想象，关键他还是个非常棘手的人物，解决不好就会麻烦缠身。回来后，不止一人给他提起张昆仑的四弟张四海，和他那令人恐惧的行事作风。他可不想招惹上那些事情。

"这件事如果再这么走下去，肯定要黄。"单宝金说，"必须往上面找人。"

"不用。"

"为什么？"

"我说不用就不用。不信你看，成不了，我把头割下来。"他甚至对单宝金要回深圳的事情也有他的理解，"先回去也可以，晾一晾他们也不是不行。"

张昆仑在家里，在他的新房，为单宝金饯行。他请顾阿姨帮他烧了一碗红烧肉、一条大鲤鱼，在古城北街买了只烧鸡、十个麻辣兔子头，田艳丽在家里准备了凉拌黄瓜、姜汁莲菜、炝汁芹菜、麻油皮蛋、油炸花生米，漂漂亮亮一桌色香味美的下酒菜。因为家中空间有限，没办法叫很多人，所以经过细致筛选，他决定请几位质的朋友过来作陪。高其昌自然少不了，他是同学里的灵魂，也有社会层次，他在，面子就在；人事科的小刘，于副厂长身边的红人，和他多交往肯定没有错；杨科长也要请，给予过自己很多帮助的老领导，应该答谢；顾队长住在对门，不叫不合适，况且顾阿姨忙前忙后帮着烧菜，撇下人家，于情于理都说不过去；赵彩艳是他在绿化队时结识的朋友，工业局上下都有她的人，出手阔绰，这段时间他们联系比较紧密，他们家老三的工作便是人家帮忙解决的，也列入了被请之列，而且他暗示过她，蓝丁乙也要参加，她能空着手来吗。让他最不好下决心的是章建歌，请吧，心里还堵着气，不请吧，其实心里还惦念着他，而且单宝金也多次提到他。他心里就像揣着个小兔子，扑腾扑腾了一下午，直到下午五时才下定了决心，但电话打过去，明明听的是他接电话，可电话里却说他不在。邀请高其昌也没少费劲儿。起初高其昌没有答应，说是有事来不了，但经不住他死磨烂缠，最后还是答应了，不过要晚一点到。有了突破口，张昆仑便说，他不到就不开席，把高其昌抬举得没办法，也改了口。

说心里话，单宝金已经打算放弃这笔业务，他不想搅到乱七八糟的事务中去。不过，放弃归放弃，同学之间的情谊还不能放弃，就算走过场，张昆仑组织的这场特为他设的酒宴也必须参加。

一切都在意料之中，赵彩艳果然没有空着手，她搬来了一箱白酒，而且还是相当有档次的鸭溪窖。蓝丁乙参加的活动她当然要表现一下，因为春雷机械厂俨然已成为她目前最大且不欠钱的客户，在她的客户清单里，像这样的客户已少得如凤毛麟角。而且，最近她正盯着马上要进行的办公楼装修改造工程，这可是一大块肥肉，她下足了劲头，势在必得。赵彩艳来得比较早，进来门就脱掉了黑西装上衣，围上围裙下了厨房，此时，田艳丽的身子已很不方便，有人帮忙，一下子就感觉轻松了很多。小刘也没有空着手，带来了一包茶叶，上等的铁观音。高其昌给他带来了一幅自创的字画，裱好了，墙上钉个钉子就挂了上去，那画却是颇为喜庆的《五子闹春图》。单宝金也没有空着手，他给他们带来了一个礼品盒，一对卡西欧运动版情侣表。张昆仑笑得眼睛眯成了一条线。这顿饭请得太值了，照这样的桌，往后还要在家里多请几场。杨科长和顾阿成带着一张嘴就来了，他们摆老资格，来了就是给面子。顾阿姨在门口露了几次脸，索性又端了一碗地道的糟香毛豆给他们当下酒菜，便坐到了里屋和田艳丽看电视、唠家常去了。她是泡茶的好手，竟将陈年的铁观音泡出了千回百转的味道，就连品茶功底深厚的高其昌都没有品出问题来，不过最后还是他，因为从未喝过如此高妙的好茶，好奇地询问才知道，居然是他熟悉的铁观音。

"没办法啦，加了许多陈皮。"顾阿姨一脸无奈地解释道，"这种茶是要放进冰箱里保存的，不然一个夏天就不行啦。"

"呀，"小刘一声惊呼，"我拿的那包茶恐怕也不行啦！"

"咳，谁懂得这些呀！"张昆仑摆摆手，"以后就知道了。"

"侬好不啦！"顾阿成看着顾阿姨，眼中闪烁着骄傲的光芒，语气却带着责备的口吻，"这里哪个不是大老板，哪个不知道这点事情，要侬来告诉？咳，侬个老太婆！"

美酒，佳肴，一番枚战，没多久，两瓶鸭溪窖就见了底。灯光下，每个人脸上都泛着淡淡的红光。

"合同签了？咋突然就要回去？"歇息间，高其昌问单宝金。

"还没签，"单宝金淡然一笑，"回去做做准备。"

"还没签？"高其昌看一眼张昆仑，"没多大的事嘛，怎么磨磨叽叽的？"

高其昌那年二十七八岁，虽然还很年轻，但面相高古，谈吐儒雅，席面之上，即使一言不发也如微风拂面。赵彩艳头次见到高其昌，心里一怔，便被征服了，不等主家安排，她就坐在了高其昌旁边的位置上，寻他说话，找理由喝酒，结果先把自己灌晕了，只是那双杏眼，一刻也没有离开过高其昌。高其昌似乎早已习惯了这种眼神，谈笑间，杯觥交错，竟没有一点儿矫揉造作。张昆仑心里酸溜溜的，很不是滋味儿。

张昆仑一直没有安排蓝丁乙和高其昌见面。他倒不是不把蓝丁乙的话当回事，而是他的小心思在作祟。他不想把这个在他眼里如同天花板的蓝丁乙轻易介绍给一个根本不把自己放在眼里的人，他想借助这件事让高其昌对他感恩戴德、俯首帖耳，起码也得让他放下架子，不能在自己面前表现得那样高高在上，否则，他宁肯失去一次讨好蓝丁乙的机会，也绝不成就一个白眼狼。郝大贵便是一个活生生的例子：想当年，如果不是自己的爹像捡破烂一样把他从乡下招工带到城里，把他像亲儿子一样培养出来，他能有今天？可结果呢，人家不但不知道感恩图报，反而处处与自己为难，给自己设置障碍，手段之恶毒，路人皆知。同样的错误，犯一次叫错误，再犯就叫愚蠢。当年在艺校的时候，你高其昌算什么，一个不开窍的家伙，连狗屁都不是，别说跟着拎包了，就是提鞋都不要，现在能写两笔、画两下，就不得了了，就不把我这个学兄放在眼里了。行，你走你的阳关道，我过我的独木桥，咱们大路朝天，各走一边。说是这样说，张昆仑内心里还是希望跟高其昌交往，因为他毕竟是同学中已获名声、地位最高的一个人物，收服他，也算是件很有成就感的事情。只是这家伙并不像胖墩儿、小木墩、白脸儿那几个没脑子的家伙，画个大饼，就跟在了屁股后面，寻常的法子到他那儿根本行不通。张昆仑耍了不少花枪，动了不少心思，可高其昌就像没听见、没看见一样，依然故我，甚至还开始疏远他，他一番孔雀开屏，得到的却不是青睐，而是远离。好在蓝丁乙也没再催促此事，张昆仑揣摩蓝丁乙或许是随口一说，他那样大的一个厂长，正经事还干不完呢，跟个写字画画的在一起耗费什么时间，而且还是个小青年，再无聊也不会无聊到这种程度吧？心里这样想，行动自然懈怠，拖拖拉拉，搁置到了现在。听着高其昌高过自己一头的问话，张昆仑心里一百个不舒服，若不是在办公楼上待了几个月，熏陶出一些涵养，一定会硬生生地给怼回去。他给高其昌倒上酒。"来，今天只喝酒，工作上的事情，不谈。"他打着官腔，不阴不阳地说道。

"老蓝什么时候到?"高其昌又问。

"老蓝?"张昆仑诧异地瞄了眼高其昌，他觉得他是故意在自己面前拿大，想再压自己一头，这亏不能吃，"你是说我们蓝厂长吗？你叫他什么？老蓝？哎哟哟，其昌，你可不敢这样呀！那可是我们的老大嘞！"其实他没有请蓝丁乙，请蓝丁乙来家里吃饭，他连想都不敢想。他是拿他做幌子好把人都召集来。

高其昌也如他一样诧异，瞄他一眼，微微一笑，却没有接他的话，慢慢转过头，看着单宝金。"你什么时候走？"他关心地问道。

"明天。"

"明天？"高其昌有些不解，"回来一趟不容易，事情办完了再走不好吗？"他转向赵彩艳，面带微笑，"能用用你的手机吗？我打个电话。"

"可以，可以。"赵彩艳慌得乱了方寸，起身拿包时，险些把折叠桌子带翻，菜汤洒落了一桌子。顾阿姨听到了动静，没等顾队长说话，就已经开始收拾了。大家的注意力都集中在了高其昌和他拿的手机上。

高其昌拨通了电话，用语随意，称对方为老兄，以至于所有人都没有听出来他是给蓝丁乙打的电话，只有赵彩艳，她接住手机后看了一眼屏幕，顿时瞪大了眼睛。她的手机已升级为最新款的翻盖摩托罗拉，价值两万余元，这在当时可谓顶级的身份象征。高其昌平平淡淡地接过来，平平淡淡地还过去，好像那不过就是个平平常常的物件。张昆仑感觉高其昌在装，装给大家看。听他叫人往家里来，他还挺生气。主家坐在这里，也不征求一下意见就把家当了，真是太过分啦！

半小时后，蓝丁乙出现在了门口。

蓝丁乙和于东山在外面应酬，酒喝了一半，接到了高其昌的电话，二话没说，放下电话，叫上于东山就奔这边过来了。高其昌已然是他不可或缺的精神上的挚友，一声招呼赛过孔雀开屏，什么业务不业务，什么应酬不应酬，都得放到一边儿去。有阵子没见面了，十分想念，正想着给他打电话约见面，他却打了过来。此时酒刚上头，正是谈诗论画的好时候，人生极事，不过斯也。

于东山紧跟在蓝丁乙身后左右摇晃，站都站不稳，怀里却紧抱着两瓶酒，一副伤了自己也不能碎了酒瓶子的架势。小刘慌忙迎了上去。

直到蓝丁乙坐在了赵彩艳让出的位置上和高其昌嘻哈调笑时，张昆仑才明白过来，高其昌刚才那通电话原来是打给了蓝丁乙。对这两个突然出现的大人物，他搞不清楚是高兴还是不高兴，脑瓜子嗡嗡的，一

297

片空白，一句像样的话也说不出来，就知道呵呵傻笑。

餐厅的空间有限，六个人还好，又增加两个人，顿时就变得拥挤起来。顾队长眼头最活，收起碗筷就要退场，被蓝厂长坚决地留了下来。杨科长才站起身，也被他拉住。小刘早就悄然退出，站在一旁端茶倒水，帮着布置碗筷。家里只有六把凳子，张昆仑正想着去顾阿成家里搬两张过来，顾阿姨却已经搬来了。两把小圆凳，夹在里面，勉勉强强正好放得下，考虑得可谓周到之极。新添了碗筷，调整了位置，一阵寒暄之后，大家都坐了下来。

"胜利，我记得你给我说过你们是同学，是吧？"蓝丁乙指指高其昌，笑着问道，随后，也不等张昆仑发话，抬手在没剩几根毛豆的碗里挑出一根翠绿的放到嘴里，嗫了一下，"好吃！味道很特别嘛，有股酒糟的味道。胜利，你做的？"

"这叫糟香毛豆，是顾阿姨做的。"张昆仑看看和田艳丽一起站在卧室门口的顾阿姨，说道。

"这是？"蓝丁乙随着张昆仑回头看了看，问道。

"我们家老太婆！"顾阿成抢在张昆仑前面回答道。

"哦，原来是嫂子的手艺，怪不得呢！"

"喜欢吃呀！"顾阿成站起身，"家里还有的吧？"他问顾阿姨。

"有有，我就知道这东西合你们的胃口，专门多准备了一些。"顾阿姨从老头子让出的通道侧身出来，一边说，一边往家里去。

"老兄，有福气呀！"蓝丁乙看着顾阿姨出去，笑着跟顾阿成开玩笑道，"怪不得老兄有这样好的气色，原来家里有个好饲养员。不行啊，今年春节必须请我们去家里吃一顿，不然，我可扣你奖金。"

"蓝厂长，你要说话算话啦，"顾阿成满面红光，"侬是我们厂里的一把手，请还怕请不来嘞，你要来，我们要高兴死嘞！"

"是吗？"说着话，蓝丁乙已把碗底清理干净，接过田艳丽递来的毛巾擦擦手，便把话转入了正题，"单总，听说你要回去？急也不急这一天两天嘛。今天我和于厂长还去局里协调了这件事，估计很快就有回复。你也知道我们企业的性质，像这样的开支能够得到局里的认可更好，毕竟买的不是原材料，不是机床设备，买的是文化，再说大点儿，买的是企业的未来，买的是未来的效益。这东西就像是画了个大饼，知道的说是个好东西，不知道的会说我们这一帮人在捣蛋，在挥霍国有资产，关键是，它还不像真的大饼那样一目了然，需要一段时间去认识它、了解它，才会被人接受。"蓝丁乙对来送毛豆的顾阿姨点点头，"我的话已经说得很明白了，希望单总能够体谅我的难处。说起来我是厂长，我说了就算，但，你也知道，这意味着我要为此承担很多东西。"蓝丁乙对着单宝金端起酒杯，"我不要你的回扣，于厂长也不会要你的回扣，我相信，胜利也不会要你的回扣，所以，你的报价不用考虑这些因素，够你们的就行了。生意嘛，你要看到未来，工业局这么多单位，我们这里做出样子了，下来不定生意就找上门啦！来，"蓝丁乙站了起来，单宝金也跟着站了起来，"我们春雷机械厂的同志们一起来敬单总一杯，请他早日把我们的大饼又大、又好、又省地画出来，让我们尽早看到实惠、见到效益。"

"别把我落下呀，我也算春雷的半个人嘛。"赵彩艳也端起酒杯站了起来。

最后就剩下了高其昌，他笑了笑，也站了起来："价格的事我不懂，但蓝厂长说的这个大饼我却懂——货卖一张皮嘛。"

"于厂长，听听，其昌的观念怎么样？"蓝丁乙说。

"全面提升产品质量，是蓝厂长早已定下来的管理目标。货卖一张皮这个说法，我不赞成。"于东山有力地挥了一下手，"表里如一，对，表里如一。货卖一张皮的不行。"他好像还在醉着。

"好，为'表里如一'干杯！"高其昌笑着附和道。

"为合作成功，干杯！"蓝丁乙也说。

过了一天，在蓝丁乙和于东山的共同努力下，局领导做出决定，认可了春雷机械厂的这笔开支。领导的观念真的没法说，没转变过来的时候怎么看这件事都是不顺眼，但要转过来了，就像坐上了火箭，嗖的一下子就飞上了天。局领导要求他们做出样板，做出成绩，为全局推广提供成功的经验。局领导还讲了一个有关"品牌效应"的故事，令蓝丁乙惊讶不已。

张昆仑那晚坐在卫生间的地板上，翻江倒海地吐酒吐到天色将明。伴随他的，是那水箱发出的猪号般的轰响声。他吐净了酒肉，又吐胆汁，直到再也没东西可吐了，还在干呕，最后才昏昏沉沉地斜歪在田艳丽的腿上睡去。田艳丽坐在一把椅子上，双腿紧紧地顶住他的后背，就像为他量身定制的沙发靠背，为他瘫软的身子提供可靠的支撑。她已是七八个月的身孕，挺着大肚子，伺候起他来显得十分吃力，但整个晚上她都陪伴着他，没有一丝懈怠。后半夜，张昆仑时而清醒，时而糊涂，清醒的时候就说"田艳丽我爱你"，糊涂的时候就骂"高其昌，你他妈不是人"。田艳丽不知道他为什么要骂高其昌，人家给他帮了大忙，他却还要骂人家，这道理怎么看都有点说不通，于是，田艳丽就批评了他。

"你还替他说话，你知道他在羞辱我吗？把老蓝叫到咱们家，啥意思？难道我叫不来？他就是能不够，就是想在大伙儿面前显摆他那点能耐。这种人，你要不让他出风头，跟杀了他没两样。"张昆仑梗着脖子说道，"你看他搔首弄姿的样子。作诗，作个球！真他妈的恶心。"

田艳丽皱皱眉头："没事了，就去床上，坐在这儿多难受。"

"躺不到床上，躺倒就想吐。"他果然又干哕了几下，之后享受着田艳丽的抚慰，慢慢说道，"艳丽，你知道这笔生意要是做成了，咱们能得到多少提成吗？三万，整整三万呀！我们辛辛苦苦干五年，不吃不喝也不知道能不能挣这么多钱。真他妈的，我都不敢相信了。"

"你想用这些钱干啥？"田艳丽梳理着他的头发，柔声说道。不知道怎么了，她的嗓音竟有些哽咽。

"我得先去买一个摩托罗拉中文机，往后做生意，这东西离不了。我还要给你买一个二十四寸大彩电，带遥控器，将来你就躺在被窝里看电视，想看哪个台，按按就行。我还要……"张昆仑的计划里，除了那个 BP 机，其他的都是围绕着田艳丽和田艳丽的家人来想的。他说着说着就睡着了。田艳丽的脸上挂上了两行幸福的泪花。

送走了客人，张昆仑兴奋得就像一只喝醉了酒的猴子，满屋子到处乱窜，最后死缠活缠又把回到家的顾阿成请了过来，陪他喝酒。顾阿姨陪在旁边。她给她老头子酒杯里添的是白开水，而给张昆仑添的则是酒，张昆仑没有发现，顾阿成装着不知道。张昆仑酒已到位，喝酒像喝水一样，几杯下肚就神志不清了，但他仍不放过顾阿成，非要让人家给他传授夫妻恩爱的经验，他说他们就是他的榜样，他要向他们学习。看来不把他彻底灌趴下，肯定没完没了。顾阿成笑着和他周旋，但灌酒的手却绝不软。等田艳丽收拾完东西，张昆仑就已经趴在了厕所里。

顾阿成那晚也没有睡好，蓝丁乙夸他和顾阿姨的话就像一剂兴奋剂，让他睁开眼就想说话。"老婆子，"他碰碰顾阿姨，"蓝厂长这人怎么这样会说话，夸我们是天下第一模范家庭，夸你是天下第一美厨娘，你觉得怎么样，高不高兴？"顾阿姨翻了个身，背对着他，晚上她替老顾喝了两杯酒，此时睡得正香。"娘希匹，都成老太婆了，还第一美厨娘！"他眼睛瞪得老大，盯着天花板，喃喃自语。张昆仑呕吐的声音隔着墙壁听得清清楚楚，他感到十分得意："娘希匹，跟老子斗，自找苦头。"

顾阿成暗自窃喜，庆幸自己有一个聪明机智的老太婆，否则，自己也一定会和张胜利这小子一个样。老子多大年纪了，你多大年纪，我能和你拼吗？其实你喝多了也活该，谁让你想喝多呢。自打张昆仑搬过来后，他和张昆仑小酒没少喝，要么去他家，要么来自己家，实际上最舒服的还是在走廊上，一张方凳，两个小菜，小马扎上一坐，就能喝出一片世界来。但是，他始终觉得张昆仑是个难于交心的朋友，太狡猾，太滑头，红本子那事到现在也没有给自己落实，还被他调笑了一通，好像他老头子就不会做那事儿似的。娘希匹！晚上的这场宴席，他看不懂，也听不懂，不过有一点他看得明白，就是于东山成了蓝丁乙的跟屁虫，那个马屁拍的，肉麻！他原来觉得于东山不是这样的人。明面上看，他和于东山的关系很一般，但实际上关系相当紧密。成立绿化队，任命他为队长，都是于东山亲手操办的，对他的好，真没的说。每年，新鲜毛豆下来的时候，他都会糟两斤给他们家送去。当然，只送毛豆是不行的，还有红烧肉。老太婆烧的红烧肉，机械厂里谁人不知道，一绝！好吃得不得了。蓝厂长还说要让他尝尝，真是好笑，人家几年前就尝过啦！不知道吧，我才不会说出来。于东山的老婆，他不喜欢，他觉得她人有点浪，而且看不起人，总是用那种高高在上的眼神看人，斜着眼角，跟看小赤佬似的，太气人。不过，人倒蛮漂亮的，还很那个。想到这里，他就想到了她的妹妹二丫，他对她们姐妹的看法和张昆仑一样，觉得不是一个娘生的。前段时间，二丫和王二孬的事情已经传得沸沸扬扬。据说，王二孬要娶二丫，把二丫吓跑了，再没在机械厂的地面上露面。他很庆幸自己听了老婆子的建议，及时向于东山打了小报告，不然现在也要跟着丢人，光是史老歪这个人就不好应付，更不要说其他人啦。他暗自回味，暗自得意，不知不觉便心猿意马起来。他仿佛又听到二丫和二孬那销魂的声响。黑暗中，他又碰了碰顾阿姨，顾阿姨哼了一声，睡得更香了，还发出了轻微的鼾声。他有点儿气恼，但又一转念，也许这样更有意思，于是，他翻过身，从后面紧紧地抱住顾阿姨。

遗体告别仪式

张铁栓实现了活着抱上孙子的愿望。就在张诗意一周岁的那年冬天，他的肺病突然恶化，人还没送到医院，便撒手人寰了。张昆仑召开家庭会议，决定为他——他们的父亲，举办一个风风光光的遗体告别仪式，生前拥有的，死后也一定要享有。他的想法不但得到了全家人的支持，也得到了机械厂领导层的支持，尤其是郝大贵。

举行遗体告别仪式那天，天不亮就下起了鹅毛大雪。大雪带来了严重的交通问题，尤其是火葬场附近的一段陡坡路段，大小车辆拥堵作一团，谁也爬不上去。大家正在一筹莫展的时候，就听从后面徒步赶上来的郝大贵一路大喊着："都下车，走上去。"他来到张妈妈乘坐的桑塔纳轿车前，拉开车门，用沙哑的嗓音喊了声师娘，便搀扶起她下了车，他就这样搀扶着师娘走在了最前列。他是以春雷机械厂的领导和大徒弟的双重身份来参加追悼会，他带来了蓝丁乙和于东山及全体职工的问候，以及他们集体赠送的挽联、花圈。紧随其后的是张昆仑，他披麻戴孝抱着父亲的遗像，步履踉跄，和他并排的是抱着儿子的大儿媳妇田艳丽，她在看护张昆仑的同时，还要看护襁褓中的儿子张诗意，她的心情和张家人一样，充满了悲伤和痛苦。老二张国利紧随在郝大贵一侧，他努力照顾着郝大贵，以免滑倒。年初，郝大贵给他争取了一个参加培训学习的机会，并把他调到厂基建科当技术员，他对郝大贵感激得无以复加。参加告别仪式的队伍排起了长龙，越拉越长，首尾不能相见。队伍中有两拨人尤为显眼，一是张铁栓的徒子徒孙们，他们按照郝大贵的要求也披麻戴孝行孝子孙礼，以表达对师父的敬仰之心，如此情形，让外人看来，还以为是张家人丁兴旺、枝繁叶茂呢；二是张四海的来自全市乃至外地的所谓道上朋友，他们要么爆炸头，要么小平头，要么光头，乌泱泱一大片，令人不敢侧目。

杨科长也在队伍之中，当他沿着道路走上陡坡矗立在飘雪中回望来路的时候，不禁为眼前的景象惊呆了：如此开阔、如此苍茫的景象，远处隐约的村庄，隐约的小树林，隐约的起伏的丘陵，隐约的车队，隐约的徐徐而行的队伍，在他的眼下仿佛一幅交响乐般的动感图画。毫无疑问，这突如其来的雪，注定为这场葬礼添加了悲怆的色彩。他感到胸中热血翻涌，若干抒发感情的词语在脑海里迸发，"天怜英杰，以雪泣之"成为最耀眼的八个字。他迅速拿出追悼词文稿，在上面做了修改。于是，当他把这临时修改上去的八个字当作开篇警言，用悲怆的长音呼喊出来，当他呼喊的声音回荡在吊唁大厅，回荡在人们的耳畔时，哭声应声而起。

张铁栓躺在鲜花围簇的水晶棺中，紧闭双眼，嘴角微微翘起。多年病患，他原本健硕的身体已然瘦得只剩一把骨头，这让刚听完他生平事迹的人们难以接受，因为在场的人们已经从那生动的描述里追忆到那个过去大家熟悉的张铁栓，那个铮铮铁骨、钢铁意志的汉子。强烈的反差更加引起人们悲痛的情绪，哭声将仪式推向了高潮。

郝大贵的哭声格外响亮，天生的大嗓门用不着费力就能让他的哭声突出出来，令所有人都感受到他的悲伤。他还带着师弟及徒子徒孙们，向张铁栓行了三拜九叩首的大礼，那虔敬的场面，令张家子弟都感到汗颜。张四海的弟兄们也如法炮制，乱哄哄跪下去一大片，那阵势，令站在张妈妈身旁搀扶着她胳膊的郝大贵心惊肉跳，手脚发麻。他越发感觉到惹不起张家的人了。他的手不由自主地握紧，以至于张妈妈还以为这是郝大贵对她的关心体贴，她轻轻拍拍他的手，领取了这份"情谊"，与此同时，她也高傲地扬起了头，嘴角挂上了一丝不易察觉的微笑。她忽然觉得自己这一生嫁给张铁栓太值得了，她多么希望所有人都能看到这体面的一幕。但人生如戏，该落幕的终究是要落幕的。

"你让大贵看了吗？他说中就中。"当张昆仑把他选定的骨灰盒拿给他娘看时，张妈妈说道。她那笃定的样子好像在说，他们张家的事情必须得由郝大贵来做决定。

但郝大贵已经离开了火葬场。他借口要去局里办件重要事情，遗体告别仪式结束后，跟张昆仑打了个招呼就走了。

304

"去哪儿让他看？"张昆仑感到匪夷所思，没好气地对他娘说，"人早就走了，你以为他是你亲儿子呀？"

"走了？"张妈妈眨眨眼，叹口气，"唉，他忙！"

在张昆仑的记忆里，他娘像这样理解人的时候少之又少，他想不明白，郝大贵仅仅做了这么点儿表面文章，他娘就被弄得像没了魂一样，真是荒唐可笑。他气得转身就要离开，这时，在一旁看上去只在照看孩子的田艳丽叫住了他。"咱妈的话听明白没有？忙，也得去找他。"田艳丽没好气地说。

"去哪儿找？"张妈妈猛地扭过头，看着大儿媳妇，说。

"去他家呀。"田艳丽说。

哪能抱着骨灰盒去人家里呢，这显然是气话。

两个没想到

1

在做画廊那段时间，我结识了一大批政商两界的朋友，蓝丁乙便是其中之一。一次，他想买幅名家的作品，找到了高其昌，高其昌把他介绍到了我这儿。我为蓝丁乙的谈吐、气度与学识所折服，也因他对当时还少有人问津的章老师的作品表现出的兴趣和鉴赏力而将他视为知音。我帮他得到了他想要的东西，且没有收取任何佣金，为此我们成了好朋友。我通过他认识了于东山和郝大贵。那时春雷机械厂刚刚改制完毕，国有资本全部退出，由地方国营改为民营股份制企业。他是这次改制行动的策划者和领导者，所以，他当仁不让地坐上了董事长的宝座，虽然他的股份占比还不足百分之十。于东山也是股东之一，股份还没有郝大贵多，但蓝丁乙还是把他任命为了总经理。郝大贵被任命为副总经理，抓生产，相当于第三把手，属于降职任用。但郝大贵也只有老实接受，因为他刚刚把机械厂赔了个底朝天，且在接任厂长期间做了许多对不起蓝丁乙的事情，能继续留在机械厂，已是法外开恩留了面子。机械厂的股份十分分散，这也为之后蓝丁乙被赶下台埋下了伏笔。那时候，张昆仑已经离开了机械厂，再加上他在厂里也算不上什么重要人物，所以直到我们在于东山的追悼会上遇见，才知道他原来也是机械厂的人。

蓝丁乙的职业生涯可谓一波三折。

1997年前后，工业局下属企业全面实行承包制管理模式，蓝丁乙是机械厂集体承包班子的牵头人。他推行了一系列行之有效的管理办法，企业的经营状态立时发生了转变，由亏损到盈利，只用了一年的时间。接着，他又开发了几项拥有独立知识产权的新技术、新产品，使春雷机械厂一跃成为全市的明星企业。但企业好了，问题也来了。局里想从机械厂抽调一笔本不该抽调的资金，蓝丁乙顶着说什么也不给办理，他的理由很充分，认为这是承包企业，只要完成上交，上级部门干涉插手厂里的事务便违反了协议，属于不合理要求，即使一把手洪鸣局长亲自给他打电话，他也没有同意。这样，他就把领导给得罪了。没多久，在事先没有商量的情况下，他接到了一纸调令，到当时局属企业里情况最糟糕的气缸厂当厂长，也就是那个给于东山连升两级他都不愿意去的厂。蓝丁乙不服，找上面申诉，却让检察院请去喝了三天茶，最后承认了错误，写了检讨才放了回来。回来后，他老老实实去了气缸厂。接替他的是郝大贵，于东山任第一副厂长。他们只用了两年时间便把蓝丁乙挣来的家底赔得干干净净。2002年底，厂子已经发展到连工资都发不下来的地步。2004年中小企业全面改制，叫个人出资把工厂买下来，他俩谁也不敢牵这个头。这时的气缸厂在蓝丁乙的管理下，却是一派红红火火的景象。艰难时刻，局领导又想起了蓝丁乙，请他牵头连带气缸厂一起改制，这样蓝丁乙又和他们弄到了一起。当年去气缸厂时，他把山泉水带去当了副手，他许愿山泉水做机械厂总经理，但山泉水考虑到不好处理与于东山、郝大贵之间的关系，便拒绝了。山泉水去了局机关，后来又到政府部门工作，最后做到了正厅级的干部。

那段时间，蓝丁乙经常叫我到一个叫"绿源"的茶馆喝茶。他和茶馆的女领班小丁很熟稔，小丁推荐给他的产品他照单全收，多数都存在了茶馆。他究竟在那里存了多少东西，恐怕连他自己都说不清。小丁是个长相和气质都很冒尖，且带有文艺范儿的女孩子，蓝丁乙到店，必由她泡茶。她称蓝丁乙为师父。

于东山也常来这家茶馆，和小丁也很熟悉，但他始终强调他都是为了替蓝丁乙给小丁捧场。他出手比蓝丁乙还要大方，一两万一斤的茶挥挥手就给记到了账上。小丁把他也奉为上宾。

蓝丁乙是个内心非常自信的人，他的这种自信表现在包括语言在内所有能够表达的方式上。他往往是波澜不惊，平平淡淡便把自己立为了一座峰，让人折服其下。开始，我就是这样被他吸引的。他偶尔也发脾气，但对象都是其下属。

307

画廊关门后，我们有好长一段时间都没有见面，一是他不怎么再叫我了，二是我那段时间的心态也出了问题，不愿意见人。我们的距离在不知不觉间就拉开了，最后几乎就失去了联系。他后来的情况我或多或少从高其昌那里还听说了一些，但我只当作了闲来无事时的说侃，没往心里去。

2010 年的时候，我意外地接到了小丁的一个电话，她说她正在装修一家新茶店，向我求画，我爽快地答应了她，因为我那里积压的字画多不胜数。放下名家的不说，单是那些非名流的画作就占了快半间房子。妻子几次让我处理掉，我没舍得。那几年，我送了些字画给人，换得不少酒喝，如此也算是物尽其用了。

小丁的茶店开在了新区，规模很大。开业后，我接到了她的邀请。我根据地址信息摸到了店门口，但怎么也不敢相信这是她开的店，在门口犹豫再三，还是给小丁打了个电话，确定了之后，才推开了店门。小丁已经迎到了门口，没想到与她一起迎出来的还有于东山。于东山相比当年发福了不少，气度也不可同日而语，已经很难把他和那个跟班似的下级再联系到一起。我们在门口寒暄了一阵儿后，便在他俩的引导下参观了茶店。我给了小丁十几幅画作，装裱后都挂在了显眼的位置上，我们每看到一幅，他俩便要说一通感谢我的话，说得我都有些难为情了。最后，我们来到一间极雅致的茶室，又让我没有想到的是，应门的主墙上居然挂的是章老师的画作。那时章老师的画作已经价格不菲，出现在这里，令我讶异不已。

"看出来这是谁的画了吗？" 我们刚坐下，于东山便指着那画问道，面带得意之色。

"进来就看到了，" 我笑着说，"章老师的作品嘛！"

"呵呵，专程去北京求回来的。"

"呵，把他的画挂在这里，也不怕丢了。"

"丢了？这怎么可能呢！" 这时，一直在准备茶具的小丁接过话，"这间房子归我们于总，哦不，是于董专用，其他人不能随便进来。"

小丁刻意纠正口误的这个细节，让我想起来高其昌跟我说过，蓝丁乙已不再担任春雷集团董事长职务，但我对此并没有兴趣，我觉得那不过是正常的职务调整，没什么大不了的。我最关心的是于东山在这个茶馆里扮演的角色和章老师那画的价格。我试探着问了一句，于东山没有正面回答。他仿佛已然脱胎换骨，出口闭口都是管理，俨然一副成功企业家的派头。他说搞投资找对合伙人很重要，这是各个重要环节中重中之重的一环，说这叫资源整合，优势互补，风险共担。他说的这些我一窍不通，但我觉得他找小丁合伙肯定是找对了人，因为我对小丁也十分认可。最后，他用一个神秘的微笑给他的滔滔宏论画上了句号。说到章老师的画，他抛出了一个自得的眼神后便直白地告诉我，说他是花了八万买下来的。我惊叹了一声，夸他捡到了大便宜。真想不到于东山会有这样的眼光和魄力，我投给他一个敬佩的目光。之后，我问到蓝丁乙的时候，恰好他的电话响了，他拿起手机看了看，对我做了一个歉意的表情，便出去了。小丁接过了话茬，她所讲的事又是我没想到的。

蓝丁乙重新掌管机械厂后，进行了一系列大刀阔斧的改革，生产迅速恢复正常，第二年就实现了盈利，第三年新产品上市，一举拿下了全国百分之三十的市场份额，经济效益连上几个台阶。他成了大家眼里的神。本来，照这样做下去，虽说企业不见得会大红大紫，繁荣昌盛，但也不会差到哪儿去，可他偏偏就是一个富有理想和眼光的企业家，竟然要跨行业挺进房地产市场，这与班子成员产生了很大分歧。蓝丁乙坚持己见，坚决投资。股东们鉴于他过去的业绩和眼光跟从了他。结果，在最困难的时候，他差点儿把整个机械厂都赔了进去。后来，虽然在他的努力下，保住了机械厂，但每年的生产利润还不足以偿还银行贷款的利息，股东们分不到红，有意见，找他理论，他不但不做正面解释，还把脚跷在桌子上来羞辱他们的智商。最后，股东们联合起来，就把他罢免了。等蓝丁乙认识到问题的严重性，想要挽回局面的时候，一切都为时已晚，他最终为自己的傲慢付出了应有的代价。2010 年市场转暖，仅地产项目赚得的利润，机械厂就是大干三十年也未必能赚到。股东们都发了财，佩服他的眼光，但对他的遭遇除了表示同情，便是怪他运气不好。如果市场早一年转暖，他肯定还是大家眼里的神。于东山接替了春雷集团董事长职位。郝大贵因其个人原因，在扳倒蓝丁乙的事情上功不可没，担任了总经理职务。

世事无常。我除了感叹蓝丁乙命运不济之外，其他也无话可说。后来我跟张昆仑谈起这些事情，张昆仑当即就上了脾气，大骂郝大贵无情无义，谴责于东山不守规则，替蓝丁乙鸣不平，他的结论很简单，就是他们勾结起来把蓝丁乙赶下了台的。他的说法与小丁的出入很大。不过，这让我看来都属正常，所站的立场不同，看问题的结果自然也不会相同。

2

筹备"旷世三家书画展"那段时间，我和张昆仑几乎天天见面，却从未听他提起过春雷机械厂的事情。我也不会想到，他既是机械厂的子弟，又在那里工作过，所以在于东山的追悼会上遇见他时，我还把他当作于东山生意上的朋友，问他们是怎么认识的。张昆仑好像对我的提问感到很可笑，他以惯常的神态和语气拿大地反问我和东山是怎么认识的。那问话的样子仿佛在动物园里看长颈鹿，仰着脖子，从头看到脚，又从脚看到头。我告诉他，我是通过蓝丁乙认识的。他居然向后又趄出半步，侧着身子斜眼皱眉地打量我，比之前的样子还要夸张，而后阴阳怪气地责怪我隐藏太深，认识了那么多年都没有听我说过一次。我看他有理没理强占三分的样子实在可笑，于是跟他打了个哈哈就想走开，但他却像终于找到了说话的人，黏着我不放。追悼会结束后，他死拉硬拽把我弄到他的车上，又把我拉到了他家。那时候，他还没有搬进大别墅，还在高层住宅住。这是我第一次去他家。在门口，张昆仑还一口一个寒舍，及至屋门打开，一架红木玄关就让我眼睛一亮，再往里，红木沙发、红木电视柜、红木桌椅，就连墙面上挂的画框都是红木的，我像是进了红木家具店，粗略估算一下，就这一屋子家具怎么着也得百十来万。我不由得发出了一声感慨。一直以来，我把张昆仑看成一个小财主，有钱，但也不会太有钱，没想到，他的家底竟然如此殷实，而这仅仅是冰山一角，及至我知道他已把一栋大别墅收入囊中时，我真的开始怀疑我的人生了。这次，轮到我在他身上来回打量。田艳丽在看电视，音量很大，进来门就感受到了那种闹人的氛围。电视里播放的是《还珠格格》，一部搞笑的商业剧。田艳丽显然是入戏了，她拈着兰花指，甩着水袖，迈着小碎步，拧着僵硬的腰身，喊着"皇上，臣妾这边有礼啦"，迎了出来，等看到我还跟在后面，顿时羞得满脸通红。我跟田艳丽是第一次见面，久闻其名，初见其人，真还有点不能接受，因为张昆仑过去提到她的时候总说"你那丑嫂子"，所以在我的印象里，她一定很难看，然而这一见才知道，这都是张昆仑放的烟幕弹。田艳丽除了皮肤黑点外，其他的还真没有什么大毛病，说她"丑"肯定是过分了。我倒不是不能接受她比想象的要好看，而是不能接受张昆仑还有这样的福气娶到这样的媳妇。那时，田艳丽已经发福，身板宽宽大大的，略显肥胖，但跟她开朗的性格放到一起，却有种相得益彰的感觉，一看就知道，这是把持家的好手。她对我也是闻名甚久，见面就把好听话说了几箩筐，说得我都不知道自己是老几了，那热乎劲儿就跟我们是相识已久的老朋友。她去厨房做了几道下酒菜，招呼我俩入座的时候，茅台酒都已经倒好了。上了桌，看着眼前这一大桌酒菜，我得就他们家的餐具说两句，因为他们使用的碗碗碟碟无论在美观性还是实用性上讲，都是我见过的最差的。田艳丽一共为我们做了六个菜，所用盘子清一色都是小餐馆才使用的那种个小平底，俗称"没良心盘"，盛不住东西，汤汁稍多一点儿就要流出来，我都怀疑这是张昆仑从外面不花钱顺回来的。我调侃它们是"古董"，没想到张昆仑还真就认了，他说他们家的餐具都是从结婚时就用到现在的，用出感情啦。他把话说到这个程度，我还能说什么呢，将就着吧。我不能将我的审美强加在他的情感之上。我俩边喝边聊天。田艳丽起初没有参与，后来听我们聊的是春雷机械厂的事，便关掉电视机，来到餐桌前，加入进来。她唠闲嗑的热情一点儿都不亚于张昆仑。

　　"蓝丁乙的政治观念太薄弱了，不，不是薄弱，干脆就没有。"说到蓝丁乙职场沉浮，张昆仑立刻就来了情绪，"但凡他有一点点这方面的观念，也不至于在一个问题上栽两次跟头。"他还要给我解释那两次跟头，我说我知道，他便点点头，接着往下说："还有呢。你认识那个开茶馆的小丁吗？"我点点头。"这个小丁其实是让他下台的关键人物之一。他以为关照了人家生意，他是大老板，人家就会对他忠心耿耿？狗屁，其实小丁早就让于东山给收了。于东山在她身上下的本钱，十个蓝丁乙也比不上。那是下的血本。蓝丁乙喜欢去茶馆说事情，从来不避讳小丁，甚至是否拿下于东山这样的事情也跟小丁通气。他怎么想的，制定了什么对策，不隔天就反馈到了于东山那里。所以，你说，他不下

311

台谁下台?"

"夸张了吧,"我有些不敢相信,"听起来跟谍战片一样。"

"信不信由你。"张昆仑哧溜喝了一口酒,"后来于东山给小丁开的那个茶馆你总去过吧?知道花了多少钱吗?至少这个数。"他伸出四根指头在我眼前晃了晃,"不过,小丁也算时运不济,店是开起来了,于东山却死了。开这样的店,没个像样的靠山,很难支撑下去。"

我赞同他的说法,再次点点头,心里却为小丁感到惋惜。

"蓝丁乙就是个不靠谱的家伙,那次他和局领导顶着干,害得我们也损失几万块,胜利还坐了班房。"田艳丽这时插话进来,"他怎么连胳膊拧不过大腿,连我这样的妇道人家都明白的道理都不懂呢?所以,他就该下台。"

张昆仑说:"他搞承包那年专门为我又成立了一个销售二科,让我承包,负责华北市场。那段时间,我起早贪黑,忙完外边忙家里……"

"那时候我身体不好。"田艳丽爱怜地看着张昆仑,插话道。

"说真的,也就我这身子板儿了,放别人身上早他妈的累趴啦!可辛辛苦苦忙了两年,总算看到效益了,该兑现奖金了,可出了事。他让检察院叫走了好几天,放回来,就调到气缸厂上班去了。机械厂这边,他不管啦!开始我还不觉得什么,承包协议在那儿放着,换领导,但协议依然有效,该兑现的还会给我兑现。谁想到,接替他的是郝大贵,郝大贵这个坏东西就敢跟我不认账。要奖金是吧,去,找蓝丁乙去。我当时就和他干了起来。最后,我把他和厂里告上了法庭。你猜这家伙有多狠,一封举报信就把我送进了检察院,说我职务侵占,让我在里面待了大半年。"

后来郝大贵跟我说起这事,他说是张昆仑他们先写了匿名信到纪委举报他,他才下了狠手,不然,就算看在师父的在天之灵,怎么也不会闹到这种地步。当然这是郝大贵的说法,至于真实的情况,恐怕也只有他们自己清楚。

"你的协议或许有问题。"我说。

"那时候谁懂这个呀!有没有问题都是郝大贵的一句话。他要这样解释就这样解释,他要那样解释就那样解释,解释权在人家那里。我就是长了一百张嘴,也顶不过他那一张嘴。良心账,他不讲良心了,谁也没有办法。"

"于东山是什么态度?"我问。

"于东山那会儿是泥菩萨过河自身难保,哪有胆量管我的事情。这家伙善于审时度势,不该管的事情,绝对不会问一声。"

"亏这郝大贵还是你师兄呢,简直就是白眼狼!当年如果不是胜利他爸把他从乡下带出来,现在还不知是个啥样呢。我本来想,不管怎么说他都是胜利的师兄,这点面子还是会给的。我去找他,结果人家一推二六五,推得干干净净的,说这事和他一点儿关系都没有,都怪胜利自己给嚷嚷开的,不然,私下里他怎样也给解决了,闹成公事了,他说话也没用了。话说得好听,实际上,都是他的指使,他就是想整胜利。"田艳丽端起酒杯一口闷了,"我知道他为啥刁难我们胜利,还不是为徐二姐,他认为我搅黄了他的好事。"

虽然我没有见过徐二姐,但蓝丁乙和于东山都跟我提起过她,我对这名字并不陌生,他俩又提起,我难免产生了兴趣:"徐二姐?我听老蓝和老于都提起过,怎么会为她得罪了郝大贵?"

张昆仑和田艳丽对视了一眼,好像要确定谁来解说这个问题。之后,田艳丽开口道:"徐二姐是我们机械厂的大美女,我的老闺蜜。郝大贵一直在动人家心思,一直没有得手。有一次,我在徐二姐家里乘凉说话,有人来敲门,我看看表,已经是晚上九点多钟了,觉得很奇怪,怎么这样晚了还有人来?我坐着没动,徐二姐去开的门,一会儿听到有个男人在叽里咕噜地说话,我心里还在犯寻思,是不是徐二姐有人了,就听徐二姐喊:'你少在我这儿耍流氓!'我慌忙起身来到门口,只见郝大贵站在门外,一手拉着徐二姐的胳膊,一手拎了个西瓜就想往屋里闯。他显然喝多了酒,说话颠三倒四,一副流氓样。那时候我正年轻,看到这架势,顿时二杆子劲儿就上来了,也不管他是什么人,劈头盖脸就把他骂跑了。"田艳丽停顿了一下,似乎很奇怪,"不知咋的,这货好像很怕我。"

"咳,他哪是怕你,他是怕咱家老四。如果老四没死,给他一百个胆儿也不敢公开跟我作对。"张昆仑看我一眼,见我不明白,便又说,"你听说过张四海吗?"我说听说过,当年古城区的小魔头。张昆仑轻蔑地一笑:"岂止是小魔头,他跺跺脚,这古城区的房檐上都得掉瓦片。

他是我四弟。"

"亲的吗？"

"当然是亲的。"

我不由得在张昆仑脸上、身上上上下下打量了三四遍，惊愕得说不上话来。我的反应似乎如他所料，他用那种"你明白了吧"的眼神回敬我，夸张地点点头，好像在对我说：知道吗，老子曾经也是牛哄哄的人物。田艳丽却撇撇嘴，抬手推了张昆仑一把："行啦，动不动就把你家老四抬出来，说得跟神一样。收拾史老歪的时候，你咋不说是你家老四的功劳呢？当然，你家老四也有功，但那是在后面，前面我早把基础夯实了。我告诉你，你再敢小瞧我，看我不收拾你。"

"嘿嘿，你看，这不是在说话嘛！你的功劳看谁敢给抹了。"

"规矩点儿！"田艳丽白了他一眼，"那天郝大贵让我给骂走后，我也想过，这事肯定把郝大贵给得罪了，可是我又想呀，得罪就得罪吧，反正他也咋的不了我们。后来，胜利的事情就出来了，我知道这都是我给埋下的根子。这叫什么，不是不报，时候未到。"她低下头，叹了口气。

"胜利是谁？"我明知故问。

田艳丽猛地抬头，一副诧异的神情，笑指着张昆仑说："咳，就是他，张昆仑嘛！张胜利又叫张昆仑，以前的名字，俩名儿一个人。"

张昆仑斜楞着眼，强扮出一副不满的样子看了田艳丽一眼。

"实在说，郝大贵那小子真该感谢我。如果那天不是我正好在徐二姐那里，把他拦了下来，要做出什么出格的事来，他现在说不了还在大牢里蹲着呢。救了他，不知道感激，反过来还要害我们家胜利，你说，他还算人不？"田艳丽越说越生气，看起来就要站起来。

"那天他要是真的霸王硬上弓，至少也得让他坐十年牢。"张昆仑补充道，"反过来说，艳丽真的算是他的大恩人呢。"

"这家伙能念这恩吗？说不了恨我都恨到骨头缝里去了，恨不得扒我的皮，抽我的筋，生煎活煮，打入十八层地狱也不解他心头恨呢！我早给他看透了，他就是这么个东西。"

我被田艳丽这番义正词严的说骂逗乐了。她可能也觉得好笑，跟着笑了起来。

"徐二姐现在？"我问。

"哎，你们男人咋都是这样呢？提到徐二姐眼睛就发直，她真有那么大的魅力吗？"田艳丽半开玩笑地对我说道，"蓝丁乙被免职的时候，人家就办了调动手续，调到广东去了。郝大贵使坏，不给人家办，可人家就不找他，直接去局里办了手续。走的时候连跟厂里打个招呼都没有。胜利的申诉材料是她临走前帮忙递到洪鸣局长手里的。洪局长出面协调，检察院才放了人。"

"洪局长是顺水推舟，你的告状信都快把纪委的大门堵上了，他能不管吗？再不管，恐怕他的这个败家子爱将就要坐牢了。"张昆仑瞅一眼田艳丽，"不过，也不能说人家没有帮上忙，照你那脾气，到最后两败俱伤，谁都没得好。"

"真没想到，您还有这样的经历。"我感慨地说道。

"哼！"张昆仑苦笑着摇摇头。

"徐二姐——不不不，嫂子，你不要这样看我，我也是听他们说的，我听说——"

"听说什么？作风问题吧？"田艳丽气愤地说道，"你们这些男人咋就跟苍蝇似的，闻不得一点儿……都是栽赃陷害。这还是'文革'时期的事情。史老歪那个老东西存心不良，吃不到葡萄说葡萄酸，仗着自己是个小头头，为所欲为。刚开始围在人家屁股后面转，人家不理他，他就没凭没据地说人家是破鞋。你没见过徐二姐，那长得就是招男人。史老歪这样说，机械厂上上下下连个敢站出来说句公道话的都没有，因为这公道话说不好就有可能把自己公道进去，尤其是男人。女人说话，说你一丘之貉；男人说话，说你图谋不轨，接着就找你的碴儿。那年头，墙头草太多，风往哪边儿刮，他就往哪边儿倒，这事要看笑话的占了一多半。我老公公，呃，就是胜利他爹，最后看不下去，站出来说了句公道话，史老歪才有所收敛，不然，徐二姐的苦头可要吃大啦。机械厂里也就是他了，一身正气，说话落地有声，不然——"

"那还不是为了郝大贵。"张昆仑插话道。

田艳丽歪头看着张昆仑："你说还是我说？你要说，我就看电视去。"

"你说，你说。"

"郝大贵那时候在哪儿呢？想给他脸上擦粉也不是这样的擦法。我都跟你说过几次了，你弄错了，那是方大贵英雄救美，不是郝大贵。"

张昆仑砸吧砸吧嘴，做出回忆的样子不再说话。

田艳丽皱皱眉头。这时，一只体型肥胖、行动缓慢、普通得不能再普通的花狸猫出现在她脚下，她弯腰抱起猫，轻轻抚慰。"史老歪不死心，为了捉双，专门安排人盯梢，不分白天晚上，结果总算让他抓住了把柄。徐二姐每个星期都要往外面寄封信，很有规律。他们便以革委会的名义截获了一封。信是寄给她在上海的一个男同学的，内容也不复杂，就是交流一下认识，互相关心一下生活，可能牵涉到一些感情上的话。史老歪如获至宝，展开突击调查。这里面的事儿太多，说也说不完，总之，徐二姐被定性为破鞋，打发到卫生队扫厕所去了。女人呀，长得漂亮就惹是非，再要是单身，那是非就更多啦！"她在半眯着眼的猫的身上拍了一下。花狸猫又回到了地上，伸个懒腰，一摇一晃地去了阳台。

张昆仑好像特别认可田艳丽的结论，大幅度地点点头："寡妇门前是非多。"

"去，人家是寡妇吗？"

那个年代，出这样的事情并不稀奇。小时候常听大人们背后议论人，说某某某是破鞋、某某某是流氓之类的话，而这样说人家的依据在我们小孩子看来，往往就是因为人家长得漂亮，或者行为举止比常人风骚一些、潇洒一些罢了。搁到现在，那都是想学也学不来的优点，而且在当时也未尝不是一道风景。我记得我们街坊里有个阿姨，人长得不算漂亮，但性格十分豪爽，和男人划拳喝酒、勾肩搭背，让谁看了都有些过分，却从未听到有人说她的闲话。一次，她和一个陌生男的抱在一起亲嘴被我撞见了，我回去跟爹娘讲，当即就挨了顿训：小孩子懂啥？出去不许胡说。那时，我就想，原来破鞋也不是谁想当就能当的，也得长得漂亮、长得有"破鞋"的样子才有资格。我把我的认识分享给了他俩，没想到招致田艳丽的不满，她立即瞪起眼睛问我："楚老师，你什么意思？为啥不漂亮就不能当破鞋啦？"我当时被她问得一头雾水，不知道哪儿说错了话，后来想想，她不会也是要争取这个名头吧？这年头，难道这名头也要去争去抢吗？

酒是回忆的催化剂。张昆仑家的落地大摆钟敲响了三下，我们已把第一瓶酒全部灌到了肠胃里，田艳丽没有征求我们的意见便又拿来一瓶，麻利地打开，放在了桌子上。之后主要是他俩，准确地说，主要是田艳丽给我讲述了张昆仑从看守所回来，从春雷机械厂辞职后那段艰辛的创业历程。他开过饭店，倒过钢材，搞过运输，最难的时候还在工地上打过工，最后搞装饰工程挣到了一套房子钱，而真正让他积累起财富的却是他的老本行：艺术创作及艺术交易，俗称画画、卖画。田艳丽说话喜欢往大处说，海阔天空，恨不得把苦难说成地狱，把成功说成珠峰；张昆仑负责解释，负责填补田艳丽的逻辑缺陷，把不合理的说辞解释合理。到最后，他们竟然引用了章岘阁大师常说的那句"人生就是悖论"的格言来注释他们现在取得的成就，这才真的把话说到了实处。我们沉默的时候，田艳丽晃了晃酒瓶子，经验告诉我，那里已所剩无几。

以我对张昆仑的了解，他们家的这些财富其实主要是靠他做掮客赚取的，在此之前，他并没有真正地搞过艺术创作，真正地卖过一幅自己的画，但他却通过销售章岘阁大师的作品赚了不少钱，所以他的话也不算言过其实，只是需要特别澄清。

我看了一眼阳台那边的窗户，一抹阳光映在玻璃上，十分亮眼。但客厅这边因为背光，却显得很暗。我请求田艳丽把餐厅的吊灯打开。

田艳丽使一个理解的眼神，满足了我的请求。

一定是酒精发挥了作用，不然，我也不会跟张昆仑对上法眼，我们热烈地讨论问题，豪爽地喝酒，天地忽然开阔了，时间仿佛停止了，空气竟然也如清水一样开始荡漾，飘浮着凋零的花瓣。只是，我们的话题却变得越来越窄，除了春雷机械厂的那些事情，还是春雷机械厂的那些事情。显然我们都醉了。

"该他妈的是谁的菜，就是谁的菜，这都是命！如果蓝丁乙不犯错，不被免职，如果于东山没有死，我张昆仑还是现在的张昆仑吗？他郝大贵还能骑到我头上拉屎撒尿吗？好在是于东山出车祸前，我在春雷集团包的那些活儿全部都干完了，账也基本结清，不然，有我好果子吃的。"张昆仑又特别强调了他不是蓝丁乙的人，也不是于东山的人，他就是他，谁的人也不是。但这话却引起了田艳丽的不满，她伸手拧了张昆仑的胳膊上，直到他纠正为是她的人才放过了他。我一点儿也不怀疑张昆仑最后的这段表述，因为在筹办"旷世三家书画展"期间我就领略过他那独立得难以驾驭的性格，当时我就想，他在家里肯定是个太上皇之类的人物，谁知竟是这样一个趴伏在老婆手下的小马仔样的角色。

我醉了，但我觉得张昆仑比我醉得还厉害，于是我就想笑话他两句，可还没开口，就看见坐在他身边嘿嘿傻笑的田艳丽，于是便笑话不出来了。我觉得田艳丽像个保护神，护着他，我不想自讨没趣。于是，我说："张老师，你喝醉啦!"田艳丽非常支持我的看法，坚定地点点头，也说他喝醉了。张昆仑说他没醉，之后就开始讲他们的爱情，讲得田艳丽流下了幸福的眼泪，田艳丽也开始讲他们的爱情，她的爱情依然残存着少女般的幻想，残存着青春期的萌动和诱人的成熟花朵的芳香。张昆仑也流下了泪。我跟着也流泪，我觉得他们的爱情太完美了，即便我不想成为他们那样，我也要这样认为。我看着他们，发现他们短暂呈现的凝视竟是那样完美，那样饱含历史的厚重感。此时，我也注意到，他们的唇形几乎完全相同，只是张昆仑的稍翘一些，而田艳丽的则扁平些，在他们说到某些词时，这种差别便消失了，可能这就是所谓的夫妻相吧。

我和他俩为他们的爱情连喝了几大杯，最终把爱情喝出了伤痕。

"她说我混汤吃泡馍，她说我混汤吃泡馍……"张昆仑呜咽着趴在了桌子上。

"胜利我错了，以后我再也不说了，还不行吗?"田艳丽像哄孩子样，轻轻拍着他的肩头，当着我的面，把他抱在了怀里。

"还有，你不能再把手臂搭在我肩膀上充老大。"

"咳，这都是猴年马月的事了，咋又提起来了?"田艳丽对我挤挤眼，不好意思地笑笑。

"猴年马月也不行!"

"行，听你的。"

那只花狸猫不知什么时候又出现在了他们身边，仰头观望。

真没想到，张昆仑的家庭生活还有如此幸福暖人的一面。

此次去张昆仑家做客，令我印象深刻的倒不是那些与我无关的谈话，也不是那些红木家具，因为这些都不是我生活中该有的东西，而是一幅张昆仑的巨型照片。他身着燕尾服，手持权杖，侧身站在以罗浮宫为背景的画面前，俨然一副大佬的样子。照片的右下角是张昆仑的亲笔题字：攀登永无止境。不知道这里他所指的攀登的对象是什么，是艺术高峰、财富高峰，还是人生高峰？我百思不得其解。照片挂在他的书房，上顶屋顶，下落地板，站在像前需要仰视才能产生那种整体的概念。张昆仑陪着我静静地仰观了三分钟。

郝大贵立传

1

春雷大厦二十七层是春雷集团董事长的办公室，有东南两面镀膜玻璃做成的落地大玻璃窗，不论谁站在玻璃窗前向下俯瞰，都有一种飘飘欲仙的感觉。这是于东山依据风水大师的建议制定下来的装修方案，但新办公室还没有来得及启用，他便出车祸亡故了，郝大贵成了它的主人。但郝大贵对这样的装修风格很不习惯，他讨厌那直射进来的阳光，晃得他眼睛都睁不开，还伴随有眩晕的感觉，于是，他特意安排制作了两幅大窗帘，上午拉上东边的，下午拉上南边的，让屋子里的光线总处在幽暗的状态下，他形容为浪漫的色调。但即使这样，那种眩晕的感觉还是时常出现，即使把窗帘全部拉上，这种感觉也会持续一段时间才会消失。最为严重的是，他甚至不能在这屋里打个盹，因为每当闭上眼睛，他便会产生一种令他惊悚的幻觉，他被引导着走到窗前，然后融化在了蓝天里，跟日本电影《追捕》里的横路敬二一样。有时，连他自己都说不清楚，那幻觉是否来自现实。他的一个颇有能耐的朋友来看他，向他倾诉了自己的烦恼。朋友建议他去拜佛，烧烧高香，以消梦魇。他过去从不焚香，但却接受了他的建议。

就任董事长职务满一个月那天，他在给他建议的那位朋友的引领下，驱车百里，来到当地一座很有名的寺庙，未经指引，便在大雄宝殿前毅然决然地烧了三炷高高香，香火的热度炙烤着他的脸颊。他第一次感受到了神祇的力量，第一次感觉到了菩萨的光芒。他长久地匍匐在地，头埋在黄绸缎子里，浑身发抖。他彻底改变了自己固化的信念，相信了神的存在，相信人生过往的那些细节都是神的安排，他相信了——如果那天他爹没有打断一根竹条，逼着他顶着暑天中午的烈日去打猪草，如果那天没在镇子街边乘凉歇脚，如果他没有仰面盯着来乡里招工，后来成为他师父的张铁栓，如果张铁栓没有低头看他一眼，那又会是怎样呢？还有现在的这个郝大贵吗？如果于东山没有遇上车祸，或者他再多活上一年，这个董事长的位置还会是自己的吗？肯定不会，最起码有百分之八十的可能不会，因为他已经明白无误地觉察到于东山正在培养自己的人来逐步取代他，他仿佛看到了自己的结局，但就在这个时候……

据他朋友介绍，寺院的住持是位得道的高僧，亲自为郝大贵敲响磬盘，而郝大贵也为寺院捐赠了一笔不菲的功德。他被请入常人不得进入的茶室。

"大师，菩萨能收到我的功德吗？"喝了两盏禅茶，郝大贵忽然有种不踏实的感觉。

"菩萨看着呢！"住持颔首一笑。

在寺院山门下，郝大贵说："我现在天天就跟做梦一样。"

住持的目光越过郝大贵的肩头，落在停在山门外的"陆地巡洋舰"上："施主做得好梦。"

"可是，"郝大贵带着戏谑的神情，说道，"并不全好。"

住持诧异地瞥了眼郝大贵。

郝大贵既是想跟住持开个玩笑，又道出他心头一直存留的遗憾。他在说这话时，忽地感觉徐二姐在他心头狠狠地揪了一把。

不知是否真的乞得了菩萨的护佑，总之，打他那次烧过香后，那种眩晕感就消失了。办公室人员惊奇地发现，他不再为忘记拉上窗帘发脾气了。

2

郝大贵想请人给他写一本自传，这个想法在他当上春雷集团董事长后的那一年就开始萌生，及至后来，已然如野草爬满了心头，到了不落实不行的地步。于是，他四处暗访，又经过认真筛选，拟定由市里一所大学的退休老校长来操刀执笔，了结心愿。这可是位德高望重、声名赫赫的文坛大咖。名人加上自己的财富传奇，必定相映生辉，获得圆满。对，就找他！

老校长既非寒儒，亦非富有，听罢郝大贵的来意，面对十万元润笔之资竟然不为所动，婉言拒绝。

这他妈都是啥事？送上门的白花花银子都不要，你要什么？想要老子的春雷集团吗？呸，做你的春秋大梦吧！郝大贵从老校长家出来，坐进他的"陆地巡洋舰"，越想越窝火，越想越想不通，天底下还有这样的人，天底下还有这样穷得跟鬼一样的人，居然见钱眼不开，这难道不是有病吗？肯定有病。在老校长家里，郝大贵看到除了堆积如山的书籍，便是破旧的20世纪七八十年代的老家具，电视机还是那种虎背熊腰的大块头，而招待他的茶水也是那种普普通通的大碗茶。他估摸了一下，老校长的那些家当合到一块儿，也不会超过自己的一个车轱辘。好吧，祝你穷得快乐！祝你永远当老夫子！祝你的子孙们把书本当饭吃、把墨水当酒喝、把学问当衣穿！他非常赞赏自己创造的"祝愿"，他发现其实自己也是一位颇有才华的文艺男，就连这样的祝愿也能想得出，他怎么会甘心埋没了自己的才华？于是，酒足饭饱之际，他便要发表对那老校长的"祝愿"。

"听说，他孙子在美国读书，在餐馆刷盘子。"已经升任春雷集团总经理的小刘，为他提供了一条重要信息。

"是吧！"郝大贵的眼球在忽然睁大的眼眶内快乐地跳动了几下，之后，在那代表惊讶与开怀的大张的大嘴巴里弹出若干个也如眼球那样跳动的字句，"这叫什么？活该！"

"穷酸！"有人补充道。

小刘责无旁贷地为他张罗起这事儿，不久就有了结果。他分门别类，前前后后为郝大贵找来了七八位所谓的作家、文人供他甄选，有文史类的，有传奇类的，有传记类的，有科幻类的，有武侠类的，当然也少不了言情类的。"优"中选"优"，郝大贵最终选中了有二斤酒量，号称精于文史、擅于记传、驽笔为刀的作家贾生。贾生承诺，文章面世之日，乃青史留名之时。贾生，游目窄颊，口舌如簧，说文及典，言人及贵。郝大贵哪里见过这般"高人"，一场酒未喝完，便已执手难舍，唯恨相见太晚。他当即拍板定案，稿酬二十万，另加二十箱高档白酒。

贾生的漂亮女徒儿透过黑框眼镜投给郝大贵惊鸿一瞥，郝大贵回以带有挑逗性的微笑。

此时的春雷集团正处在巅峰时期。蓝丁乙当年买下的土地才开发了四分之三，而新购的五百亩土地业已收入囊中，一家星级酒店即将开业，春雷机械厂即将外迁，腾出来的土地留作后期开发储备，发展势头强劲。银行找上门要为他提供开发贷款。郝大贵几度登上本地商报头版头条。对此时的郝大贵来说，二十万块钱轻如鸿毛。他把钱交给贾生的时候，心里有种说不出的快感，他感觉他就此已经羞辱了那个不知天高地厚的老夫子，就像羞辱他的某个情人那样——亮出大把的钞票却给了另外的一个，谁让你不听话呢。

"什么名人？什么老校长？十万块钱都不值！"

面对手臂痉挛怀抱二十万块钱的贾生，郝大贵把脚蹬在桌子上，好像完成了一件十分难以完成的事情，疲惫地说道。

他和贾生喝了三七二十一场酒，讲了三七二十一场故事，每场故事都有悲欢离合，每场故事的结尾都以跳跃的方式落脚在徐二姐身上。贾生点头、喝酒，陪他掉眼泪，陪他露出戏谑而下流的淫笑。

"稿子写得咋样啦？"就在喝第二十一场酒那晚，郝大贵就像一个陪孩子耍了整个假期，却发现他还没做作业的家长，忽然发问道。

贾生早有准备，淡然一笑，从贴身内衣口袋里取出几页散发着浓厚樟脑味的稿子，慢慢展开，抖了抖，递给了郝大贵，他颇为自得地说道："请看。"

郝大贵虔敬而又疑惑地接过稿纸，一目十行读到最后一页，在最后一行居中写的"完"字上停住，愣了半天，也没有弄清是怎么回事："就这么多？"

"是。"

"这也太将就了吧？"

"将就？"贾生故作惊异状，反问道，"郝兄，恐怕你有所不知，此乃春秋笔法，一字顶千字。当今之世，能作此文者，唯贾生也。"

"贾生，你是跟我开玩笑吧？"郝大贵有种被耍弄的感觉，他一改贾老师的称呼，说道，"我花了二十万就买这几张破纸？"

"破纸？开玩笑？我是开玩笑的人吗？"贾生傲慢地扬起脑袋，一脸不屑，"你觉得花多了，是吗？我还觉得要少了。你找我的时候，香港的一位大老板也找了我，你知道是谁吗？李家臣大外甥的姨姑姑的娘家亲哥的小舅子，人家出价五十万。要不是你说在前头，答应了你，我干吗五十万不要，要二十万？我这人就是太信守承诺了，结果，从来都是吃亏不落好。"

"我们说好的是自传。"郝大贵有点儿上火。

"我答应你的是文章。"贾生挑衅地点点头。

"文章不就是自传，自传不就是文章，它们有啥区别？"

"哎哟，我的老板哥哥呀，它们咋会没有区别呢！"贾生嘴角上挤弄出一个毫不掩饰的鄙夷的微笑，"文章可长可短，自传至少大几万字起步，二十万就想办了这事？老板哥哥呀！您装糊涂也不能——"

"去你妈的文章！"郝大贵拍案而起，手指在贾生的鼻子上，"马上给我把钱退回来，不然，老子活剥了你的皮。"

"你骂人！"贾生一拍桌子也站了起来，面对郝大贵的高压态势，毫不示弱，"你要脸不要脸？要反悔，你早点儿反悔，稿子交了，你反悔，亏你还是个大老板，我看连个要饭的都不如。"

郝大贵顺手抄起个酒瓶子就砸了过去。

贾生在医院里躺了三个月，光医药费就花了十几万。小刘前前后后跑了几十趟，好说歹说才把调解协议签了下来——再拿出二十万做补偿，两不追究。

"他妈的，这东西比当年的史老歪还要坏。"郝大贵手拿协议书，气得反怒为笑。

"对付这种东西，还是张胜利有办法。"小刘意欲讨好地说。

郝大贵的心头猛地一揪，表情顿时僵硬得像一幅版画。他又想起了徐二姐，想起了白胳膊，想起了那如绸缎般顺柔凉滑的感觉，如果不是田艳丽……他想起来那年夏天最好的两次机会，一次在仓库，一次在徐二姐家。如果不是这个田艳丽，如果不是她两次出现在最不该出现的地方，或许一切就不是现在这个样子，此生还何憾之有？

"今后在我面前不要再提这个人，听明白了？我说的是张胜利，尤其是他媳妇。"

小刘走后，那白胳膊、那触感的回忆仿佛一剂春药注入体内，让裤裆里的东西一刻也不能消停，一刻也不能忍受。于是，他拨通了小崔的电话，让她立刻来办公室。小崔，即田艳丽所在电工班的那个小崔，当年春雷机械厂的二美人，现为春雷集团物业后勤管理公司的总经理。

　　贾生的文章，郝大贵认为也并非完全无可取之处，开篇那段：

　　　贵人天象自得。郝大贵者，商予南人也。父郝世贤，母邢碧花。母将生，梦财神携白面人至榻前，曰：此乃西晋首富石崇，尚有半世困苦未度，今转世投胎。汝之富贵，看此子也。财神去，大贵生。时农历戊戌狗年。

　　千金一字，大贵想，也算值得。

邂逅蓝丁乙

去年，我去上海看吴美绎，在机场候机大厅遇见了蓝丁乙，巧的是，他和我同乘一班飞机。那天雷雨交加，航班因此延误。我们并排坐在一起，却没有什么话可说，他每隔十几分钟就要看一下手表，好像有什么重要事情要被耽误一样，而我也受到他的影响，隔上一段时间就要看一下时间。我们最后一次频率一致地看过手表之后，好像都发现了这种"量子干扰"现象，彼此会意地一笑，之后，他也打开了话匣子。他说的话依然带有高度："不论你是否愿意，高兴与否，这就是事实，接受也罢，不接受也得接受。"他指的是飞机延误这件事，"时间，时间是永远也找不回来了。即便给了一定物质补偿，但失去的已成过往，得到那点儿补偿又有何意义？何况……"他显得无奈，摇了摇头。之后，他又就维度、空间、时间之间的关系做了深度细致的阐述，说得头头是道，似乎他在这方面做过专门研究。他再次看手表时，我跟他提起春雷集团那几个我认识的人。我装作啥也不知的样子，问他那些人的近况，想以此窥探他的内心世界。

"于东山出车祸死了，你不知道？"

我的话显然引起了他的不快，他像审视一个极不诚实的人那样，盯着我说道。他的眼神映射出的内容很复杂，仿佛一生的彩虹和风雨都在里面交相辉映，时而冰冷，时而炽热。我似乎读懂了些什么，忽然感到一阵别扭，回避开他，把目光投在他身后高大的玻璃幕墙上。

"雨停了。"我有意岔开了话题。

他的眼睛慢慢灰暗下来，转过头，看了眼身后，之后不管我再说什么，他都是用淡淡的微笑回应。他越这样，我越想让他说话，于是，我把我知道的那些事情不分青红皂白都掏了出来，我觉得他会对此感兴趣。但直到开始登机，他才冒出一句仿佛置身事外的话："这些已和我没关系了。"继之以一个不屑的微笑。

他坐的是头等舱，我坐的二等舱，在我的座位上可以看见他穿着老北京布鞋的脚，一会儿伸出来，一会儿收进去。

飞机起飞前，我给吴美绎发了一条信息，让她开车在出站口等我。原本我们已经约好在停车场见面，但我改变了主意。

凌晨一点，飞机降落在上海浦东国际机场。上海也在下雨。

照我所说，吴美绎等在了候机厅门口。她坐在一辆崭新的酒红色兰博基尼的驾驶位上向我挥手，我对她招招手，让她下车。我想在蓝丁乙面前显摆一下我的女友。吴美绎一身精致的短旗袍装恰到好处地掩饰了她略微发福的身段，她一如既往地吸引了所有人的眼球，于是，几声貌似催促行车的喇叭声在她身后刺耳地响了起来。她报之以微笑。我再次邀请蓝丁乙乘坐我们的豪车。他含蓄地谢绝了。这时，一辆白色的保时捷跑车缓缓地停在了我们的车后，一位身着粉白相间袍服、戴眼镜的女子微笑着从车上下来，然后，像云彩一样飘到我们面前，摘下了眼镜。

"小丁！"我惊诧得几乎合不拢嘴。

后　来

　　后来的事情还没有发生，谁知道会怎样呢？时代的变化总是超出人的想象，令人应接不暇：未来的旅程，或许风和日丽，或许风雨交加。但有一点却可以确定，那就是他们都会慢慢地老去，慢慢地消失，慢慢地归于某种特定的形式，归于某种寂寥、某种轮回，仿佛曾经盛开的花儿，今年所见，并非去年所见，而去年所见已不知所终。他们或许能留下来一些什么，比如，一块证明他们曾经来过的石碑；但这也很不确定，因为石碑也有它自身的生命形式，它可能会存世很久，也可能会很快被毁没，因为它们更容易被修改，更容易被粉碎，更容易归于它该有的样子，或遵循人的意志，或遵循自然。或许他们还能留下别的什么，比方说，一些影像、文字、绘画、音乐、思想，谁知道呢？这个世界虽然庞杂，充满规律性，但偶然和意外永远存在。

　　这里所说的他们，当然也包括你和我。

图书在版编目(CIP)数据

吆五喝六 / 王诵著. -- 北京：中国文史出版社，
2024.2

ISBN 978-7-5205-4127-5

Ⅰ.①吆… Ⅱ.①王… Ⅲ.①长篇小说-中国-当代
Ⅳ.①I247.5

中国国家版本馆 CIP 数据核字(2023)第 104756 号

责任编辑：牟国煜

出版发行 **中国文史出版社**
社　　址：北京市海淀区西八里庄路 69 号院　邮编：100142
电　　话：010-81136606　81136602　81136603（发行部）
传　　真：010-81136655
印　　装：北京新华印刷有限公司
经　　销：全国新华书店
开　　本：720×1020　1/16
印　　张：21　　　　字数：319 千字
版　　次：2024 年 2 月第 1 版
印　　次：2024 年 2 月第 1 次印刷
定　　价：66.00 元